LE CHIOCCIOLE

Romy Hausmann

La mia prediletta

Traduzione di
Alida Daniele

GIUNTI

Titolo originale:
Liebes Kind

www.giunti.it

Via Bolognese 165 – 50139 Firenze – Italia
Via G. B. Pirelli 30 – 20124 Milano – Italia

Prima edizione: ottobre 2020
Prima edizione collana "Le chiocciole": giugno 2022
Seconda ristampa: maggio 2023

A Caterina, naturalmente.

«Niente è più triste della morte di un'illusione.»
Arthur Koestler

SCOMPARSA A MONACO STUDENTESSA DI 23 ANNI

Monaco – La polizia sta investigando sulla scomparsa di Lena Beck (23) da Monaco-Haidhausen. Nella notte tra mercoledì e giovedì, secondo i testimoni, la studentessa sarebbe stata vista fino alle cinque del mattino a una festa nel quartiere di Maxvorstadt. Sulla strada di casa la ragazza ha telefonato a un'amica. Da allora il suo cellulare risulta essere spento. Le ricerche della polizia, svoltesi nella giornata di venerdì nell'area metropolitana di Monaco, non hanno portato ad alcun risultato. Lena Beck è alta 1,65 m, minuta di costituzione e ha i capelli biondi lunghi fino alle spalle. Indossava un top argentato, jeans neri, stivali neri e un cappotto blu scuro.

Il primo giorno perdo il senso del tempo, la mia dignità e un molare. In compenso guadagno due figli e un gatto. Ho dimenticato i loro nomi, tranne quello del gatto, la Signorina Tinky. Ho anche un marito. È alto, ha i capelli corti e scuri, gli occhi grigi. Lo osservo con la coda dell'occhio, seduta vicino a lui sul divano logoro. Nel suo abbraccio sento pulsare i lividi che mi percorrono la schiena dall'alto verso il basso, come se ognuno avesse un proprio battito cardiaco. Sulla mia fronte brucia un taglio. Ogni tanto mi si offusca la vista, o vedo come dei lampi bianchi. Allora provo semplicemente a respirare.

È difficile capire se sia davvero sera, o se invece è stato lui a decidere così. Le finestre sono sigillate con pannelli isolanti. È lui a fare il giorno e la notte. Come Dio. Cerco di convincermi che il peggio sia passato, ma in realtà tra poco andremo a letto insieme. I bambini hanno già messo il pigiama. Il maschietto ne indossa uno troppo stretto, mentre la bambina ha le maniche che le scendono oltre i polsi. I piccoli se ne stanno inginocchiati per terra, vicino al divano, tendendo i palmi delle mani verso il tepore emanato dalla stufa a legna. È rimasto solo un cumulo scuro di carbone, con poche venature di brace rossa e ardente. L'orrore di questa situazione stride con le voci chiare e gioiose dei bambini. Non capisco cosa stiano dicendo esattamente. Li sento come attraverso uno strato di ovatta, mentre rifletto su come uccidere il loro padre.

La notte dell'incidente

HANNAH

All'inizio è facile. Raddrizzo la schiena e faccio un respiro profondo. Salgo sull'ambulanza e partiamo. Dico a quei signori con la giacca arancione il nome della mamma e il suo gruppo sanguigno, AB negativo. AB negativo è il gruppo sanguigno più raro e ha la caratteristica di non avere anticorpi contro i gruppi sanguigni A e B. Questo vuol dire che la mamma può ricevere sangue da tutti gli altri gruppi con fattore Rh-negativo. Lo so perché a lezione abbiamo già parlato dei gruppi sanguigni. C'è scritto su quel librone. Credo di essere stata brava. Solo quando mi distraggo e penso a mio fratello, comincia a tremarmi un ginocchio, il destro. Sicuramente Jonathan avrà paura senza di me.

Concentrati, Hannah. Ormai sei grande.

No, per oggi sono piccola e stupida. È freddo, c'è troppa luce, sento dei *bip*. Chiedo da dove vengono e un uomo mi dice: «È il cuore di tua madre».

Ma il cuore della mamma non ha mai fatto *bip*.

Concentrati, Hannah.

L'ambulanza traballa, io chiudo gli occhi. Il cuore della mamma fa *bip*.

Ha gridato, poi ho sentito un botto. Se adesso il cuore della mamma smette di fare *bip*, l'ultima cosa che ricorderò di lei saranno un grido e un botto. Non mi darà nemmeno la buonanotte.

L'ambulanza fa uno scossone, poi si ferma.

«Siamo arrivati» dice il signore. All'ospedale, vuol dire.

L'ospedale è un posto dove i medici curano malattie e ferite.

Il signore dice: «Vieni, piccola».

Le mie gambe si muovono in automatico, così veloci che non riesco nemmeno a contare i passi. Seguo quegli uomini che spingono rumorosamente la barella oltre una grande porta a vetri, sotto un cartello abbagliante con la scritta "Pronto soccorso", e poi avanti, in un lungo corridoio. Quasi a comando, da destra e sinistra arrivano altri infermieri, e le voci agitate si confondono.

«Qui non puoi entrare» dice un uomo grasso con il camice verde spingendomi da una parte, davanti a un'altra grande porta in fondo al corridoio. «Mandiamo subito qualcuno a occuparsi di te.» Indica una fila di sedie lungo la parete. «Intanto sieditì lì.»

Vorrei dire qualcosa, ma le parole non mi escono, e comunque l'uomo si è già girato ed è sparito con gli altri dietro la porta. Conto le sedie alla parete: sette. Il signore grasso con il camice verde non ha detto su quale sedia devo sedermi. Senza accorgermene, comincio a mordicchiarmi l'unghia del pollice. *Concentrati, Hannah. Ormai sei grande.*

Rimango seduta con le ginocchia raccolte su una sedia in mezzo alla fila mentre tolgo aghi di abete e pezzettini di corteccia dalla gonna. Sono tutta sporca stasera. Mi torna in mente Jonathan. Povero piccolo Jonathan, rimasto a casa a ripulire tutto. Lo immagino piangere perché non riesce a rimuovere le macchie sul tappeto del soggiorno. Sono sicura che nella dispensa ci siano i detersivi giusti, ma papà ha sigillato la porta con due lucchetti. Per prudenza, come capita spesso a casa nostra. Bisogna essere sempre prudenti.

«Ciao?…» Una voce di donna.

Salto su dalla sedia.

«Sono l'infermiera Ruth» sorride la donna, prendendomi la mano per stringerla. Le dico che mi chiamo Hannah, e che Hannah è un palindromo. Un palindromo è una parola che anche se letta al contrario dà comunque lo stesso risultato. Per dimostrarglielo, sillabo il mio nome, prima dall'inizio, poi dalla fine. L'infermiera Ruth continua a sorridere dicendo: «Capisco».

È più vecchia della mamma, ha già i capelli grigi ed è un po' paffuta. Sopra il camice giallo chiaro porta un cardigan colorato, che sembra molto caldo, e una spilla a forma di panda con la scritta *Be happy*. In inglese vuol dire «Sii felice». Sento una specie di tic agli angoli della bocca.

«Sei senza scarpe, piccola» mi fa notare l'infermiera, e io muovo l'alluce sinistro che spunta da un buco nelle calze. In uno dei suoi giorni buoni la mamma lo aveva rammendato. Si arrabbierebbe di sicuro se sapesse che ho rotto di nuovo le calze.

L'infermiera tira fuori un fazzoletto dal camice: pensa che io stia piangendo. Per il buco nella calza, o per la mamma. Non le spiego che in realtà la colpa è della luce troppo forte dei neon sul soffitto, che mi abbagliano. Dico soltanto: «Grazie, è molto gentile da parte sua». Bisogna sempre essere gentili. Bisogna sempre dire grazie e per favore. Io e mio fratello diciamo sempre grazie quando la mamma ci dà una barretta, anche se le barrette non le sopportiamo. Non ci piacciono. Ma sono importanti per le vitamine. Calcio, potassio, magnesio e vitamina B per il metabolismo e il sangue. Ne mangiamo tre al giorno, a meno che le scorte non siano finite. In quel caso speriamo che papà arrivi presto a casa e abbia fatto la spesa strada facendo.

Prendo il fazzoletto, me lo passo sugli occhi e mi soffio il naso rumorosamente, poi lo restituisco all'infermiera. Non si deve tenere qualcosa che non ci appartiene. È un furto. Ruth si mette a ridere e infila di nuovo il fazzoletto nel camice. Naturalmente chiedo della mamma, ma l'infermiera dice soltanto: «È in ottime mani». So che non è una risposta, non sono stupida.

«Quando posso andare da lei?» domando, ma anche stavolta non ottengo risposta.

Invece l'infermiera mi dice che vuole portarmi nella sala ristoro, per vedere di trovare un paio di ciabatte per me. Le ciabatte assomigliano alle pantofole. A casa anche Jonathan e io dobbiamo mettere le pantofole, perché il pavimento rimane sempre piuttosto freddo, ma spesso ce ne dimentichiamo e ci sporchiamo le calze. Allora la mamma si arrabbia, perché non è ancora il giorno della lavanderia, e papà si arrabbia perché la mamma non ha pulito bene il pavimento. La pulizia è importante.

La sala ristoro è una stanza grande, almeno cinquanta passi dalla porta alla parete opposta. Al centro ci sono tre tavoli, ognuno con quattro sedie intorno. Tre per quattro fa dodici. Una sedia è messa di traverso. Evidentemente qualcuno ci si è seduto e poi non l'ha rimessa a posto prima di andarsene. Spero che lo abbiano rimproverato per questo. Anche l'ordine è importante. La parete sinistra è occupata da un armadio di metallo con molti scomparti chiusi da uno sportello, da cui pendono delle piccole chiavi, e da un letto a castello, anche questo di metallo. Di fronte ci sono due grandi finestre da cui si vede la notte. Nera e senza stelle. A destra si trova una cucina. C'è persino un bollitore per l'acqua lasciato tranquillamente sul bancone. Eppure l'acqua calda può essere molto pericolosa. A una temperatura di quarantacinque gradi brucia la pelle. A sessanta gradi si rompono le proteine nelle cellule, che muoiono. Nel bollitore l'acqua viene riscaldata fino a cento gradi. Anche noi abbiamo un bollitore a casa, ma viene tenuto sotto chiave.

L'infermiera Ruth dice: «Siediti pure».

Tre per quattro fa dodici. Dodici sedie, devo rifletterci bene. Il buio senza stelle dietro le finestre mi distrae.

Concentrati, Hannah.

L'infermiera va all'armadio e apre e richiude tutti gli scomparti. Fa un paio di lunghi sospiri sbattendo gli sportelli di metallo. Si gira a guardarmi da sopra una spalla e ripete: «Sì, siediti pure, piccola».

All'inizio penso che dovrei prendere la sedia rimasta di traverso. Ma non sarebbe giusto. Ognuno deve rimettere a posto le sue cose. Bisogna essere responsabili. *Ormai sei grande, Hannah.* Annuisco nel vuoto e conto di nascosto, un due tre. Rimane solo una sedia, da cui posso tenere d'occhio la porta e che poi naturalmente riavvicinerò al tavolo, quando l'infermiera Ruth dirà che mi posso alzare.

«Ecco» sorride mostrandomi un paio di ciabatte di gomma rosa. «Sono un po' grandi, ma meglio di niente...». Me le appoggia davanti ai piedi e aspetta che me le infili.

«Senti, Hannah» dice poi, togliendosi il cardigan. «La tua mamma non aveva con sé una borsa al momento dell'incidente. Quindi non abbiamo trovato né la carta d'identità né altri documenti.»

Mi prende il braccio, lo tiene teso e mi infila una manica del suo cardigan.

«Non abbiamo un nome né un indirizzo. E nemmeno un numero da chiamare in caso di emergenza.»

«Si chiama Lena.» Cerco di essere d'aiuto, come ho fatto anche nell'ambulanza. Bisogna sempre essere d'aiuto. Io e mio fratello aiutiamo sempre la mamma quando le tremano le dita. O quando si dimentica le cose, per esempio i nostri nomi, o quando è ora di andare al bagno. La accompagniamo perché non scivoli dal sedile del water o non faccia qualche altra sciocchezza.

Intanto l'infermiera Ruth mi sta infilando la seconda manica. Sento sulla schiena il calore piacevole rimasto nel maglione.

«Sì» dice. «Lena, fantastico. Una Lena senza cognome. Lo aveva già segnato anche il ragazzo dell'ambulanza.» Mentre sospira sento il suo alito. Sa di dentifricio. Sposta la mia sedia che stride sul pavimento, in modo da potersi accovacciare davanti a me senza sbattere la testa nello spigolo del tavolo. Gli spigoli dei tavoli possono essere molto pericolosi. La mamma spesso ci ha sbattuto la testa, quando aveva uno dei suoi attacchi.

L'infermiera Ruth comincia ad abbottonarmi il cardigan. Con l'indice ridisegno sulla mia coscia la scriminatura a zig-zag dei suoi capelli. Una freccia a destra, diritto, freccia a sinistra, diritto, poi ancora a sinistra. Come un fulmine. L'infermiera alza all'improvviso la testa, come se avesse sentito il mio sguardo su di sé.

«C'è qualcuno che possiamo chiamare, Hannah? Forse il tuo papà? Sai a memoria il vostro numero di telefono?

Scuoto la testa.

«Ma ce l'hai un papà, no?»

Annuisco.

«E abita con voi? Con te e la tua mamma?»

Annuisco di nuovo.

«Non vogliamo chiamarlo? Deve sapere che la tua mamma ha avuto un incidente e che siete qui in ospedale. Sicuramente si preoccuperà non vedendovi tornare a casa.»

Una freccia a destra, diritto, freccia a sinistra, diritto, poi ancora a sinistra, come un fulmine.

«Dimmi, Hannah, per caso sei già stata in ospedale? O la tua mamma, magari proprio in questo? Allora potremmo cercare nel nostro geniale computer il vostro numero di telefono.»

Scuoto la testa.

«Le ferite in caso di emergenza possono essere sterilizzate anche con l'urina. È un disinfettante, coagulante e attenua il dolore. Punto.»

L'infermiera Ruth mi prende le mani. «Va bene, Hannah, sai una cosa? Preparo un tè e poi facciamo una chiacchierata io e te. Ok?»

«Chiacchierata su cosa?»

HANNAH

Vuole che le racconti qualcosa sulla mia mamma, aha, ma all'inizio non mi viene in mente niente. Continuo a pensare a quel botto assordante, quando l'auto ha investito la mamma e in un batter d'occhio lei si è ritrovata sul terreno duro e freddo, nel fascio di luce dei fari, con le braccia e le gambe contorte. La sua pelle era troppo bianca e il sangue che usciva dai molti tagli sul viso era troppo rosso. Rosso carminio. Nell'urto il vetro dei fari si era frantumato sul suo viso. Mi sono seduta sul ciglio della strada, ho chiuso gli occhi e solo ogni tanto li aprivo appena, di nascosto, finché nel buio non è apparso quel lampo blu, l'ambulanza.

Ma non c'è bisogno che lo racconti all'infermiera Ruth. Lo sa già che la mamma ha avuto un incidente. Altrimenti non sarebbe qui. Mi fissa. Alzo le spalle e soffio nel tè facendo tremolare la superficie. Rosa canina, ha detto l'infermiera, il tè preferito di sua figlia quando era piccola. «E sempre con un bel cucchiaio di miele. Una vera mangiadolci, mia figlia.» Mangiadolci. Non credo che esista questa parola, ma mi piace.

«Mia figlia si chiama Nina» dice l'infermiera Ruth. «Come Nina Simone, una cantante jazz molto famosa. *My baby don't care for shows*» inizia a cantare, non particolarmente intonata. «*My baby don't care for clothes. My baby just cares for me*. Mai sentita?»

Scuoto la testa.

«Avrei dovuto immaginarlo» ride lei. «Questa musica non si

ascolta alla tua età. O forse canto troppo male. Comunque, quando la mia Nina aveva la tua età, andavamo quasi tutti i giorni al parco giochi, se era bel tempo. Altrimenti rimanevamo a casa a fare un puzzle o a cucinare biscotti. Mio Dio, le piaceva mangiare l'impasto direttamente dalla ciotola. E spesso ne mangiava così tanto, che il resto bastava a malapena per mezzo vassoio di dolci.» L'infermiera Ruth continua a ridere. Credo che voglia molto bene a sua figlia.

«Anche noi facciamo i puzzle» rispondo. «Ma i biscotti no. La mamma a volte è così imbranata che è meglio non si avvicini al forno.»

Mi metto una mano davanti alla bocca, in allarme. Devo smetterla di dare dell'imbranata alla mamma.

«Hannah?»

Bisogna sempre rispettare i genitori.

«Penso che dobbiamo parlare urgentemente con il tuo papà» dice l'infermiera Ruth. «Prova a riflettere, magari ti viene in mente il numero di casa.»

«Noi non abbiamo il telefono.»

«Allora almeno l'indirizzo? O il nome della via dove abitate. Così potremmo mandare qualcuno a cercare tuo padre.»

Scuoto la testa lentamente. L'infermiera non lo capisce proprio.

«Nessuno ci deve trovare» sussurro.

LENA

L'aria subito dopo un acquazzone. Il primo e l'ultimo pezzo di una tavoletta di cioccolato, che sono sempre i più gustosi. Il profumo delle fresie. L'album Low *di David Bowie. Una currywurst dopo una lunga nottata. Una lunga nottata. Il ronzio di un grosso cala-*

brone. Tutto quello che fa il sole, sia che sorga o che tramonti, o semplicemente splenda. Un cielo blu. Un cielo grigio. Un cielo nero. Un cielo qualsiasi. Il modo in cui mia madre scuote la testa quando mi fa una visita a sorpresa e trova i piatti non lavati. Il vecchio dondolo nel giardino dei miei nonni, che quando lo fai oscillare cigola come se cantasse una strana canzone. Quegli stupidi fermatovaglia a forma di fragole e limoni. Il vento estivo sul viso e tra i capelli. Il mare, il suo mormorio. La sabbia bianca e sottile fra le dita dei piedi…

«Ti amo» sussurra lui, sollevando il suo corpo appiccicoso dal mio.

«Anch'io ti amo» rispondo piano, e mi contorco come un cerbiatto morente.

«…Frattura multipla dalla seconda alla quarta costola a sinistra. Ematoma sottoperiostale…»

HANNAH

«Intendi dire che non vuoi rivelarmi dove abitate?»

L'infermiera Ruth sorride, ma non è un vero sorriso, piuttosto un mezzo sorriso con l'angolo della bocca, il destro.

«Anche a mia figlia piacevano questi giochi quando era piccola.»

«Nina» aggiungo, così che l'infermiera capisca che l'ho ascoltata attentamente. Bisogna sempre ascoltare attentamente. «La mangiadolci.»

«Esatto, la mangiadolci» annuisce lei, spingendo da una parte la tazza di tè e appoggiandosi un po' più avanti sul tavolo. «E questi giochi sono certamente divertenti. Ma sai una cosa, Hannah, a volte non è il momento giusto per cose del genere, purtroppo. Perché la questione è seria. Quando una persona ha avuto un incidente e finisce in ospedale, dobbiamo avvertire i suoi parenti. È il nostro dovere.»

Cerco di non sbattere gli occhi mentre mi fissa in quel modo strano. Voglio che li sbatta prima lei. Che sia lei a perdere.

«A volte, quando qualcuno è ferito gravemente, come la tua mamma, si devono prendere decisioni importanti.»

Chi sbatte gli occhi per primo perde; il gioco funziona così.

«Decisioni che il ferito in quel momento non può prendere da solo. Lo capisci, Hannah?»

L'infermiera Ruth ha perso.

«Va bene» sospira.

Mi metto la mano davanti alla bocca e pizzico il labbro di sotto, perché non si accorga che sogghigno. Non si deve ridere in faccia a qualcuno, nemmeno se ha perso al gioco degli occhi.

«Solo pensavo che potremmo chiacchierare un po', prima che arrivi la polizia.»

La polizia è un organo esecutivo dello Stato. Il suo compito è indagare su violazioni della legge e atti perseguibili penalmente. E a volte porta via i bambini dai loro genitori. O i genitori dai bambini.

«Arriva la polizia?»

«È normale. Bisogna chiarire come è accaduto l'incidente in cui è rimasta ferita la tua mamma. Sai cosa significa "omissione di soccorso", Hannah?»

«L'espressione "omissione di soccorso" significa che il conducente si è allontanato dal luogo di un incidente che ha provocato lui stesso. Punto.»

L'infermiera annuisce. «È un reato su cui la polizia deve indagare.»

«Allora quell'uomo finirà nei guai?»

L'infermiera stringe gli occhi: «Quindi era un uomo a guidare la macchina? Perché lo chiedi, Hannah?».

«Perché era gentile. Si è occupato di tutto e ha chiamato lui l'ambulanza. Ha detto che sarebbe andato tutto bene. E mi ha dato una giacca, perché avevo freddo mentre aspettavamo. Se ne è andato poco prima che arrivasse l'ambulanza. Credo che abbia avuto paura quanto me e la mamma.»

Adesso non riesco più a guardare l'infermiera.

«E comunque non era colpa sua se è accaduto l'incidente» dico con la mia voce da topolino. È stato papà a inventare la voce da topolino per le giornate storte della mamma, pensando che lei si sarebbe agitata se avessimo parlato a voce alta. «La mamma ha bisogno di riposo» diceva sempre. «La mamma oggi non sta bene.»

«Cosa intendi dire?» Anche l'infermiera Ruth sembra conoscere la voce da topolino, perché pure lei ha iniziato a sussurrare. «E quindi di chi era la colpa?»

Devo riflettere prima di parlare.

Concentrati Hannah. Ormai sei grande.

«Spesso la mia mamma, per sbaglio, faceva delle sciocchezze.»

L'infermiera Ruth sembra sorpresa. La sorpresa è quando sentiamo o viviamo qualcosa di inaspettato. Può essere qualcosa di bello, come un regalo ricevuto quando non è il nostro compleanno. La mia gatta, la Signorina Tinky, è stata una sorpresa del genere. Quando papà è arrivato a casa dicendo che mi aveva portato qualcosa, ho pensato a un nuovo libro o a un gioco da tavolo da fare con Jonathan. Ma poi mi ha mostrato la Signorina Tinky. Che da allora appartiene a me, solo a me.

Una sorpresa, però, può anche essere qualcosa di brutto. La mamma che nel cuore della notte fugge via di casa: molto brutto. Preferisco pensare a qualcosa di bello. Alla Signorina Tinky e al suo pelo morbido, tigrato di rosso, che diventa così caldo quando stiamo insieme sul pavimento di fronte alla stufa a legna, lei in braccio a me, le mie mani che le accarezzano il pelo, il mio naso freddo sulla sua testa calda, le sue tenere zampine.

«Hannah?»

Non voglio. Voglio pensare alla Signorina Tinky.

«Hai dei problemi a casa, Hannah?»

La mamma non sopporta la Signorina Tinky. Una volta le ha perfino dato un calcio.

«Hai forse dei problemi con la tua mamma?»

È un'imbranata, non importa cosa dice papà. Senza il suo aiuto non sa accendere nemmeno la stufa.

«Hannah?»

Una volta a casa nostra è stato freddissimo per una settimana, non ne potevamo più. Ma è comunque la mia mamma. E se penso a lei, so che le voglio bene. Voler bene somiglia alla felicità. Una sensazione di calore, una voglia di ridere, così, anche se nessuno ha raccontato una barzelletta. Come quando l'infermiera Ruth sorride parlando di Nina, la "mangiadolci".

«Piccola, per favore, parla con me!»

«Non voglio che venga la polizia a prendere la mia mamma!» Questa era la mia voce da leone.

HANNAH

A volte facciamo un gioco, io e mio fratello. Si chiama "Come ci si sente?". Lo facciamo da tanto tempo. Non mi ricordo esattamente da quando, mi sembra da quando la mamma ci ha parlato per la prima volta della "felicità".

«La felicità è un caso particolarmente fortunato, una piacevole combinazione del destino. Punto.» Lo avevo letto in quel librone che sa sempre tutto. Jonathan ha annuito, come sempre quando leggo una definizione. Ma poi ha stretto gli occhi chiedendo cosa significava veramente. All'inizio ho risposto che era un cretino e che non aveva ascoltato bene. Bisogna sempre ascoltare bene. Non ascoltare è maleducazione. Comunque ho riletto il brano, in fondo Jonathan è mio fratello, non importa se è un cretino o meno. «La felicità è un caso particolarmente fortunato, una piacevole combinazione del destino.» Poi ho pronunciato lentamente e chiaramente la parola «Punto», perché capisse che il brano era finito.

Ma Jonathan aveva ancora gli occhi a fessura e ha detto: «Cretina sei tu, questo lo avevo già capito. Volevo dire come ci si sente, fisicamente per esempio».

«Come ci si sente quando si è felici?» abbiamo chiesto alla mamma. Lei ci ha presi tra le braccia e ha detto: «Così».

«Caldi» ha concluso Jonathan trovando la temperatura della mamma un po' alta. Io ho premuto il naso nella fossetta tra il suo collo e la spalla. Sapeva di prato. La felicità è calda, come una leggera febbre, ha un odore e un battito che va veloce come la lancetta dei secondi sull'orologio della cucina.

Io e Jonathan abbiamo parlato anche di come ci si sente quando si è spaventati. «Uno spavento è come uno schiaffo» ha suggerito Jonathan.

«Che arriva all'improvviso» ho aggiunto io.

E avevamo ragione. È proprio questo lo spavento. Ed è così che si riconosce sulla faccia di qualcuno. Gli occhi grandi per la sorpresa e le guance d'un tratto rosse, come colpite da una mano dura, invisibile.

L'infermiera Ruth ha proprio questa faccia, adesso. Le ho urlato, con la mia voce da leone: «Non voglio che venga la polizia a prendere la mia mamma!».

«Hannah.» La voce dell'infermiera è un po' stridula. Sicuramente per lo spavento. Devo raccontarlo a Jonathan, penso in un primo momento, dobbiamo segnarcelo: Spavento = Schiaffo + Sorpresa + Voce stridula. Poi mi torna in mente che lui adesso è a casa alle prese con il tappeto, e infine che l'infermiera ha detto che verrà la polizia. Ora mi sento triste, mi viene da piangere.

La tristezza non è una bella sensazione. Me la immagino come un animaletto con tanti dentini aguzzi, che sta nel nostro corpo. Per la maggior parte del tempo dorme, ma a volte si sveglia e ha fame. Si sente proprio che comincia a rosicchiarti il cuore. Non fa così male da gridare, ma si diventa più deboli e si vorrebbe solo riposare. Probabilmente l'infermiera Ruth si è accorta che adesso mi sento un po' debole, e quindi si dimentica dello spavento. La sedia gratta il pavimento mentre lei si alza, gira intorno al tavolo e preme la mia testa contro il suo petto grasso e morbido.

«So che tutto questo è un po' pesante per una bambina. Ma non devi avere paura, Hannah. Nessuno vuole fare del male a te o alla tua mamma. A volte succede che una famiglia abbia bisogno di aiuto, anche se non se ne accorge.» La sua mano calda è poggiata sul mio orecchio, sento il rumore del mare e chiudo gli occhi.

«Si deve appoggiare una conchiglia sull'orecchio per sentire il mare» ci ha detto una volta la mamma, tanto tempo fa. «Ma in realtà funziona anche con qualsiasi oggetto cavo appoggiato all'orecchio. Con un barattolo di conserva o semplicemente con la mano.»

«E come fa il mare a finire lì dentro?» ho domandato.

«Be', a dire il vero, senti solo il tuo sangue che scorre. Ma è molto più bello immaginare che sia il mare, no?»

Ho annuito e chiesto che cosa fosse un barattolo di conserva. Ero ancora piccola e non sapevo che un barattolo di conserva può essere molto pericoloso. Che è di metallo e ha un coperchio rotondo, che una volta tagliato con un apriscatole diventa così affilato che può ferire gravemente te e gli altri.

L'infermiera Ruth toglie la mano dal mio orecchio e non sento più il mare.

«Può essere che a casa abbiate bisogno di aiuto, Hannah?» Si accovaccia vicino alla mia sedia e mi afferra le mani, che tengo appoggiate in grembo.

«No» dico. «In realtà sappiamo cosa si deve fare. Abbiamo le nostre regole. Solo che la mamma a volte se le scorda. Ma per fortuna ci siamo noi che gliele ricordiamo.»

«Ma ciò nonostante fa delle sciocchezze? Lo hai detto poco fa, no? Che a volte per sbaglio fa cose stupide.»

Mi piego in avanti e con le mani formo un imbuto per i segreti. L'imbuto per i segreti lo abbiamo inventato io e Jonathan, ma non possiamo usarlo quando papà è a casa. L'infermiera Ruth gira la testa in modo che io possa appoggiare l'imbuto sul suo orecchio.

«Voleva uccidere per sbaglio il nostro papà» sussurro. La testa dell'infermiera fa uno scatto. Per lo spavento, me ne accorgo subito. Scuoto la testa, prendo il suo viso e lo giro di nuovo nella posizione giusta per l'imbuto. «Non occorre che lo dica alla polizia. Ci pensa Jonathan alle macchie sul tappeto.»

LENA

«Ne voglio tre» dice maneggiando una cipolla. Imperturbabile, stacca la buccia dal cuore, e suona come un cerotto strappato dalla pelle. Il rumore mi ferisce. Sono proprio accanto a lui in cucina e fisso il coltello nella sua mano. Un coltello da intaglio, con la punta della lama sottile, abbastanza affilato.

«Mi ascolti, Lena?»

«Certo» risponde la donna che comincio a odiare con tutte le mie forze. Lui ottiene tutto quello che vuole da lei. Non deve far altro che

allungare la mano risoluto e servirsi. Del suo corpo, del suo orgoglio, della sua dignità. Eppure lei gli sorride. Questa donna mi fa star male. «Ne vuoi tre.»

«Da sempre. E tu?»

Anche lei dice di averne sempre voluti tre. Io invece non ne ho mai voluto nessuno, ma il mio parere non conta. In certe giornate vorrei abituarmi a tutto questo. In altre so che non potrà mai accadere. Raccolgo le ultime riserve, minuscoli frammenti di una volontà spezzata, ricordi e motivazioni, e li nascondo in un luogo sicuro. Come uno scoiattolo che fa scorta di provviste per l'inverno. Posso solo sperare che nessuno, né lui né questa donna debole, scopra mai il mio nascondiglio. Quel luogo segreto dove ci sono un cielo e dei fermatovaglie piuttosto kitsch.

«Vuoi un bicchiere di vino?» Appoggia vicino al tagliere di legno il coltello con cui ha affettato in quattro la cipolla e si gira verso di me. Il coltello giace proprio lì... Mezzo braccio di distanza, a portata di mano. Devo forzarmi per distogliere lo sguardo. Per fissarlo di nuovo negli occhi con il sorriso sciocco della donna debole.

«Sì, molto volentieri.»

«Splendido» sorride lui di rimando, poi fa un passo verso il tavolo, ancora ingombro delle due buste di carta della spesa. «Rosso o bianco? Li ho comprati entrambi, perché non sapevo cosa preferissi con gli spaghetti.»

Se ne sta lì, leggermente piegato sulle buste, volgendomi in parte la schiena, la mano destra infilata in un sacchetto. E anche il coltello se ne sta lì, vicino al tagliere, a mezzo braccio di distanza, a portata di mano. "Ora!" mi grida una voce dentro.

«Lena?» La busta di carta emette un fruscio, mentre lui tira fuori la prima bottiglia. "Ora!"

«Preferisco il rosso, se posso scegliere.»

«Sì, anch'io.» Soddisfatto, con la bottiglia in mano, si gira di

nuovo. La donna debole si appoggia al ripiano. Un dito guizza pietosamente verso il coltello. Solo due centimetri di distanza e una possibilità. Lui cucina per me. Mangiamo insieme e brindiamo con il vino rosso perché presto rimanga incinta. Vuole tre figli. Saremo una famiglia molto felice.

«Fibrillazione atriale!»

HANNAH

L'infermiera Ruth è uscita dalla stanza, così in fretta che è perfino inciampata. Ha detto che devo rimanere seduta ad aspettarla, quindi non mi muovo. Bisogna sempre fare quello che dicono gli adulti, anche i bambini intelligenti come me. Avrei voglia di misurare la stanza, ma devo rimanere seduta, quindi comincio semplicemente a contare. Mi piace contare quando non posso muovermi e non mi viene in mente niente a cui pensare. Così il tempo passa più veloce. Mio fratello canticchia sempre una canzone quando si annoia, ma così la noia aumenta perché canta sempre la stessa. La cosa eccitante del contare è che non si sa mai fino a che numero si arriverà quando sarà passato il tempo.

Al ritorno dell'infermiera Ruth, ho contato fino a 1.128, e lì per lì ho quasi dimenticato di alzarmi in piedi. Bisogna sempre alzarsi in piedi quando la porta si apre, e mostrare le mani. Le unghie devono essere pulite e non si deve nascondere niente nella mano che possa ferire se stessi o gli altri. L'infermiera però non ha nemmeno guardato e mi ha detto soltanto di sedermi di nuovo. Ha portato un album da disegno e matite appuntite, e mi dice: «Ho una bella idea, Hannah».

Devo fare un disegno, aha. Non sono affatto sicura che sia una buona idea. Le matite hanno dei bei colori, questo sì. Rosso e giallo e blu e nero e lilla e arancio e rosa e marrone e verde. Ma sono davvero appuntite. Prendo la matita rossa e passo con attenzione il pollice sulla punta – sì, proprio appuntita. Anche a casa disegniamo, ma con le matite a cera. E ci scriviamo anche con le matite a cera.

«Perché devo fare un disegno?»

L'infermiera Ruth alza le spalle. «Be', anzitutto per passare il tempo prima di vedere tua madre, e poi per poter dire che siamo molto impegnate quando arriverà la polizia a fare domande stupide. Che ne dici?»

«E cosa devo disegnare?»

L'infermiera alza ancora le spalle. «Forse puoi semplicemente disegnare cosa ti è successo oggi prima di arrivare qui con tua madre.»

Senza accorgermene ho iniziato a masticare la matita. Qualche minuscola scheggia si è staccata e me la sento sulla lingua. Mi lecco il dorso della mano per liberarmene.

«No» dico poi. «Ho in mente qualcosa di meglio. Faccio un disegno per la mamma. Così poi glielo regalo.»

«Ok, va bene. E hai già un'idea di cosa disegnarle?»

«Sì, forse sì» rifletto. «Qualcosa che la farà felice.»

L'infermiera Ruth adesso è curiosa. Lo dice e si nota. Ha gli occhi molto rotondi e le sopracciglia così sollevate che le vengono le rughe sulla fronte. Metto da parte la matita rossa e prendo quella blu. Inizio piano piano. Le matite appuntite possono essere pericolose. Prima disegno il viso della mamma. L'infermiera chiede perché è blu. Schiocco la lingua e alzo gli occhi al cielo. A volte anche l'infermiera Ruth è un po' cretina, come mio fratello. «Perché non ho una matita bianca. E perché comunque la matita bianca non si vedrebbe sulla carta bianca» spiego.

Poi disegno il corpo della mamma, in un bel vestito lungo, sempre blu anche se dovrebbe essere bianco, quindi i suoi bei capelli lunghi con il giallo, e infine gli alberi neri con rami che sembrano le dita scheletriche di un mostro, che tentano di afferrare la mamma.

«Sembra molto spaventoso, Hannah» dice l'infermiera. «Raccontami qualcosa di questo disegno.»

«Ecco, questa è la storia della mia mamma e del mio papà, di come si sono innamorati. Era notte fonda e la mamma era fuori nel bosco. Vede come la luce della luna fa brillare i suoi capelli.»

«Sì, sembra davvero molto bella, Hannah. E nel bosco era da sola?»

«Sì, e aveva tanta paura. Per questo la sua bocca non ride, vede?»

«Di cosa aveva paura?»

«Si era persa. Ma poi...»

Adesso disegno il mio papà, che spunta da dietro gli alberi.

«Poi arriva il mio papà e la trova. Questa è la parte migliore della storia. Spunta quasi dal nulla e la salva.» Correggo la bocca della mamma in modo che rida. Il suo sorriso adesso sembra una grossa banana rossa. «E si innamorano subito.»

Poso soddisfatta accanto al foglio la matita rossa, con cui ho disegnato anche un paio di cuori. Un cuore rosso è il simbolo dell'amore. Ho disegnato ben sei cuori rossi, ancora più amore.

«Wow» si stupisce l'infermiera Ruth. «Sembra quasi una favola.»

«No. Non è una favola, è una storia vera. È così che la racconta sempre la mamma. Se fosse una favola dovrebbe cominciare con "c'era una volta". "C'era una volta" è il classico inizio di favole, saghe e leggende. Chiedo spesso alla mamma di raccontarmi questa storia, soprattutto se mi accorgo che è triste. Quando me la racconta sorride sempre in un modo così bello.» Per dimostrarglielo, picchietto con l'indice sulla bocca a banana rossa della mamma.

L'infermiera Ruth si piega un altro po' sul tavolo.

«E cos'ha in mano il tuo papà?»

«Un fazzoletto con cui le copre gli occhi, per farle una sorpresa. Non deve sapere dove stanno andando.»

«E dove stanno andando, Hannah?»

«Be', a casa. Nella capanna.»

LENA

Devi essere grata.

Dio ti ha benedetta.

Hai una bella casa.

Hai una famiglia.

Hai tutto quello che hai sempre desiderato.

La voce nella mia testa gratta solo la superficie. Sento un bruciore allo stomaco, il vuoto. Il vuoto non può bruciare. Ma quanto brucia, questo vuoto. Mi fa male la mascella per lo sforzo mentre con le dita tremanti armeggio con il coperchio del barattolo di cacao. È incastrato. È dannatamente incastrato. Sento colare il sudore sotto l'attaccatura dei capelli e la cicatrice sulla mia fronte comincia a bruciare. Sul ripiano, vicino al cartone del latte, ci sono due tazze, una rossa e una blu, entrambe a puntini bianchi, entrambe di plastica, infrangibili. I bambini devono fare colazione, adesso. Colazione alle 7.30. Cosa c'è di così difficile da capire? I bambini hanno bisogno di giornate regolari. I bambini hanno bisogno di una colazione equilibrata.

Che razza di madre sei, Lena?

Che razza di mostro sei?

Li sento strillare alle mie spalle, scatenati – per favore bambini, non così forte! *La cucina, la sala da pranzo e il soggiorno sono comunicanti. I loro squittii rimbalzano da un angolo all'altro come una palla di gomma senza controllo, mentre si rincorrono per la stanza* – per favore, fate silenzio una volta per tutte! – *Ogni tanto uno di loro salta sul bracciolo del divano e affonda nel sedile, un rumore forte, come un sospiro pesante, ancora e ancora* – voglio che la smettiate! – *Mi sento scoppiare il cranio, la pressione nella mia testa diventa insopportabile. Il coperchio è incastrato. Quel maledetto coperchio è incastrato.*

«Mamma?»

Sussulto. All'improvviso mia figlia è accanto a me e incuriosita sporge il mento dallo spigolo del ripiano. Com'è piccola. Una minuscola, tenera bambina con ricci biondi sottili e la pelle molto bianca. Come un angioletto. Ma non come i veri cherubini dalle guance rosse, le figure di porcellana che mia madre colleziona in sala da pranzo. Piuttosto un angelo che ha qualcosa che non va. Un tentativo mal riuscito.

«Hannah» rispondo. Suona come un'affermazione, per niente amorevole.

«Ti devo aiutare, mamma?» Dai suoi occhi azzurro pallido, rotondi come biglie, si capisce che non ha preso male il mio tono freddo, o che semplicemente non vuole prenderlo male. Annuisco debolmente e spingo il barattolo di cacao verso di lei. Lo apre con un'abile mossa nel giro di pochi secondi ed esclama raggiante: «Ta-da!».

«Grazie» rispondo con voce forzata.

Hannah vorrebbe girarsi e tornare a giocare, ma io le afferro il braccio, decisamente troppo forte, è così fragile e piccola. La lascio subito andare. «Scusa. Ti ho fatto male?»

Aggrotta la fronte e storce la bocca come se avessi detto qualcosa di molto stupido.

«No, certamente no. Tu non mi faresti mai del male, mamma.»

Per un attimo una sensazione, come una coperta calda e pesante, si posa sul mio vuoto interiore. Cerco di sorridere.

«Forse potresti continuare ad aiutarmi?» Quasi a giustificarmi,

alzo le mani tremanti, ma Hannah ha già annuito, si è sollevata sulle punte dei piedi per arrivare al cucchiaio di plastica verde elettrico posato sul ripiano. Rovescia due cucchiai di cacao in ogni tazza, ci versa il latte con molta attenzione e lo mescola contando con voce monotona a ogni giro in cui il cucchiaio sbatacchia contro la tazza.

«Uno, due, tre...»

I numeri, il frastuono. La voce nella mia testa che continua a grattare sulla superficie, finché si forma la prima crepa. La voce che dice: «Questa è tua figlia e la devi amare, che tu lo voglia o no».

«... sei... sette»

Respiro sempre più affannosamente. Mi cedono le ginocchia. Tento di afferrare lo spigolo del ripiano, cerco un appoggio, ma non trovo niente.

«... tredici... quattordici...»

Al rallentatore il soffitto si ribalta, il pavimento si accartoccia, sprofondo nella mia debolezza, scivolo quasi beatamente in un nero liberatorio, grazie.

«Papà» sento gridare Hannah come sott'acqua. «Mamma ha un altro attacco!»

«Stabilizzare il flusso sanguigno!»

HANNAH

L'infermiera Ruth mi chiede cosa intendo con capanna. Avrei voglia di darle un colpetto sulla testa, perché ci riflettesse meglio da sola, ma poi penso che dovrei darle una mano. Bisogna sempre essere d'aiuto.

«Una capanna è una piccola casa di legno. Nel bosco.»

L'infermiera annuisce, come se avesse capito, ma ha ancora una ruga tra le sopracciglia e la mascella le pende un po', come se fosse scivolata giù dal suo sostegno. Si può capire molto da un viso, se si è intelligenti.

«Vuoi dire che abitate nel bosco, in una capanna?»

Annuisco lentamente e dico: «Esatto, molto bene». Anche a me piace essere lodata quando la mamma mi interroga e do la risposta giusta. Lei mi dice sempre «Molto bene» e quindi impegnarsi è più divertente. Forse è così anche per l'infermiera Ruth.

«Hai vissuto anche da qualche altra parte, Hannah? In una vera casa?»

«Una capanna è una vera casa! Il mio papà l'ha costruita apposta per noi. Abbiamo anche l'aria. Solo due o tre volte si è rotto l'impianto di ricircolo. Deve sempre ronzare piano, altrimenti c'è un problema. Per fortuna ho un udito fine. Mi accorgo subito quando qualcosa non va con il ricircolo, molto prima che ci venga il mal di testa. Ma papà lo ha subito riparato. Ha detto che era solo un piccolo guasto tecnico, niente di serio. È bravo nei lavori manuali.»

L'infermiera Ruth sbatte spesso gli occhi. «Cosa» esclama, poi non dice più niente. Neanch'io dico più niente, perché penso abbia finalmente capito che deve impegnarsi un po' anche lei. La mamma aspetta sempre un po', quando facciamo lezione e non mi vengono subito le risposte giuste. Dice: «Non serve a niente se ti svelo subito le risposte esatte. Devi abituarti a usare la tua testa. Rifletti, Hannah. Concentrati. Puoi farcela».

«Cosa...» ripete l'infermiera Ruth. «Cos'è un impianto di ricirc... ricircolo?»

«Impianto di ricircolo dell'aria, parola difficile, vero? Sa cosa faccio io quando una parola è difficile?»

L'infermiera tace di nuovo.

«Mi ripeto nella testa la parola, tante volte finché non l'ho memorizzata. Così imparo i vocaboli molto meglio di Jonathan. In certi casi basta che mi ripeta la parola solo due volte, ma in altri ne servono dieci.»

L'infermiera Ruth continua a non dire niente. Forse sta provando il mio trucchetto e si ripete in testa la parola difficile.

Poi succede qualcosa, la sua bocca si muove.

«E mi spieghi che cos'è...» prende un bel respiro prima della parola difficile «l'impianto di ricircolo?»

«Molto bene» la lodo di nuovo e sono felice dei suoi progressi e di me stessa. Sono una brava insegnante. L'ho preso dalla mamma. «L'impianto di ricircolo fa l'aria per noi» spiego, e mi sforzo di parlare il più lentamente possibile, per non mettere sotto pressione l'infermiera. «Senza ossigeno una persona non sopravvive. Ogni giorno deve inspirare ed espirare tra dieci e ventimila litri d'aria. Tra dieci e ventimila volte la quantità di un cartone di latte. L'aria inspirata contiene circa il ventuno per cento di ossigeno e lo 0,03 per cento di anidride carbonica. L'aria espirata contiene circa il diciassette per cento di ossigeno e il quattro per cento di anidride carbonica. Punto. L'impianto di ricircolo fa in modo che l'aria buona entri nella capanna e che quella cattiva venga buttata fuori. Altrimenti soffocheremmo.»

L'infermiera Ruth si mette una mano davanti alla bocca. Vedo che trema un po'. Non solo la mano, ma tutta l'infermiera.

«Perché non aprite semplicemente la finestra quando vi serve l'aria, Hannah...» Credo sia una domanda, ma non suona proprio così. Bisogna andare su con la voce alla fine della frase, quando si chiede qualcosa. Comincio a sistemare le matite in una lunga fila dritta, dalla più chiara alla più scura, inizio dal giallo, mentre il nero viene per ultimo.

«Hannah?» Stavolta l'infermiera Ruth è andata su con la voce, aha. Alzo gli occhi dalla fila di matite e la guardo in faccia.

«Mi dici almeno chi è Jonathan?»

«Be', mio fratello.»

«E anche Jonathan vive nella capanna? Con te e i tuoi genitori?»

«Sì, certo. Non ha fatto niente di male, perché dovremmo mandarlo via?»

«Raccontami delle macchie sul tappeto.» L'infermiera Ruth si fa molto seria e vince pure la gara a non sbattere gli occhi. Ma è solo perché i miei hanno ricominciato a lacrimare. È colpa della luce e della stanchezza.

«Hannah? Prima hai detto che Jonathan si occupa delle macchie sul tappeto. Quali macchie, Hannah?»

Scuoto la testa e dico: «Sono stanca e voglio andare dalla mamma».

L'infermiera afferra la mia mano sul tavolo. Nel farlo, sposta due matite dalla fila, quella blu e quella verde.

«Lo so, ma credimi: i medici ci faranno sapere appena potrai andare da lei. Nel frattempo vuoi fare un altro disegno? Guarda come è spesso questo album.» Lascia la mia mano e picchietta con il dito sul blocco. «Hai ancora molti fogli bianchi.»

Alzo le spalle. In realtà non ho più voglia di dipingere.

L'infermiera Ruth fa una faccia pensierosa, con gli occhi stretti e la bocca affilata.

«Che ne dici di fare un disegno di tutta la vostra famiglia? Uno con tuo fratello. Jonathan» sorride. Ha ascoltato bene e si è ricordata il suo nome. «Andate d'accordo tu e Jonathan? O a volte litigate?»

«Litighiamo solo quando lui fa il cretino.»

L'infermiera fa una risatina.

«Capisco. E dimmi, tuo fratello è più piccolo o più grande di te?»

Stacco dal blocco il foglio con il disegno di mamma e papà, e lo metto da una parte. Poi prendo la matita blu e inizio a disegnare la faccia di Jonathan su un nuovo foglio.

«Più piccolo. Di due anni.»

«Ok, non dirmi niente, fammi indovinare. Allora lui ha...» comincia a dire l'infermiera e sembra riflettere. «Ecco, è difficile. Penso che abbia... sei anni?»

Alzo gli occhi dal foglio. Povera, stupida infermiera Ruth, che non sa nemmeno fare i conti.

«Tredici meno due» provo ad aiutarla, ma lei si limita a fissarmi. «Ovviamente fa undici» le rivelo. L'infermiera Ruth ha ancora molto da imparare nella vita.

HANNAH

Studiare è importante. Non si può essere stupidi. Nello studio sono più brava di Jonathan, è sempre stato così. Lui ha imparato a leggere solo a quattro anni. Naturalmente sappiamo cos'è una scuola. Una scuola è un istituto che si occupa dell'istruzione dei bambini e dei ragazzi. Ma per fortuna noi non dobbiamo andarci. La strada è molto pericolosa. Potremmo perderci o essere aggrediti. E poi solo i bambini veramente stupidi devono andare a scuola, quelli che non riescono a studiare da soli. Credo che anche l'infermiera Ruth sia dovuta andare a scuola quando era piccola, quindi è vero quello che ho sempre pensato: la scuola fa solo finta di insegnare cose importanti ai bambini. In realtà rimangono stupidi. Lo si capisce guardando l'infermiera Ruth. Un calcolo così facile, tredici meno due. Penso che adesso si vergogni di non aver saputo risolvere un'operazione così semplice. Mi chiede addirittura se è vero tutto quello che le ho detto. Così smetto di colorare i pantaloni di Jonathan, giro il foglio e disegno tredici linee sull'altro lato. Poi ne cancello due e conto lentamente per lei quelle che rimangono. Naturalmente ne restano undici. Tredici meno due fa undici. E comunque non è bello che pensi che sia *io* a dire bugie, solo perché *lei* è un po' stupida.

Non direi mai bugie. Non si dicono le bugie. Glielo spiego, così adesso lo saprà anche lei, la povera stupida infermiera Ruth.

«Hannah.» Adesso sembra stia per mettersi a piangere. «La capanna. E l'impianto di ricirc...»

«Impianto di ricircolo!» dico con la mia voce da leone.

L'infermiera sussulta. Per lo spavento, di nuovo. Occhi grandi e guance rosse. Ma stavolta non mi fa pena. Semplicemente non vuole impegnarsi. «Adesso perdo la pazienza!» dico ancora con la mia voce da leone, sbattendo la mano sul tavolo. Le matite saltellano, quella verde rotola oltre il bordo del tavolo e cade per terra. Non ci si deve mostrare stupidi di proposito. Mi piego sotto il tavolo per prendere la matita verde e quando ritorno su, lei si scusa. Almeno questo. Bisogna sempre scusarsi quando si fa qualcosa di sbagliato.

«Non ti volevo agitare, Hannah» dice. «È sicuramente una situazione stancante per te. Lo capisco. Ma sai, vorrei comprendere anche il resto. Vorrei tanto sapere come vanno le cose a casa, da voi. Non conosco nessun altro che viva in una capanna nel bosco.»

Giro di nuovo il foglio e riprendo a colorare i pantaloni di Jonathan. Sono i suoi pantaloni preferiti, quelli blu, che può mettere solo la domenica.

«Hannah?»

Io alzo lo sguardo.

«Mi perdoni?»

Annuisco, poi torno a occuparmi del disegno. Ho messo a Jonathan anche la sua maglietta rossa preferita. Quando era nuova brillava. Penso che sarebbe felice se sapesse che nel mio disegno ha addosso i suoi vestiti preferiti. Infine disegno i suoi capelli ricci. Sono quasi neri, come quelli di papà. Subito accanto a lui, all'altezza della spalla di Jonathan, comincio a disegnare il mio viso. Mi metterò anch'io il mio vestito preferito, quello bianco coi fiorellini. Saremo tutti molto belli nel mio disegno.

«A casa non potete aprire le finestre, vero Hannah? Per questo avete bisogno di quell'impianto.»

«Impianto di ricircolo» mormoro.

«Ma la capanna non ha nessuna finestra?»

«Certo, naturalmente.» Per i miei riccioli mi serve la matita gialla.

«Ma non aprite mai le finestre? Perché no, Hannah?»

«Troppo pericoloso. Per questo ci abbiamo inchiodato sopra delle tavole.» Rifletto se sarebbe una bugia disegnarmi un nastro rosso fra i capelli. Non ho un nastro rosso, solo uno blu scuro. Ma rosso starebbe meglio coi fiorellini sul vestito.

«Lo ha fatto tuo padre, Hannah? Avevi detto che è bravo nei lavori manuali.»

«Sì.» Piano piano avvicino la mano alla matita rossa, guardando in faccia l'infermiera Ruth. In realtà lei non può sapere che non ho un nastro rosso, ma ho paura che mi si legga in faccia che sto barando. La paura non è proprio spavento, ma comunque non è una cosa buona. È come quando hai la nausea, quando hai mal di pancia e non sai se stai per vomitare o no.

Già una volta è successo che papà avesse paura, perché la mamma era andata via. Ci ha detto che non era sicuro che tornasse e poi si è messo a piangere. Non lo avevo mai visto piangere. Ho allungato la mano verso il suo viso e ho toccato l'occhiaia umida. Lui non lo ha detto, ma io ho capito subito che la mamma se ne era andata anche per colpa mia, per la storia di Sara. Anche Jonathan lo aveva capito. Continuava a fissarmi e per due giorni non mi ha parlato, finché non gli ho ricordato che anche lui non sopportava Sara.

«Sai, Hannah, stavo riflettendo. Ti sei data così tanto da fare per disegnare tuo fratello. Si capisce quanto gli vuoi bene. Forse dovremmo mandare qualcuno a casa vostra, per vedere come se la cava con il tappeto? O per aiutarlo?»

Afferro la matita rossa senza distogliere lo sguardo dall'infermiera Ruth. Ma il fatto che io stia barando sul colore non sembra preoccuparla.

«Oppure» continua indisturbata «potremmo portarlo qui, da te. Così potete aspettare la vostra mamma insieme. Alcune cose sembrano meno brutte, quando abbiamo accanto una persona cara.»

«Non sono sicura che a Jonathan piacerebbe questo posto» dico. Il mio nastro rosso inventato sta veramente bene con il vestito a fiori. «Credo che comincerebbe a tremare se fosse qui.»

«Ma tu sei molto brava e non tremi.»

«Sì, è vero» rispondo. «Ma forse io sono più coraggiosa di Jonathan. Perché sono più grande, o un po' più intelligente, o entrambe le cose. Lui per esempio si è spaventato molto più di me per il sangue. E anche per il rumore.»

«Quale rumore?»

«Be', da dove crede che vengano quelle brutte macchie sul tappeto?»

L'infermiera fa una faccia come se stesse riflettendo, ma ormai so che non è molto brava in questo.

«Come quando fai cadere sul pavimento un cocomero» spiego, per evitarle un'altra figuraccia. «È questo il rumore che senti quando sbatti qualcosa sulla testa di qualcuno. *Pamm!*» esclamo con la mia voce da leone. E poi di nuovo normalmente: «Dopo invece c'è un gran silenzio».

MATTHIAS

4.825 giorni.

Li ho contati uno dopo l'altro maledicendoli. I miei capelli sono diventati più grigi e il battito del cuore più zoppicante. Il primo anno ripercorrevo ogni giorno il suo ultimo tratto di strada. Avevo stampato dei volantini per poi appenderli a ogni singolo lampione. Interrogavo di mia iniziativa i suoi presunti amici e a qualcuno facevo una bella lavata di capo. Chiamavo più volte al giorno il mio amico di lunga data Gerd, Gerd Brühling, che in quanto commissario capo dirigeva la squadra investigativa che la stava cercando. Gli tolsi la mia amicizia quando vidi che non riusciva a trovarla. Poi, quando cominciai a sentirmi inutile, mi diedi da fare per spazzare via tutte le bugie, almeno questo. Concessi molte interviste, cinquanta o forse più.

Lena è scomparsa, da 4.825 giorni. E notti. Sono quasi quattordici anni. Quattordici anni in cui ogni singolo squillo del telefono avrebbe potuto portare la sola e unica notizia in grado di cambiare tutto. Che nostra figlia era stata rapita e adesso chiedevano un riscatto. Che nostra figlia era stata ripescata dall'Isar, il corpo livido e gonfio, ormai irriconoscibile. Che era stata ritrovata, stuprata, fatta a pezzi e gettata via come spazzatura, forse all'estero, da qualche parte verso il blocco orientale.

«Matthias, sei ancora lì?» La voce di Gerd gracchia per l'agitazione. Non rispondo, cerco solo di respirare. La cornetta del telefono mi trema nella mano destra umida di sudore. Con la sinistra cerco un appoggio sul cassettone del corridoio. La stanza, l'ingresso di casa, perde consistenza; la scala, il tappeto, il guardaroba sembrano ondeggiare verso di me. Il pavimento sotto i miei piedi è morbido. Accanto a me c'è Karin, che ancora addormentata ha sceso le scale dal piano di sopra non vedendomi tornare in camera. Armeggia nervosamente con la cintura del suo accappatoio di spugna color crema, e sibila: «Che succede Matthias? Che succede?».

Deglutisco, cercando di mandare giù il groppo in gola, la notizia e il suo significato, e quasi quattordici maledetti anni. Centinaia di volte io e Karin avevamo fatto morire Lena nei modi più atroci, torturandoci con migliaia di possibilità. Dopo un po', nelle nostre ipotesi, avevamo cominciato a tralasciarne solo una: e se squillasse il telefono e ci dicessero che l'hanno trovata viva?

«Lena» dico ansimando.

Karin chiude gli occhi e fa un paio di passi incerti all'indietro, finché con la schiena non urta la parete e sprofonda a terra. Mette le mani davanti al viso e comincia a singhiozzare, non forte né in modo melodrammatico, questo no. Ormai è passato troppo tempo, 4.825 giorni, la speranza si era quasi del tutto affievolita. Sono più dei lievi singulti, tristi, fiacchi.

«No, no» riesco finalmente a dire, e tendo la mano verso di lei.

«Matthias?» È Gerd, dal telefono.

«No, no? In che senso?» È Karin, dalla parete.

«Pensano che sia stata rapita. Ma l'hanno trovata. È viva» sussurro con una voce che perfino io sento a malapena. E ancora: «È viva».

«Cosa?» Karin si tira su a fatica. Le prendo un braccio vedendo che sta per perdere l'equilibrio sulle gambe barcollanti.

«Sì» dice la voce gracchiante di Gerd all'altro capo del telefono. Le informazioni che mi ha appena dato sono vaghe. Non so se non può dirmi di più, non vuole o non deve. Solo che il confronto con il database degli scomparsi ha rilevato delle somiglianze. Domani partirà subito per Cham, al confine ceco, per l'ospedale, dove potrà confermare l'identità di Lena. Cham, a solo due ore e mezzo da Monaco, così vicino. *Lena è così vicina, forse è stata sempre così vicina. E io non l'ho trovata.*

«Vengo anch'io» grido. «Andiamo insieme. Non domattina presto. Subito.»

«Nooo, Matthias, non va bene» dice Gerd con il tono di un adulto che tenta di placare un bambino testardo. «Non funziona così.»

«Non me ne frega niente» si impunta il bambino. «Non me ne frega un cazzo! Vado a vestirmi. Vieni a prendermi.»

Sento Gerd sospirare nella cornetta.

«Me lo devi» puntualizzo, prima che lui perda tempo a illustrarmi nel dettaglio la procedura usuale. «Andiamo.»

Gerd sospira di nuovo, io riattacco. Gli do mezz'ora di tempo per venire a prendermi. Se non si presenta, parto da solo, basta. Per Cham, da Lena. Abbraccio Karin. Le sue lacrime calde bagnano la stoffa del mio pigiama.

«È viva» le mormoro nei capelli. Che suono meraviglioso: è viva.

Nel giro di un quarto d'ora siamo vestiti, Karin si è persino pettinata. In piedi nell'ingresso, l'uno a fianco all'altra, ci muoviamo nervosamente sul posto, gli occhi fissi sulla porta, dal cui vetro opaco potremo subito vedere i fari della macchina che annunciano l'arrivo di Gerd. Io mi limito a pensarlo, mentre Karin lo dice ad alta voce: «Non aspettiamo».

Annuisco convinto e prendo le chiavi della macchina appese nella bacheca.

A Cham. Da Lena. È viva.

Solo quando imbocchiamo l'autostrada sulla nostra vecchia Volvo, scoppia la bolla che mi ha avvolto fin dalla chiamata di Gerd. All'improvviso mi chiedo se non avremmo fatto meglio ad aspettarlo. E se sia stata una buona idea portare Karin con me. Le parole di Gerd al telefono riecheggiano ancora nella mia testa. «Ascolta Matthias, non è sicuro, ma ho ricevuto una chiamata dai colleghi di Cham. Una giovane donna è stata investita da una macchina in una zona boschiva vicino al confine ceco. Pare si chiami Lena. L'ipotesi è che l'incidente abbia in qualche modo a che fare con un rapimento, per questo hanno controllato il database degli scomparsi. Ci sono alcune corrispondenze, per esempio la cicatrice sulla fronte. Però la donna è rimasta ferita gravemente nell'incidente. È ricoverata in Chirurgia d'urgenza e non può parlare al momento. Sei ancora in linea? Matthias?»

«Lena» ho ansimato guardando Karin.

«Sì» ha detto Gerd. «Mi metto in viaggio per Cham domattina presto. Finché non avremo confermato con assoluta certezza l'identità della donna...»

E io: «Vengo anch'io».

«Karin, credo di doverti avvertire» dico appena realizzo che la preoccupazione di Gerd probabilmente non dipendeva soltanto dalla violazione delle procedure. Avrei dovuto dirlo prima a Karin, già mentre ci vestivamo, ma non riuscivo quasi a parlare, a parte ripetere: «È viva», sorpreso, sconvolto, quasi con reverenza.

«Gerd ha detto che è al pronto soccorso. Forse è gravemente ferita. Potresti sopportare di vederla così?»

«Sei pazzo? È nostra figlia.»

Karin ha ragione. Lena ha bisogno di noi, soprattutto nelle sue condizioni. Premo sull'acceleratore, mando al massimo la nostra vecchia Volvo, per quanto possibile. Dopo quasi quattordici anni, solo 180 chilometri ci separano da nostra figlia.

«Ciao papi! Ci vediamo! E grazie ancora!» sento la sua voce squillante e nel ricordo la vedo scendere saltellando gli scalini verso il giardino. Il pomeriggio prima della sua scomparsa era passata da noi per un caffè, dopo che al campus le avevano rubato la bicicletta. Le avevo dato i soldi facendo attenzione che Karin non ci notasse. Karin che pensava che la ragazza dovesse diventare più autonoma e, come molti altri studenti, trovarsi un lavoretto. Io che invece lo ritenevo fuori questione. Nostra figlia doveva concentrarsi sullo studio. Adesso aveva bisogno di una bicicletta nuova, e io le avevo allungato 300 euro.

Ciao papi! Ci vediamo!

Ciao, angelo mio, ci vediamo tra 4.825 giorni…

«Matthias?» Karin sventola il mio cellulare. Solo ora mi accorgo che sta suonando, illuminando l'abitacolo ancora buio con la luce blu del display.

«Gerd» ipotizzo, immaginando che in questo istante sia sulla soglia di casa nostra, e dopo aver suonato un paio di volte abbia intuito che ce ne siamo andati senza di lui. Dò un'occhiata all'orologio sul cruscotto: sarebbe stato puntuale.

«Rispondi pure tu.»

Gerd strilla così forte all'orecchio di Karin che riesco a sentirlo persino io. Lei si scusa: «Non ce la facevamo ad aspettare. Dovresti capirlo».

Vuole che mi riferisca che sono il solito idiota, sento anche questo e non posso fare a meno di sorridere compiaciuto, con una vaga sensazione di malinconia. Gerd e io eravamo migliori amici, un tempo, in un'altra vita.

«Sì, sì, non preoccuparti» gli dice Karin prima di congedarsi, e l'abitacolo piomba di nuovo nel buio. «Dice che ci vedremo all'ospedale. Dobbiamo rimanere calmi finché non arriva, anche per via dei suoi colleghi sul posto.»

Sbuffo, la malinconia se ne è andata.

«Come se me ne fregasse qualcosa dei colleghi del signor Brühling. Vogliamo solo sapere cosa è successo a nostra figlia. Punto e basta.»

Sento che Karin sta frugando nella sua borsa; per infilarci il cellulare, penso. Invece riconosco il rumore familiare di un pacchetto di fazzoletti che viene aperto con foga. Con la coda dell'occhio la vedo asciugarsi il viso.

«Rapimento» singhiozza. «Se davvero è stata rapita, perché nessuno ci ha mai chiesto il riscatto?»

Alzo le spalle.

«Non sarebbe la prima volta che un malato di mente rapisce una giovane donna per tenersela.» Non posso evitare di pensare a Mark Sutthof. E se alla fine avesse avuto davvero qualcosa a che fare con la scomparsa di Lena? Mio Dio, lo avevo avuto quasi in pugno…

«*Tenersela* è una brutta espressione.» La voce di Karin si inserisce tra i miei pensieri. Le mie mani sul colletto della camicia di Mark Sutthoff, la sua schiena contro il muro, il suo viso paonazzo.

Dov'è Lena, bastardo?

«Lo so» dico.

Karin tira su col naso. «Pensi che si riprenderà? Voglio dire, non dalle ferite dell'incidente.»

«È forte, lo è sempre stata» sorrido incoraggiante, tastandole il ginocchio.

Per il resto del viaggio rimaniamo in silenzio, solo di tanto in tanto uno di noi si schiarisce la gola secca. Ma io so cosa sta provando Karin. Si sta chiedendo se la persona che oggi ci verrà restituita è ancora nostra figlia, dopo tutti questi anni e tutto quello che probabilmente ha dovuto sopportare. In passato Karin ha pronunciato spesso frasi come «Speriamo che almeno sia stata una cosa rapida» oppure «Prego perché sia finita». Con questo intendeva una morte veloce, senza torture fisiche o mentali, senza dolore. A volte mi riusciva difficile non prenderla a schiaffi, anche se in segreto mi auguravo la stessa cosa. Sento che adesso, seduti nell'auto, con solo il bracciolo del sedile tra noi, siamo in realtà lontani anni luce. Karin ha paura, Karin dubita. Io invece penso che esistano medici per ogni cosa, per il corpo e per l'anima. Che andrà tutto bene. Altrimenti perché Lena sarebbe sopravvissuta, se non fosse in grado di vivere? Se non fosse aggrappata alla vita? Forse io vedo tutto rosa e Karin vede solo nero, forse la verità sta nel mezzo, proprio sul bracciolo del sedile, a portata di mano, semplice.

«È forte» insisto, e Karin si schiarisce la gola.

LENA

Qualcuno grida. «No!» e «Oddio!»

Il mio corpo rigido viene strappato via. Scosso. Un senso di calore, un abbraccio stretto.

«Lena! Oddio, Lena!»

Socchiudo gli occhi. Sorrido debolmente. Lui è tornato, all'ultimo momento. I bambini sono vivi, gli si aggrappano al collo. Lui mi tiene tra le braccia, il viso pallido per lo spavento. Tendo la mia mano fredda verso di lui. Sento una lacrima.

«Mi dispiace così tanto» dice lui, e io rispondo: «Ci hai salvati».

«Paziente stabile.»

HANNAH

Credo di aver combinato qualcosa. Lo so perché ho già contato fino a 2.676, eppure l'infermiera Ruth non è tornata. Ho imitato il suono del cocomero. *Pamm!* E poi lei ha detto che andava subito a chiedere notizie della mamma, e che nel frattempo io dovevo continuare a disegnare la mia famiglia. Ho disegnato una macchia rossa sulla testa di papà, da una parte, ma adesso non so più cosa fare.

Sono stanca. Fuori dalle finestre la notte è già diventata un po' grigia. Non sono mai rimasta sveglia tanto a lungo, a parte quella volta quando Sara era ancora con noi e ci ha tenuti svegli con il suo pianto. Bisogna sempre dormire abbastanza, così il corpo si rigenera. Appoggio la testa sul tavolo e chiudo gli occhi. La mamma dice sempre che possiamo decidere cosa sognare: basta pensare intensamente a qualcosa prima di addormentarci. Voglio fare un sogno particolarmente bello. Io e la mamma che facciamo un'altra gita, solo noi due, perché io sono la sua preferita.

Allora penso intensamente alla prima volta che siamo andate via insieme. All'inizio ero un po' preoccupata, ma poi la mamma ha detto: «È un posto meraviglioso, Hannah. Ti piacerà». E mi ha raccomandato di non dire a nessuno che andavamo via.

«*Shhh*» ha fatto mettendo l'indice sulle labbra. «Le nostre gite sono un segreto.»

«Ma non si dicono le bugie, mamma!»

«Non diciamo bugie, Hannah. Semplicemente non lo raccontiamo a nessuno.»

«E Jonathan? Avrà sicuramente paura quando si sveglia vedendo che non c'è nessuno in casa.»

«Non ti preoccupare, dormirà a lungo. E quando si sveglierà, saremo già tornate a casa da un bel po', promesso.»

Ci siamo fatte belle. Io mi sono perfino messa il mio vestito preferito, quello bianco con i fiorellini. Poi, in punta di piedi, siamo uscite di casa e siamo andate alla macchina. Io sedevo davanti, accanto alla mamma. La strada che abbiamo percorso era liscia come un foglio di carta e risplendeva al sole. Alcuni punti scintillavano nel calore come piccoli fuochi pallidi. Io schiacciavo il naso contro il vetro fresco. Il cielo era una tela, con disegni di nuvole bianche su sfondo blu. Disegnavo sul vetro i contorni di una nuvola a forma di mucca e la mamma si è messa a ridere. Alla radio c'era una canzone che conoscevamo e le sue risate spezzavano la melodia, finché non ha iniziato a cantare.

Abbiamo lasciato la strada principale e siamo entrate in un paesino. La mamma ha parcheggiato all'ombra di un albero. Era un acero. Si riconosceva dalle foglie divise in cinque parti, come una grossa mano verde.

Eravamo state invitate a una festa in giardino. La mamma aveva ragione, era un posto bellissimo. Ci stavano aspettando; la gente che era lì rideva, faceva cenni e ci chiamava: «Finalmente siete arrivate!». La mamma voleva presentarmi, ma io per l'agitazione non riuscivo a stare ferma. Mi sono sfilata i sandali e ho cominciato a correre a piedi scalzi per il giardino, annusavo le ortensie, grandi come cavoli, e alla fine mi sono buttata a pancia in giù sul prato. L'erba aveva lo stesso odore del detersivo che usiamo sempre a casa. Strappavo fili d'erba e margheritine, e facevo camminare una coccinella sul dorso della mano. Un uomo con gli occhi molto chiari e i capelli grigi si è seduto sull'erba vicino a me e ha detto: «Sono felice che tu sia venuta, Hannah».

Gli ho fatto vedere la coccinella sulla mano e lui mi ha spiegato che le coccinelle sono molto utili, perché mangiano i pidocchi delle piante e gli acari. Incredibile, un animaletto così piccolo…

«Si dice anche» ha continuato l'uomo «che le coccinelle portino fortuna.» Questo mi è piaciuto.

Qualcuno ci ha chiamati per andare a mangiare. Nella parte posteriore del giardino c'era un lungo tavolo apparecchiato. Ho messo il tallone del piede destro davanti alle dita del sinistro, alternando, destro davanti al sinistro, sinistro davanti al destro, finché non ho misurato la lunghezza del tavolo, trenta passi. C'era un dolce al cioccolato, una torta di fragole e il budino alla vaniglia, con lamponi grossi quanto l'unghia del pollice, biscotti, grissini e würstel grigliati. Avrei voluto assaggiare tutto, ma la mamma ha detto che dovevamo tornare. Presto Jonathan si sarebbe svegliato. Il sonnifero non dura tanto quanto vorremmo.

«Posso prendere almeno un pezzo di dolce al cioccolato, mamma? Solo un pezzettino, per favore! Lo mangio in fretta.»

La mamma ha scosso la testa. Ha tirato fuori una barretta dalla borsa, ha scartato la confezione e me l'ha data. «Troppo zucchero fa male, Hannah. A casa andremo subito a leggere quali sono gli effetti dello zucchero sul tuo corpo. E adesso prendi i sandali, dobbiamo davvero andare.»

E si è diretta subito verso il cancello, senza salutare gli altri ospiti. Quando l'ho raggiunta alla macchina, mi sono girata un'ultima volta indietro. Vicino al recinto del giardino c'era l'uomo che mi aveva raccontato della coccinella, e stava salutando. Ho alzato per un attimo la mano, senza che la mamma se ne accorgesse. E poco dopo eravamo di nuovo a casa.

«Il consumo eccessivo di zucchero e di cibi zuccherati può provocare i seguenti sintomi» ha cominciato a leggere la mamma dal librone che sa sempre tutto. Lo aveva tirato fuori dallo scaffale in soggiorno appena rientrate a casa. «Stanchezza, apatia, stati di ansia, problemi allo stomaco e all'intestino, flatulenza, diarrea o stitichezza, nervosismo, disturbi del sonno e dell'attenzione, carie. Hai visto.» Ha chiuso il libro sbattendolo molto forte. «Sei fortunata a non aver mangiato il dolce.»

Ho annuito. La mia mamma si prende cura di me. Vuole sempre il meglio per me.

Un attimo dopo Jonathan è comparso sulla soglia del soggiorno. Doveva essersi appena svegliato.

«Cosa fate lì?» ha chiesto stropicciandosi gli occhi.

«Niente, Jonathan» ha sorriso la mamma facendomi l'occhiolino.

Io e la mamma avevamo un segreto. Io e la mamma siamo una cosa sola, per sempre.

«Hannah?»

Sbatto gli occhi.

«Hannah?»

Alzo la testa dal tavolo.

Davanti a me ci sono due estranei. Un uomo con un vestito grigio e una donna alta e magra, coi capelli corti castani. Sobbalzo per lo spavento. Adesso mi siedo dritta, con la schiena eretta, come si deve stare seduti quando si mangia. La donna mi porge la mano. Io le stendo entrambe e le giro piano, così può vedermi le unghie e i palmi. Non riesco nemmeno a finire che lei mi prende la destra e me la stringe. La donna e l'uomo dicono «Ciao, Hannah» e mi spiegano che l'infermiera Ruth non torna, perché ha bisogno di una pausa.

«Si è occupata di te per tutto questo tempo» sorride la donna. Dice di chiamarsi dottoressa Hamstedt, ma non sembra affatto una dottoressa. Non ha il camice. Vorrei dirglielo, perché magari ha dimenticato il camice da qualche parte e verrà sgridata. Ma non faccio in tempo, perché adesso è il turno dell'uomo. Neanche lui vuole guardarmi le mani, e per di più è un poliziotto. Mi fa persino vedere il distintivo e ride, perché nella foto sembra un altro.

«Vedi, ero ancora giovane e bello.»

Penso che sia uno scherzo, ma proprio quando sto per muovere la bocca, lui ridiventa serio.

«Hannah, devo andare urgentemente a casa tua per vedere se tutto va bene» dice prendendo la sedia su cui prima sedeva l'infermiera Ruth. Poi si china verso i disegni che ho fatto e picchietta il dito proprio sulla macchia rossa sulla testa di papà.

«Stando a quello che mi ha raccontato l'infermiera Ruth, credo che stanotte sia successo qualcosa di brutto da voi. Che tu e la tua mamma vi siate così spaventate da fuggire, e che poi sia accaduto l'incidente in cui lei è rimasta ferita.»

Adesso prende il disegno con mamma e papà nel bosco, e indica il fazzoletto che papà tiene in mano.

«Non devi avere paura, Hannah. Dimmi solo dov'è la capanna. Mi occupo io di tutto. E a te non capiterà niente di male, te lo prometto.»

«Hannah, da' retta al commissario Giesner. Puoi fidarti di noi» dice la donna.

«Dov'è la capanna, Hannah? Mi puoi descrivere la strada?» Di nuovo il poliziotto, poi la donna: «Non avere paura, qui sei al sicuro».

Non penso che siano persone cattive, soprattutto il poliziotto è molto più gentile di quello che pensavo. Ma comunque non ho voglia di parlare con loro. Voglio che torni l'infermiera Ruth, o almeno voglio dormire. Questo lo capiscono, credo, perché mi lasciano in pace quando riappoggio la testa sul tavolo e chiudo gli occhi. Voglio semplicemente pensare di nuovo a qualcosa di bello, ma non funziona, perché tendo le orecchie e aspetto un segno per capire se quei due si sono finalmente alzati e se ne sono andati. Ma rimangono seduti finché non conto fino a 148. Poi sento le sedie spostarsi sul pavimento e poco dopo il rumore della porta.

MATTHIAS

Svoltiamo nel parcheggio davanti all'ospedale. Manca poco alle quattro.

Karin mi afferra la mano. La sua è fredda e umida. Dice qualcosa. Io non sento niente, solo il battito del mio cuore nelle orecchie. Non corriamo, non prendiamo d'assalto questo posto, i nostri passi sono lenti e prudenti. Facciamo tutto in automatico. Oltrepassiamo la porta, un breve tratto fino all'ingresso, all'accettazione, dove è seduta una donna. Vorrei dirle che siamo i genitori di Lena Beck, che è stata ricoverata qui in seguito a un incidente. Che dobbiamo andare al reparto di Chirurgia d'urgenza. Ma non so come suonano le mie parole. Se le frasi mi sono uscite fuori come le avevo pensate. La donna adesso muove la bocca, prende il telefono. Karin mi tira per la manica, allontanandomi di qualche passo dal box di vetro in cui si trova l'impiegata che sta parlando al telefono. Il viso di Karin è bianco, gli occhi tremano nelle orbite mentre mi guarda. Appena mi accorgo di come sposta nervosamente il peso da una gamba all'altra, le cingo le spalle. Vorrei dirle di calmarsi e apparentemente ci riesco, perché lei annuisce. Arriva un medico o un infermiere, non lo so, comunque porta il camice. Accanto a lui c'è un uomo in abito grigio. Sento sfrecciarmi attorno dei nomi, qualcuno mi stringe la mano. Li seguiamo fino a un ascensore. Ci muoviamo, non so se saliamo o scendiamo. Il tempo sembra non passare mai. L'ascensore si ferma, uno degli uomini mi tocca la spalla, solo per dirmi di scendere. Karin mi ha di nuovo preso la mano, la stringe forte. La processione percorre metà di un corridoio, poi si arresta. Karin lascia bruscamente la mia mano. La cosa mi irrita e all'improvviso sono di nuovo attento a quello che succede.

Il medico dice: «Sarebbe meglio se entrasse solo uno di voi. Ha ricevuto le prime cure, ma non è ancora cosciente. Vogliamo che riprenda i sensi in tranquillità, perché non possiamo escludere che sia sotto shock».

«Significa che non le posso parlare» concludo stupidamente.

L'uomo in abito grigio, che nel frattempo ho capito essere un commissario di polizia, spiega: «Prima di tutto abbiamo bisogno del suo aiuto per identificarla senza ombra di dubbio. Del resto parleremo dopo».

«Lo faccio io» decido rivolgendomi a Karin, che annuisce. Così avevamo stabilito molti anni fa. Sarei stato io a identificare il cadavere di nostra figlia, coperto da un telo sottile su un tavolo da autopsia. Le avrei tenuto di nuovo la mano e dato un ultimo bacio sulla fronte fredda. Le avrei detto che l'amavamo.

Solo che adesso non siamo nei sotterranei di Medicina legale, ma in un ospedale, e nostra figlia è viva. Il medico mi prende per un braccio guidandomi verso la prossima porta, che separa il corridoio dal reparto successivo. Alle mie spalle Karin chiede al commissario cosa succederà adesso. Non sento la risposta, mentre la porta si richiude dietro di me. All'improvviso divento insicuro, mi chiedo che aspetto avrà nostra figlia, dopo le lesioni dell'incidente, dopo tutto quanto. Quando è scomparsa era al secondo anno di Scienze della formazione, una ragazzina che aveva appena aperto le ali. Adesso ha 37 anni, una donna fatta che, se quella notte non fosse stata strappata alla sua vita, forse adesso sarebbe sposata e avrebbe dei figli.

«Non si spaventi» dice il medico davanti alla sua stanza. Ha già messo la mano sulla maniglia, ma sta esitando. «Ha alcune ferite al volto, soprattutto tagli. Ma sembrano più gravi di quello che sono.»

Faccio una specie di grugnito, mi manca il fiato. La gabbia toracica mi opprime. Il medico abbassa la maniglia. La fessura della porta si allarga.

Chiudo gli occhi, le immagini mi sommergono.

La mia piccola Lenchen, un fagottino tra le braccia di Karin. 50 cm e 3,430 kg, una mano minuscola che afferra il mio pollice. Dico: «Benvenuta al mondo, angelo mio. Il tuo papà ti proteggerà sempre». La mia piccola Lenchen con una fessura tra i denti e la cartella enorme. La mia Lenchen che insiste per essere chiamata Lena, perché quel nomignolo è troppo infantile. Lena che si è tinta di nero i bei capelli biondi, seduta in soggiorno con le ginocchia raccolte, mentre con uno spillone apre degli strappi nei jeans. Lena che è tornata bionda, ed è il mio orgoglio. Meravigliosa nel suo abito, la sera della festa della maturità, con un bel voto in tasca e tanti progetti nella testa. Lena, che studia all'università e Lena, l'ultima volta che l'ho vista prima della scomparsa. Come saltella giù per gli scalini dopo averci fatto visita, si gira di nuovo indietro e mi saluta felice. *Ciao papi! Ci vediamo! E grazie ancora!*

Poi entro nella stanza.

Il suo letto è al centro. Sento il *bip* dei macchinari. Ha gli occhi chiusi. È vero, ha delle ferite sul viso. È pieno di tagli, che sembrano dei piccoli triangoli. La parte sinistra del volto è bluastra e gonfia. Il labbro è lacerato. E sembra che le abbiano ricucito un sopracciglio. Tuttavia la piccola cicatrice a destra, all'attaccatura dei capelli, è ben visibile. Eppure...

Il primo sguardo sarebbe bastato. Ma il significato deve sedimentare, serve tempo, diventa pesante, senza fondo. Poi, all'improvviso, mi metto la mano davanti alla bocca e mi allontano dal letto barcollando.

«Questa non è Lena» ansimo nel palmo. «Questa non è mia figlia.»

Il medico mi prende per il gomito, mi tiene in piedi o mi guida fuori dalla stanza, forse entrambe le cose insieme.

«Questa non è lei.» Ancora e ancora.

«Mi dispiace» dice il medico. *Mi dispiace*, come se fosse tutto qui.

HANNAH

Se adesso potessi scegliere, vorrei essere al mare. Con la mamma – solo noi due, perché sono la sua preferita –, nel posto più bello del mondo. In realtà mi deve ancora una gita al mare, perché l'ultima è andata storta. Bisogna sempre essere di buon umore quando si viaggia. Andavo incontro a ogni onda, mi tuffavo di pancia con tutte le mie forze, come se avessi già intuito che poteva essere l'ultima volta che facevamo una gita insieme. La mamma era cambiata. Stava sdraiata sulla sabbia e fissava il cielo. Era per via di papà, pensavo. Ogni volta che andava via, lei aveva paura che non tornasse più. Non lo diceva, ma io lo capivo lo stesso. Era nervosa e distratta, contava le barrette e mi chiedeva sempre se l'impianto di ricircolo fosse a posto. Ho un udito fine, il migliore fra noi.

Volevo rallegrarla, così ho attraversato le onde per tornare sulla spiaggia. Mi sono girata un'ultima volta verso l'acqua, nel caso dovessimo andarcene subito per via di Jonathan, dato che il sonnifero non durava mai quanto volevamo. Vedevo il sole brillare sul mare, come se ci avessero rovesciato sopra un enorme carico di diamanti. Il cielo e il mare erano una cosa sola, azzurro, tutto azzurro, da cima a fondo, *ricordatelo, Hannah, non dimenticare questo magnifico azzurro infinito*. Ho chiuso gli occhi e inspirato l'aria salata, appiccicosa nei miei polmoni. *Non dimenticarlo, Hannah, non dimenticarlo mai*. Il mare, *the sea*, *la mer*, ricopre quasi i tre quarti della superficie terrestre. La flora marina produce circa il settanta per cento dell'ossigeno nell'atmosfera terrestre. Sicura di aver memorizzato tutto, ho saltellato sulla sabbia bollente per raggiungere la mamma.

«Mamma?!»

Lei non ha risposto. Ho scosso i capelli su di lei come un cane che scuote il pelo bagnato e avrei voluto che saltasse su per rincorrermi sulla spiaggia. Come faceva di solito. Ma stavolta è rimasta sdraiata rigida, a fissare il cielo, come se non fosse lì.

«Eppure anche tu volevi venire al mare» ho piagnucolato lasciandomi cadere pesantemente nella sabbia.

«Oh, Hannah» ha risposto rotolando su un fianco per guardarmi in faccia. «Mi dispiace così tanto.»

«Che vuoi dire mamma?»

«È così dura per voi, ed è solo colpa mia.»

Si riferiva all'occhio nero. «È successo per uno stupido sbaglio» ho detto. «Non è così grave.»

«Sei intelligente, Hannah. E stai diventando grande. Un giorno ti sembrerà grave.» Mi ha preso la mano stringendola troppo forte. «Se qualcuno ti chiederà di me, dovrai dire la verità, capito?»

«Lo sai che non dico bugie. Papà dice sempre che le bugie...»

«Lo so» mi ha interrotto lei. In realtà non si dovrebbe interrompere. È maleducazione. Lei fa una risatina. «Ah, dimentica quello che ho detto, Hannah. Sono sicuramente gli ormoni.» Gli ormoni sono neurotrasmettitori che provocano alcuni processi biologici. Per esempio il fatto che in quel momento stava piangendo un po', e dalla sua bocca uscivano dei mugolii acuti. Non l'avevo mai sentita piangere mugolando, anche se molto piano. Ho un udito fine.

La mamma mi tira per un braccio, finché non mi metto seduta, pronta per un abbraccio.

«Ti voglio bene, Hannah.»

«Per sempre?»

«Per sempre, sempre, sempre.»

Sento la porta e alzo la testa. Stavolta è l'infermiera Ruth, che finalmente è tornata.

«Allora, Hannah? Come va?» mi chiede con un mezzo sorriso. È il sorriso stupido che fa sempre quando si vergogna. Sicuramente perché mi ha lasciata sola mandandomi due estranei.

«Sono felice che sia tornata» dico.

«Anch'io» sorride l'infermiera.

Faccio il giro del tavolo, anche se non mi ha dato il permesso di alzarmi, e mi stringo a lei. L'infermiera mi accarezza la testa. Mi appoggia di nuovo la mano sull'orecchio e sento il mare. Il mare, *the sea*, *la mer*, il posto più bello del mondo.

«Ho una bella notizia per te» mi dice attraverso il rumore del mare. «Adesso possiamo andare dalla tua mamma, se vuoi. Non è ancora sveglia, ma i medici hanno finito con lei.»

Annuisco nella sua pancia morbida. Voglio andare dalla mamma, ma voglio anche che l'infermiera Ruth mi abbracci un altro po'.

«Lo senti?» chiede. Solo allora alzo la testa. C'è un rumore. Uno strano battito, da qualche parte in lontananza, ma si distingue chiaramente. L'infermiera indica la finestra. Nella notte grigia si vedono delle lucine lampeggianti bianche e rosse. Bianco-rosso-bianco-rosso, *blinc-blinc-blinc-blinc*.

«Che cos'è?»

«Un elicottero. La polizia sta sorvolando la zona, intorno al punto dove la tua mamma ha avuto l'incidente.»

L'infermiera Ruth si inginocchia prendendomi il viso tra le mani calde. «Troveranno la capanna e porteranno via tuo fratello.» L'infermiera adesso fa un vero sorriso, e dato che non mi viene in mente nulla di meglio, sorrido anch'io.

«Cosa ne dici? Andiamo subito dalla tua mamma?»

Annuisco. L'infermiera Ruth mi prende per mano e usciamo dalla sala.

MATTHIAS

Compassione. Parole di conforto. Sono quattordici anni che so quanto non servano a niente. Cose che si dicono solo per cortesia. In effetti Karin si sforza ancora di annuire tra le lacrime, mentre il commissario spreca le sue frasi retoriche con noi. «Mi dispiace davvero, signori Beck.»

Nel frattempo è arrivato anche Gerd, rimane con noi in questo triste semicerchio, nel corridoio davanti alla Chirurgia. Fisso la camicia che porta sotto la giacca di pelle logora e che nella fretta di questa notte ha abbottonato male.

«Per questo volevo venire senza di voi» si azzarda a dire.

Inghiotto delle parole orribili.

«Adesso la delusione è ancora più grande per voi.»

Inghiotto di nuovo.

«Ma allora chi è questa donna?» chiede Karin singhiozzando.

Le è bastato guardarmi mentre tornavo dal reparto con il medico per capire tutto. «Non è lei, giusto?» Volevo scuotere la testa, ma neanche questo mi è riuscito.

«Signora Beck» dice il collega di Gerd. «L'indagine è ancora in corso. Spero capisca che non possiamo darle altre informazioni.»

«Perché ormai non ci riguarda più, Karin» traduco. «Non è nostra figlia, quindi non possono dirci niente.»

«Quello che intende il collega Giesner…» si inserisce Gerd. Si sforza di assumere un tono tranquillo, ma fa vibrare le frequenze sbagliate nelle mie orecchie.

«Ci butti giù dal letto nel cuore della notte per dirci che avete trovato nostra figlia!» sibilo.

«Ho solo detto che c'erano delle corrispondenze che dovevamo verificare» sibila Gerd di rimando. L'altro commissario si allontana di un paio di passi, la situazione sembra diventargli scomoda.

«Ho detto fin dall'inizio che non era sicuro che si trattasse di Lena.» Gerd si sfrega la fronte sospirando, poi si rivolge a Karin. «Mi dispiace infinitamente, Karin. Non avrei dovuto darvi false speranze. Non è stato professionale. Sai che per me è una questione personale…»

«Sono quattordici anni che ti comporti in modo non professionale» sparo io, ma vengo ignorato.

«E cosa vorrà dire per noi?» piagnucola Karin.

Gerd sospira. «Vorrà dire che…»

«Che dovremo continuare ad aspettarla per altri quattordici anni, Karin» lo interrompo bruscamente. Sono stufo di frasi fatte, di cortesia, di stupide parole di sostegno. «Non tornerà a casa.»

Sento la rabbia bruciarmi in faccia, ho le guance in fiamme, come se avessi la febbre.

«Matthias…» Karin mi afferra il braccio, ma non voglio controllarmi. Gerd deve sapere cosa ha combinato.

«Non abbiamo più una figlia, ecco cosa vuol dire! È morta! Probabilmente è morta da quattordici anni! E il geniale signor Brühling non riesce nemmeno a riportarne a casa il cadavere, perché possiamo seppellirla degnamente!»

«Matthias...» Le unghie di Karin affondano nella stoffa della mia giacca. All'improvviso il suo viso è ancora più smorto, i suoi occhi sono sgranati, fissi. «Là» sussurra.

Non capisco.

«Eccola là.»

Seguo lo sguardo di Karin nel corridoio. Il mio respiro si blocca, anche il mio cuore.

«Quella... è Lena.»

Karin ha ragione: è lei. Nel corridoio, per mano a un'infermiera, viene verso di noi. La nostra bambina, la nostra piccola Lena, la nostra Lenchen.

LENA

Mi ricordo vagamente lo stridore dei freni, la mia voce che urla e all'improvviso si spegne, l'urto e la sorpresa di non sentire alcun dolore, almeno non all'inizio. Poi è arrivato, il dolore, e si è abbattuto su di me con tale violenza che ho perso i sensi. Non so quanto sia durato – dieci minuti? Un'ora? –, finché a un tratto ho ripreso conoscenza. Come se mi fossi trovata in una stanza completamente buia e all'improvviso qualcuno avesse acceso la luce. Ero sveglia e assolutamente lucida.

Sapevo che avevo avuto un incidente. Sapevo che ero stata trasportata in ambulanza. Sentivo un *bip* che riproduceva all'esterno il battito del mio cuore. Sentivo le sirene. Sapevo che andavamo veloci, sentivo le irregolarità della strada e come il mezzo si inclinava in curva. Sentivo il mio corpo, un dolore inesprimibile. Ho provato comunque a muovermi, per vedere se avvertivo qualcosa nelle membra. Dove c'è una sensazione – anche se dolorosa – c'è una vita ancora salvabile, pensavo. Se mi sforzavo, riuscivo a muovere le dita dei piedi e delle mani, un buon segno. Solo la testa rimaneva immobile, avevo il collo disteso e bloccato. Mi avevano messo un collare. Non potevo vedere cosa mi accadeva intorno. Non c'erano né destra né sinistra, solo il soffitto ingiallito dell'ambulanza. Proprio sopra di me c'era un pezzo di nastro isolante argentato, forse per coprire una piccola crepa, o un buco, o una deprimente macchia di sangue che non veniva via lavandola. Sentivo una leggera pressione sul petto e sotto le ginocchia, ma erano solo delle cinghie ben strette. Non dovevo cadere dalla barella durante il viaggio. Avrei potuto farmi ancora più male. Assurdo, no?

«Credo sia tornata in sé» ha detto la voce di un uomo.

Un attimo dopo un infermiere si è piegato nel mio campo visivo puntandomi una lampadina negli occhi. Dovevo seguire il puntino di luce. Mi sono sforzata, ma la vista si annebbiava trasformando il puntino in una superficie chiara e frammentata. Il dolore era fluido, premeva per uscire.

L'infermiere ha messo da parte la lampadina dicendo: «Non abbia paura. La stiamo portando in ospedale». Ho sentito il suo pollice, avvolto in un guanto di lattice, che mi ripuliva una lacrima dalla guancia. Il *bip* che riproduceva il battito del mio cuore ha accelerato, in modo irregolare.

«Tranquilla.» L'infermiere ha cercato di mantenere di nuovo le distanze, dicendosi dispiaciuto.

Ho cominciato ad agitarmi sotto le cinghie, che all'improvviso mi sembravano troppo strette.

«Si calmi. È tutto a posto, mi sente? È stata investita da un'auto, ma siamo quasi in ospedale. Tra poco sarà tutto finito.» L'infermiere mi teneva ferme le gambe. Volevo urlare, ma continuavo a dimenarmi sotto le cinghie. «Le do un calmante.»

Subito dopo, il *bip* del mio cuore era di nuovo lento e regolare. Mi sembrava completamente sbagliato.

«Mi può dire il suo nome?» ha chiesto l'infermiere. «Si ricorda il suo nome?»

Le mie palpebre hanno cominciato a tremare.

«Credo non serva a niente» ho sentito la sua voce come in lontananza. «Probabilmente è sotto shock.»

«Lena» risponde allora una seconda voce. Una voce irreale, che poteva venire solo dai calmanti o dallo shock.

«Si chiama Lena» ha ripetuto la voce, come per confermare la sua presenza.

Cercavo di muovere la testa, ma era bloccata verso l'alto, verso il soffitto ingiallito. Ed era stanca, quella stupida testa. Così stanca, che le palpebre si richiudevano. Hannah, fu l'ultimo pensiero che si formò nella nebbia, prima del buio. Era la voce di Hannah che avevo appena sentito. Hannah era con me, sull'ambulanza…

Reprimo un sospiro. Non devono accorgersi che mi sono svegliata. È passato del tempo, lo so. Mi manca una sequenza del film, tra l'ultimo pensiero nell'ambulanza e adesso. Sono in ospedale, in un letto. Ho la testa leggera, probabilmente sono stata imbottita di farmaci. Sento pizzicare l'interno del gomito. Mi hanno messo una flebo. Sento odore di disinfettante e il *bip* familiare dell'elettrocardiogramma. Intorno, voci e confusione.

«Mi può sentire? Mi può dare un segno? Muovere un dito?»

Non faccio proprio niente. Mi concentro sul respiro e tengo gli occhi chiusi come un bambino testardo. Non sbatto nemmeno le palpebre quando quel pazzo di *tuo* padre si avvicina al mio letto e va fuori di testa.

«Non è lei! Questa non è mia figlia!»

Credo che dovranno sorreggerlo mentre esce dalla mia stanza.

Io invece me ne rimango ferma, come un pezzo di carne morta, come ho fatto in tutte quelle notti in cui *tuo* marito si dava da fare con me. I miei occhi chiusi stretti. So che si scatenerà l'inferno appena li riapro. Ho paura, Lena. Una paura tremenda.

MATTHIAS

Lo sguardo di Karin. Il suo volto pallido, i suoi occhi spalancati e penetranti.

Lena, che viene verso di noi lungo il corridoio, per mano a un'infermiera.

La nostra bambina, la nostra piccola Lena, la mia Lenchen, a sei o sette anni di età. Troppo piccola per l'enorme cartella della scuola, commenta la mia testa confusa mentre riemergono le immagini del passato e si mescolano alla realtà. I riccioli biondi, il mento aguzzo, gli occhi, mio Dio, quegli occhi.

Cerco sostegno e lo trovo proprio sul braccio di Gerd.

«Lena…»

«Oddio…» sento dire a Karin, prima che Gerd mi sottragga il braccio. Seguo con gli occhi il suo gesto brusco e mi accorgo che ha preso Karin sotto le ascelle, mentre le sue gambe cedevano.

«Cosa…?» si lascia sfuggire, prima di girarsi anche lui a sinistra, verso la bambina. «Come… è possibile?»

Anche il suo collega di Cham, Giesner, che finora si è tenuto in disparte, fa un balzo verso di noi.

«Lena!» grida Karin.

L'infermiera che tiene per mano Lena si ferma bruscamente. Lenchen fa un passo incerto dietro la sua schiena. Quel caos sembra spaventarla.

«*Shhh*, fate piano, fate silenzio!» esclamo, ma Karin è completamente fuori di sé.

«Che significa?» ansima e poi uno strillo acuto: «Lena!».

L'infermiera spinge indietro la bambina lungo il corridoio.

«No, no, no! Aspetti!» urlo io, e comincio a seguirla, finché non vengo trattenuto. Delle braccia mi circondano da dietro.

«Lenchen!» gracchio, finché Giesner mi blocca a terra come un animale furioso. Mentre io mi dimeno sotto di lui con le ultime forze, pietosamente, Lenchen è scomparsa di nuovo, il corridoio è deserto, a parte noi. Silenzio.

«Venga, signor Beck» dice Giesner dopo un attimo, aiutandomi a rimettermi in piedi.

Lui e Gerd, preceduti da un infermiere, ci portano nella prima stanza libera. Gerd accompagna Karin verso il letto, su cui lei sprofonda come se le avessero staccato la spina. L'infermiere chiede se c'è bisogno di un medico che le dia un calmante.

«No, grazie» decido io, senza valutare davvero il suo stato. «Va meglio.»

Dopo che l'infermiere è uscito, Giesner dice: «Fatemi capire».

«Lena» ripetiamo io e Karin come dalla stessa bocca. «La bambina nel corridoio è identica a nostra figlia» spiego. «Da piccola» aggiungo, capendo che sembriamo pazzi. Genitori in stato confusionale che spaventano una bambina sconosciuta, questo dobbiamo sembrare a Giesner. Solo che la bambina non può essere una sconosciuta, se è la copia esatta di nostra figlia. O no?

«È vero» mi viene in aiuto inaspettatamente Gerd. «Sembra un clone.»

Adesso Giesner soppesa anche lui con sguardo dubbioso.

«Sono un amico di famiglia. Conosco Lena da quando è nata.»

Amico, rimugino in silenzio, poi mi trattengo. Non si tratta di me e Gerd, si tratta di Lena. Anzi, no, della bambina.

«Un attimo» mi viene in mente e cerco il portafogli nella giacca. Dietro una pellicola trasparente, un'immagine dai colori un po' sbiaditi: la mia Lenchen mi sorride ogni volta che apro il borsello, con una fessura tra i denti e l'enorme cartella sulle spalle. Sfilo la foto e la passo a Giesner.

«Ecco, guardi con i suoi occhi.»

Giesner prende la foto e la studia attentamente.

«Mmm» si limita a dire, un paio di volte di seguito: «Mmm...».

«Chi è quella bambina?» chiede Karin con voce rotta.

Giesner alza gli occhi dalla foto.

«La bambina dice di essere la figlia della vittima.»

Scuoto la testa.

«Ma non ha senso. Quella donna...» faccio un vago cenno verso la porta «non è Lena.»

«Matthias, sei sicuro?» chiede Karin. «Forse dopo tutti questi anni non l'hai riconosciuta. Ha la cicatrice?» Con piccoli movimenti goffi, si passa l'indice sulla destra della fronte, sotto l'attaccatura dei capelli. «Forse dovrei andare anch'io a vedere quella donna?»

«Sì, ha la cicatrice. Ma comunque non è lei. So riconoscere mia figlia.» Sembro piuttosto brusco, anche se non vorrei. «Mi dispiace, tesoro. Davvero non è lei.»

«E se andassi a vedere anch'io? Giusto per sicurezza.»

«Non è lei, Karin!»

«Calmiamoci tutti quanti» si inserisce Gerd. «Karin, non entrerai in quella stanza, lo farò io. Riconoscerei Lena.»

«Non vorrete davvero farmi credere che non ho riconosciuto la mia stessa figlia?» Non riesco a capacitarmi.

«Certo che sapresti riconoscere tua figlia, Matthias» sussurra

Gerd. «Ma è un dato di fatto che ci sta sfuggendo qualcosa. Dobbiamo scoprire chi è questa donna e perché una bambina che è la copia di Lena dice di essere sua figlia.»

«Mmm…» ripete Giesner restituendomi la foto di Lenchen. Poi si rivolge a Gerd. «Sa se esiste un profilo del DNA di Lena Beck?»

Gerd annuisce zelante come un allievo modello. «All'epoca lo abbiamo fatto rilevare, da un campione preso dal suo spazzolino da denti.»

«Bene» dice Giesner a me e Karin. «Quindi dobbiamo solo prendere un campione della bambina. È una cosa veloce, basta un semplice test della saliva. Ne faremo ricavare il DNA e verificheremo se ci sono corrispondenze tra i due profili. Così avremo almeno chiarito se la bambina ha una parentela con vostra figlia. Rimane aperta la questione di quale sia il legame tra la bambina e la vittima dell'incidente…»

«Chiediamo alla piccola» conclude Gerd con una decisione che non vedevo in lui da quattordici anni. «Troveremo tua figlia, Matthias» mi aveva detto allora, i piedi appoggiati sulla scrivania con fare da spaccone, la sigaretta nell'angolo della bocca come lo sbirro di un brutto film americano. «Fosse l'ultima cosa che faccio. Troveremo la tua Lena.»

Giesner sospira. «Ho appena parlato con la bambina, insieme a una specialista. Non se ne ricava molto.»

«Ha parlato con lei?» ansimo. «Che vuol dire "non se ne ricava molto"?»

«La dottoressa Hamstedt, la nostra specialista, non può ancora fare una diagnosi precisa. Abbiamo solo alcune tessere del mosaico, ma spero che ne sapremo di più dopo che avremo trovato la capanna di cui ci ha parlato Hannah. Ho mandato un elicottero a sorvolare la zona boschiva e c'è anche una squadra che sta perlustrando l'area dell'incidente.»

«Hannah...» ripeto solo per me. Allora si chiama così: Hannah. Cerco gli occhi di Karin, ma lei sta guardando oltre me, verso Giesner.

«Quale capanna?» chiede. «Forse Lena si trova in questa capanna?»

Giesner si schiarisce la gola.

«Il commissario Brühling ha ragione, adesso dovreste riposarvi un po'.» Fa cenno a Gerd di seguirlo verso la porta. Lui annuisce.

Dopo che hanno lasciato la stanza, Karin dice: «Cosa diavolo sta succedendo qui?».

LENA

Per un attimo penso di fuggire, ma come potrei fare? Riesco a malapena a muovermi, sono collegata a dei macchinari che probabilmente faranno partire un allarme se cerco di staccare gli elettrodi e per di più nella mia stanza entrano ed escono persone in continuazione. È come se con la loro operosità volessero costringermi a risvegliarmi. All'inizio sono solo medici o infermieri che fanno un salto a cambiare la flebo o a controllare l'elettrocardiogramma, allora tengo semplicemente gli occhi chiusi e respiro; ma poi spuntano quei due poliziotti e decidono di accamparsi vicino al mio letto. A quanto riesco a captare dai loro bisbigli, uno è venuto apposta da Monaco, l'altro è del commissariato di Cham. Continuano a ripetere «la bambina».

Hannah. Non me la sono immaginata, era davvero qui, è venuta in ambulanza con me. Qui, in ospedale. Hannah è qui.

Afferro qualche parola come «sequestro» e «capanna». L'elettrocardiogramma a cui sono collegata segnala la mia improvvisa agitazione con una nervosa sequenza di suoni. Vicino alla mia testa, uno dei poliziotti (credo quello di Cham) suona il campanello di emergenza. Li sento passeggiare avanti e indietro vicino al letto, evidentemente aspettano rinforzi dal personale ospedaliero.

Arriva un uomo che controlla la molletta dell'elettrocardiogramma al mio dito medio e poi mi appoggia uno stetoscopio freddo sul petto.

«Tutto ok» comunica a "Cham" e "Monaco". «Forse ha fatto solo un brutto sogno». Uno dei due poliziotti borbotta qualcosa in risposta.

Sento la porta richiudersi, l'infermiere se n'è andato, e poi una sedia viene trascinata vicino al mio letto, seguita da un'altra. Sembrano aver ufficialmente deciso di vegliare su di me finché non avrò ripreso conoscenza e potrò rispondere alle loro domande. È proprio a questo che pensavo certe notti, quando la sua vicinanza, il suo respiro caldo sulla nuca e la sua pelle appiccicosa mi tenevano sveglia. Cosa racconterò se un giorno uscirò da questo buco?

Poi ho cominciato a passare in rassegna i dettagli. Alcuni li classificavo fin da subito tra le cose non raccontabili, tra le perversioni inesprimibili a parole che rendevano lui un mostro, ma soprattutto me la sua vittima. Non volevo essere per il resto dei miei giorni "la povera donna della capanna". Sarei stata forte, avrei raccontato solo lo stretto necessario, con la schiena dritta e lo sguardo fermo. Conto tre respiri come se fossero gli ultimi attimi di grazia, poi spalanco gli occhi. Ci siamo, Lena.

Subito uno dei due uomini entra nel mio campo visivo, quello in abito grigio. Anche l'altro si alza dalla sedia. Entrambi sono sopra di me, una serie di domande dipinte in faccia, e l'elettrocardiogramma impazzisce.

«Salve» dice quello in abito grigio. «Stia tranquilla. È tutto a posto. Sono Frank Giesner, della polizia di Cham, e questo è il mio collega di Monaco, Gerd Brühling. Ha capito? Siamo della polizia.»

Cerco di annuire, ma non ci riesco.

«Può sentirmi?»

«Richiami l'infermiere» dice "Monaco" indicando il campanello. "Cham" esegue.

«È stata portata in ospedale dopo essere stata investita da un'auto. Mi può dire il suo nome?»

Ruoto i bulbi oculari e urlo di dolore.

«Mi ascolti, sappiamo della capanna. E la stiamo già cercando. Non le succederà niente, qui è al sicuro.»

La porta si apre, l'infermiere sta tornando. "Cham" e "Monaco" si allontanano dal mio letto in contemporanea.

«Si è svegliata» spiega "Monaco". L'infermiere mi tasta il polso e dice: «Mando subito il dottor Schwindt perché le faccia un'iniezione. Ci vorrà qualche attimo, c'è appena stato il cambio di turno, c'è un po' di confusione».

Apro la bocca per protestare ma ne esce solo un rumore, uno strano rumore tra un sospiro esausto e una risatina isterica. Appena mi calmo, l'infermiere esce. Devo rimanere lucida, è l'unica cosa a cui riesco a pensare.

«Lo avete trovato?» dico debolmente.

"Cham" fa un cenno incerto con la testa, mentre "Monaco" continua a fissare la cicatrice sulla mia fronte.

«Come le abbiamo detto, stiamo ancora cercando la capanna. Ma non si preoccupi, qui è al sicuro. Mi sa dire il suo nome?»

Cerco di convincermi che la sua domanda sia perfettamente logica. Che non nasconda niente di malvagio o minaccioso, anzi. Se la polizia sa chi sono, potrà avvisare la mia famiglia. Dire a mia madre che sono viva, che deve venire a prendermi, portarmi via da qui, semplicemente via da qui. Vorrei rispondere, ho appena preso fiato e aperto la bocca. Solo che non mi viene fuori altro che qualche suono isterico. Ho ingoiato la mia identità e la cosa mi fa quasi ridere.

Passa un po' di tempo, i poliziotti aspettano pazientemente. Sui loro volti, oltre all'impotenza, è dipinta anche un'altra espressione: compassione. Per loro sono già questo: la povera donna della capanna. Quando me ne rendo conto, mi passa la voglia di ridere. Non subito, tutto d'un colpo, ma gradualmente, a scatti. Per un attimo sembro ancora un motore che borbotta. Poi finalmente il silenzio. E la risposta.

«Lena. Mi chiamo Lena.»

HANNAH

In realtà l'ho riconosciuto subito, da quella festa in giardino, la prima gita che avevo fatto con la mamma. Mi aveva spiegato quella cosa sulle coccinelle, che portano fortuna. Mi sono ricordata subito dei suoi capelli grigi e degli occhi chiarissimi, dello stesso colore di uno dei vestiti estivi della mamma. Solo che il vestito ha anche delle strisce bianche. Ma poi mi è venuto qualche dubbio, perché le persone che erano con lui nel corridoio dell'ospedale hanno cominciato a parlare tutte insieme a voce alta, spaventando l'infermiera Ruth. Così lei mi ha riportata nella sala ristoro. Siamo corse via talmente in fretta che ho dovuto sollevare le dita dei piedi verso l'alto per non perdere le grosse ciabatte di gomma rosa. A dire il vero mi aveva promesso che saremmo andate dalla mamma, ma adesso chiude la porta della sala e dice: «Credo che dovremo aspettare un altro po' prima di andare da lei, Hannah».

Guardo per terra e vedo un pelucco di lana. È lilla, probabilmente è caduto dal cardigan colorato dell'infermiera Ruth, che ho ancora addosso.

«Non essere triste, piccola» dice sollevandomi il mento. «Dopo andiamo da lei, promesso. Ma prima voglio capire cosa sta succedendo là fuori.» Lascia cadere la mano e mi spinge verso l'interno della stanza, al nostro tavolo. «Quelli devono essere matti.» Credo che non lo stia dicendo a me, ma a se stessa, perché borbotta in modo strano e non mi guarda. Bisogna sempre guardarsi quando si parla. «Urlare in quel modo e spaventare la gente. Come se oggi tu non ne avessi passate abbastanza. Ma che razza di persone sono?» Scuote un paio di volte la testa. «Siediti, Hannah. Ti preparo un tè, e poi vado a chiedere cosa significhi quella specie di teatrino.»

Annuisco e mi siedo. L'infermiera Ruth va verso la cucina. La sento aprire l'acqua alle mie spalle e armeggiare con il bollitore.

«Credo di saperlo» rispondo.

«Mmm?» L'infermiera non mi ha sentito per via dell'acqua che scorre.

«Credo di saperlo!» grido, ma lei ha già richiuso l'acqua.

«Cosa vuoi dire, Hannah?»

Clac, fa il coperchio del bollitore, e *snap*, fa il pulsante per accenderlo.

«Che razza di persone sono» continuo io.

Adesso c'è silenzio alle mie spalle. Ancora una volta l'infermiera Ruth non capisce.

«Credo che sia mia nonno, quello che urlava in quel modo.»

«Tuo...?»

«Un nonno è il papà del papà o della mamma, oppure un vecchio in linguaggio colloquiale. Punto.»

Mi giro verso l'infermiera per vedere dalla sua faccia se ha capito. Naturalmente no. Sgrana gli occhi di nuovo. Sospiro.

«Hanno anche gridato *Lena*» spiego alla povera, stupida infermiera. «La mia mamma si chiama così, ricorda? E poi l'ho riconosciuto.»

Stavolta non aspetto che l'infermiera Ruth ci arrivi da sola, ma racconto subito della nostra prima gita. Quando con la mamma siamo andate in macchina su quella strada luccicante, fino a quel giardino dove l'erba aveva l'odore del nostro detersivo e c'erano ortensie grandi come cavoli; a quella festa dove ci hanno dato da mangiare solo cose che facevano male. E racconto anche di mio nonno, che è rimasto seduto con me nell'erba a parlarmi delle coccinelle.

«Le coccinelle sono molto utili, perché mangiano i pidocchi delle piante e gli acari» ripeto le sue parole. «Si dice anche che le coccinelle portino fortuna.»

Nel frattempo l'infermiera Ruth si è seduta al nostro tavolo. Quasi in punta di piedi si è spostata dalla cucina a qui, e con un tonfo si è lasciata cadere sulla sedia. L'acqua ha già bollito da un pezzo e a quest'ora sarà diventata di nuovo fredda, e lei non mi ha nemmeno versato il tè.

«Davvero l'hai già incontrato?» è la prima cosa che mi chiede dopo che ho finito di raccontare.

Annuisco.

«Abbiamo fatto molte gite io e la mamma. Siamo state al mare e a Parigi. La torre Eiffel è stata costruita per il centenario della Rivoluzione francese ed è alta 324 metri.» Mi allungo sul tavolo e bisbiglio: «Ma non deve dirlo a nessuno».

«Io non capisco...» L'infermiera balbetta di nuovo.

«Sì, che abbiamo fatto delle gite. È un segreto. Altrimenti finiamo nei guai io e la mamma.»

«Nei guai con tuo padre?»

«Sì» confermo. «La mamma è un po' imbranata. Da sola non sa nemmeno accendere la stufa. Papà direbbe sicuramente che è troppo pericoloso lasciarle guidare la macchina, per di più con me a bordo e così lontano. E anche Jonathan si arrabbierebbe.»

A dire il vero non volevo più pensare a Jonathan, perché mi dispiace per lui, per quel lavoraccio con le macchie sul tappeto. Per distrarmi mi accarezzo la gonna. Ha delle tasche su entrambi i lati. La cucitura della tasca destra si sta strappando, per questo si possono infilare le cose solo nella sinistra.

«Perché dovrebbe arrabbiarsi? Non lo avete portato in gita con voi?»

«Ah, non si sarebbe divertito comunque.»

L'infermiera Ruth inclina la testa.

All'inizio non vorrei dirlo, perché mi vergogno un po'. Ma poi penso che non ci posso fare proprio niente se sono la figlia preferita della mamma, e se lei vuole andare in gita solo con me.

«Ecco, più che altro... credo che si arrabbierebbe se sapesse che lo abbiamo fregato con il sonnifero» spiego, ma preferisco continuare a fissare la mia gonna invece che il viso dell'infermiera. La mamma deve assolutamente rammendarmi la tasca destra quando torniamo a casa.

LENA

Era un giovedì di maggio, quando scomparvi dal mondo. Alice fu spinta nella tana del coniglio, cadde a testa in giù e nell'impatto rimase senza sensi. Credo che mi avesse iniettato un narcotico per poi trascinarmi nella capanna. La prima cosa che ricordo è l'odore di sudore, urina e aria viziata. Quindi, quasi in lontananza, il rumore di una chiave che girava nella serratura e il *clic* di un interruttore. Sobbalzai quando con il piede mi colpì più volte la gamba.

«Come stai, Lena?» chiese l'uomo di fronte a me, che mi sorrideva dall'alto in basso.

Il mio sguardo sfrecciò per la stanza, su uno scaffale che ricopriva quasi tutta la parete di fronte, pieno di provviste, vasi di conserve, sacchi di patate. C'era anche qualcosa di scuro che grazie alle chiusure argentate riconobbi come la mia borsa da viaggio. Poi delle taniche, una catasta di legna nell'angolo e una lampadina sul soffitto. In basso vidi i miei piedi nudi e il nastro adesivo marrone intorno alle caviglie e risalendo i miei jeans macchiati e la canotta sudata, le mie braccia e i miei polsi legati con una specie di cappio metallico al tubo di scarico di un vecchio lavandino. Infine il mio sguardo si posò di nuovo sull'uomo che continuava a sorridere ripetendo con voce paziente: «Come stai, Lena?».

Lena non ero io, non era questo il mio nome.

Gli ingranaggi nel mio cervello si fermarono: c'era un errore, mi aveva scambiata per qualcun altro. Piagnucolai nel bavaglio come un cane bastonato, cercai di chiarire quell'evidente malinteso. Intanto mi agitavo tirando i cavi, che mi tagliarono la pelle dei polsi.

Lui scosse la testa compassionevole, si girò e andò verso la porta. *Clic*, la luce. Poi la serratura, il suono metallico della chiave che girava due volte.

Io, da sola, nel buio completo. Cominciai a urlare e a tirare i cavi, tutto inutile. Le mie grida suonavano come un grugnito soffocato attraverso il bavaglio e i cavi erano solidi. Ero stata rapita. Legata a un tubo di scarico. Un terribile scambio di persona. E adesso anche il buio che rendeva le cose ancora peggiori. Mi sembrava che la stanza fosse svanita. Vagavo in un'indefinita bolla nera e i miei pensieri non trovavano appigli. Cercai di evocare il viso di quell'uomo. Gli occhi grigi, il naso leggermente aquilino, il suo sorriso, i capelli scuri, ondulati. Lo avevo visto solo per un attimo, eppure l'immagine era nitida, scolpita nella mia mente, proprio come la sua voce.

Come stai, Lena?

Lena, Lena, Lena… Conoscevo solo una Lena. Una stagista nell'agenzia pubblicitaria dove lavoravo, una ragazzina viziata e impertinente. Genitori ricchi, molto ricchi. Adesso capivo! Voleva prendere *lei*! Lena, la figlia dei ricconi. Voleva chiedere un riscatto, certo. Cosa sarebbe successo adesso? Mi avrebbe uccisa appena scoperto l'errore? Oppure lasciata andare? O magari avrebbe chiesto un riscatto per me? Immaginai mio padre che sistemava mazzette di banconote in una ventiquattrore. Una ventiquattrore che non possedeva più e denaro che non aveva mai posseduto. Immaginai mia madre, in abito e cappello neri, che si mordeva il labbro inferiore pensando che nella vita ero sempre stata una delusione per lei, e Kirsten che per la prima volta era d'accordo con lei. Immaginai persino la vecchia signora Bar-Lev, del secondo piano. Si aggiungeva alla fila di coloro che scuotevano la testa, lamentandosi della mia negligenza quando era il mio turno di pulire le scale del condominio. Le bambine cattive le porta via il diavolo. I pensieri giravano in tondo, ronzavano, si accavallavano, senza appigli in quella bolla nera. Solo quell'odore di sudore, urina, aria viziata – vagavo, vagavo, cercavo di fuggire via – persi i sensi.

Mi svegliai. Ero di nuovo lì. Ancora lì.

Con gli occhi pieni di lacrime guardai la lampadina, che da un cavo accorciato pendeva dal soffitto.

«Come stai, Lena?»

Era tornato, stava in piedi sopra di me come prima, sorridendo.

Calcolai che dovevo essere prigioniera da poco più di mezza giornata. Anche se le sensazioni e la ragione non erano affatto concordi. Nell'oscurità il tempo rimaneva immobile. Tuttavia ero ancora troppo in forze per essere rimasta qui a lungo. Sì, ero stanca e avevo mal di testa, primi chiari segnali di disidratazione, ma il mio cervello funzionava ancora. Anche se non mi diceva molto più di questo: *Altri due o tre giorni senza acqua e sarai morta.*

«Ti sei calmata un po'?»

Repressi l'impulso di gridare e mi limitai ad annuire in silenzio.

Rispose: «Molto bene», girò sui tacchi e si diresse verso la porta.

Attesi il *clic* dell'interruttore. Che non arrivò. La luce rimase accesa. Non solo, lasciò la porta aperta di una fessura mentre se ne andava.

Scordai di respirare, fissavo la porta, aperta. Cominciai a tirare bruscamente i cavi, senza perdere d'occhio la porta, a solo cinque o sei passi da me, irraggiungibile.

Lasciai cadere un paio di stupide lacrime. Non sarei arrivata da nessuna parte. Sarebbe tornato subito, altrimenti non avrebbe avuto senso lasciare la luce accesa e la porta aperta. Potevo solo aspettare. Cercavo di cambiare continuamente posizione, per quanto lo permettesse il raggio ridotto dei cavi. Sentivo un disagio nel corpo. Una parete di legno grezzo mi premeva sulla schiena. Sentivo le gambe gonfie, il collo rigido, le spalle doloranti per via della slogatura delle braccia, stese di lato da ore. Il lavandino, al cui tubo di scarico mi aveva incatenata, era alla mia destra. La posizione delle mie braccia assomigliava a quella di un giocatore di baseball che aspetta la palla sulla casa base. E aspetta. E aspetta. Il mio cuore accelerò. Dov'era finito?

Stava prendendo il coltello.

Era questo che facevano certi malati di mente. Gli psicopatici. Prendevano un coltello, un'ascia, una sega, e sorridevano. Avevano il loro codice morboso, e la sua domanda «Come stai, Lena?» in realtà voleva dire tutt'altra cosa.

In realtà mi aveva chiesto se ero pronta a morire e io, annuendo, avevo risposto di sì. Gli avevo dato il consenso. Probabilmente in questo istante stava ammirando la lunga, ampia lama del suo coltello preferito. Stava ruotando l'impugnatura nell'angolazione giusta per vedere riflesso il suo viso nella lama. Stava immaginando come sarebbe affondata facilmente nella mia carne, lacerando senza sforzo muscoli ostinati, vene e arterie.

Stavo boccheggiando nel bavaglio. Lui poteva entrare in ogni istante con il coltello in mano. Sarei morta prima ancora che iniziassero a cercarmi. «Tipico» avrebbe pensato mia madre quando nel weekend non mi fossi presentata all'ora del caffè, come promesso. Solo «Tipico», e non: «C'è qualcosa che non va». E Kirsten? Kirsten avrebbe sospettato addirittura qualche intento subdolo. «Le piace fare la primadonna...» Sentivo la sua voce nella testa.

In ogni istante.

Ora. La porta. Era tornato.

Cominciarono a tremarmi le palpebre. Il cuore e il respiro erano così accelerati che avevo le vertigini. Rannicchiai le gambe e indietreggiai contro la parete. Come attraverso uno spesso vetro oscurato, lo vedevo avvicinarsi – vicino, molto vicino – finché non fu davanti a me, con qualcosa in mano. Il coltello.

«Hai sete, Lena?»

Ci vollero un paio di secondi per capire il significato di quelle parole e per accorgermi che l'oggetto nella sua mano era davvero una bottiglia d'acqua. Non un coltello.

«Hai sete, Lena?»

Annuii all'unisono con i battiti accelerati nel mio petto, mentre lui mi porgeva la bottiglia, e mugolai come un animale ingordo, nella speranza che mi sciogliesse il bavaglio. Solo che non sembrava averne l'intenzione. Rimaneva piantato davanti a me, e faceva oscillare la bottiglia all'altezza dei miei occhi, lentamente, avanti e indietro. Sorridendo.

Scossi la testa, impotente. Lasciò cadere la mano destra e mi tese invece la sinistra, in cui teneva una confezione di colore per capelli. La donna sulla scatola sembrava molto soddisfatta dei suoi nuovi capelli biondo chiaro. Guardarla mi scatenò una sensazione, una brutta sensazione, che iniziò nello stomaco e si diffuse per tutto il corpo.

Lui annuì pensieroso.

«Prima coloriamo i capelli. Poi potrai bere.»

Valutai le mie possibilità. *Dopo tre o quattro giorni senza acqua sarai morta.*

«Prenditi pure del tempo per rifletterci.»

Alzò le spalle e fece per andarsene.

Gracchiai nel bavaglio e battei i piedi legati per terra.

Lui si girò tranquillamente.

«È la decisione giusta. E dato che le decisioni giuste vengono sempre premiate, puoi già bere un sorso d'acqua.»

Appoggiò la confezione di colore sul lavandino, si inginocchiò di fronte a me, mi mise la bottiglia davanti e mi sciolse il bavaglio. Poi prese la bottiglia e svitò il tappo. Con una mano la avvicinò alla mia bocca, con l'altra mi sostenne la nuca. Un sorso voleva dire un sorso, capii. Ringraziai comunque e succhiai il labbro inferiore in cerca di qualche goccia rimasta.

«E adesso ti faremo bella.»

Le sue ginocchia scricchiolarono mentre si tirava su, per avvicinarsi allo scaffale alle sue spalle. Quando si girò, aveva un paio di forbici in mano.

«Credo che sia tutto un terribile malinteso» cominciai a dire con voce roca, mentre tagliava i cavi dai miei polsi. «Mi ha scambiata per qualcun altro. Io non sono Lena.»

Si irrigidì, tra il terzo e il quarto cavo.

«Io mi chiamo...»

«Stai zitta!» disse così forte che sobbalzai. Con uno schiocco fece saltare via l'ultimo cavo, liberandomi le mani.

«Quante volte ti ho detto che non devi mentirmi?»

«Ma io non mento...»

«Devi stare zitta!» All'improvviso aveva la faccia rossa, sulla tempia destra era spuntata una vena che pulsava minacciosa. Mi cadde lo sguardo sulle forbici che teneva in mano.

«Mi dispiace» dissi piano.

Borbottò, mentre io fissavo le forbici.

«Cosa vuoi da me?» chiesi cautamente.

Si sporse verso il lavandino, appoggiò le forbici e prese la confezione di colore.

«Voglio farti bella, Lena.»

Le sue parole esplosero nella mia testa, paralizzandomi il pensiero, cortocircuito. Un grido acuto, un colpo deciso contro il suo petto. La sua testa sbatté contro la ceramica del lavandino, «Merda!». Il mio corpo si gettò in avanti, in alto, verso la porta, solo a un paio di metri da me. Barcollai sulle gambe, che da troppo tempo non sorreggevano il mio peso, il sangue che pulsa, *riprenditi*, un movimento dietro di me, la maniglia della porta così vicina, riesco quasi a toccarla, vengo strappata via.

La sua mano mi afferrò i capelli, la mia testa si rovesciò all'indietro, caddi sulla schiena, il cuoio capelluto mi bruciava come fuoco.

Mi aggrappai al suo avambraccio, cercai un appoggio per i piedi, lui urlava, io anche, «Sei una schifosa ingrata!», «Cosa vuoi da me, bastardo fuori di testa?». Mi trascinò di nuovo verso il lavandino, lasciandomi cadere pesantemente a terra. Mi rannicchiai e cominciai a singhiozzare così forte da sentirmi soffocare.

«Il mondo sta andando a rotoli, Lena» iniziò a dire, affannato ma completamente calmo. «La gente è diventata ingrata. Ingrata e irrispettosa. Le promesse hanno perso valore, ognuno fa quello che vuole. E chi si ricorda più dell'importanza delle regole, se ovunque passa il messaggio che non c'è bisogno di seguirle? Non te ne faccio una colpa, Lena. Sei confusa. Però devo farti notare le conseguenze dei tuoi sbagli.»

Rimase in silenzio, in modo che le sue parole facessero effetto. Lo sentii fare un respiro profondo e seguendo un'intuizione feci lo stesso. Poi chiusi gli occhi. Il primo calcio mi colpì al basso ventre.

Sai, Lena, in quel momento non avevo ancora idea di cosa intendesse per «regole», ma almeno una l'avevo capita. O io ero te – o ero morta. Chiamalo riflesso condizionato, se vuoi. Chiamami codarda o pazza, non importa. Ma non ti stupire se quando il poliziotto mi ha chiesto come mi chiamavo, io non ho potuto che rispondere: «Lena. Mi chiamo Lena».

«Cognome?»

Il poliziotto di Cham tira fuori un taccuino e una matita dalla tasca interna della giacca. Il tono brusco della sua domanda non mi è sfuggito.

Scuoto la testa. Lena non ha un cognome.

«Be', quanto meno lei non è Lena Beck» conclude "Monaco", spostandosi a sedere sul bordo della sedia. Mi tocco la fronte, dove la cicatrice ha iniziato a bruciarmi. Se per via del suo sguardo fisso o del sudore che mi esce da ogni poro, non saprei dirlo.

«Chi è lei?» chiede di nuovo "Cham", con calma, scandendo ogni parola.

A quanto pare, nel giro di qualche secondo la mia risposta mi ha resa una truffatrice, non posso ignorarlo. E forse il poliziotto non ha torto a lasciar trapelare diffidenza nella sua domanda. Probabilmente sono una truffatrice. Probabilmente non è solo colpa di tuo marito, ma anche mia. Per me è molto più facile illudermi che tutte quelle cose orribili siano accadute a Lena, e non a Jasmin.

Jasmin sta vivendo una bella vita da qualche parte nel mondo. Respira l'odore dell'aria dopo la pioggia. Litiga per il primo o l'ultimo pezzo di una tavoletta di cioccolato. Inspira il profumo delle fresie. Balla e canta a squarciagola David Bowie. Dopo una lunga nottata si fa una birra e una currywurst con qualche perditempo che ha scambiato per il suo grande amore. Jasmin, che libera e spensierata fa tutte quelle cose stupide e belle che si fanno nella vita. Le cose che cercavo di ricordare mentre tuo marito giaceva su di me e io volevo solo morire.

Mi pulisco via le lacrime dal mento e tiro su col naso.

"Monaco" si schiarisce la gola.

«Lasci che le racconti una cosa, *Lena…*»

MATTHIAS

All'orizzonte l'alba divora il cielo formando strisce grigio chiaro. Si può davvero osservare il nuovo giorno che inghiotte la notte. Manca poco alle cinque. Sono in piedi alla finestra della stanza d'ospedale dove stiamo aspettando Gerd e Giesner. Karin è ancora seduta sul letto. Nel riflesso del vetro la vedo dondolare le gambe. Ha la testa abbassata, si massaggia le mani in grembo. Ogni tanto si lascia sfuggire un lieve sospiro. Nella mia testa sto sbobinando le sequenze dell'ultima ora, cercando di capire. La donna che credevamo fosse la nostra Lena è una sconosciuta. Per un attimo i miei pensieri si incagliano di nuovo su Gerd. Gerd, l'incapace a cui dobbiamo tutta questa agitazione. Ha raccolto in un mucchietto tutti i poveri resti delle nostre speranze e gli ha dato fuoco. Incendio doloso. Adesso rimangono solo le ceneri.

Guardo il cielo in un impeto di fede cristiana. Sei lassù da tanto tempo, Lena, vero?

Senza rendermene conto ho iniziato a singhiozzare, finché il volto di Karin non compare accanto al mio nel riflesso del vetro. Sento la sua mano sulla schiena. Mi appoggia la testa sulla spalla e chiude gli occhi. Lo sappiamo entrambi. Se Lena non è riapparsa stanotte, dobbiamo rassegnarci definitivamente all'idea che non tornerà a casa, mai più. Solo che adesso, nella realtà fredda come l'acciaio dell'ospedale, questa idea fa un'impressione diversa rispetto a quando, in altri momenti, sul divano di casa o a letto, cercavamo di raffigurarci cosa potesse essere accaduto a nostra figlia. Finora erano state solo ipotesi all'interno di un certo raggio d'azione. E mi rendo conto che questo raggio d'azione, per quattordici anni, è stato il nostro spazio vitale, l'unico, minuscolo, luogo in cui riuscivamo a vivere, in cui c'era aria per respirare. Adesso non ce l'abbiamo più. Adesso vaghiamo nel vuoto, su nel cielo, come due tristi astronauti a cui hanno staccato il tubo dell'ossigeno. Cerco la mano di Karin. Non voglio perdermi da solo là fuori, in quell'oscurità vacua. Karin annuisce, come se potesse leggermi nel pensiero. La abbraccio e la tengo più stretta che posso. Il suo cuore batte contro il mio. In cielo, il nuovo giorno. Hannah, così si chiama. Le hai dato il nome di mia madre. È bello, Lena. Molto bello.

LENA

«Studentessa di Monaco, 23 anni, una di quelle ragazze giovani e spensierate. Era al secondo anno di Scienze della formazione. Suo padre sostiene a gran voce che abbia sempre voluto fare l'insegnante. Io invece avrei scommesso che avrebbe fatto qualcosa di artistico. Scrittrice, magari. Aveva molta fantasia e riusciva a inventarsi le storie più assurde. Oppure attrice, anche in questo l'avrei vista bene. Comunque era una di quelle ragazze che ti fanno voltare per strada. Che quando entrano in una stanza, basta che sorridano per lasciare tutti a bocca aperta. Capelli lunghi biondi, occhi azzurri, un corpo fantastico. È scomparsa rientrando a casa dopo una festa studentesca. Senza lasciare traccia, letteralmente, è svanita nel nulla. Nessun testimone, niente. Gli ultimi a vederla sono stati gli altri partecipanti alla festa, hanno testimoniato che aveva assunto dell'alcol e forse anche altre sostanze, sa come vanno queste cose. Si sono susseguite varie teorie. Per rientrare a casa doveva passare lungo il corso dell'Isar, sul ponte di Reichenbach. Probabilmente era caduta nell'acqua ed era annegata. Abbiamo mandato più volte i sommozzatori, ma non hanno trovato niente. Abbiamo fatto indagini sul suo ragazzo, ma non poteva aver niente a che fare con la sua scomparsa, anche se il padre di Lena non ha mai voluto accettarlo. Poteva trattarsi di un rapimento, ma nessuno ha mai chiesto un riscatto. E magari il responsabile aveva agito con l'aiuto di complici. Poteva anche essere finita nelle mani di trafficanti di essere umani. Sequestrata e venduta all'estero, nella tratta della prostituzione, ne avrà sentito parlare. Quindi, come vede, ci sono numerose possibilità. L'unico fatto certo è che non abbiamo la minima idea di cosa sia successo a Lena Beck quattordici anni fa. Fino a oggi. All'epoca ho promesso a suo padre che l'avrei trovata. Lo sa che cosa insegnano a un poliziotto già durante l'addestramento? No? A non fare mai promesse. La gente crolla quando le promesse non vengono mantenute. E questo padre è crollato, può credermi. Gli manca così tanto sua figlia, ancora, ogni giorno. Manca anche a me, a tutti noi. Quella cicatrice che lei ha sulla fronte: ce l'aveva anche Lena, perché a quattro o cinque anni ha sbattuto la testa contro lo spigolo di una libreria, proprio nel mio soggiorno, se lo immagina? Il padre era fuori di sé. E lei, invece, come si è fatta quella cicatrice?»

Respiro, credo per la prima volta da quando "Monaco" ha iniziato a parlare di te. Anche "Cham" sembra fare lo stesso, lo sento inspirare bruscamente.

«Me l'ha fatta lui» rispondo toccandomi con cautela il segno, che probabilmente mi rimarrà anche dopo che i tagli procurati dall'incidente saranno guariti da un pezzo.

«Può dirmi chi è *lui*?»

Annuisco.
«L'uomo che mi ha rapita.»

L'uomo che mi aveva chiamata Lena e che mi aveva picchiata.

Dopo l'aggressione giacevo rannicchiata nel solito punto, sul pavimento a destra del lavandino. Il dente che avevo perso sotto i suoi calci lo tenevo stretto nel pugno. Avevo contato sei calci e tre pugni. Anche se nel frattempo mi aveva lasciata in pace, vedevo ancora delle luci colorate davanti agli occhi, che li tenessi aperti o chiusi: fuochi d'artificio accesi dal dolore. Il mio corpo era come un unico livido sotto pressione costante.

Lui stava in piedi sopra di me massaggiandosi le nocche delle dita.

«Adesso possiamo andare avanti, Lena?»

Senza aspettare risposta, si chinò su di me, mi prese per i polsi stringendoli come in una morsa e mi rimise in piedi. Mi lamentai. Non riuscii a tenermi dritta e ricaddi subito a terra.

«Devi sforzarti un po', Lena.»

Stavolta mi prese sotto le ascelle tirandomi su. Poi mi trascinò al lavandino, sopra il quale c'era uno specchio. Era un vecchio specchio quasi opaco, che mostrava a malapena il mio viso sfocato. Riuscii comunque a distinguere la striscia marrone di sangue secco che dal naso mi scendeva sul mento. In cerca di un sostegno mi appoggiai sul bordo del lavandino e fissai lo scarico.

«Ah, Lena» mi sussurrò sulla nuca. «È stato davvero un brutto inizio per noi.» Mi mise le mani intorno alla vita e poi cominciò a sbottonarmi i jeans. «Adesso ti ripuliamo per bene. Vedrai che dopo ti sentirai un'altra persona.»

Questa è una delle situazioni che è finita nel mucchio delle cose non raccontabili, se proprio vuoi saperlo. Una situazione di cui mi vergogno terribilmente, perché non mi sono difesa. Avrei dovuto piantargli il gomito in un fianco, spingerlo via da me, o almeno urlare.

Jasmin non l'avrebbe mai tollerato. Non avrebbe mai aspettato impassibile mentre lui riempiva il lavandino con l'acqua di una tanica. Non sarebbe mai rimasta nuda davanti a lui con le braccia e le gambe divaricate, lasciando che la lavasse. Non gli avrebbe mai permesso di sfregarle il corpo con un panno ruvido fino a farle bruciare e arrossare la pelle. Non si sarebbe fatta passare il colore sui capelli, in silenzio, piangendo dentro di sé per il suo molare che adesso giaceva sul bordo del lavandino in una pozza rossastra di sangue e acqua.

Quel giorno me l'ero fatta addosso e lui l'aveva già notato spogliandomi.

«Ecco, devi davvero imparare a controllarti» aveva detto alzando le sopracciglia e storcendo il naso. «Sei una donna adulta, Lena.»

Jasmin non si sarebbe scusata umilmente. Gli avrebbe sputato in faccia e urlato: «Vaffanculo!».

Io invece annuii obbediente quando lui strizzò per l'ultima volta il panno chiedendo: «Molto meglio, no?».

Lasciai che mi asciugasse, che mi risciacquasse il colore, mi tamponasse la testa e pettinasse i capelli tinti di biondo. Lo ringraziai persino quando alla fine mi mise in mano la bottiglia d'acqua. Come ricompensa, disse.

«E adesso ti vestiamo, Lena. Devi avere freddo.»

Sullo scaffale c'erano dei vestiti per me. Non so se fossero stati lì fin dall'inizio o se lui ce li avessi portati in qualche momento dopo il mio arrivo. Biancheria intima bianca, calze di seta, camicia bianca, gonna scura al ginocchio, scarpe con il laccetto, di un numero troppo piccolo. Lanciai uno sguardo alle mie cose, in un mucchietto disordinato sotto il lavandino, e poi allo scaffale, dove su un ripiano alto, irraggiungibile, era infilata la mia borsa da viaggio. Sembrava afflosciata, come un involucro vuoto. Doveva averla svuotata.

«Si dice che non si deve giudicare una persona dall'aspetto esteriore» iniziò a spiegare. Cercai di non guardare mentre lui, con gli slip bianchi in mano, si chinava e cercava di dirigere le mie gambe in modo da infilarmeli. Lasciai andare la testa all'indietro e fissai il soffitto.

«Ma la verità è questa: gli abiti di cattivo gusto rendono le donne di cattivo gusto.»

Fra le travi di legno vidi una robusta ragnatela che mi distrasse dai suoi movimenti mentre mi infilava il reggiseno. *Whisky ragnetto che sale la montagna, la pioggia lo bagna e Whisky cade giù…* canticchio nella mente. La mamma mi cantava questa canzoncina quando io ero piccola e lei era ancora una madre. Stava seduta sul bordo del mio letto e faceva dei buffi gesti con le dita per imitare i movimenti del ragnetto.

«Seguirai le mie regole, Lena. Ordine, pulizia, disciplina, rispetto, onestà, fedeltà, lealtà. Quando entro in una stanza, tu ti metti in piedi in modo che io possa vederti subito e tendi le mani. Capito? Voglio controllare se hai le unghie pulite e assicurarmi che tu non abbia niente in mano con cui potresti fare del male a me o a te stessa. Potrai andare in bagno a orari stabiliti: alle 7 del mattino, alle 12.30, alle 17.00 e alle 20.00. Per l'igiene del corpo ti aiuterò io. Purtroppo non abbiamo acqua corrente qui, ma solo quelle taniche.» Indicò con la testa le taniche che avevo già notato. «Ma funziona anche così, purché non sprechiamo troppa acqua. In compenso abbiamo un generatore di corrente e molte provviste. Ti piacerà.»

Con un rumore secco mi chiuse la cerniera della gonna e da dietro mi sistemò le cuciture della camicia sulle spalle, poi mi girò intorno e mi passò le dita nei capelli.

«Non credere che non possiamo parlare, Lena. Possiamo eccome. Io voglio che tu sia felice e farò di tutto per questo, te lo prometto. Ma in compenso devo avere la sensazione che tu abbia capito le regole e che tu le segua. Altrimenti la nostra convivenza non funzionerà.» Mi squadrò. «Quasi perfetta.»

Convivenza, sentii martellare nella mia testa. *Convivenza*, mentre lui prendeva un rossetto dallo scaffale, *convivenza*. Con movimenti rozzi me lo passò sulle labbra.

«Adesso manca solo una cosa.»

La sua mano sinistra mi afferrò la nuca, mentre la destra posava sullo scaffale il rossetto per prendere le forbici con cui aveva tagliato i cavi dai miei polsi. Iniziai a respirare a scatti. Strinse la presa sulla mia nuca. Le forbici mi incisero profondamente la fronte. Sentii il sangue pulsarmi nelle orecchie e colarmi sull'occhio destro.

Tu hai una cicatrice, Lena.

Presto ne avrò una anch'io.

«Vedremo se basta» disse lui, tamponando con il panno quel punto sulla mia fronte. «Altrimenti dovremo lavorarci ancora. È meglio se ci tieni sopra il panno per un altro po', se no ti sporchi la camicetta.» Spostò la mia mano sulla fronte. «Tienilo stretto, Lena. Sarebbe un peccato per la camicia.» Mi premetti il panno sulla testa lasciandomi sfuggire un lamento.

«Avremmo dovuto farlo prima di vestirti, avrei dovuto pensarci. Questa è la tua camicetta preferita.»

Non vedevo più nulla, il sangue nell'occhio, le palpebre che tremavano, la pressione, la stanza che girava, su era giù, come al rallentatore caddi a terra, sbattei con violenza e persi i sensi.

Poi ricordo di aver spalancato gli occhi, boccheggiando come se fossi stata a lungo sott'acqua. Ero sdraiata sulla schiena, su qualcosa di morbido, la fronte mi pulsava con un dolore bruciante. Sopra di me vedevo delle strisce brune sfocate e dopo un attimo distinsi le travi di legno del soffitto. Tentai di sedermi, senza riuscirci. Dai frammenti che mettevo a fuoco capii che mi trovavo in un soggiorno. Un tappeto spesso, una stufa a legna vecchio stile, di ghisa, in cui ardeva il fuoco, e una libreria. Sotto di me qualcosa di cedevole. Un divano, capii, giacevo su un divano, avvolta in una coperta di lana, con un cuscino sotto i polpacci, probabilmente per stabilizzare la pressione. Qualcuno si era seduto accanto a me. Una mano toccava la mia. Una piccola mano.

«Sei sveglia?» sentii una vocina bisbigliare, e un attimo dopo il volto di un bambino entrò nel mio campo visivo. Aveva la pelle molto chiara, un visetto magro e carino, con gli occhi azzurro cielo e ricci neri e sottili. Lo contemplai come un'opera d'arte, che mi sembrava al tempo stesso bella e inquietante.

«Jonathan!» urlò un'altra voce.

Strinsi gli occhi e sentii un movimento sotto di me, quando il bambino spaventato saltò giù.

«Non volevo svegliarla, papà! Volevo solo vedere se si era già riposata abbastanza.»

Papà. Era suo figlio. Il mostro aveva un figlio.

«Puoi già preparare la scacchiera, Jonathan» lo sentii dire, e poi: «Lena...».

Di nuovo l'imbottitura del divano cedette sotto il peso di qualcosa.

«Apri gli occhi, Lena. Lo so che sei sveglia.»

Sbattei le palpebre.

«Sei bellissima» disse lui spostandomi una ciocca di capelli dal viso. Il suo sguardo indugiò su un punto preciso sulla mia fronte. «Credo che sia venuto bene. Ci ho lavorato un altro po' col coltello e poi l'ho ricucito.»

Dalla mia gola uscì un suono secco.

«Andiamo, Lena. Avevi perso i sensi e non ti sei accorta di nulla.» Sorrise. «Non poteva andarti meglio, no?»

Alzai la mano tremante per toccarmi la fronte. Sentivo la cucitura e l'estremità appuntita del filo che mi bucava la punta del dito.

Mi prese la mano e la rimise giù.

«Non toccare, Lena, altrimenti la ferita si infiamma. Tra un paio di giorni potremo togliere i punti.»

Iniziai a singhiozzare.

«Ti prego, lasciami andare. Voglio andare a casa.»

Si piegò in avanti, così vicino che le punte dei nostri nasi si sfiorarono. Il suo peso mi premeva dolorosamente sul busto martoriato dai suoi calci e pugni.

«Sei a casa, Lena» sussurrò posandomi un lieve bacio sulla fronte.

Voltai la testa affondando il viso nell'imbottitura dello schienale, il cui vago odore di muffa mi ricordava i mobili a casa dei miei nonni. La sua mano si insinuò bruscamente tra l'imbottitura e la mia guancia, girandomi il viso in modo che lo guardassi direttamente negli occhi.

«Fai un favore a te stessa e rifletti ci, Lena. Chiediti se sono un tipo che scherza. Se voglio solo spaventarti. O se invece sono davvero capace di ucciderti.»

«Non è uno scherzo» proruppi con voce spezzata. Respirare mi risultava sempre più difficile sotto il suo peso. Ma almeno il mio cervello sembrava funzionare ancora, in qualche modo. Si fece strada un pensiero molto preciso. Probabilmente era già lì da tempo, ma era rimasto impigliato in un groviglio di altri pensieri: i vestiti che portavo.

«Te lo spiegherò una volta sola, Lena. Quindi ascolta con attenzione.»

La biancheria, le calze, la gonna, la camicetta e soprattutto le scarpe troppo strette. Che evidentemente erano appartenute a qualcun altro.

«D'ora in poi sarai una brava madre e una brava moglie. E ti atterrai alle mie regole. Hai capito?»

«Dov'è la madre di tuo figlio?»

Per un attimo sembrò davvero stupito.

«Dov'è sua madre?» chiesi di nuovo, con insistenza. Il mio cuore sembrava uscito dalla gabbia toracica e mi pulsava nella gola.

«Sei tu sua madre.»

Si tirò su. Non volendo, feci un sospiro di sollievo: senza il suo peso sul busto potevo respirare di nuovo liberamente.

«E ora alzati. Ti sei riposata abbastanza.»

C'era anche un altro figlio, una bambina. Me ne accorsi solo quando lui mi aiutò a sedermi. Rigida, in un pigiama troppo grande, e col viso pallido e serio, stava in piedi nella cornice di una porta scardinata. Da quanto tempo non lo so. La bambina stringeva qualcosa al petto. Vidi una pelliccia a macchie rossicce. E delle orecchie. Un animaletto.

«Hannah» disse lui. «La mamma si è svegliata.»

La bambina non mutò espressione. Mi sembrava più piccola del bambino. Era più bassa e minuta, aveva lo stesso mento aguzzo e gli stessi ricci sottili, solo biondi. Il mostro aveva un figlio e una figlia.

«Adesso vieni qui, Hannah.» Le fece un cenno impaziente. «Non essere timida, e porta pure con te la Signorina Tinky. Finalmente la mamma è di nuovo a casa.»

La bambina strinse gli occhi fino a renderli due fessure. Era evidente che si era accorta che qualcosa non andava. Sul divano in soggiorno era rannicchiata una sconosciuta. Vedeva chiaramente che non ero sua madre. Le mie labbra formarono silenziosamente le parole: «Aiutami».

La bambina mi guardava, le fessure degli occhi immobili, senza nemmeno sbattere le palpebre. Poi girò sui tacchi e scomparve dietro l'angolo, in un corridoio, o in una stanza adiacente.

Incredula mi misi una mano davanti alla bocca e ansimai, mentre il mio corpo fu percorso da un'ondata fredda di panico. Avvertivo un ronzio nelle orecchie. In lontananza sentii la sua voce: «I bambini hanno sentito molto la tua mancanza. Dovete recuperare».

«Non… non può funzionare» sentii la mia stessa voce, che suonava estranea e distorta.

«Quelli sono i tuoi figli. Io sono tuo marito. Siamo una famiglia felice.»

«Quelli non sono i miei figli» piagnucolò la voce distorta.

«Siamo una famiglia felice. Io sono tuo marito.» Di nuovo. «Sono tuo marito, quelli sono i tuoi figli. Non hai più nessuno, solo noi. Starai meglio se lo capisci.»

Feci oscillare la testa in modo scoordinato, in realtà volevo scuoterla ma sembravo aver dimenticato come si faceva. Lui alzò una mano, mi afferrò la bocca, mi strinse le guance. Le sue pupille luccicavano tremolanti, digrignò i denti. Un animale feroce, un cacciatore, un mostro, mio marito da ora in poi. Un marito che non scherzava, come mi stava ricordando in questo momento: «Sai che suono senti quando spacchi il cranio a qualcuno, Lena? Come quando fai cadere per terra un cocomero. *Pamm!*».

Trasalii per lo spavento.

«Fa proprio così, *pamm!* Un rumore interessante.»

I poliziotti non dicono niente. Rimangono seduti in silenzio, le facce all'improvviso vuote non lasciano trasparire niente che potrei interpretare. Mi prende una paura insensata di aver detto qualcosa di sbagliato. E c'è anche qualcos'altro, qualcosa di freddo, lacerante: la colpa. Mi sento in colpa perché porto la cicatrice che ti appartiene.

«Mi ha rapita per procurare una nuova madre ai suoi figli» riassumo in breve, affondando esausta nel cuscino, forse anche per evitare i loro sguardi. Fisso il soffitto. «Qual è la data di oggi?» chiedo.

HANNAH

L'infermiera Ruth ha preparato un altro tè e mi imburra un panino. Con un coltello preso dal cassetto delle posate, che qualcuno ha dimenticato di chiudere. Le ho detto che non è affatto l'ora di mangiare, ma forse ha avuto paura sentendo rumoreggiare il mio stomaco. Essendo infermiera dovrebbe sapere che è solo aria nella pancia, niente di pericoloso che possa farmi star male. Ma non ha ascoltato granché quando ho cercato di spiegarle da cosa viene quel rumore nello stomaco e perché. Continuava a scusarsi per non aver pensato prima di darmi qualcosa da mangiare, anche se sono qui da molte ore.

«Ecco, piccola» dice appoggiando il piatto sul tavolo di fronte a me, in mezzo al disegno della mia famiglia. Da sotto il piatto spunta soltanto la testa di papà con la macchia rossa, perché è il più alto di noi. Noi siamo scomparsi tutti sotto.

«La caffetteria apre alle sette, dopo possiamo andare a prendere qualcos'altro. Il mercoledì hanno sempre una torta di mele fantastica. Devi assolutamente provarla.»

Ringrazio. Bisogna sempre essere educati.

«Avanti, mangia, Hannah» dice l'infermiera.

Prendo il panino e do un morsetto. Anche papà porta sempre

il pane quando fa la spesa, ma solo uno, perché il pane ammuffisce velocemente e la muffa non fa bene alla salute.

L'infermiera rimane in piedi a guardarmi mentre mangio.

«Quando hai finito sarebbe meglio che dormissi un po'.» Indica il letto lungo la parete sinistra, vicino all'armadietto di metallo. «È stata una lunga notte per te. Un po' di riposo ti farà bene.»

«Ma credevo che saremmo andate dalla mamma» dico riappoggiando il panino sul piatto.

«Sì, lo faremo sicuramente. Ma prima voglio riparlare con il poliziotto.»

«Per via del nonno?»

L'infermiera Ruth afferra il panino e me lo mette di nuovo in mano.

«Sì, tra le altre cose. Per favore, cerca di mangiare qualcosa, Hannah. So che probabilmente ti si è chiuso lo stomaco per l'agitazione, ma cerca almeno di mandare giù un altro paio di bocconi, ok?»

Ne mando giù cinque, perché penso che cinque sia un bel numero. Uno per ogni membro della mia famiglia. Uno per la mamma, uno per papà, uno per la Signorina Tinky, uno per me e uno molto grosso per Jonathan, visto che deve pulire il tappeto.

«Non ce la fai più?» chiede l'infermiera.

Scuoto la testa. Il mio panino morsicato adesso ha i contorni dell'Africa. Dopo l'Asia, l'Africa è il più grande continente del mondo. Ci vivono i leoni, le zebre e gli sciacalli dal dorso argentato.

«Bene, allora vieni» dice l'infermiera e afferra la mia sedia per lo schienale tirandola indietro, perché mi alzi.

Il letto nella sala ristoro è piuttosto duro e non è rifatto, c'è solo un lenzuolo. L'infermiera prende un cuscino e una coperta arrotolata dall'armadietto di metallo e mi rimbocca le lenzuola. Mi si chiudono subito gli occhi, anche se in realtà non vorrei dormire per non perdermi il momento in cui andremo dalla mamma. L'infermiera Ruth si siede accanto a me sul bordo del letto. Mi accarezza i capelli e io immagino che sia la mamma.

«Devo raccontarti qualcosa per farti addormentare?» chiede la sua voce.

Annuisco.

«Qualcosa in particolare?»

«Mi piace quando la mamma mi racconta delle stelle» bisbiglio. Non è un segreto, non ci sarebbe bisogno di bisbigliare, ma anche la mia voce è molto stanca.

«Le stelle. Bene» dice l'infermiera. «Fammi pensare un attimo... Sì, ecco. È una storia che mia figlia ha imparato all'asilo e voleva che a casa gliela raccontassi prima di dormire. Soprattutto quando era triste e aveva bisogno di un po' di coraggio.»

«Nina, la mangiadolci» sussurro con la mia voce stanca.

«Già!» ride l'infermiera. «Nina, la mangiadolci. Allora. C'erano una volta due stelle. Una grande, dalla luce rossa, e una piccola, la cui luce era ancora un po' opaca. Erano migliori amiche. Di giorno dormivano per essere riposate la notte, e appena il buio scendeva, si scatenavano per il cielo. La piccola stella ammirava la bellezza della sua amica grande e rossa, e si sforzava di mandare una luce altrettanto bella. Una sera, mentre il giorno imbruniva e la notte tardava ancora, un forte scoppio svegliò la piccola stella. Spaventata si guardò intorno, ma non riusciva a capire la causa di quel rumore assordante. Vicino sentì la stella grande e rossa dire con voce calma: "Va tutto bene, mia piccola stella. Non aver paura e dormi un po'. Ti prometto che stanotte brillerò ancora di più, solo per te". E andò proprio così: quella notte la sua amica brillò più splendente che mai, più di tutte le stelle dell'intera galassia, e la piccola stella la ammirò ancora di più. E anche le notti successive la sua amica fece cose fantastiche nel cielo scuro. Finché una notte la piccola stella si svegliò e vide che la sua amica era sparita. La piccola si guardò intorno spaventata, ma non riusciva a trovare l'altra da nessuna parte. Le venne paura, soprattutto quando si accorse che era circondata da una nebbia fitta, grigia e inquietante. Cominciò a chiamare l'amica, ma non ricevette risposta. Allora pianse tantissimo, perché le mancava e si sentiva sola. Le altre stelle, infatti, erano troppo lontane per fare amicizia e comunque nessuna avrebbe potuto sostituire la sua amata, grande amica rossa. Disperata, la piccola stella chiamò Dio, l'essere più potente che conosceva. Dio venne davvero ad ascoltare il suo lamento: la sua amica era sparita e adesso era sola e spaventata dalla fitta nebbia...»

«Non era questo che volevo!» Mi sono davvero sforzata di ascoltare il più possibile, ma adesso devo proprio interrompere l'infermiera Ruth. Non è educato, lo so. Ma bisogna sempre dirlo quando qualcuno fa qualcosa di sbagliato. «Volevo che mi raccontasse qualcosa sulle vere stelle, non una favola.»

«Oh» dice l'infermiera grattandosi la testa. «Vuoi dire sulle costellazioni o cose del genere?»

Annuisco.

«Ah, mi dispiace, Hannah. Su questo non ti saprei dire granché. Ma non vuoi dare una possibilità alla mia storia? È davvero molto bella, se hai la pazienza di aspettare.»

Scuoto la testa voltandomi dall'altra parte, via dall'infermiera. «Non voglio che Dio entri in questa storia. La mamma dice che Dio è un mostro.»

LENA

«È il sedici settembre», risponde "Cham" quando gli chiedo la data di oggi.

Quindi quattro mesi.

Per quattro mesi tuo marito mi ha tenuta prigioniera, Lena. Magari penserai che non sia granché: tu hai resistito per anni accanto a lui. Gli hai dato dei figli e insieme avete giocato alla famiglia.

Ricordo ancora la prima sera, quando seduta sul divano accanto a lui ero impietrita dall'incredulità. Lo sbirciavo con la coda dell'occhio e non potevo fare a meno di meravigliarmi per il suo travestimento. Un uomo di bell'aspetto che si era cambiato apposta per «la nostra prima serata speciale»: non indossava più jeans e t-shirt sbiadita, ma un abbigliamento curato, pantaloni neri e camicia celeste. Sembrava appena rientrato dall'ufficio, o pronto per un appuntamento. Non era un mostro trasandato e puzzolente, dalla faccia butterata e gli occhi neri e vuoti, uscito da un film dell'orrore. Ricordo anche di aver osservato i tuoi figli, che sembravano altrettanto normali, completamente normali, e al tempo stesso non proprio. Come potevano starsene in pigiama a scaldarsi le mani davanti alla stufa chiacchierando allegramente? Persino la bambina che poco prima, nella cornice della porta, mi aveva guardato diffidente con gli occhi a fessura, adesso ridacchiava divertita mentre appoggiava il gatto sui piedi nudi del fratello.

«Mordi, Signorina Tinky!» incitava, e io riuscivo solo a pensare: *Non può essere vero. Non sta accadendo. Non è reale.*

E ricordo anche che quella sera ero in lutto per te, Lena. Per la donna di cui adesso portavo le scarpe. La povera donna della capanna, che doveva essere stata lì prima di me. Che, a quanto avevo capito, adesso era morta, *pamm!*, con la testa spaccata. Le tue scarpe erano l'avvertimento più persuasivo. Eppure realizzai subito che non avrei giocato al suo assurdo gioco malato. Dovevo raccogliere le forze, riprendermi dall'aggressione, dai suoi colpi e dai suoi calci, e poi trovare il modo di uscire da lì. O lui o io. Solo uno di noi due: l'inevitabile finale mi fu chiaro sin dalla prima sera.

L'uscita l'avevo appena scoperta. Era una porta di legno con due lucchetti. Dalla tasca dei suoi pantaloni proveniva un suono metallico quando si muoveva. Ne dedussi che portava sempre le chiavi con sé. La porta era alla mia sinistra, a solo un paio di metri dal divano su cui eravamo seduti. Non c'erano né un corridoio né un ingresso separato. La porta immetteva direttamente in quella stanza, una via di mezzo tra soggiorno e cucina. Sull'altro lato, all'interno della capanna, c'era un passaggio che immaginavo conducesse in un breve corridoio che portava alle camere e alla dispensa dove mi ero risvegliata dopo il rapimento. Probabilmente c'era anche un bagno, o almeno una toilette. Da un lato non vedevo l'ora che lui mi mostrasse le altre stanze, per potermi orientare meglio e cercare altre vie di fuga. Dall'altro intuivo cosa avrebbe significato finire la serata e andare a letto. Per un breve attimo indugiai nella stupida, labile speranza che mi riportasse nella dispensa e mi incatenasse di nuovo al lavandino per la notte.

Le finestre, o almeno quelle in soggiorno, erano da escludere come vie di fuga. Erano sigillate con pannelli isolanti. Era lui a fare il giorno e la notte. Come Dio. Quel pensiero sapeva di fiele. Con la coda dell'occhio avevo contato le viti che fissavano i pannelli, su ogni finestra almeno quaranta, che io probabilmente non sarei mai stata in grado di svitare senza gli strumenti necessari.

La porta alla mia sinistra, per ora non vedevo altra possibilità. Conduceva fuori, chissà dove, ma comunque fuori. Dovevo prendere le chiavi. O ucciderlo. Ma per questo avevo bisogno di un'arma. Puntai lo sguardo sull'altro lato della stanza, la zona pranzo: le quattro sedie intorno al tavolo sembravano di legno massiccio. Ed erano avvitate alle assi del pavimento con delle cerniere di metallo. La parete dietro al tavolo era occupata dall'angolo cottura. Notai il piano di lavoro vuoto e i lucchetti, lucchetti a ogni dannato armadietto. Fantasticai un po' sui cassetti, immaginai di tirarne fuori un coltello, magari uno di quelli affilati, che tagliano tutto, persino la carne. Ma intuivo già che erano vuoti.

Mi sfuggì un sospiro.

«Sei stanca, Lena? Preferisci andare a letto?»

Sussultai.

«No, no. Sto bene, grazie.»

Sollevò il braccio che pesava sulla mia spalla e guardò l'orologio. Sbirciai il quadrante. Erano da poco passate le sette e mezzo.

«Bambini, la mamma ha ragione. È già tardi. Ora di andare a letto.»

I bambini brontolarono.

«Niente storie! Dovete ascoltare quello che dice la mamma!»

La bambina girò la testa verso di me e mi squadrò con uno sguardo cupo.

«Possono anche restare alzati un altro po'» osservai cautamente.

«No, è tardi.» Si alzò dal divano e li cacciò con un gesto. «Avanti, a lavarvi i denti, voi due!»

I bambini si alzarono ubbidienti.

«La Signorina Tinky può dormire con noi stanotte, papà?» chiese la bambina.

«No, rimane in soggiorno, altrimenti non dormite nemmeno stanotte» disse lui, e poi, rivolto a me: «Vieni?».

In qualche modo riuscii ad alzarmi e a mettere il corpo in posizione verticale, quel corpo che era come un'enorme ferita. Tuo marito mi prese il braccio per sostenermi. Con passi cauti mi trascinai dietro i bambini in uno stretto corridoio. Si fermarono di fronte a una porta chiusa, sulla destra. Lui mi passò avanti, si allungò verso l'intelaiatura della porta, afferrò la chiave appoggiata lì sopra e aprì. I bambini sgusciarono dentro. Lui si girò verso di me, fece scivolare la chiave nella tasca dei pantaloni sogghignando e mi esortò a entrare con un cenno della testa. Il bagno era stretto come un tubo, quasi non riusciva a contenerci tutti e quattro. A sinistra c'era un lavandino, sotto cui si trovava una tanica d'acqua, davanti un water, che sembrava piuttosto una piccola botte bianca, a destra una vecchia vasca da bagno di zinco senza rubinetti. Sopra la vasca, a un paio di centimetri dal soffitto, notai un buco grande quanto un pugno, da cui usciva un pezzo di tubo tagliato. Forse una specie di presa d'aria, che però sembrava funzionare parzialmente, perché c'era un odore tenace, stagnante. Non c'erano finestre e dal soffitto pendeva solo una lampadina nuda, come nella dispensa.

I bambini presero gli spazzolini da denti, che si trovavano in due vasetti di plastica con disegni colorati sul ripiano sopra il lavandino. La vista dei due vasetti mi fece un effetto stranamente sinistro. Mentre con la lingua tastavo il buco che mi si era appena formato nell'arcata inferiore, immaginai quest'uomo, tuo marito, in un supermercato come migliaia di altri clienti, che davanti allo scaffale per l'igiene orale sceglieva amorevolmente i disegni che potessero piacere di più ai vostri figli. Sul vasetto blu del bambino c'era un cavaliere a cavallo, mentre su quello rosa della bambina una principessa che danzava su un prato fiorito. Quest'uomo era andato alla cassa e aveva pagato i vasetti senza che nessuno sospettasse che non sarebbero finiti in una casa qualunque, ma qui, in questo buco in cui venivano rinchiuse le persone.

«Pulire il bagno ovviamente è compito della donna di casa, ma non ti preoccupare, mi occupo io del water.» Cosa volesse dire mi divenne chiaro in seguito. Dato che nella capanna non c'era acqua corrente, utilizzavamo una toilette compostante, che raccoglieva gli escrementi in un contenitore pieno di segatura che ogni tanto doveva essere svuotato; *fuori*. E questo non poteva certo lasciarlo fare alla donna di casa: per lei non c'era più alcun *fuori*.

«Bene» concluse con un'occhiata all'orologio. «Sono passati tre minuti.»

Quasi a comando i bambini sputarono la schiuma simultaneamente nel lavandino. Poi, uno dopo l'altro, si lavarono il viso con l'acqua della tanica.

«Stasera sarà la mamma a portarvi a letto» annunciò con un sorriso benevolo.

«Evviva, finalmente!» esclamò raggiante il bambino picchiettandosi le guance con un asciugamano.

Tuo marito mi portò fuori nel corridoio, la bambina ci seguì richiudendosi la porta del bagno alle spalle. Non capivo cosa stessimo aspettando, finché il bambino uscì e la bambina sparì in bagno al suo posto. Li lasciava fare i bisogni senza sorvegliarli, dedussi, e vidi in questo una qualche possibilità. Anche se all'inizio non mi venne in mente altro che i vasetti per gli spazzolini con i disegni colorati. Se solo fossi riuscita a spezzarli. La plastica rotta poteva essere molto affilata, un'arma.

I bambini dividevano una stanza minuscola, in cui c'era spazio solo per un letto a castello. Le pareti di legno erano coperte di loro dipinti e disegni pasticciati. Cercai di riconoscere le figure, ma la luce, che anche stavolta proveniva da una singola lampadina, era scarsa. C'era una finestra, sigillata ovviamente. Il bambino si arrampicò su una scaletta fino al letto di sopra, la bambina si infilò in quello di sotto.

«Devi sederti qui» disse la bambina, meccanicamente più che come un invito, e accarezzò il posto accanto a lei. «Fai sempre così.»

Da sopra la spalla lanciai un'occhiata a tuo marito, che sorridendo a braccia incrociate si sporgeva dalla soglia della porta. Mi avvicinai esitante e mi sedetti, abbassando la testa e piegando la schiena per non battere nel letto di sopra.

«E adesso ci racconti una storia. Come sempre.»

«Io...»

«Guarda mamma!» A un tratto il viso del bambino mi spuntò accanto. Senza mani si lasciava penzolare a testa in giù sopra l'asse di legno che doveva impedirgli di cadere mentre dormiva. «So volare!»

«Basta, Jonathan» sibilò la bambina. «È pericoloso. E poi ora vogliamo ascoltare una storia.»

«Ok» brontolò lui ritirandosi su. Sopra di me il materasso premette sulle doghe di legno, mentre lui si sdraiava cercando la posizione.

«Voglio una storia di aerei!»

La bambina schioccò la lingua.

«Non sei tu a decidere. Io sono la più grande, sta a me scegliere.»

«Vuoi sempre decidere tu!»

«Sì, ed è giusto così...»

«Basta!» Sussultammo tutti e tre. Tuo marito. «La storia è annullata. Alzati, Lena.»

«Ma papà...» sentii dire al bambino.

«No. Voi due non sapete come ci si comporta. Adesso alzati, Lena.»

Non so perché rimasi seduta. Forse il suo improvviso sbalzo di umore mi paralizzò, o la situazione nel suo insieme, la spaventosa normalità di un battibecco tra fratelli in queste circostanze spaventosamente singolari. Ma comunque lo feci, rimasi semplicemente seduta, fissando nel vuoto.

Gli occhi di tuo marito si strinsero.

«Adesso. Alzati. Lena.»

Mi si fermò il respiro. Ogni parola, e il modo in cui la scandiva, era come una pugnalata nei polmoni, che si afflosciarono; e io cominciai a respirare affannosamente, quasi ad ansimare. Allora sentii un tocco delicato sul ginocchio. La mano di tua figlia. La vidi.

«Adesso ti devi alzare» sussurrò, appena udibile. Per una frazione di secondo ci guardammo negli occhi. Quindi lei si girò bruscamente dall'altra parte, mostrandomi la schiena minuta, per poi tirarsi la coperta sopra le spalle. Mi alzai come in sogno, quasi ipnotizzata dalla sua voce.

«Da' la buonanotte ai bambini, Lena» disse tuo marito, sorridendo di nuovo.

«Buonanotte, bambini.»

«Buonanotte!» risposero all'unisono, mentre lui chiudeva la porta. Come aveva fatto prima davanti al bagno, si allungò per prendere una chiave sopra l'intelaiatura della porta e chiuse. Rinchiudeva i bambini mentre dormivano. Misi una mano davanti alla bocca per soffocare un gemito.

«Bene» disse sorridendo, dopo aver riposto la chiave sulla cornice della porta. «E adesso a noi...»

Sussulto. Una serie di squilli, forti e perentori, finché "Cham", che ha un'aria assente, sussulta a sua volta, lievemente, lasciando scivolare per terra il blocco e la matita che aveva in grembo. Non li raccoglie, si tasta invece la giacca con piccoli movimenti nervosi, armeggia un po' e quindi tira fuori un cellulare dalla tasca interna.

«Giesner» pronuncia ansimando il suo nome. Cerco di sentire i frammenti che arrivano dall'altro capo della linea, ma il fastidioso pigolio dell'elettrocardiogramma me lo rende difficile. Lui risponde: «D'accordo, un momento», si allontana il telefono dall'orecchio e mi fissa in modo insistente. «I nostri uomini hanno trovato la capanna. Devono essere preparati a qualcosa in particolare, entrando?»

Scuoto la testa. «L'ho colpito, con una di quelle palle di vetro che contengono la neve. L'ho...» Mi metto una mano sulla nuca e mi fermo.

«L'ha steso?»

Annuisco.

«Entrate» ordina Giesner nel telefono.

Sprofondo nel cuscino e chiudo gli occhi. Nei pensieri sento una voce. Dice: «Lo vedi come siamo fortunati?».

«Sì, tesoro, siamo davvero fortunati» rispondo fra me e me, e sorrido.

LENA

«Lena?»

«Mmm...»

«Pensa di poter andare avanti con il racconto?»

Apro gli occhi e tento di tirarmi di nuovo su a sedere. "Monaco" salta subito dalla sedia per sistemarmi il cuscino dietro la schiena in modo che stia comoda.

«Per favore, datemi ancora un momento, ok?»

Lui annuisce comprensivo, e "Cham" dice: «Si prenda tutto il tempo che le serve».

Mi chiedo da che parte potrei cominciare. Si tratta di quelle cose che non si possono raccontare, Lena. Un paio di parentesi piazzate abilmente intorno a quei dettagli che i poliziotti non devono per forza sapere. Ma tu, Lena, tu devi sapere quello che ha fatto con me.

Poso lo sguardo prima su "Monaco", poi su "Cham". "Monaco" si massaggia le mani imbarazzato. Con un sospiro "Cham" si piega sulla sedia e raccoglie il blocco e la matita che gli sono scivolati dal grembo rispondendo al telefono. Credo che adesso si aspettino la descrizione di uno stupro, una cosa atroce. Sarebbe più che comprensibile che avessi bisogno di farmi forza prima di poterlo raccontare. Non possono immaginare che ci sia dell'altro.

Questo è solo per te, Lena:

«Bene» disse sorridendo, dopo aver riposto la chiave sulla cornice della porta. «E adesso a noi...»

Irrigidii le spalle, tesi la schiena e strinsi le mani a pugno. Mi aspettavo esattamente la stessa cosa che hanno in mente adesso i poliziotti che stanno seguendo la mia storia.

Pensai a Kirsten e a quando l'anno scorso tornò a casa in quell'ora grigia, indefinita, tra la notte e il mattino, quando tutti sono a letto e nessuno sente le tue grida soffocate o incrocia il tuo cammino, per strappare via quella bestia che ti sta addosso e aiutarti. Ricordai come scivolò ai piedi della parete del corridoio con il viso graffiato, di un pallore spettrale, e il vestito strappato, mentre io mi accovacciavo accanto a lei senza osare prenderla tra le braccia.

«Perché non ti sei difesa?» chiesi, perché ero stupida o forse solo stanca, poco lucida dopo essere stata svegliata di soprassalto dai passi rumorosi di Kirsten che entrava nell'appartamento. Perché stavo dormendo come tutto il resto del mondo, mentre Kirsten veniva aggredita in un cortile interno.

Kirsten girò verso di me il volto pallido, estraniato, dicendo: «Perché ero morta in quel momento. Non avevo più un corpo, né delle braccia che potessero colpire. Né delle gambe che potessero scalciare. La mia anima era da qualche altra parte».

Contavo su questo, Lena. Sarei stata come morta sotto di lui, nella speranza che non durasse troppo a lungo. Ma cercavo anche di fare la spavalda, stringevo i pugni e drizzavo la schiena, anche se mi faceva ancora male per via dei calci e delle botte che tuo marito mi aveva dato quel giorno. Alzai il mento e lo guardai negli occhi. Pensai a Kirsten, che aveva avuto l'impressione di essere morta. Che era stata così forte. Lo sarei stata anch'io. Anche se si fosse preso il mio corpo, non avrebbe avuto la mia anima.

«E allora» proruppi in un moto di orgoglio e audacia. «Facciamola finita e basta.»

Vidi il suo viso crollare, Lena. I suoi lineamenti persero consistenza, come tutte le sue costruzioni mentali, ed ebbe bisogno di un momento per ricomporsi. Lo avevo colto alla sprovvista. Il suo occhio sinistro tremò e il sorriso che gli si stampò in faccia sembrava incerto. Ma era comunque più forte di me, era lui l'uomo che non faceva scherzi, lui era Dio e io un insetto, e doveva provarmelo. Mi prese per un braccio spingendomi di nuovo nel corridoio verso il bagno.

«Per te è previsto l'uso del bagno alle 7 del mattino, alle 12.30, alle 17.00 e alle 20.00» snocciolò meccanicamente, mentre cercava nella tasca la chiave della toilette. «Adesso sono le 20.00.» Notai che gli tremavano le dita, impercettibilmente, ma tremavano. È stato un momento di grazia, Lena.

Aprì, io entrai e mi girai verso di lui in attesa che richiudesse la porta. Non mi sfiorò nemmeno il pensiero che potesse andare diversamente, dopo che aveva lasciato i bambini da soli in bagno.

«Avanti» disse facendo un cenno con la testa verso l'interno. Seguii la traiettoria del suo sguardo, fino al water. Doveva essere un test, un braccio di ferro in risposta al momento di grazia che mi aveva appena concesso.

«Fai pure.»

Mi ritrassi. Tuo marito rimaneva sulla soglia, con aria disgustosamente disinvolta, il braccio sinistro teso e la mano appoggiata allo stipite, con la testa inclinata e un sorriso da cui era scomparsa qualunque incertezza.

«No» dissi.

«Siediti sul water, Lena.»

Strinsi le labbra scuotendo lentamente la testa.

«Ti ho detto, siediti sul water.»

«Allora esci. Non vado al bagno davanti a te.»

«Sì, invece lo farai. Perché tu fai tutto quello che ti dico.»

Iniziò a muovere un passo verso di me. Alzai in aria le mani e ansimai: «Aspetta. Mi dispiace. Mi dispiace». Volevo lottare, essere forte, questo sì. Ma non potevo rischiare che oggi mi picchiasse di nuovo. Si immobilizzò guardandomi con diffidenza.

«Io… non ne ho bisogno.»

Nessuna reazione, nessuna reazione – solo il suo sguardo. Cercai di reggerlo.

«Ho detto: per te è previsto l'uso del bagno alle 7 del mattino, alle 12.30, alle 17.00 e alle 20.00»

Lasciai cadere le braccia e annuii con forza.

«Lo so. Me lo ricordo. Alle 7 del mattino, alle 12.30, alle 17.00 e alle 20.00. Ma non ne ho bisogno.» Sentii una specie di sorriso formarsi sulle mie labbra. «Non ne ho bisogno» ripetei. «Possiamo andare subito a letto.»

Fu così improvviso che non avrei fatto in tempo nemmeno a indietreggiare, ad alzare le mani, a respirare, a sbattere gli occhi.

Vuoi saperlo, Lena? Vuoi sapere cosa fa tuo marito quando ci si rifiuta di andare al bagno davanti a lui? Magari è capitato anche a te?

Allora sai già che effetto fa essere sbattuta a terra. Anche tu ti sarai rannicchiata con le mani davanti al viso, per proteggere la delicata cicatrice sulla fronte. Avrai cercato di fare un respiro profondo, perché sarebbe stata l'ultima volta prima che ti prendesse a calci nella pancia. Hai stretto gli occhi in attesa di quel dolore intenso. Che però non è arrivato. Hai fatto un altro respiro profondo, perché il dolore non era lontano… ma niente, nessun calcio, solo uno strano fruscio. Allora hai osato sbirciare tra le dita aperte. E l'hai visto, tuo marito, in piedi a gambe larghe, la mano sulla zip dei pantaloni. Per lo spavento hai dimenticato di fare un altro respiro, ora che sarebbe stato così necessario, per trattenere il fiato mentre qualcosa di caldo ti brucia la pelle, ti bagna i vestiti e i capelli. Sai cosa vuol dire divincolarsi inutilmente. Che effetto fa quando le ultime gocce ti cadono sulla faccia e ne senti una sulle labbra serrate. Poi di nuovo il rumore della zip, e lui, tuo marito, che placidamente dice: «Spero che adesso tu abbia capito perché è così importante attenersi agli orari del bagno, Lena. Non si può mai sapere se qualcosa va storto».

Probabilmente dopo hai vomitato, Lena, e tuo marito ti ha fatto pulire il bagno, impassibile di fronte al tuo tremore e ai tuoi conati di disgusto. Hai pulito il bagno, in ginocchio, coi capelli e i vestiti bagnati, mentre lui con le gambe incrociate in modo disinvolto sedeva sul bordo della vasca di zinco a osservarti. Forse ci sono volute ore prima che fosse soddisfatto. Poi ti sei dovuta spogliare ed entrare nella vasca. Ti ha lavata, in fondo eri sporca, «ah, Lena, sei di nuovo così sporca», ti ha asciugata e portata in camera.

Se anche tu hai vissuto queste cose, Lena, allora sai che non si possono raccontare, perché fanno un effetto molto diverso dalle altre storie atroci, orribili, questo sì, ma già sentite. I poliziotti le conoscono già, quelle cose. Le hanno sentite abbastanza spesso per abbassare lo sguardo davanti a me e tormentarsi le mani. Quelle cose li colpiscono, forse, ma fanno parte del mestiere e vengono subito liquidate annotando la parola «stupro». Non servono dettagli. Un uomo sta sopra una donna e lei probabilmente prova dolore. Punto. Posso essere questo tipo di donna, Lena. E lo sarò non appena la Scientifica sarà entrata nella capanna e avrà ispezionato le lenzuola. Non posso farci niente.

Ma di sicuro non sarò la donna che si è trascinata sul pavimento del bagno in una pozza di urina e vomito. La mia parentesi si chiude qui. Ferma e irremovibile.

I poliziotti intanto aspettano pazienti la parte inevitabile della storia. Annuisco per segnalare che sono pronta a continuare.

«Dopo aver rinchiuso i bambini nella loro stanza, mi ha portato in camera. Sul lato destro della spalliera del letto pendevano delle manette. Non potevo scappare.» Sollevo una manica del camice da ospedale e mostro prima a "Cham", poi a "Monaco" il mio braccio destro. Sul polso ho tuttora un'abrasione rosso chiaro.

«Mi incatenava alla spalliera del letto, sempre. Anche la notte quando dormivamo. Penso l'abbia fatto per evitare che mi alzassi di notte e cercassi le chiavi. O tentassi di soffocarlo con un cuscino.»

"Cham" scrive qualcosa sul blocco.

«Lui...» inizia titubante «l'ha anche...»

«Sì» rispondo.

Solo «sì». È sufficiente per confermare quelle cose atroci. Tutto qui. Forse più tardi una poliziotta farà il tentativo di scoprire come sono andati esattamente i fatti. Anche per Kirsten è stato così, dopo quell'episodio nel cortile. Mandano avanti le donne perché pensano sia più facile parlare di qualcosa del genere con una persona dello stesso sesso. Ma in fin dei conti si limitano a chiedere dettagli sulle parti del corpo, e se sia stato comunicato chiaramente il proprio rifiuto.

«Ha detto di no?» aveva chiesto la poliziotta a Kirsten, ma fu sufficiente che Kirsten domandasse a sua volta: «Sta scherzando?».

Almeno per un po' mi lasciano in pace.

Finché il cellulare di "Cham" non squilla di nuovo. Non capisco quello che dicono dall'altra parte, quindi mi giro sul cuscino e mi allontano con la mente. Niente catene stanotte... Sorrido. Niente catene.

"Cham" si schiarisce la gola. Ha lasciato cadere in grembo la mano che regge il telefono. La conversazione è già finita. O è stata molto breve, o devo essermi davvero addormentata.

«Che succede?» chiedo, cercando di rimettermi a sedere. Stavolta "Monaco" non mi aiuta col cuscino. Di sicuro pensa che preferisca occuparmene da sola, piuttosto che sopportare proprio adesso la vicinanza fisica di un uomo.

"Cham" aspetta che mi sia accomodata. Poi dice: «Hanno trovato l'uomo. E anche il bambino».

«È tutto a posto?»

«Li hanno trovati» ripete "Cham", come se fosse una risposta. Io annuisco comunque e dico: «Per fortuna», e poi, dato che è finita, realmente e completamente finita: «Jasmin Grass. Mi chiamo Jasmin Grass. Data di nascita: 28-03-1982, residente a Regensburg. Mia madre si chiama Susanne, anche lei Grass. Vive a Straubing. Può chiamarla?»

"Cham" sembra sorpreso, ma solo per un attimo.

«Certo, nessun problema.»

«Grazie» dico sorridendo.

«Ma c'è un'altra cosa, *Jasmin.*»

Mi muore il sorriso. Il modo in cui sottolinea il mio nome. La sua faccia.

Il suono dell'elettrocardiogramma cambia ritmo.

«Cosa?» chiedo con cautela.

«Prima ci ha detto di aver steso il suo rapitore.» Dà un'occhiata veloce al blocchetto. «Con una palla di vetro.»

«Sì» annuisco con forza. «Perché?»

"Cham" non dice niente, guarda "Monaco", poi me, poi di nuovo "Monaco" e gli passa il cellulare. "Monaco" lo prende, osserva attentamente il display e quindi alza finalmente gli occhi verso di me.

«Ma cosa c'è?» chiedo al ritmo accelerato dell'elettrocardiogramma. «Che succede?»

Per un momento ha regnato una sensazione di pace, un'accettazione sconosciuta, solo Karin, io e il cielo, in cui si faceva spazio il nuovo giorno. Quell'istante in cui ci siamo aggrappati l'uno all'altra è stato come un'isola, una breve fuga piacevole. Ovviamente non saremmo rimasti a lungo in quel luogo, presto si sarebbe spalancata la porta e sarebbe entrato qualcuno, Gerd o Giesner o uno dei loro uomini, per riportarci alla realtà. Mi era chiaro, ma cercavo così intensamente di non pensarci che finivo per pensarci davvero. Poi è stata la stessa Karin a porre fine a quel momento:

«Credo che dovremmo avvisare Mark» dice contro il mio petto.

E io: «Dovrai passare sul mio cadavere».

È finita, la pace se ne è andata, il cielo non è più pieno di speranza ma grigio, triste e pesante, sopra il profilo nero delle case in lontananza che sembrano ritagliate con le forbici. Nel frattempo qualche finestra si è illuminata. Gente mattiniera che inizia la giornata e con quelle luci segnala chiaramente che la terra continua a girare e non è possibile fermarla né fuggire. Non c'è nessuna isola, non realmente.

«Cosa vorresti dirgli?» cerco di districarmi da un litigio su questioni di principio che sembra ormai inevitabile.

A Karin è sempre piaciuto Mark. «Non avrebbe mai fatto del male a Lena.» Su questo lei non ha mai cambiato idea, mentre io fin da subito avevo menzionato il suo nome quando all'epoca eravamo andati alla centrale di polizia a fare la denuncia della scomparsa.

«Sua figlia aveva problemi con qualcuno?» ci avevano chiesto.

«Mark Sutthoff» vomitai.

«Matthias!» ribatté Karin tirandomi una gomitata nel fianco.

Mark Sutthoff, nel suo mondo immaginario modello-attore-cantante; in realtà un arrogante venditore di auto usate da cui avevamo comprato la Polo di Lena. All'epoca lei doveva avere circa vent'anni, comunque abitava ancora con noi e non si era trasferita nel suo appartamento di Haidhausen. Io non mi ero accorto di come lui le ronzasse attorno già nel parco auto, riuscendo alle mie spalle a estorcerle il numero di telefono. Finché una sera comparve alla nostra porta per venire a prendere Lena e lei disse raggiante: «Papi, ti ricordi sicuramente di Mark. Ci ha venduto la Polo». O almeno, questo era quello che avrebbe dovuto fare, nient'altro. Era solo questo che volevamo da lui, una stupida, piccola Polo blu. Che nella consegna fosse compreso anche un dramma che sarebbe andato avanti per anni, questo non ce lo aveva detto nessuno. Lena e Mark Sutthoff insieme, Lena e Mark Sutthoff separati – «Pensa papà, Mark ha flirtato con un'altra!», «Che se ne vada al diavolo!», «Ma papà, lo amo così tanto!».

Lena non vedeva quello che vedevo io. Semplicemente Mark non era abbastanza per lei, non era alla sua altezza.

«Non vuoi dargli una possibilità» era la frase con cui Karin smontava i miei timori. Lo diceva sospirando e scuotendo la testa.

Nessuno vedeva quello che vedevo io.

E adesso, in ospedale, ci stavamo chiaramente dirigendo verso questa penosa discussione. Karin voleva chiamare Mark Sutthoff e informarlo su quello che era accaduto stanotte.

«Non sappiamo ancora niente» sibilo tra i denti sperando che Karin lasci perdere.

«Non volevo dire adesso, certo non a quest'ora assurda. Ma dopo, più tardi...»

«Sciocchezze» la interrompo bruscamente, ma cambio subito idea appena mi accorgo che lei si libera dal mio abbraccio e strascica i piedi verso il letto. «Mi dispiace» mormoro da sopra la spalla. «Solo non capisco che senso abbia. Lui non ha più niente a che fare con Lena.»

«Ha sofferto esattamente come noi.»

«E per cosa? Per l'incertezza?» sbuffo indignato. Appena un anno dopo la scomparsa di Lena, Mark Sutthoff si era trasferito a Parigi con la sua nuova fidanzata. «Non ci ha messo molto a dimenticarla, se ben ricordi. Lei non sarebbe d'accordo.» Mi blocco, e Karin se ne accorge.

«Adesso non possiamo far altro che aspettare. Ma appena sapremo qualcosa di concreto dovremo chiamarlo, davvero, Matthias. Dobbiamo farlo, è semplicemente la cosa giusta.»

Vedo letteralmente il mio viso distorcersi nel riflesso della finestra.

«Ho detto di no» ringhio in faccia a quel brutto muso nel vetro.

«Va bene» sospira Karin. «Calmati. Non volevo...»

La sua frase resta sospesa nell'aria, rendendola secca e pesante. Non tocchiamo più l'argomento, ma l'aria rimane opprimente, il silenzio preme sulle nostre teste. E dentro di noi si aprono nuovi scenari che fanno ancora più paura adesso che non li condividiamo.

«Abbiamo solo alcune tessere del mosaico» aveva detto Giesner. Rapimento, capanna, una donna che sembra Lena, la piccola Hannah. Cerco di riordinarle, ma non trovo il senso, quindi comincio a passeggiare avanti e indietro per la stanza, come un leone in gabbia. Karin si è sdraiata sul letto e fissa il soffitto con le mani incrociate sulla pancia. Le dico di provare a dormire un po'.

«Non ci riesco» risponde sussurrando.

È come se aspettassimo l'esito di una delicata operazione. Non ce la faccio più.

«Ora vado a informarmi.»

Karin si appoggia sui gomiti.

«Sicuramente l'interrogatorio è ancora in corso, altrimenti sarebbero già venuti a dirci qualcosa.»

«Forse posso dare una mano.»

«In che cosa? Nell'interrogatorio?» Karin ride piano. «Ah, Matthias...»

«No, dico sul serio. Perché dura così tanto? Forse bisogna semplicemente mettere sotto torchio quella donna. Lei lo sa di sicuro cosa è successo a Lena.»

Karin sgrana gli occhi.

«Dici?»

«Ah, ma certo! Perché si spaccia per Lena? Perché fa credere alla bambina di essere sua madre?» Faccio un vago cenno verso la porta. «Quella bambina là fuori è la figlia di Lena, lo vedrebbe anche un cieco! Non c'è bisogno del test del DNA!»

I piedi di Karin oscillano sul bordo del letto.

«Credi che quella donna sia coinvolta?»

«Be', che qui ci sia qualcosa che non torna lo capisci anche da sola, no?»

Bussano alla porta.

Con un balzo Karin scende dal letto e cerca la mia mano. Le sue dita si agitano con urgenza, come se stesse suonando con foga il pianoforte. Le afferro la mano e la tiro verso di me. Ce ne stiamo così, mano nella mano e spalla contro spalla, finché un secondo dopo Giesner non entra nella stanza per metterci al corrente dello stato delle indagini.

HANNAH

Fuori è molto buio. Gli alberi sono neri e i rami sembrano le dita scheletriche di un mostro. La mamma grida: «Non mi avrete!».

Sento scricchiolare il terreno sotto i piedi mentre corro, ma anche i passi della mamma fanno un gran rumore, perciò so in quale direzione andare anche se non riesco quasi più a vederla nell'oscurità. Solo ogni tanto, quando gli alberi si diradano, riesco a distinguere un lembo del suo bel vestito bianco, che brilla argentato alla luce della luna.

A un tratto c'è molta luce, una luce gialla, come un fascio luminoso. Vedo i tronchi degli alberi neri, e in mezzo la sagoma della mamma, anche lei scura. Spalanca le braccia come un angelo che sta per spiccare il volo. Poi sento un botto e mi fermo. Ecco come ci si sente quando si è spaventati. Non riesco più a vedere la mamma, solo il fascio di luce gialla. Cammino in punta di piedi, la luce diventa più chiara, devo tenermi una mano davanti agli occhi perché hanno iniziato a lacrimare. Scanso i rami finché il bosco non finisce e inizia una strada. La mamma è a terra, davanti a una macchina. Riconosco il suo viso nella luce dei fari. Ha gli occhi chiusi.

All'improvviso sento uno scricchiolio alle mie spalle. Mi giro e vedo papà. Mi supera e si precipita in strada, accanto alla mamma. Urla: «Hai perso!» e «Haha!».

La mamma spalanca gli occhi e ride.

«Ehi voi due, così non vale!»

Tende le mani a papà. Lui la tira su e le pulisce le macchie rosse sul viso.

«E adesso tocca a te, Hannah» mi dice papà. «Datti da fare.»

Con un gridolino faccio dietrofront e comincio a correre nel bosco. Ma dopo un paio di balzi qualcuno mi tira la manica. È l'infermiera Ruth, che mi trascina dietro un tronco dicendo: «Ecco un buon nascondiglio, Hannah…».

«… Hannah?»

Il bosco svanisce, solo il viso dell'infermiera è ancora lì, vicinissimo al mio.

«Hannah» dice. «Svegliati, Hannah.»

Sbadiglio e sbatto le palpebre.

Non sono affatto nel bosco, ma nella sala ristoro, a letto.

«Svegliati, Hannah» ripete ancora l'infermiera.

«Adesso possiamo andare dalla mamma?» chiedo. La mia voce è ancora roca e stanca.

L'infermiera Ruth all'inizio non risponde, poi però mi chiede se ho dormito bene.

Dico: «Sì, e ho anche fatto un sogno».

«Qualcosa di bello?»

Annuisco.

L'infermiera fa quel mezzo sorriso stupido. Capisco subito che c'è qualcosa che non va.

«La mamma non sta bene?»

Adesso l'infermiera fissa il pavimento. «Devo portarti dalla dottoressa Hamstedt.» Lì per lì non capisco chi sia, ma poi mi viene in mente. La signora alta e magra con i capelli corti castani, che era venuta lì con il poliziotto. Il medico che aveva dimenticato il camice.

Vorrei chiedere perché devo andare da lei, ma l'infermiera è più veloce e dice: «Però puoi salutarla».

JASMIN

Il dottor Schwindt è arrivato, nonostante il caos del cambio di turno. Era necessario, lo capisco persino io.

«Non sono stata io! Non sono stata io!» ho cominciato a gridare agitando le braccia e strappandomi via per sbaglio la flebo. Non doveva succedere, ma è successo, come sono successe tutte quelle cose che proprio non sarebbero dovute accadere. Sicuramente no…

«Cerchi di respirare con calma, signora Grass» dice il dottor Schwindt sottolineando il mio nome come se fosse qualcosa di prezioso. L'elettrocardiogramma non funziona più, il medico lo deve riavviare. «Tecnologia...» commenta laconico premendo i tasti. Io credo che l'apparecchio ne abbia semplicemente abbastanza di me e del mio cuore instabile che va di pari passo col mio umore.

«Si sentirà un po' stanca» spiega il dottor Schwindt quando il *bip* torna regolare.

Ho deciso che lui mi piace, solo perché in questo momento mi sento sola e senza alleati. È un signore anziano dalla barba impomatata ad arte e un paio di occhiali con le lenti a mezzaluna. Vorrei che mio padre fosse qui. O comunque qualcuno.

«Potrebbe anche avvertire insensibilità alle braccia o alle gambe. Ma è assolutamente normale, non c'è ragione di preoccuparsi, ok?»

«Dottor Schwindt» dico con voce ormai debole. «Può farmi un altro favore?»

«Quale, signora Grass?»

«Potrebbe controllare una cosa nella mia cartella clinica?»

Il medico fa cenno di ruotare su se stesso, come in cerca di qualcosa.

«Mmm, credo che la polizia la stia esaminando. Cosa vorrebbe sapere?»

Deglutisco a secco.

«Devo sapere se sono incinta.»

Il dottor Schwindt si tocca il naso spingendosi indietro gli occhiali che erano scivolati un po' in avanti mentre si affaccendava con l'elettrocardiogramma.

«Dunque, se è preoccupata per i calmanti, non sono niente di nocivo...»

«In realtà sono preoccupata in generale» lo interrompo.

«Nessun problema, signora Grass. Controllerò» annuisce, e mi piace ancora di più proprio perché non fa altre domande.

«Grazie.»

«Adesso cerchi di dormire un po', va bene?»

Mi augura buona guarigione e mi mette la scatolina con il campanello di emergenza a portata di mano, prima di uscire dalla stanza.

Rimango sdraiata, con una sorda sensazione che inizia a formicolarmi nelle dita delle mani e dei piedi. La mia mente non ne è toccata, rimane vigile, l'adrenalina è ancora in circolo.

«C'è un'altra cosa, Jasmin» mi aveva detto "Cham" dopo la telefonata, passando il cellulare a "Monaco".

«Cosa?» avevo chiesto io. «Che succede?» Il cuore cominciava ad accelerare in preda al panico.

Hanno trovato l'uomo, erano state queste le parole di "Cham". Quindi che altro c'era? Tuo marito, Lena, si era forse ribellato all'arresto? Era addirittura riuscito a liberarsi? Stava cercando di venire qui? Non era possibile, assolutamente no. Lo avevo colpito fortissimo con quella palla di vetro. Era caduto a terra. Si era accasciato ed era rimasto sdraiato, immobile.

"Monaco" aveva sospirato e alzato lo sguardo dal display del cellulare per incontrare quello di "Cham".

Non ce la facevo più.

«Volete decidervi a dirmi cosa succede?»

Si consultarono per stabilire se fosse il caso di mostrarmi la foto che "Cham" aveva ricevuto dai suoi uomini alla capanna.

«Non è certo adatta per un'identificazione» disse "Monaco" dandosi arie di importanza.

Agitai la mano per aria spazientita. "Cham" mi guardò con gli occhi stretti.

«Gliela faccia vedere, signor Brühling. Può farcela.»

Annuii per confermare.

Solo che quello che vidi quando "Monaco" mi passò il cellulare di "Cham"... la foto, tuo marito...

«Non sono stata io! Non sono stata io!» iniziai a gridare lasciando cadere il telefono. Giaceva lì, nell'avvallamento della coperta, tra le mie gambe distese, lo schermo brillava, brillava di rosso, era tutto rosso. Girai la testa. Quella di lui non c'era più, o meglio, non intera, il suo viso a brandelli, rosso, tutto rosso.

"Monaco" saltò giù dalla sedia, riafferrò il cellulare, premette il tasto in alto a destra per oscurare lo schermo e infine lo restituì a "Cham" che visualizzò di nuovo la foto.

«Dobbiamo verificare se queste ferite possono davvero essere state provocate da una palla di vetro» disse freddamente. «A un primo sguardo sembra piuttosto, piuttosto...»

«No, no, no!» urlai di nuovo. «Non sono stata io! Ho soltanto... la palla di vetro... l'ho colpito una volta sola...»

La voce mi rimaneva incastrata nella gola mentre gridavo. Mi resi conto a poco a poco che ero ammutolita.

Avevo spaccato il cranio a tuo marito.

Spezzato ogni osso della sua faccia.

Fatto a brandelli la sua pelle.

In preda alla furia dovevo averlo colpito ancora e ancora con la palla di vetro. *Pamm!* aveva fatto, proprio come aveva detto lui. *Pamm!*, come quando si fa cadere un cocomero per terra.

Respiri lentamente, dice il dottor Schwindt.

Respira lentamente, ripeto fra me e me, e le palpebre mi diventano pesanti. Mi sento sprofondare sempre più giù, in una stanchezza sorda, piano piano fa sempre più freddo, e il gelo si insinua nelle mie membra rendendole insensibili. Il dottor Schwindt lo aveva detto, insensibilità alle braccia e alle gambe, è del tutto normale, non c'è motivo di preoccuparsi, solo che fa così freddo.

Hai freddo, mamma? Sento una voce, ho le allucinazioni, annuisco debolmente.

Sì, Jonathan, ho freddo, molto freddo.

Qualcosa è andato storto. L'ho ucciso, Lena. Ho ucciso tuo

marito. L'ho massacrato fino a renderlo irriconoscibile. *Pamm!* risuonava, e ancora e ancora. *Pamm!*

La testa mi cade da una parte. Hanno bussato alla porta? Le mie palpebre sbattono pigramente.

La porta si apre e compare una donna, in sogno o nella realtà, sono troppo lontana per capirlo.

«Salve» mi sembra di sentire la donna. «Qui c'è qualcuno che vorrebbe farle visita.»

Un movimento alle sue spalle, sbatto gli occhi, sogno o realtà, Hannah viene avanti, si avvicina al mio letto, tutto come al rallentatore, infila una mano nella tasca destra del suo vestito. Sento che le pupille cominciano a roteare, e al tocco di Hannah la mia mano si chiude a pugno, debolmente. Con prudenza, Hannah solleva una a una le mie dita, aprendomi il pugno. Mi appoggia qualcosa sulla mano, che con altrettanta prudenza si richiude. Le mie palpebre tremano e sento il bacio lieve di Hannah sulla fronte, proprio sulla cicatrice, e la sua voce che sussurra: «Mi ricordo tutto benissimo».

Crollo e dormo profondamente.

DONNA SEQUESTRATA IN UNA CAPANNA PER QUATTRO MESI SFUGGE AL SUO RAPITORE

Cham/Monaco – Sembra quasi un miracolo: dopo quattro mesi di prigionia, Jasmin G. (35 anni), pubblicitaria di Regensburg scomparsa da metà maggio, è riuscita a fuggire da una capanna isolata in un bosco presso il confine tra la Baviera e la Repubblica Ceca. I dettagli che stanno venendo alla luce sulla sua prigionia vanno oltre ogni immaginazione. A quanto pare la trentacinquenne è stata costretta a vivere in un vero e proprio ménage familiare insieme al suo rapitore – sulla cui identità la polizia non ha ancora voluto fornire indicazioni – e i suoi due figli minori. Le prime fonti parlano anche di terribili abusi sessuali e psicologici. Jasmin G. sarebbe rimasta incatenata per settimane e nutrita in una scodella per cani. Martedì scorso è finalmente riuscita a sfuggire al suo carnefice. L'uomo ancora ignoto sarebbe stato ucciso da Jasmin G., ha lasciato trapelare mercoledì mattina il responsabile delle indagini, il commissario capo Gerd Brühling. Inoltre questo sequestro sarebbe strettamente legato alla scomparsa della "party-girl", Lena Beck (allora ventitreenne), avvenuta nel gennaio 2004 a Monaco. I due figli del presunto rapitore (una bambina di tredici anni e un bambino di undici) e la stessa Jasmin G. si trovano attualmente in psicoterapia. Uno dei due bambini sembra avere, oltre a disturbi psichici, anche problemi fisici, probabilmente soffre di una malformazione. Che gli abusi sessuali subiti da Jasmin G. abbiano coinvolto anche i minori è ancora da verificare.

Due settimane dopo

JASMIN

La sequenza è: tre volte breve, due volte lungo.

Toc-toc-toc – toc – toc.

Sgattaiolo nel corridoio, ma per cautela aspetto un altro attimo. Davanti alla porta del mio appartamento scricchiola un asse. *Forza, vattene*, brontolo tra i denti immaginando la signora Bar-Lev dall'altra parte, con un orecchio premuto contro la porta nel tentativo di distinguere qualche suono in casa mia. *Non oggi, vecchia strega.*

Ieri avevo così tanta fame che ho aperto la porta troppo in fretta, concedendole uno sguardo sull'ultimo tragico caso mediatico. Da allora la immagino nel suo salotto mentre offre il caffè a un giornalista. «La povera ragazza è in uno stato pietoso. È davvero troppo magra. Non si lava i capelli, porta una maglietta sporca e i pantaloni di una tuta sformata. Si vede proprio.» Si vede proprio quello che ha passato, vorrebbe dire, mentre succhia un biscotto con i suoi denti falsi. Il giornalista prende appunti, zelante. Scrive di baci e carezze che non sono riuscita a lavarmi via dal viso e dal corpo, tanto che ho smesso di fare la doccia per mancanza di energie e per la persistenza del sudore provocato dalla paura. Un ultimo barlume di buon senso mi dice che la signora Bar-Lev non lo farebbe mai, ma le immagini rimangono vivide e insistenti. Vive di una piccola pensione, qualche soldo in più le farebbe comodo. *Basta*. Oggi intervista esclusiva con la vicina della vittima della capanna. *Basta!*

Mi brontola lo stomaco. Da sotto la porta penetra l'odore di cibo caldo, sicuramente verdura, carne e patate. L'asse del pavimento cigola di nuovo, poi sento dei passi sulle scale. La signora Bar-Lev va piano, ha male all'anca. A un tratto mi sento in colpa. Ogni giorno, da quando sono tornata a casa, questa straordinaria vecchietta sale le scale fino al mio appartamento e deve sembrarle quasi l'ascesa del Kilimangiaro. Avrebbe potuto parlare da un pezzo con i cronisti. Invece, con la sua anca dolorante, sta ai fornelli e cucina per me. *Vergognati.*

Aspetto un altro po', finché due piani sotto si chiude una porta, attendo qualche altro secondo, per assicurarmi che nel corridoio non ci sia più nessuno. Giro la chiave, abbasso la maniglia, sollevo la pentola dallo zerbino, spingo la porta e la richiudo a chiave. Il mio miglior tempo, neanche tre secondi. Con la pentola in mano appoggio per un attimo la schiena alla porta e respiro, come se avessi fatto una maratona. *Va tutto bene, calma, calma*, imploro la mitragliatrice che mi batte in petto. Poi sollevo il coperchio. Gulasch. Ci avrei scommesso, l'avevo sentito dall'odore.

E avrei anche scommesso di aver colpito tuo marito una volta sola, Lena.

Porto la pentola in cucina e la metto sul fuoco.

Lo avevo conciato in un modo tale che a un primo sguardo non era possibile stabilire se "l'arma del delitto" – come la chiamavano loro – fosse stata davvero una palla di vetro. Evidentemente gli agenti avevano cercato altre possibili armi nella capanna, ma non c'era nessun martello che potesse giustificare quella potenza d'urto, né un coltello in grado di infliggere quei tagli profondi. Cioè, in realtà c'erano, un martello e altri attrezzi, e coltelli veramente affilati, come quelli da macellaio. Ma erano chiusi a chiave e chiaramente fuori dalla mia portata. Solo con i risultati completi della Scientifica era arrivata la conferma che la palla di vetro fosse senza ombra di dubbio l'arma del delitto. Erano anche riusciti a rimettere insieme i pezzi, quasi tutti, perché mancava solo un frammento, risultato introvabile.

Tuo marito è morto, Lena.

I tuoi figli sono ricoverati in psichiatria.

Io dovrei sentirmi meglio, la sopravvissuta, la trionfatrice, piena di gratitudine e voglia di vivere, tutto ciò per cui avevo lottato strenuamente per quattro mesi. Ma la realtà è un'altra. Il mio appartamento è oscurato. Il cielo, che mi era mancato così tanto, il sole, il cinguettio degli uccelli: non riesco a tollerare niente di tutto questo. Il campanello della porta è scollegato, sobbalzo quando sento bussare. Ho anche staccato la presa del telefono fisso. Lascio acceso solo il cellulare in modo da essere raggiungibile per la polizia e la mia psicoterapeuta. Rispondo un po' per volta alle domande degli agenti, che a quanto pare non finiscono mai, e alla psicologa dico sempre che sto bene. Che proprio oggi sono riuscita ad andare al supermercato dietro l'angolo, tutta sola, senza accompagnatori, applausi per me. Che tra poco mi cucinerò qualcosa di buono e poi mi guarderò l'ultima stagione di *Una mamma per amica*. Poi dirò che purtroppo non potrò essere presente alla prossima seduta perché verrà a trovarmi mia madre o un caro amico. Ho la bocca secca a forza di dire bugie.

Lo vuoi proprio sapere com'è invece la mia giornata? Continuo a svegliarmi puntualmente alle sette meno dieci, il braccio destro disteso sopra la testa, l'unica posizione possibile durante il sonno nella capanna, incatenata alla testiera del letto. A volte tento di ribellarmi richiudendo subito gli occhi. Cambio posizione, vorrei solo girarmi dall'altra parte e ricominciare a dormire. Ma non funziona. Devo alzarmi, e preparare la colazione ai bambini. Alle sette e mezzo in punto deve essere in tavola, altrimenti si innervosiscono. Si rincorrono per il soggiorno come palline di gomma impazzite, strillano finché non mi scoppia la testa – *bambini, per favore, fate piano!*

Alle sette e mezzo in punto deve essere in tavola, altrimenti lui mi sgrida. *Che razza di madre sei, Lena? Che razza di mostro sei?*

Lui non è qui, lo so benissimo. È morto, l'ho ucciso io. Lo so. La polizia ha trovato il suo cadavere. Ma non riesco ancora a sentirlo così. Quando l'ho raccontato alla psicoterapeuta, non ha saputo rispondere altro che: «È assolutamente normale. Ci vuole tempo». Te lo dico, Lena: lei semplicemente non mi ascolta. Nella mia vita il tempo non ha più alcun ruolo. L'ho perso fin dal primo giorno nella capanna. Esiste solo il *suo* tempo. È lui a fare il giorno e la notte. Come Dio. Ancora adesso.

Naturalmente non preparo affatto la colazione, in fondo qui non c'è nessun bambino, solo io nel mio appartamento, in piena – ah ah ah – libertà. Eppure ogni mattina alle sette e mezzo sono già in cucina. Anche se mi limito ad aggrapparmi al bancone cercando di spazzare via con il respiro la voce che rimbomba nella mia testa.

Sei un'ingrata, Lena. Ingrata e cattiva.

Sono brava, ribatto pietosamente. Sono brava a passare dal letto al divano o alla mia poltrona sfondata. Sono brava a leggere libri che non capisco. «Il fiume era là. Era una giornata calda» scrive Hemingway. Fin qui riesco a seguire. Poi le lettere cominciano a danzarmi davanti agli occhi e il fiume descritto fa una curva e diventa impetuoso, una corrente irrefrenabile che mi trascina via, e la giornata calda sfocia in un'afa cocente e insopportabile, che mi fa uscire il sudore dai pori e le lacrime dagli occhi. Sono brava a richiudere il libro e a lanciarlo via. Sono brava a ingurgitare il cibo lasciato sulla soglia dalla signora Bar-Lev e poi a rivomitarlo tutto. E sono brava a regolare i miei bisogni in base alla sua tabella di marcia. *Per te è previsto l'uso del bagno alle 7 del mattino, alle 12.30, alle 17.00 e alle 20.00.*

Cosa rimane di una persona se arriva a trattenere i bisogni solo perché sono le 16.30? Cosa è rimasto di me?

Spesso resto ferma davanti al ceppo dei coltelli in cucina e a volte la mia mano si posa automaticamente su un'impugnatura. Non è il coltello più grosso, ma il più affilato. Mia madre me lo ha regalato un anno per Natale. «Taglia qualunque cosa» ha detto. «Verdure, pane, carne.» Carne, Lena.

Sono completamente vuota, se non fosse per quest'unica, particolare sensazione. Si è radicata in me e non riesco più a liberarmene. Mi brucia nello stomaco, mi preme sulle tempie come una morsa, ogni giorno sempre più stretta. Anche questo secondo la mia psicoterapeuta è normale. Dice che ci vuole tempo per elaborare l'accaduto, riordinarlo e infine capire che è davvero passato.

Credo che si sbagli. Ma davanti a lei non oso insistere. Neanche la polizia ne sa niente. Ci sono già volute fin troppe energie e doti recitative per far sì che mi dimettessero dall'ospedale. Ho paura che mi credano pazza e mi facciano di nuovo rinchiudere.

Devi sapere che dopo le prime due notti sono stata trasferita dal pronto soccorso nel reparto psichiatrico, in isolamento. È l'area riservata a quei pazienti che rappresentano un pericolo per sé o per gli altri. Sono stanze in cui le maniglie delle porte possono essere rimosse con un rapido movimento della mano. Non so se credessero davvero che potessi fare del male a me stessa o agli altri. E in questo caso non capisco perché nessuno abbia pensato di dare un'occhiata alla borsa da viaggio che mia madre mi ha portato in ospedale. Lo avrei potuto fare, Lena. Grazie a tua figlia avevo con me tutto il necessario. Quindi preferisco pensare che il mio ricovero in quella stanza – come sosteneva il personale della clinica – avesse il solo scopo di infondermi sicurezza e tenere lontani i visitatori indesiderati. Per esempio giornalisti un po' troppo zelanti. Probabilmente non c'è bisogno che ti spieghi che effetto mi facesse in realtà questo presunto spazio protetto. O quali passi sentissi risuonare quando il personale di guardia faceva avanti e indietro di fronte alla mia stanza i primi giorni. Come mi sentissi di nuovo prigioniera in quella stanza chiusa, mentre tutto intorno a me parlava di libertà, di fine del martirio, paradossalmente. La libertà non compensa il fatto che sia stata prigioniera. La mia psicoterapeuta trova importante che io incontri i tuoi figli. Ma io non ce la faccio. Non posso guardarli negli occhi dopo aver ucciso il loro padre.

Allora è questa, Lena, la sensazione che mi stringe come una morsa? È la colpa?

Prendo antidolorifici per le tre costole rotte in seguito all'incidente. Ingoio sempre una mezza pastiglia in più, nella speranza che lenisca anche un altro tipo di dolore. Sono così sola, Lena. Eppure non ce la faccio a prendere in mano il telefono per chiedere compagnia. Penso a mio padre e a Kirsten, e a come sarebbe bello se a un tratto uno di loro bussasse alla porta. Tre volte breve, due lungo. Ma non succederà. Non ci sono più, nessuno dei due, irreversibilmente. Mio padre è morto quando avevo sette anni, in un incidente stradale. E si è portato via mia madre nella morte, anche se in un modo molto complesso. Lei vive a Straubing, a neanche cinquanta chilometri da qui, e gode di ottima salute. Ma dopo la morte di mio padre non si è più seduta sul bordo del mio letto a cantarmi la deliziosa canzoncina del ragnetto. E quando la settimana scorsa è venuta a prendermi in ospedale, per salutarmi mi ha dato la mano. Quanto a Kirsten, già da un po' di tempo prima del rapimento non mi sopportava più. Come vedi, Lena, tuo marito non avrebbe potuto scegliersi nessuno di meno adatto al suo teatrino familiare. Ero l'interprete peggiore possibile per impersonare il tuo ruolo. Anche se ultimamente mi sono chiesta se il tuo ruolo fosse così chiaro. Non intendo ciò che mi ha imposto tuo marito. Intendo te, Lena. Ho cominciato a leggere su internet gli articoli sulla tua scomparsa. Non reggo a lungo: le lettere danzanti, lo schermo luminoso che mi fa lacrimare gli occhi, le tue numerose foto, la somiglianza tra noi che sa di fiele. Chi sei realmente? Chi sei, Lena Beck?

MATTHIAS

Signor Rogner,
L'ho chiamata più volte in redazione, dove mi hanno detto che è malato. Questo però, a mio avviso, non la esonera dalla responsabilità sui contenuti del suo giornale, che come caporedattore le compete anche in sua assenza. Come può permettere che i suoi collaboratori scrivano articoli del genere? Come può consentire che per l'ennesima volta venga pubblicata questa spazzatura? Sono profondamente deluso da lei, signor Rogner! Proprio lei, che dovrebbe sapere bene cosa significhi una grave perdita, osa gettare fango prima su mia figlia e poi su mia nipote? Con estremo malcontento torno a confermarle con assoluta chiarezza quanto segue – può citare le mie parole: Hannah è sana, sia fisicamente che mentalmente, per quanto sani si possa essere in simili circostanze. A causa della mancanza di vitamina D, protrattasi per molti anni, è solo un po' più piccola della media dei bambini della sua età. Che ci creda o meno, Hannah è una bambina assolutamente normale! Sa tenere il cucchiaio senza sporcarsi. Non sbava. Sa usare il bagno, dopodiché si lava sempre le mani. Inoltre non presenta tracce di abusi fisici. I suoi denti

sono perfettamente curati. Il suo dentista le ha perfino regalato un adesivo a forma di stella. Sa cosa significa? È un adesivo che ricevono solo i bambini – ripeto: solo i bambini – che si lavano i denti molto bene. Hannah non comunica con versi animaleschi, anzi, possiede un vocabolario ragguardevole, sicuramente superiore a quello del suo giornale spazzatura. Inoltre, nel caso le interessi, Hannah parla quattro lingue straniere: inglese, francese, spagnolo e italiano. Può quindi scegliere in quale lingua preferisce che le dica che lei e i suoi collaboratori dovete smetterla una volta per tutte con queste schifezze! Anche se difficilmente potrà compensare la mia personale delusione per le pubblicazioni dei giorni scorsi, le chiedo con urgenza di redarguirne l'autore, e sono pronto a intraprendere azioni legali contro il suo giornale in caso di ulteriori descrizioni diffamatorie.

Con fermezza,
Matthias Beck

Per un istante esito a premere "invio". Per via di Karin, probabilmente. Mi ha detto di stare assolutamente alla larga dai media, so già per esperienza di cosa siano capaci quegli avvoltoi. Non devo avvelenarmici il sangue, ha aggiunto. Ho di meglio da fare che trincerarmi nel mio studio e sfinirmi a scrivere e-mail furiose e – parole di Karin – «senza senso».

Ma come potrei farne a meno? "La bambina-zombie" e "la bambina-fantasma", così viene chiamata Hannah dalla stampa. C'è solo una sua foto in giro, un'unica foto, ma puoi trovarla su Internet anche con sottotitoli in cinese e cirillico. Sono felice di non poter leggere come viene chiamata in quelle lingue. "La bambina-zombie" mi basta e avanza. Miserabili imbrattacarte! Non ne abbiamo già passate abbastanza?

«Esatto» ha detto Karin, quando subito dopo colazione ho fatto cenno di chiudermi nel mio studio e avviare il computer. Tra i due piatti con i toast alla marmellata mangiucchiati c'era il giornale di oggi, il cui titolo ci aveva guastato l'appetito. «Comparsa la prima foto: ecco la bambina-zombie dalla capanna degli orrori!».

«È proprio di questo che si tratta: ne abbiamo già passate fin troppe.» Karin aveva un tono mite, ma il suo sguardo mi ha chiarito subito cosa volesse dirmi in realtà: sto scavando nel posto sbagliato. È il momento di essere in lutto per nostra figlia. Perché così si fa e perché ne abbiamo diritto, dopo tutti questi anni di incertezza e attesa. Dobbiamo anche superare ciò che è successo quella notte, due settimane fa. Quelle montagne russe, quella impietosa corsa di emozioni, quando per pochi attimi avevamo ritrovato la nostra Lena, solo per perderla di nuovo, un istante dopo.

«Lena avrebbe voluto così.» È questo che ho risposto a Karin, un colpo alla gola, ogni volta. A questo non riesce a ribattere, la frase la mette momentaneamente a tacere. Lena ci ha lasciato un dono, il più prezioso. È proprio per questo che adesso premo "invio" rovesciando la mia tirata di insulti sul caporedattore del giornale.

Che miracolo crudele è la vita.

Un miracolo compiuto da Lena.

Hannah, piccola Hannah…

«Matthias!» chiama Karin dall'ingresso, al piano di sotto, come se ci fosse davvero il pericolo che non avessi sentito il campanello della porta. Gerd ci aveva detto che sarebbe passato, con delle novità. Di più non ha voluto rivelare a Karin al telefono. Ha imparato la lezione, dopo il caos che ha creato quella famosa notte.

«Matthias!» riecheggia di nuovo la voce di Karin dal piano di sotto, e io sprofondo un altro po' nella sedia. Il cadavere di Lena non è ancora stato trovato.

«È arrivato Gerd!»

Appoggio le mani sul piano della scrivania e mi sollevo a fatica.

Per Karin è importante. Le basterebbero un paio d'ossa identificabili inequivocabilmente. Vorrebbe semplicemente avere qualcosa da seppellire, un luogo dove piangere e piantare fiori. Io invece non so come reagirei se qualcuno mi mostrasse un osso dicendo: «Questa è la tua Lena».

Gerd e i suoi colleghi presumono che il suo rapitore l'abbia sepolta da qualche parte nel bosco, vicino alla capanna. Ma non si aspettano più di trovarla intera. A quanto pare in quel bosco c'è una vasta popolazione di cinghiali. Non è bello sentirsi dire a proposito della propria figlia che i cinghiali sono onnivori e a volte trascinano la preda per chilometri.

«A parte il cranio» mi ha spiegato Gerd. «Quello lo lasciano stare. È troppo grosso.»

Pensando a tutto questo, riesco a malapena a scendere le scale. Mi tremano le ginocchia e mi si stringe il cuore. Di sotto, Karin ha appena messo un piede sul primo gradino, sicuramente per salire a vedere dove sono finito.

«Eccomi» sorrido debolmente.

Karin annuisce solerte. Sul suo viso e sul collo noto delle macchie rosse di agitazione.

Gerd è seduto in soggiorno su uno dei divani a due posti. Di fronte a lui, sul tavolino da fumo, c'è una tazza di caffè. Karin ha tirato fuori il servizio buono, quello bianco con il bordo dorato.

«Rimani pure seduto» dico vedendo che fa cenno di alzarsi. Mi siedo di fronte a lui sull'altro divano, Karin si siede vicino a me sul bracciolo. «Allora? Cosa c'è di nuovo?»

Gerd prende fiato pomposamente.

«Adesso abbiamo prove certe che Lena ha vissuto nella capanna.»

Aspetto il fragore del tuono, ma invano.

«E allora? Lo sapevamo da un pezzo.»

«No, Matthias, lo supponevamo. C'è differenza. Per saperlo servono fatti e prove. Siamo riusciti a trovare due capelli, completi di radici, e a ricavarne un profilo genetico. Corrisponde al campione che all'epoca abbiamo prelevato dallo spazzolino da denti di Lena.»

Sospiro guardando Karin, che si preme una mano sullo sterno e sembra molto impressionata.

«Con il vostro armamentario del DNA siete riusciti almeno a stabilire l'identità del rapitore?»

«No» risponde Gerd, la cui mascella si contrae visibilmente. «Purtroppo non abbiamo niente con cui confrontarlo. Nel database al momento non è registrato alcun profilo che possa corrispondere al suo. Questo significa che non ha precedenti penali, almeno non gravi. In caso di delitti minori, tipo semplici furti, non viene registrato niente.»

«O magari è stato abbastanza furbo da non farsi beccare da voi.»

Karin mi appoggia una mano sul braccio per acquietarmi.

«Matthias...»

Gesticolo verso Gerd. «Avete trovato quel tizio! O almeno ciò che rimane di lui. Sapete che ha vissuto con Lena e i bambini nella capanna, probabilmente per anni! Eppure non riuscite a scoprire chi è? Forse dovreste smetterla di giocare con le provette e ispezionare a fondo quella baracca!»

«Credimi, Matthias, lo abbiamo fatto. E anche molto a fondo.»

«E non c'è niente? Proprio niente? Un documento col suo nome? La ricevuta di una carta di credito, che ne so?»

«Ieri è arrivato il risultato delle analisi del suo DNA, inizieremo a lavorare su quello» taglia corto Gerd.

Mi piego in avanti e stringo inavvertitamente la mano di Karin nella piega del gomito. «L'hai appena detto tu stesso, Gerd: non avete niente in mano.» Quel Rogner del giornale avrebbe fatto bene a scrivere di questo: l'incapacità della polizia, che da due settimane gira in tondo come un branco di stupidi cuccioli che si inseguono la coda.

Karin libera la mano dal mio braccio e me la appoggia sulla spalla.

«Tesoro...»

«Adesso abbiamo il suo DNA» ripete Gerd. «Non devi dimenticare di che procedure dispendiose si tratti. Nella realtà non funziona come a *CSI*, dove nel giro di un'ora arrivano risultati sensazionali.»

«Nel giro di un'ora» scoppio a ridere. «Devo davvero ricordarti da quanto tempo è scomparsa Lena?»

«E adesso cosa succede?» chiede Karin, probabilmente per deviare il discorso. Ma se lo può scordare. *Riporterò a casa la tua Lena*, mi aveva promesso Gerd quattordici anni fa. Il premio di consolazione, l'ho già capito, potrebbe essere un osso rosicchiato da un cinghiale. O magari solo i due capelli, completi di radice, grazie tante. In compenso hanno il suo rapitore intero e non riescono comunque a scoprire chi sia? Sento che la faccia mi si surriscalda mentre Gerd racconta a Karin di una qualche sostanza chimica che rende di nuovo visibili le macchie di sangue lavate via. Ma di Lena non se ne sono trovate in quantità tali da far pensare a un dissanguamento letale.

«E la capanna?» mi inserisco strepitando. «Deve pur appartenere a qualcuno! Sono dati registrati al catasto.»

Gerd sospira affaticato voltandosi da Karin a me.

«Non è chiaro se il terreno su cui sorge la capanna faccia ancora parte della Baviera o sia già in territorio ceco. E comunque è una zona di confine. Terra di nessuno. Ufficialmente nessuno ha costruito una capanna in quel luogo. E sembra anche che nessuno l'abbia mai notata. Nei dintorni la vegetazione è così fitta che difficilmente può passarci una macchina.»

«Mio Dio, Gerd» urlo scattando in piedi. «Allora dai una cazzo di svegliata alla Grass! Avrebbe passato quattro mesi con quel tizio nella capanna e non sa nemmeno come si chiama? Vi sta prendendo per il culo!»

Anche Gerd si alza. Adesso siamo uno di fronte all'altro, solo il tavolino da fumo tra noi e i penosi sforzi di Karin per ripristinare la pace.

«Matthias, stanno facendo di tutto per...»

«La signora Grass ha testimoniato» Gerd aggira il suo tentativo di pace, ma al contrario di me si sforza di mantenere un tono calmo «che il rapitore non ha mai menzionato il suo nome. Non abbiamo motivo di dubitare delle sue dichiarazioni. E per i bambini era solo *papà*.»

«Fatemici parlare! Vedrete come le ritornerà subito in mente il nome!»

«Sai benissimo che è una sciocchezza, Matthias.»

«Una sciocchezza, eh?»

«Ovviamente non ti permetteremo di fare pressioni su una testimone.»

«Bella testimone.»

«In realtà dovresti sapere meglio di chiunque altro come possono andare a finire queste cose» dice Gerd con uno sguardo significativo.

Apro bocca per dire qualcosa, ma poi lascio perdere.

«Ascoltami, Matthias. Sono certo che riusciremo presto ad accertare l'identità del rapitore. Questo però non vuol dire necessariamente che verrà alla luce cosa è successo a Lena. Di questo dovete essere consapevoli.» Si rivolge di nuovo a Karin e osa perfino sorriderle, sorriderle stupidamente e con condiscendenza. «Ma faremo del nostro meglio.»

Mi tocco il petto, il dolore tiene a freno il tono della mia voce.

«*Riporterò a casa la tua Lena*. Parole tue, Gerd. Parole tue.»

A passi piccoli e prudenti percorro il soggiorno verso l'ingresso. Non devo crollare, non ora, non qui, non davanti a Gerd.

«Dacci almeno un motivo per cui ci ha portato via la nostra bambina» chiedo da sopra la spalla una volta raggiunta la soglia dell'ingresso. «E dai a mia moglie un paio di maledette ossa, perché possa finalmente piantare un fiore.»

«Matthias!» urla Gerd mentre mi trascino fino alle scale. «E comunque "l'armamentario del DNA" ha confermato senza ombra di dubbio che Hannah e Jonathan sono i figli naturali di Lena. Adesso sei ufficialmente nonno. Auguri.»

«Idiota» mormoro cominciando a salire prudentemente i gradini fino allo studio.

HANNAH

A volte la notte sono sdraiata a letto e vorrei riavere indietro il mio cielo stellato. Tendo il braccio il più possibile verso il soffitto e vorrei poterle toccare, le stelle. Come prima. Immagino la mano della mamma sulla mia che mi guida l'indice da una stella all'altra, finché tutte sono unite da linee immaginarie. Lei dice: «Questa è una costellazione famosa, Hannah. Il Grande Carro» e mi sorride. Le sorrido anch'io, anche se ho letto nel librone che sa sempre tutto che il Grande Carro in realtà non è una vera costellazione, ma è composto dalle sette stelle più luminose dell'Orsa Maggiore. Se penso alla mamma e alle stelle, mi fa male il cuore come se venisse rosicchiato dalla tristezza.

Non mi piace qui, nella clinica dei bambini. Mi manca la mia famiglia e la mia piccola Signorina Tinky con le sue buffe, tenere zampette e il pelo morbido.

La mia stanza non mi piace. Il soffitto è troppo alto, non riesco a raggiungerlo, non importa quanto allunghi il braccio. Non ci sono stelle lassù. E la mia prima vera finestra non mi serve a nulla, perché le veneziane devono stare sempre abbassate. Una volta ho lanciato una sedia contro il vetro, ma ha fatto solo rumore. E portato guai. La signora Hamstedt continua a sostenere di essere un medico, anche se finora non l'ho mai vista col camice. È il capo qui. Le ho detto che non sono malata e che quindi non c'è motivo di stare in una clinica per bambini, ma non posso comunque andare a casa. Non posso nemmeno andare al bagno quando dovrei, e devo solo continuare a spiegare di cosa ho paura. Ma io non ho affatto paura. Semplicemente non mi piace qui. E per questo non voglio più aspettare, voglio andare a casa, subito. Quando glielo dico, lei risponde soltanto «Hannah», con un tono strano, come se fossi un po' stupida. Ma io non sono stupida! E nemmeno paurosa. Qui c'è un bambino che a volte ha dei veri attacchi di panico. Un attimo prima è seduto normalmente a mangiare e un minuto dopo spazza via le posate e sbatte la testa sul tavolo. Io conto di nascosto i colpi. Il suo record è stato di dodici volte, prima che qualcuno intervenisse. Ho chiesto alla signora Hamstedt perché lo fa, e lei ha detto che si chiama "disturbo post-traumatico da stress". Può succedere quando si è vissuto qualcosa di brutto, mi ha spiegato. Come una ferita invisibile che fa fatica a guarire.

Però non credo che stiano aiutando davvero quel bambino. Gli mettono un cerotto sulla fronte, gli danno delle pastiglie blu e lo mandano a disegnare. Lui fa solo degli scarabocchi neri, anche se io gli ho già detto mille volte: «Jonathan, non puoi fare sempre quei brutti scarabocchi. Devi impegnarti un po' di più nei disegni». Bisogna sempre impegnarsi, in tutto. Ma il bambino mi guarda con occhi strani, per colpa delle pastiglie blu, e allora io penso: questo non è più Jonathan. Non è più mio fratello. La signora Hamstedt e i suoi aiutanti lo hanno rovinato.

Devo andarmene da qui. Questa non è affatto una clinica per bambini. Dicono così, ma non è vero. Niente di quello che dicono è vero. Sono bugiardi, gente cattiva. Questo è un brutto posto.

Anche mio nonno la pensa così. Viene a trovarmi ogni giorno e mi accompagna a tutte le visite. Siamo già stati insieme dal dentista, che mi ha regalato un adesivo a forma di stella perché ho i denti sanissimi, e da altri dottori che hanno detto che ho bisogno di tanta vitamina D. La vitamina D è importante, altrimenti non si cresce. La prendiamo dalla luce del sole. Eppure non posso aprire le veneziane nella mia stanza. Ho chiesto il perché, ma mi hanno solamente detto: «È molto complicato, piccola». Invece non è per niente complicato. Il nonno è riuscito a spiegarmelo in modo molto chiaro: «I tuoi occhi si devono abituare gradualmente alla luce, Hannah. Altrimenti si potrebbe distaccare la retina». La retina è il tessuto nervoso che ricopre la parete interna dell'occhio. Quando la retina si distacca, l'occhio non funziona più come si deve e si può diventare ciechi. Per questo io devo sempre portare gli occhiali da sole quando andiamo a qualche visita. Le lenti scure però non mi piacciono. Fanno il mondo marrone. Gli alberi marroni, il cielo tutto marrone. Invece il cielo dovrebbe essere una tela, con disegni di nuvole bianche come la neve su sfondo blu. Anche la città sembra molto diversa da dietro le lenti, e ha anche un cattivo odore. Le case sono grandi scatole marroni. Se alzi la testa per guardarle ti viene male al collo. Il nonno a volte mi chiede se deve guidare più lentamente, quando siamo in auto per andare a una visita, in modo che io possa guardare la città con più calma. Ma gli dico che preferisco che vada più veloce. A Parigi era più bello, qui non mi perdo niente.

Spesso mi fa male il cuore negli ultimi tempi, a dire il vero ogni giorno e ogni secondo. Sono triste, ma credo che mio nonno sia l'unico che lo capisce davvero. Ieri mi ha promesso che mi porterà a casa. Dice che devo semplicemente rispondere a tutte le domande, in modo che la signora Hamstedt, i suoi aiutanti e i poliziotti siano finalmente soddisfatti e mi facciano uscire prima. Jonathan non può più rispondere a nessuna domanda. Le pastiglie blu lo hanno reso così stupido che non sa più nemmeno parlare. Non dice più una parola, neanche a me. Il nonno spiega: «Adesso dipende tutto da te, piccola Hannah». Io risponderei volentieri alle domande, ma tutti vogliono sapere soltanto che cosa è successo alla mamma e dov'è, e su questo non mi viene in mente nessuna risposta. L'ultima volta che l'ho vista era quella notte all'ospedale. Solo che quando lo dico, la gente scuote la testa, come se stessi mentendo. E comunque pensano che io racconti molte bugie. Una volta la signora Hamstedt si è quasi arrabbiata con me. Non mi ha sgridata, ma gliel'ho letto in faccia. Ha detto che per me esistono due mondi. Uno che è nella mia testa, e quello reale. Ha anche detto che non è un male, ma sulla sua fronte si sono formate delle rughe e le sue sopracciglia erano accostate in modo così buffo che sembrava avesse una grossa "V" scura sopra gli occhi. Non avrei dovuto raccontarle delle gite. Diversamente dall'infermiera Ruth, lei ha fatto subito la spia alla polizia, e il signore in abito grigio è tornato e mi ha fatto delle domande. Anche lui aveva una grossa "V" sugli occhi e le rughe sulla fronte. Infatti neanche lui crede alle cose belle che ho vissuto con la mamma. Crede che siamo rimaste sempre rinchiuse, come animali nello zoo.

«Sei una bambina così intelligente, Hannah» ha detto. «Forse la più intelligente che abbia mai conosciuto. Per questo credo che tu sappia esattamente quello che è successo in casa vostra. E sicuramente sai anche che la donna in ospedale non può essere la tua vera mamma, no? Il suo nome è Jasmin. Un bel nome, non credi? Mi racconti come hai conosciuto Jasmin?»

«Mi piace di più Lena» ho detto, e poi più niente. Non parlo con le persone che pensano che racconti bugie.

JASMIN

È martedì o mercoledì, o un giorno qualunque. Quello che so con certezza è che sono passate le 12.30, sono già stata al bagno. La signora Bar-Lev non è ancora arrivata. Il mio stomaco brontola.

L'altra cosa che so con certezza è che i colpi alla porta che in questo istante mi hanno fatta sobbalzare dalla poltrona sono sbagliati. La sequenza non torna, non è tre volte breve, due volte lungo, *toc-toc-toc – toc – toc.*

Mi sfrego gli occhi, non ho quasi dormito stanotte. Resto in ascolto. In cucina il rubinetto gocciola. Giù in strada romba il traffico, e si sente un martello pneumatico.

Ancora una volta bussano alla porta, troppo forte e con il ritmo sbagliato.

Toc-toc-toc-toc.

Quattro volte breve. Percorro il soggiorno con cautela con i miei calzini pesanti. La scarsa luce che proviene dalla lampada sul tavolino accanto alla poltrona distorce la mia ombra allungandola in modo assurdo.

Toc-toc-toc, tre volte breve, mi blocco. Sarà la signora Bar-Lev?

Avanzo in punta di piedi nel corridoio, non devo far rumore, la mia ombra è davanti a me, come una tetra avanguardia che si trascina sul parquet verso la porta, e io dietro di lei.

Toc-toc-toc-toc, quattro volte breve.

Lancio uno sguardo alla porta della camera, per assicurarmi che sia chiusa.

Fuori, davanti alla mia soglia, le assi del pavimento cigolano più volte, come se qualcuno marciasse impazientemente sul posto. Sento una voce di donna che esclama titubante «Salve!», e poi «Signora Grass, è in casa?».

Non è la signora Bar-Lev.

Raggiungo la porta, sento una corrente percorrermi il petto. Dallo spioncino vedo una donna distorta. Forse una poliziotta mandata a fare nuove domande? Una giornalista zelante che ha scoperto dove abito e vuole che le racconti tutti quei dettagli non raccontabili? Entrambe le possibilità fanno crescere la corrente nel mio petto. Voglio ignorare i colpi, mi sono già girata lasciandomi la porta alle spalle, quando sento un'altra volta la voce: «Signora Grass, se è lì, apra per favore. Mi ha mandata la signora Bar-Lev».

La sensazione che qualcosa non vada – molto più che la sequenza dei colpi alla porta – si impadronisce di tutto il mio corpo. Allungo un braccio dietro di me, verso il cassettone alla parete sinistra, senza distogliere gli occhi dalla porta chiusa ne tasto la superficie, alla ricerca insensata di un'arma. Una cornice cade facendo rumore. Ritiro la mano spaventata.

«Signora Grass? È in casa?» chiede la donna davanti alla porta, che probabilmente ha sentito il frastuono rivelatore.

Faccio un respiro profondo, giro la chiave nella toppa, apro titubante la porta, solo di uno spiraglio. La donna, che ha più o meno la mia età, ha i capelli corti tinti di un colore rosso pomodoro, con una frangetta che ricade più lunga da un lato. Sorride imbarazzata.

«Ah, bene, avevo quasi pensato che non ci fosse.»

La guardo con occhio critico, jeans e t-shirt, e inoltre una pentola che tiene all'altezza della pancia.

«Ho qui il suo pranzo, signora Grass.»

«Chi è lei?»

La donna fa un vago cenno sopra la spalla, verso le scale.

«Ah, certo, sì, salve, sono Maja, la vicina della signora Bar-Lev, cioè, la dirimpettaia. Abito anch'io al secondo piano. La signora Bar-Lev è andata a trovare suo figlio stamattina e mi ha chiesto di portarle questo.» Con il mento accenna alla pentola che tiene sulla pancia. «Ha cucinato apposta per lei. Oh, e anche questo.» Inclina la testa verso la spalla sinistra. Sotto il suo braccio ci sono delle buste, un giornale arrotolato e dei volantini pubblicitari. «Ho portato anche la sua posta. La signora Bar-Lev mi ha detto che si sta riprendendo da un'operazione impegnativa e non si regge ancora bene in piedi.»

«Sì» dico con decisione, ma mi chiedo subito se sia davvero possibile che non sappia chi sono. Se la signora Bar-Lev non le abbia rivelato, bisbigliando, che al quarto piano abita l'ultimo tragico caso mediatico.

La signora Bar-Lev l'ha capito fin da subito. Con la schiena curva e gesti meticolosi stava spazzando il suo zerbino, proprio quando, meno di una settimana fa, accompagnata da mia madre e da un poliziotto, mi sono trascinata su per gli scalini fino al mio appartamento, appena dimessa dall'ospedale. La mia andatura era piuttosto curva, il mio respiro fiacco. Per i medici la frattura alla costole stava guarendo come da manuale, eppure a volte il dolore lancinante mi faceva venire le lacrime agli occhi, soprattutto quando mi sforzavo fisicamente. Sul viso si stavano cicatrizzando i tagli, dei triangolini dalle croste scure, e in alcuni punti la pelle aveva un alone giallognolo, dovuto agli ematomi in via di guarigione.

La signora Bar-Lev ha lasciato cadere la scopa vedendomi, e ha esclamato: «Oh Dio». Oltre al mio aspetto sicuramente le avevano già dato da pensare le visite dei poliziotti, che per investigare sulla mia scomparsa dovevano essere stati più volte nel mio appartamento e sicuramente avevano interrogato i vicini. Oltre alle notizie sui media. Ero io la donna della capanna, senza dubbio, e anche se dopo la mia fuga la stampa, per proteggere la vittima, aveva pubblicato l'immagine del mio volto con delle barre nere sugli occhi oppure completamente pixellata, non era certo difficile fare due più due.

«Be', sa sicuramente che anche la nostra buona signora Bar-Lev ha problemi con le scale, per via dell'anca» dice la donna, mentre io cerco ancora di capire se negli ultimi mesi Maja non si sia accorta di niente di quello che succedeva nel mondo, o se semplicemente sia così sensibile da evitare ciò che in genere si dice e si fa quando si ha davanti un tragico caso mediatico. Quell'«Oh Dio» e quell'«Andrà tutto bene», gli sguardi pietosi e soprattutto avidi come radiografie, che penetrano i miei vestiti e mi vogliono sezionare in cerca di orribili abusi.

Annuisco di nuovo dicendo: «Già, l'anca, le dà problemi da un bel po'».

Per questo la signora Bar-Lev mi porta la posta solo nei giorni in cui deve per forza uscire di casa per fare la spesa o andare dal medico. Altrimenti non si accollerebbe la fatica in più dei gradini che portano all'ingresso al piano terra, dove si trovano le cassette postali del nostro condominio. O per meglio dire, non si accollerebbe questa fatica per me.

«Ultimamente mi sono accorta che la sua cassetta della posta scoppia letteralmente, così ho pensato...»

«Non l'ho mai vista qui» affermo.

«Io? No. Cioè, anch'io non l'ho mai vista prima, ma abito qui solo da un paio di settimane.»

«Vicino alla signora Bar-Lev?»

«Sì» dice lei sorridendo di nuovo.

«Ma lì ci abita una famiglia.»

«Sì, gli Hildner. Si sono trasferiti.»

«Non lo sapevo.»

«Sì.» La donna scrolla le spalle. Muovendo il braccio fa cadere la posta per terra. «Oh, cavolo» ride e mi tende la pentola. La prendo mentre la osservo inginocchiarsi per raccogliere la posta. «Non proprio una gran prova di multitasking, vero?» ridacchia.

Le rispondo: «Aspetti» e rientro per appoggiare la pentola sul cassettone e tornare ad aiutarla.

«Non importa, ce l'ho fatta.» Mi porge la pila di posta attraverso la fessura della porta. «Ah, la signora Bar-Lev voleva anche chiederle indietro le stoviglie degli ultimi giorni.»

Penso alla pentola di ieri con il gulasch. Alla piccola teglia da forno con il soufflé di patate e alla scodella di pasta che ho trovato davanti alla porta, al centro dello zerbino, la cui scritta invitante *Everybody's welcome* è ormai desueta. Avanzo di nuovo nella fessura della porta. Maja continua a sorridere.

«Mi dispiace» sorrido con un certo sforzo. «Non sono ancora riuscita a lavare i piatti.»

«Ah, ma questo posso farlo io. Mi dia pure tutto quanto.»

Con la mente mi vedo armeggiare in cucina, raschiare via imbarazzata qualche avanzo di cibo secco e buttarlo nella spazzatura, mentre la porta del mio appartamento si spalanca, sulla soglia quella sconosciuta che in teoria è stata mandata dalla signora Bar-Lev. E che adesso ha il pieno accesso a casa mia. Sento salire una lieve ondata di panico, un panico stupido, sicuramente, ma non riesco a contenerlo con la logica e la ragione. Questa donna è venuta a portarmi da mangiare e a riprendersi le stoviglie. Cosa dovrebbe cercare nel mio appartamento? Cosa dovrebbe farmi?

Rifletto spasmodicamente, solo che non mi viene proprio in mente nessuna scusa per chiuderle la porta davanti al naso mentre aspetta. Nessuna ragione che non mi faccia passare per una completa idiota.

«Non so, avrei dovuto occuparmi io delle stoviglie...»

«Non è un problema per me, davvero.»

Maja, che sorride. Maja, che è stata mandata dalla signora Bar-Lev per non farmi morire di fame. Non c'è nessuna scusa che mi consentirebbe di non passare per quella che mi sono ripromessa di non essere: la povera donna della capanna, traumatizzata a vita, che fiuta pericoli ovunque. È già abbastanza grave che non riesca a invitare a entrare la mia nuova vicina, mentre aspetta le stoviglie. Un tempo, quando Kirsten abitava ancora qui, avevamo sempre gente in casa e ne conoscevamo solo una minima parte. Erano semplicemente persone portate da altre persone che amavano fare festa come noi. «Meno di dodici non è una vera festa» diceva sempre Kirsten ridendo. *Everybody's welcome*, un tempo, in un'altra vita.

Annuisco decisa, mi giro quasi marciando e avanzo nel corridoio verso la cucina.

La porta di casa aperta.

Ho il cuore in gola. Con movimenti nervosi impilo la teglia e la piccola pentola nella scodella più grande, in cui striature di maionese secca disegnano motivi accusatori. Come mi è potuto venire in mente di farmi cucinare dall'anziana signora e non lavarle nemmeno i piatti? *Dovresti vergognarti, Lena. Non hai imparato l'educazione?* Da qualche parte deve esserci anche un contenitore di plastica. Giro su me stessa, i miei calzini di lana scivolano sulle piastrelle, cerco sostegno sul bordo del bancone. La porta di casa è aperta. Maja, che non avevo mai visto qui. Che in teoria si è appena trasferita. La sua voce: «Ce la fa da sola, signora Grass? Devo aiutarla?».

«No, no!» grido.

Il contenitore di plastica, quel maledetto contenitore, dov'è finito? Afferro la maniglia della lavastoviglie. In effetti il contenitore era finito lì dentro, insieme a un paio di tazze e posate sporche, in attesa che io girassi la manopola con il programma giusto. Sfilo il contenitore dalla griglia e tengo in equilibrio la pila di piatti sporchi tornando dalla cucina verso la porta di casa, che è ancora aperta. Che lascia vedere le scale. Le stoviglie sbattono nelle mie mani tremanti.

Niente Maja. Maja se ne è andata.

Sei pazza.

Maja non è mai stata qui. Non esiste nessuna Maja.

Ci siamo solo noi. Siamo la tua famiglia.

Lancio uno sguardo incerto sul cassettone. Ma la pentola e la posta testimoniano che è stata davvero qui. Appoggio bruscamente i piatti sul pavimento e azzardo un'occhiata fuori dalla porta. Niente, solo le scale, nel completo silenzio. Nessuna traccia di Maja. Tendo le orecchie per sentire dei passi – niente. Chiudo piano la porta, giro titubante la testa sopra la spalla, mentre il cuore mi batte a un ritmo inquietante.

Perché dovrebbe essersi insinuata nel mio appartamento?, chiedono la logica e la ragione. *Un motivo c'è*, grida il panico.

JASMIN

L'appartamento in cui mi sono trasferita tre anni fa si annunciava così:

> Cercasi coinquilino/a per trilocale a Regensburg – centro storico. 74 mq in condominio di 12 inquilini, balcone con bella vista, per lo più. Meglio se sei fumatore, perché lo sono anch'io. Preferibile amante degli animali, perché oltre a me, impiegata nel settore gastronomico di 34 anni, nell'appartamento vive anche un gatto. Ti lasceremo a completa disposizione una camera di 12 mq, mentre divideremo bagno e cucina, attrezzata con

lavastoviglie, frigorifero, microonde e lavatrice. Affitto mensile: 310 euro a testa più consumi.

Le foto mostravano una vera casa. Non una casa in senso edilizio, fatta di quattro pareti e un tetto sopra la testa, ma un luogo davvero vissuto. Le camere avevano un'aria colorata e un po' caotica, un insieme di mobili da mercato delle pulci e piccoli tesori. Un acchiappasogni appeso alla finestra della camera, un materasso come letto e alla parete, in una spessa cornice d'oro arabescata, un quadro piuttosto kitsch della Vergine Maria con in braccio Gesù Bambino, e infine un lampadario di perle di vetro colorato che pendeva dal soffitto. In cucina un grande tavolo di legno grezzo, che anche a distanza rivelava graffi e difetti vistosi, e uno di quei grossi frigoriferi rosa dal design americano. Dietro la poltrona logora in soggiorno erano impilate montagne di libri, che ricoprivano per metri la parete, un'infinità di libri semplicemente accatastati sul pavimento, senza scaffali. Solo questo avrebbe fatto impazzire mia madre e faceva impazzire anche a me, ma in un modo completamente diverso. Ero come elettrizzata, dovevo abitare lì. Soprattutto dopo aver conosciuto Kirsten, che aveva messo l'annuncio. Kirsten, che sembrava provenire da un altro mondo, che avrebbe potuto vivere a Ibiza o in qualche altra isola hippy, con i suoi lunghi capelli scuri che sembravano arricciati dal vento e dal sale marino, senza aver visto una spazzola per anni, nel suo vestito a fiori con numerose collane colorate e stivali scamosciati marroni, allacciati fin sotto il ginocchio. Kirsten, così variopinta e piena di vita, sempre sorridente. Ero già grande per essere una che lasciava per la prima volta la casa dei genitori, ma era dovuto alle circostanze e forse a un malinteso senso di responsabilità verso mia madre. Dopo la morte di mio padre eravamo rimaste noi due sole, anche se stare insieme era stata più una questione di principio che di amore o attaccamento. Qui, in questo appartamento, sono stata felice e forte ed esuberante. Finché Kirsten e Ignaz, un grasso gatto nero, si sono trasferiti da un'altra parte, circa due mesi prima del mio rapimento. Io sono voluta rimanere qui, così come tempo prima avevo desiderato trasferirmici, per proteggere la casa e i ricordi a lei legati come un'eredità, come una testimonianza, i valorosi resti che si oppongono ai cambiamenti come una piantina che cresce nell'asfalto grigio. Che si può strappare violentemente ogni volta che si vuole, ma le cui radici sono inestirpabili. Come le erbacce nel vialetto d'ingresso della casa dei miei genitori, di cui mia madre si lamenta sempre.

Scivolo in cucina e tiro fuori un coltello dal ceppo. Quello affilato, che taglia tutto, perfino la carne. Ispeziono ogni stanza, ognuno dei 74 mq di quella che un tempo era una vera casa. Non trascuro nemmeno gli angoli morti dietro le porte e le tende che arrivano fino al pavimento, controllo addirittura dietro la tenda della doccia. Non c'è nessuno qui, l'appartamento è vuoto, eccetto me e i miei fantasmi. Per un attimo sono stata fermamente convinta che Maja avesse approfittato della porta aperta per sgattaiolare dentro e che ora fosse in agguato in qualche angolo nascosto, pronta ad aggredirmi.

Esausta sprofondo nella poltrona e raccolgo le ginocchia al petto, nella mano destra stringo ancora convulsamente il coltello. Forse le cose stanno davvero così, sto diventando pazza, pazza in senso clinico. Forse lo sono già da tempo e farei meglio a tornare in ospedale, in una camera con una maniglia rimovibile per motivi di sicurezza. Appoggio la mia testa impazzita sul ginocchio e inizio a singhiozzare. Sono prigioniera, la libertà non ha cambiato questo dato di fatto. Fiuto l'odore del gulasch nella pentola, e in una persona che mi vuole fare del bene fiuto l'odore del pericolo, e sono pronta ad affrontarlo armata di coltello. Anche adesso che mi sento così pazza e stupida, i miei pensieri continuano a girare intorno alla solita domanda: perché Maja è sparita all'improvviso? Se ne è andata senza salutare, senza nemmeno un «Quei piatti sporchi non li voglio più. Ci ho ripensato. I piatti se li lavi da sola», senza nemmeno un «Mi dispiace, devo andare», senza spiegazioni.

Appoggio il coltello sul tavolino e mi alzo faticosamente dalla poltrona. Voglio controllare di nuovo la porta, assicurarmi di averla chiusa. I medici e la mia psicoterapeuta mi hanno consigliato di non restare da sola i primi tempi, anche se ho lasciato la clinica su mia richiesta e rifiutato di farmi sistemare in una residenza speciale. Ho detto loro che mi sarei trasferita per un po' da mia madre ed è sembrato convincente.

La porta è chiusa, due mandate, di più non è possibile. Mi giro verso il cassettone, prendo una cornice e la metto in equilibrio sulla maniglia. Nessuno può entrare senza che io sia avvisata dal rumore del vetro che si infrange sul pavimento. Faccio un passo indietro, osservo la cornice sulla maniglia, l'immagine nella cornice. Kirsten e io, le nostre spalle si toccano, le nostre teste sono inclinate l'una verso l'altra. In mezzo a noi, la grossa testa nera di Ignaz. Kirsten lo tiene in braccio, rivolto all'obiettivo, con le zampe davanti che penzolano flosce, gli occhi gialli stretti in due fessure contrariate. Pochi secondi dopo lo scatto ha cercato di graffiare Kirsten. «Il nostro bambino imbronciato» lo abbiamo spesso definito. Sospiro. Mi cade lo sguardo sulla pila di posta sul cassettone. In cima c'è un giornale piegato a metà, quello di ieri. La prima pagina mostra una foto di Hannah. Nella capanna, alla debole luce delle lampadine da quaranta watt, sembrava già molto pallida. Ma qui, sulla foto a colori larga un palmo pubblicata dal giornale, sembra quasi irreale con la sua pelle bianca, gli occhi acquosi e i capelli biondo chiaro. Con l'indice percorro l'arco delle sue labbra impercettibilmente curvato all'insù. Questo è il modo di sorridere di Hannah.

ECCO LA BAMBINA-ZOMBIE
DALLA CAPANNA DEGLI ORRORI!

Cham/Monaco – Due settimane dopo la rocambolesca fuga dalla capanna (riportata dal nostro giornale), la nostra redazione ha ricevuto in forma anonima una foto della figlia della vittima del rapitore, Lena B. La bambina (13 anni) e suo fratello (11) sono al momento in terapia psichiatrica. Lena B. risulta scomparsa dal gennaio 2004. Su dove si trovi e sull'identità del rapitore non si sa ancora niente, sostiene il commissario capo Frank Giesner. Nuove scoperte e indizi dovrebbero emergere dalla ricostruzione facciale dell'uomo ferito a morte durante la fuga di Jasmin G., che si presume abbia rapito sia Lena B. sia Jasmin G. Quest'ultima è stata sequestrata nel maggio di quest'anno e tenuta prigioniera nella capanna per quattro mesi, fino alla sua fuga in settembre. Sulle circostanze della sua prigionia, così come sull'attuale stato di salute dei due bambini, sono venuti alla luce finora solo pochi ma sconcertanti dettagli…

La mia concentrazione cede, le lettere fluttuano. Solo la foto di Hannah rimane nitida. Mi chiedo chi l'abbia scattata. A chi stia sorridendo Hannah. E mi rendo conto che da quando sono stata dimessa dall'ospedale non ho mai chiesto sue notizie. E nemmeno di Jonathan. La solita morsa mi stringe il cranio.

Che razza di madre sei, Lena?

Che razza di mostro sei?

Il giornale vola in un angolo frusciando, mi massaggio le tempie. Per distrarmi, prendo il resto della posta dal cassettone e la porto in cucina. Mi siedo al tavolo e sfoglio le buste. Mi scrive l'azienda sanitaria, probabilmente per i costi della terapia che non sto facendo. Una lettera dalla compagnia telefonica e una da quella dell'acqua. Le lascio tutte chiuse, tranne una che non ha il mittente. Una semplice busta bianca su cui c'è solo il mio nome, Jasmin Grass, scritto a mano con il pennarello nero, a lettere maiuscole, solo il mio nome, senza indirizzo. Armeggio per aprire la busta e ne estraggo un foglio bianco ripiegato. Sopra solo due parole: PER LENA.

MATTHIAS

«No, Matthias!»

Accidenti, lo sapevo.

«Semplicemente no.»

«Tesoro...»

«No!» Le posate di Karin sbattono rumorosamente sul bordo del piatto. Anche a me è passato l'appetito, ma cerco di non darlo a vedere e mi taglio un pezzo di bistecca particolarmente grosso. È la cosa più normale del mondo, mi dico, assolutamente normale, non c'è proprio nessun motivo per interrompere la cena.

«Karin, ti prego...»

«Ho detto di no.»

A titolo dimostrativo prende il tovagliolo e si pulisce la bocca, poi si alza dalla sedia, solleva il piatto con la bistecca appena assaggiata, le patate e i fagioli, e porta tutto in cucina. Sento aprirsi il coperchio del cestino della spazzatura mentre Karin gratta via dal piatto la sua cena.

«Karin!» grido sovrastando i rumori. «Parliamone almeno!»

L'unica risposta è il suono del coperchio che si richiude e della lavastoviglie che si apre. Cerco di continuare a mangiare, ma la carne mi sembra stopposa.

«Quindi dici sul serio» conclude Karin che appare un secondo dopo sulla soglia della porta tra la cucina e la sala da pranzo.

Mastico una forchettata di fagioli e continuo: «Certo che dico sul serio. È la cosa più normale del mondo portarla a casa, dalla sua famiglia. Ho già parlato con la dottoressa Hamstedt. In realtà non ha obiezioni, anzi, l'esatto contrario. Ritiene che nel corso della terapia di Hannah possa essere molto utile».

«Quando?»

«Preferibilmente domani stesso.»

«No, intendevo dire: quando hai messo su questa buffonata insieme alla Hamstedt?»

Adesso prendo anch'io il tovagliolo e mi pulisco la bocca.

«Un paio di giorni fa» dico piano. «Cosa che peraltro avresti saputo anche tu se fossi venuta con me a fare visita alla bambina.»

«Matthias, no.»

«È così. In fondo sei sua nonna.»

Senza commentare, Karin sparisce di nuovo in cucina. Stavolta sento il frigorifero che si apre, poi un cassetto, e infine il tappo di una bottiglia che salta.

«Servine un bicchiere anche a me» le chiedo.

Porterò Hannah a casa, che Karin sia d'accordo o meno. Gliel'ho promesso.

«Nonno» mi ha detto la piccola. «Non mi piace qui. È un brutto posto. La notte non riesco a dormire perché qui sono triste. Voglio andare a casa.» *Nonno*. La cosa più bella che abbia sentito da molto tempo a questa parte.

«Salute» gracchia Karin mettendomi in mano il bicchiere di vino rosso. «A te e alle tue imprese in solitaria.»

«Ah, Karin, adesso finiscila per favore.»

La osservo aggirare il tavolo con movimenti rigidi e il bicchiere in mano, per tornare al suo posto.

«Non la finisco affatto, Matthias. Parli con la Hamstedt alle mie spalle e poi vuoi mettermi di fronte al fatto compiuto. È scorretto, te lo dico.»

«Volevo soltanto capire se teoricamente fosse possibile dimettere Hannah, almeno per qualche giorno. E la dottoressa Hamstedt ha dovuto rifletterci un po'. Ma di certo non le è sfuggito che Hannah fa resistenza da quando si trova al Centro per i disturbi post-traumatici. Non va né avanti né indietro. Lo capisci, Karin? Non sanno da che parte rifarsi con lei! Non riescono nemmeno a farle una diagnosi! Possono curare il bambino, ma Hannah… Karin, Hannah…» Appoggio il bicchiere e agito le mani. «Dio mio, è nostra nipote! Dobbiamo aiutarla!»

«E come dovremmo farlo? Non siamo degli psicologi! Se nemmeno loro sanno come comportarsi con lei, cosa potremmo fare noi?»

«Hannah sente la mancanza di una famiglia, di un ambiente domestico, di normalità e…»

«Normalità!» si inserisce Karin. «Lei non ha la minima idea di cosa sia la normalità.»

«Per questo è ancora più importante che glielo mostriamo. Guardati intorno!» Allargo platealmente le braccia. «Tutto questo! La nostra casa! Qui è cresciuta sua madre!»

Karin sorseggia il vino.

«E come dovrebbe funzionare?» chiede riappoggiando il bicchiere. «Le rifacciamo il letto nella vecchia stanza di Lena?»

Ignoro il tono sarcastico della sua voce e annuisco convinto.

«E dobbiamo anche procurarle dei libri, Karin! Anche questo le manca. Al centro non riesce a studiare. Ha bisogno urgentemente di un paio di testi scolastici.»

«E il prossimo anno la mandiamo a scuola, giusto? Come una bambina normale.»

«Volevo solo dire che sarebbe sicuramente felice se le portassimo dei libri. È così desiderosa di imparare e sa già un sacco di cose. Dovresti vederla, Karin. È molto istruita.»

Mi viene da sorridere ripensando a quando Hannah mi ha detto come si dice nonno in spagnolo.

«Non funzionerà, pensaci seriamente.»

Abuelo, così si dice in spagnolo. *Abuelo*...

«Matthias!»

«Mmm?»

«Ho detto: non funzionerà. Non possiamo semplicemente giocare alla famiglia.»

«Per favore, Karin. Noi *siamo* una famiglia! È nostra nipote, la figlia di nostra figlia.»

Karin si sfrega la fronte.

«Solo per un paio di giorni, tesoro...» provo a dire. «Sono d'accordo così con la dottoressa Hamstedt. E comunque porterò Hannah al centro per le sedute di psicoterapia. Si tratta solo di far sì che la piccola ritrovi un po' di pace.»

Silenzio. So di aver quasi convinto Karin, lo so. Non vuole certo essere una nonna senza cuore, e in effetti non lo è. Ha solo paura e vuole fare la cosa giusta. Lasciare Hannah nelle mani di specialisti. "Specialisti" che non sanno nemmeno da che parte cominciare con lei.

«Posso dirle solo questo, signor Beck» aveva affermato la dottoressa Hamstedt in uno degli ultimi colloqui.

Eravamo seduti nel suo studio, lei dietro la scrivania, io davanti. Alla parete alle sue spalle erano appesi numerosi attestati che confermavano la sua specializzazione, mentre alla sua sinistra, sul davanzale della finestra, una piantina di falangio dalle foglie ingiallite e flosce dimostrava che la presunta "specialista" non era nemmeno in grado di prendersi cura di un vegetale senza grosse pretese.

«Il modo in cui i due bambini elaborano diversamente quello che è accaduto è di per sé singolare. La reazione di Jonathan in realtà è tutt'altro che sorprendente, anzi, è piuttosto» disegnò con le dita per aria il gesto delle virgolette «*normale*, anche se la parola in questo contesto potrà sembrarle strana. Jonathan ha gli incubi, grida, si rifiuta di parlare con noi. Abbiamo spesso riscontrato che le vittime di esperienze traumatiche tendono prima di tutto a risolverle da sole, o almeno a provarci. Ma prevediamo che con il tempo si aprirà. Deve solo prendere fiducia e avere la possibilità di vedere con i suoi occhi che abbiamo buone intenzioni e che con noi è al sicuro.»

Iniziai a dondolare il piede. Sicuramente Hannah mi stava già aspettando.

«Be', sembra una cosa positiva.»

«Passiamo a Hannah» disse con enfasi la dottoressa Hamstedt.

«Come stanno le cose con lei?»

La dottoressa sorrise, come se mi avesse colto in fallo.

«In Hannah riscontriamo un meccanismo completamente diverso.»

Irrigidii la schiena e mi sporsi sul bordo della sedia.

«E cioè?»

«Il suo comportamento.»

«In che senso?»

«Ecco, lasci che le spieghi attraverso l'esempio di Jonathan. Il bambino ha vissuto tutta la sua vita nella capanna. In uno spazio estremamente ristretto e precario, rinchiuso, senza finestre né contatti con l'esterno.» Fece una pausa significativa e continuò solo quando io guardai l'orologio.

«Questo mondo pieno di attività, tanta gente, rumori – tutte cose che lui nella capanna non conosceva – lo terrorizza. L'ascensore: una catastrofe! Possiamo solo usare le scale quando dobbiamo portarlo a un altro piano. E anche questo, viste le sue paure, è ogni volta una sfida. Per non parlare della scarsa coordinazione nei movimenti inconsueti. Capisce, signor Beck? Gli stiamo insegnando a salire le scale come a un bambino piccolo. Questo è molto frustrante per lui. A volte si nasconde sotto il tavolo, oppure di notte tira via le coperte dal letto e va a dormire sul pavimento. In questo modo ci segnala chiaramente che tutto questo è davvero troppo per lui.»

Non avevo idea di cosa volesse dirmi, ma mi sentii comunque attaccato. «Neanche Hannah sta bene qui. Dorme male. Me lo dice ogni volta che vengo a trovarla.»

La dottoressa Hamstedt fa un lungo sospiro.

«Può essere, signor Beck. Tuttavia riesce a cavarsela in modo sorprendente in un mondo così estraneo per lei. O lei ha l'impressione che sia molto spaventata?»

«È forte» conclusi, non senza una punta di orgoglio.

«Signor Beck, esiste una particolare condizione neurologica chiamata sindrome di Asperger. Forse ne avrà sentito parlare. È una forma di autismo che determina il modo in cui una persona elabora gli stimoli esterni e interagisce con gli altri...»

«Hannah non è malata.»

«Non la definirei esattamente una malattia» disse la dottoressa Hamstedt inclinando la testa. «Piuttosto un disturbo. E non siamo ancora sicuri che Hannah ne sia affetta, ma vorremmo continuare a osservarla.»

Guardai di nuovo l'orologio.

«Bene, signor Beck. Per quanto riguarda la sua richiesta di portare Hannah a casa per un paio di giorni, sono pronta a fare questo tentativo. Ma devo insistere su alcune condizioni.»

«Nessun problema» annuii con zelo accennando ad alzarmi – in fondo, Hannah mi stava aspettando.

«Un momento signor Beck. Vorrei parlarle un attimo di sua

figlia. Lena.» Solo il modo in cui sottolineò il suo nome mi fece montare la rabbia in petto. Come se potessi averlo dimenticato, il nome della mia unica figlia.

«Dottoressa Hamstedt, adesso devo proprio…»

«Non posso neanche lontanamente immaginare quanto debba essere difficile per lei non aver ancora ottenuto le risposte che tanto vorrebbe.»

Mi morsi il labbro in via precauzionale. Aveva ragione lei. Nessuno dei due bambini aveva rilasciato finora una testimonianza utile. Sembrava che non si fossero nemmeno accorti che un giorno al posto di Lena fosse comparsa nella capanna questa signora Grass.

«Deve essere frustrante per lei. Ed è tanto più lodevole l'impegno di cui dà prova come nonno. È per rafforzarla in questo sforzo che vorrei spiegarle di nuovo il processo psicologico.»

Lasciai andare il labbro e sospirai. Erano tutte cose che avevo già sentito. La prendeva alla larga, ricorrendo al solito, eterno paragone. Hannah e il bambino, che finora avevano visto il mondo come attraverso il buco di una serratura. La loro quotidianità nella capanna, dove c'erano solo due persone di riferimento: i genitori. La natura che impone ai figli di amare incondizionatamente i genitori. L'isolamento che non dava possibilità di confronto. Da cosa avrebbero dovuto capire che c'era qualcosa di sbagliato, di malvagio intorno a loro, se non conoscevano altro? Come avrebbero dovuto imparare a distinguere il bene dal male? In più la dipendenza dal padre, l'addestramento all'ubbidienza fin dalla nascita. Non lo vedevano come un mostro che li teneva rinchiusi. Gli erano grati perché portava loro da mangiare in modo che non morissero di fame e perché accendeva il fuoco per riscaldarli. E su tutto questo aleggiava sempre – e ancora adesso – la parola "normalità". Per Hannah e il fratello la capanna era la normalità, la loro normalità. E di solito non si mette in dubbio la propria normalità.

«Questo l'ho già capito» cercai di frenare le spiegazioni della dottoressa. Hannah mi stava già aspettando da un quarto d'ora.

«Quando il padre ordinava loro di andare in camera, questo aveva lo stesso valore di quando ha detto loro che avevano una nuova mamma» proseguì imperterrita la dottoressa Hamstedt. «La sua parola era legge. È importante che non lo dimentichi, signor Beck. Anche se al momento è convinto di poter accettare la mancanza di risposte sul destino di sua figlia, più passerà il tempo e più proverà frustrazione. Una frustrazione che potrebbe crescere molto rapidamente.»

«Non se la prenda, dottoressa, ma in questo momento più che altro sta crescendo la mia impazienza, e in modo estremamente rapido. Mia nipote mi sta aspettando da un quarto d'ora.»

La dottoressa Hamstedt sorrise comprensiva.

«Allora non voglio trattenerla oltre, signor Beck.»

«Ti sei mai reso conto che parli soltanto di Hannah?» Karin interrompe il lungo silenzio tra noi.

Sospiro, convinto di sapere dove vuole arrivare.

«Adesso non voglio parlare di Lena.»

«Non sto alludendo a Lena, ma a Jonathan. Poco fa lo hai chiamato *il bambino*. Hai detto: "Possono curare il bambino". Non te ne accorgi?»

«Non capisco cosa mi vuoi dire.»

Karin si mette con la schiena ben dritta sulla sedia.

«È perché ha il colore di capelli sbagliato?»

«Cosa?»

«Perché ai tuoi occhi non assomiglia abbastanza a Lena?»

«Di cosa stai parlando?»

«In Hannah non vedi il padre, vedi solo Lena.»

«Karin, queste sono delle assurdità.» Voglio scacciare via la sua allusione agitando la mano, ma sbatto contro il bicchiere di vino. Il calice si stacca dalla base colpendo il legno duro del tavolo. Nel giro di un secondo una pozzanghera rossa avanza sulla tovaglia chiara. Salto in piedi, imitato da Karin.

«Mi dispiace, tesoro» dico picchiettando con fare impacciato il tovagliolo sulla macchia rossa. Karin tira su la tovaglia, in modo che il vino non goccioli dal tavolo sul tappeto beige.

«Capita.» Alza lo sguardo. «Ma hai riflettuto su cos'altro succederà se portiamo a casa Hannah? Non immagini l'assedio di giornalisti e fotografi, come è successo all'epoca della scomparsa di Lena?»

«Ma no…»

«Già adesso suona in continuazione il telefono. *Signora Beck*» imita una voce flautata «*Spera ancora che ritrovino sua figlia? Come stanno i suoi nipoti, signora Beck? Solo una breve intervista, signora Beck, non le ruberemo molto tempo.*» Karin inizia a sparecchiare la tavola scuotendo la testa. «Non voglio passarci di nuovo, Matthias.»

«Lo so, Karin. Ma non penso che succederà. Perché dovrebbero venire qui? Perché sprecare il loro tempo? Non otterrebbero mai un'intervista, né da noi né tantomeno da Hannah. E hanno già una foto della bambina. Perché qualcuno dovrebbe stare in agguato qui intorno con una macchina fotografica? La chiamano la "bambina-zombie" Karin! L'hai letto anche tu!» Scuoto la testa incredulo. «"Bambina-zombie". Eppure era così carina in quella foto.»

Karin si blocca.

«Matthias, no.»

Abbasso gli occhi. Karin mi sa leggere dentro. Mi conosce da quasi quarant'anni. Sa già tutto. Il suo "no" non era riferito al mio desiderio di portare Hannah a casa. Karin ha capito qualcosa di più, lo sento.

«Hai fatto tu la foto a Hannah e l'hai data alla stampa» conclude. «Lo hai fatto di nuovo.»

JASMIN

Me ne sto accoccolata nella poltrona, per quanto me lo consentano le mie costole doloranti. Stringo convulsamente la lettera con le dita. Tremo.

Hai freddo, mamma?

Silenzio, Jonathan!

Ti voglio bene, mamma.

Silenzio, tutti e due! Lasciatemi in pace, capito? Oggi non mi sento bene.

Chiudo gli occhi e conto i respiri, come mi ha consigliato la psicoterapeuta in caso di attacchi di panico. «Le voci non sono reali, signora Grass. Sono solo nella sua testa. Le lasci passare, come nuvole nel cielo. Non tenti di reprimerle, e lo stesso vale per le immagini e i ricordi. Li lasci venire e andare via, va tutto bene, respiri. Respiri profondamente, con calma, inspirare, espirare...»

Respiro.

Le voci sono qui. Il ricordo emerge, riaffiora in superficie. Ma non se ne va, mi afferra alla nuca e mi porta giù, in profondità, nel buio, nella penombra di quaranta watt. Sono di nuovo nella capanna e fa freddo, terribilmente freddo. Il mio respiro forma delle nuvolette nell'aria quando mi siedo al tavolo con Hannah e Jonathan. Oggi è prevista la lezione di inglese.

«Devi concentrarti, mamma. Studiare è importante. Non si deve essere stupidi.»

Non riesco a concentrarmi. Il freddo. Le nuvolette di fiato che mi ricordano che il tempo passa senza che abbia ancora trovato un modo per fuggire da questo inferno. Non so nemmeno se sono qui da giorni, settimane o mesi. Potrebbe essere una fredda giornata estiva oppure già inverno.

«Hai freddo, mamma?» chiede Jonathan con l'ingenua naturalezza di un bambino che non conosce altro che questo. Ultimamente tuo marito ci lascia spesso soli durante il giorno. Evidentemente va al lavoro. Un pensiero assurdo, un mostro con un lavoro, magari un lavoro normale, regolare, un mostro con lo stipendio e l'assicurazione.

«Mamma? Ti ho chiesto se hai freddo.»

Non chiamarmi mamma.

Non sono tua madre.

«Sì, Jonathan, ho molto freddo. Oggi si gela.»

D'un tratto lui salta dalla sedia, corre verso il divano, sul cui bracciolo c'è una coperta di lana, e me la porta.

«Grazie, sei gentile» dico avvolgendomi nella coperta. Da due giorni indosso soltanto una camicia da notte di raso bianco, lunga fino alle caviglie, per punizione. Lavando la biancheria sotto lo sguardo di *papà* ho osservato un attimo di troppo il flacone di detersivo, o meglio le informazioni sulle sostanze contenute. Veleno, una possibilità.

Nessuna possibilità.

«Quella roba potresti berla a colazione, Lena. Tutto biologico.» Una risata, breve e spietata. «Non sai apprezzare quanta libertà ti lascio.»

«Sì invece. Lo apprezzo molto.»

No, non è vero, così ha deciso Dio, e mi ha punita. Niente vestiti, niente calze, niente scarpe, solo quella sottile camicia da notte. Adesso ho i piedi intirizziti, corpi estranei che non mi appartengono, e ho le dita intorpidite. Il freddo mi ha fatto venire la pelle d'oca, per poi diffondersi fino alle ossa, sono completamente rigida. Anche sedermi mi riesce difficile.

«Prossima parola!» grida Jonathan raggiante.

«Summit» leggo meccanicamente. Non è un libro scolastico quello che ho davanti, ma un dizionario, *Vocabolario essenziale di inglese*. Studiamo seguendo l'alfabeto da cima a fondo, meccanicamente, del tutto meccanicamente.

L'indice di Jonathan si solleva, quello di Hannah no, il che è strano. Ha alzato la testa e vaga con lo sguardo sul soffitto.

«Hannah, che ti succede?» chiedo cautamente.

Sembra passare un'eternità prima che mi guardi e risponda: «L'impianto di ricircolo dell'aria è rotto».

«Non preoccuparti. Papà torna presto dal lavoro e lo ripara subito» rispondo.

Invece mi sbaglio. Non arriva nessuno.

Sei e un quarto – sette meno un quarto – sette e mezzo – quasi le otto.

Ci stancheremo, ci addormenteremo, soffocheremo. Jonathan sta già sbadigliando.

«Non preoccupatevi» continuo a ripetere.

L'aria sembra scarseggiare, impossibile distinguere tra realtà e immaginazione. La lancetta dell'orologio della cucina sembra il battito di un cuore, forte, cupo, affaticato – sempre più forte, più cupo, più affaticato. I bambini sbadigliano entrambi, prima con la mano davanti alle labbra, poi a bocca spalancata. Jonathan ha già chiuso gli occhi. Hannah tiene in braccio la Signorina Tinky e le ripete continuamente di non avere paura.

Appoggio le mani fredde sul tavolo e mi alzo dalla sedia, barcollo per la stanza, fino alla porta, mi attacco disperatamente al pomello finché non perdo le forze e mi accascio sul pavimento.

«Sono molto stanca, mamma» sento flebile la voce di Hannah.

«Lo so» rispondo con voce altrettanto flebile.

Mi allungo fino al pomello della porta, mi tiro su sulle gambe deboli, irrigidite dal freddo, torno dai bambini, al tavolo. Guardo l'orologio della cucina, i cui battiti cardiaci rimbombano nella mia testa, sono appena passate le otto. Tocco la spalla di Jonathan, *svegliati, rimani sveglio*, e mi sento dire con voce sorprendentemente calma: «Bambini, è l'ora di andare in bagno».

Ci avviamo per il corridoio, Hannah davanti con la Signorina Tinky in braccio, io e Jonathan dietro mano nella mano. Andiamo al bagno uno dopo l'altro, ci laviamo i denti, forse per l'ultima volta. Propongo ai bambini di dormire con me nel lettone stanotte.

«Può venire anche la Signorina Tinky?» chiede Hannah, e io sorrido: «Sì, naturalmente».

Ci sdraiamo vicini, non voglio che rimangano soli, è l'unica cosa che posso fare per loro, semplicemente esserci in questo momento, ma è troppo poco, piango in silenzio. Quando Jonathan respira, sento un rantolo da qualche parte nel suo petto.

Hannah sussurra: «Sicuramente ci sveglieremo domattina presto. Non si muore così velocemente, vero mamma?».

«Vero, tesoro.» Sorrido e bacio la sua fronte fredda. Evito di chiederle da quanto tempo l'impianto di aerazione non funzioni, da quanto tempo non sentisse più il ronzio, ma sono troppo stanca per tutte queste parole.

«Ti voglio bene, mamma» dice Hannah in tono appena percettibile. «Per sempre, sempre, sempre.»

E io: «Anch'io vi voglio bene. Buonanotte».

Spalanco gli occhi, boccheggiando in cerca d'aria. Sono di nuovo nel mio soggiorno, rannicchiata in poltrona. La lettera trema nella mia mano. Il foglio bianco con le parole accusatorie. *Per Lena.*

Non è possibile.

O forse sì?

Mi sono fatta forza e ho telefonato a Kirsten, che neanche mezz'ora dopo sta davanti alla mia porta e bussa nel modo che le ho spiegato al telefono, tre volte breve, due volte lungo, *toc-toc-toc – toc – toc.*

«Avrei voluto farmi viva» dice chiudendo la porta alle sue spalle. Mi limito ad annuire. Sono incantata dalla sua apparizione. Come è bella, così abbronzata. Mi chiedo se sia stata in vacanza durante l'estate. In vacanza, mentre io ero rinchiusa nella capanna.

«Che orrore, Jassy.» Mi accarezza i capelli, che erano castani l'ultima volta che ci siamo viste, che sono sempre stati castani ma che adesso sono biondi. Biondo chiaro, con qualche centimetro di ricrescita castana. A volte, nella capanna, immaginavo il momento in cui ci saremmo riviste. Solo che nella mia immaginazione lei diceva: «Che bello che tu sia tornata».

«All'inizio, quando sei sparita, ho pensato...» inizia a dire dopo che ci siamo sedute sul divano in soggiorno.

«Posso immaginare» la interrompo subito. Non voglio sentirle dire che la mia scomparsa poteva sembrare una drammatica messinscena per attirare la sua attenzione.

Via per un paio di giorni, il telefono spento, *avanti, preoccupati per me, cercami, trovami, riportami a casa.*

«È tutto vero, allora? Quello che si legge?»

Tira fuori dalla borsa un pacchetto di sigarette e me lo porge.

«Grazie, ho smesso.»

«Che stupida. Di certo nella capanna queste cose non c'erano.»

«No, infatti, non c'erano.» Inizio a mordicchiarmi il pollice, una brutta abitudine che in realtà avevo perso molto tempo fa.

«Be', e il resto? Cioè, quello che scrivono i giornali?»

Sento scattare il suo accendino. Si china per prendere il posacenere nello scomparto sotto il tavolino da fumo, e lo mette sul piano.

«Che dovevamo mangiare nella scodella del cane e che eravamo legati alla catena?» Scuoto la testa. «No, avevamo le posate.»

Passano un paio di secondi prima che Kirsten si conceda di sorridere. Sui giornali scrivono molte cose in questi giorni, alcune vere, molte tirate per i capelli. A volte vorrei trovare la forza di concedere un'intervista per rettificare, ma ho paura che qualche cronista puntiglioso, diffidente e molto ambizioso faccia ulteriori domande per scavare più a fondo. Ho stabilito i miei confini e non importa se gli altri pensano che la povera donna della capanna mangiasse nella scodella del cane.

Mostro la lettera a Kirsten.

«Era nella mia posta di oggi.»

Kirsten osserva il foglio più a lungo del necessario per comprendere quelle due uniche parole. Quando mi guarda di nuovo, il suo sguardo tradisce un'ombra di dubbio.

«È stato sicuramente un idiota che ha seguito le notizie sui media e ti vuole far prendere un bello spavento. Succede in continuazione.» Inclina la testa e mi fissa inquisitoria. «Oppure chi credi che possa averlo scritto?»

Mi mordicchio di nuovo il pollice.

«Il tuo rapitore? Jassy, è morto. Lo hai ucciso tu.»

«Lo so, ma…»

Kirsten scuote la testa senza capire.

«Cosa? Avanti, dillo.»

Faccio un respiro profondo.

«I bambini.»

«Cosa?»

«I bambini hanno un motivo per essere arrabbiati con me.»

Kirsten spalanca gli occhi, le escono letteralmente dalle orbite. È questo l'aspetto di chi guarda in faccia la follia.

«I bambini? Jassy, ma cosa dici?»

Dovrei ridere e nascondere quel mio stupido sfogo, invece afferro il bracciolo del divano e tento di alzarmi, invano, troppo dolore.

«C'è un'altra cosa» ansimo. «In camera, nel secondo cassetto della biancheria, in un paio di calzini arrotolati.»

Kirsten annuisce con enfasi.

«Va bene, Jassy. Vado a vedere, rimani qui.»

Si alza, si china verso le mie gambe e me le stende con cautela sul divano.

«Riposati» dice, e io chiudo gli occhi, grata.

Subito dopo sento il rumore meravigliosamente familiare dei suoi tacchi sul parquet del corridoio e della maniglia della camera. L'abbiamo lubrificata centinaia di volte, ma non c'è stato modo di eliminare quel cigolio. Non so più quante volte mi sono svegliata la notte quando Kirsten rientrava dopo il turno nel pub e cercava di infilarsi silenziosamente in camera. A un certo punto avevamo preso l'abitudine di lasciare la porta sempre aperta… Apro gli occhi spaventata sentendo la voce di Kirsten che suona stridula per la paura: «Jassy! Ma che cavolo…?».

MATTHIAS

SCOMPARSA A MONACO STUDENTESSA DI 23 ANNI

Monaco – La polizia sta investigando sulla scomparsa di Lena Beck (23) da Monaco-Haidhausen. Nella notte tra mercoledì e giovedì, secondo i testimoni, la studentessa sarebbe stata vista fino alle cinque del mattino a una festa nel quartiere di Maxvorstadt. Sulla strada di casa la ragazza ha telefonato a un'amica. Da allora il suo cellulare risulta essere spento. Le ricerche della polizia, svoltesi nella giornata di venerdì nell'area metropolitana di Monaco, non hanno portato ad alcun risultato. Lena Beck è alta 1,65 m, minuta di costituzione e ha i capelli biondi lunghi fino alle spalle. Indossava un top argentato, jeans neri, stivali neri e un cappotto blu scuro.

Eccolo qua, il primo di una lunga serie di articoli – così pensavo ingenuamente – che si sarebbero susseguiti finché non avessimo trovato Lena.

In realtà fu il primo di quattro – quattro articoli in tutti quegli anni dalla sua scomparsa. O meglio, quattro articoli seri. Nel secondo si raccontavano le operazioni subacquee conclusesi senza risultati, durante le quali la polizia tentò di stabilire se Lena fosse caduta nel fiume Isar e annegata. I testimoni presenti alla festa avevano dichiarato che Lena aveva consumato «grandi quantità di alcol e altri non meglio identificati stupefacenti». Con il terzo articolo si cominciò a prendere una strada completamente fuorviante. Il *Bayerisches Tagblatt* aveva intervistato una presunta amica a cui Lena avrebbe telefonato poco prima della scomparsa. La presunta amica, Jana W. («nome modificato dalla redazione») dichiarava: «Lena è una ragazza con molti problemi». Avrebbe voluto mollare l'università, avrebbe consumato droghe, non solo a quella festa a Maxvorstadt, ma a molte altre feste. Sarebbe stata «una di quelle» che andavano a letto con chiunque. Una ragazza leggera, a cui bastava offrire una birra. A partire dal quinto articolo la «studentessa di Monaco» era diventata la «*party-girl* di Monaco». All'epoca accettavo qualsiasi maledetta richiesta di intervista, anche se ben presto intuii che l'interesse della stampa non si concentrava più sul ritrovamento di Lena o di testimoni utili.

Un giorno, non lo dimenticherò mai, incontrai un giornalista nel mio ufficio allo studio legale.

«Lena è una vera studentessa modello» dissi mostrando come prova i suoi voti sul libretto universitario. «Già da bambina sognava di diventare insegnante. Per questo l'università è al primo posto per lei, insieme alla sua famiglia ovviamente. Abbiamo un rapporto molto stretto.»

Un fotografo che il giornalista aveva portato con sé fotografò il libretto e anche me, seduto dritto alla mia scrivania, dritto da ogni punto di vista. Matthias Beck, all'epoca 48 anni, fiscalista con uno studio avviato, camicia inamidata e abito gessato, capelli ordinati con la riga da una parte, razionale, deciso.

«Non permetterò che mia figlia, che al momento è probabilmente vittima di qualcuno o qualcosa che non conosciamo, diventi anche vittima di una caccia mediatica.» Mi ero anche preparato in anticipo prendendo appunti, formulando le frasi che volevo assolutamente dire, per assicurarmi di non dimenticare nulla. «Prima di tutto il modo in cui viene rappresentata dai media non corrisponde affatto al suo modo di essere; in secondo luogo, a mio avviso, questa maniera di riportare le notizie ostacola anche lo svolgimento delle indagini.»

«E lei come si sente al momento, signor Beck?» chiese il giornalista Lars Rogner, un tipo viscido con i capelli scuri ingelatinati e il colletto della camicia tirato su. Ovviamente non avevo preparato la risposta a questa domanda.

«Mi si sta spezzando il cuore» dissi piano, dopo aver deglutito a fatica.

Rogner annuì, colpito.

«Lo capisco molto bene, signor Beck. Terribile.» Poi si schiarì la gola e chiese: «A quanti anni Lena ha cominciato a prendere droghe?».

Fu come un pugno in faccia, un bel dritto che mi colpì facendomi accasciare sulla sedia.

Naturalmente il giorno dopo il giornale di Rogner non pubblicò né la foto del libretto degli esami di Lena, né quella di un padre seduto eretto, con sguardo deciso. Mostrò un poveretto accasciato sulla sedia, con la didascalia: «Il padre della *party-girl* di Monaco (23): "Della doppia vita di Lena io non sapevo niente"».

Karin mi diede uno schiaffo dopo aver letto l'articolo. Ci volle quasi una settimana e una mezza confezione di ansiolitico perché si convincesse del fatto che non avevo mai detto quelle cose. Da allora presi l'abitudine di alzarmi presto per prendere il giornale dalla cassetta della posta prima che lo facesse Karin. Lo leggevo di nascosto, in garage, sulla sedia pieghevole che usavo per la pesca, nel caso mi cedessero le gambe davanti a tutte le assurdità che dovevo leggere su mia figlia. Una volta finito, aspettavo un altro po' che la pressione si normalizzasse. Poi ripiegavo la sedia, uscivo dal garage e buttavo il giornale nel cesto della spazzatura dei vicini. Mi stampavo un sorriso in faccia, rientravo in casa e preparavo la colazione. Karin e io convenimmo che avevo imparato qualcosa.

«Almeno la stampa ne parla ancora» tentavamo di rassicurarci a vicenda. Anche se faceva male, non doveva importarci se la polizia e la gente là fuori stessero cercando una studentessa modello o una sfrenata *party-girl*. L'essenziale era che continuassero a cercarla, che non cadesse nel dimenticatoio. Tuttavia Karin mi strappò la promessa di tenermi alla larga dai giornalisti d'ora in poi.

Adesso però ha appena scoperto che ci sono ricascato. Che sono stato io a spedire alla stampa la foto di Hannah. Era uno scatto che avevo fatto una settimana prima durante una visita al centro, dopo averle spiegato come funzionava la mia macchina fotografica.

«Perché diavolo l'hai fatto?»

Karin è in piedi a braccia spalancate davanti al tavolo. Prendo i piatti che ha appena impilato e li porto in cucina, in silenzio. Lei mi sgattaiola dietro.

«Hai dimenticato cos'è successo l'ultima volta che ti sei fatto coinvolgere da quegli avvoltoi? Come hanno spolpato prima Lena, poi noi?»

«Voglio solo che stiano lontani da Hannah» tento miseramente di difendermi, mentre faccio scorrere l'acqua nel lavello per lavare i piatti. Sopra il fragore dell'acqua sento Karin che brontola incredula. Eppure io dovrei saperlo meglio di chiunque altro.

«E proprio a Lars Rogner hai spedito la foto!»

Sì, proprio a Lars Rogner. Ovviamente, è rimasto l'unico che, dopo che il resto del mondo ha continuato a girare senza Lena, perlomeno non ha smesso di pubblicare ogni tanto qualche notizia sul caso.

«In fondo anche lui è un padre che ha sofferto molto. Se qualcuno ci può capire, chi se non lui?»

Karin fa un sorriso stanco.

«Ti riferisci alla storia che ti ha raccontato allora? Che suo figlio sarebbe morto a otto anni? Per favore. Sicuramente era solo un trucco per conquistare la tua fiducia. Lars Rogner non ha sprecato un solo minuto a pensare a Lena, o a noi. Oggi come allora l'unica cosa che gli interessa è la tiratura del suo quotidiano, come a tutti gli altri giornali spazzatura. E tu non te ne rendi nemmeno conto.»

«Non ha solo perso suo figlio. Sua moglie soffriva di una grave depressione e ha ucciso il bambino e poi se stessa! È vero. L'ho letto…»

«Lo dici soltanto perché non vuoi che ti chieda come fai a essere così ingenuo. Se ci fosse qualcosa di vero, non ci avrebbe mai fatto tutto questo.»

Sospiro.

«Andiamo, Karin, va tutto bene. Forse è vero che non ho riflettuto bene sulla cosa della foto. Volevo solo che la gente vedesse che Hannah è una bambina normalissima. Non uno zombie o la figlia di un mostro. È la figlia di Lena.»

Chiudo l'acqua, mi rimbocco le maniche della camicia e inizio a sfregare la bistecchiera in cui Karin ha cotto la carne per la cena.

«Prima i bicchieri, poi piatti e posate» dice spingendomi da parte. «La bistecchiera sempre alla fine, altrimenti l'acqua si sporca subito. Dai qua.» Immerge il braccio nell'acqua cercando la spugna che tengo in mano. «Ti capisco, Matthias. Vuoi proteggerla, così come allora volevi proteggere Lena. Ma non in questo modo, così fai solo altri danni. Non sei stato tu a dire che la piccola ha bisogno di tranquillità? E allora perché la esponi al pubblico? Finendo probabilmente per esporre anche noi?»

Prendo l'asciugamano piccolo dalla sbarra vicino ai fornelli e mi asciugo le mani.

«Rogner non sa che sono stato io a inviare la foto, nel caso la cosa ti possa tranquillizzare. Mi sono creato apposta un nuovo indirizzo e-mail.»

Karin ridacchia di nuovo, ma non sembra esattamente divertita.

«Certo. Perché sapevi benissimo che avresti dormito sul divano per il resto dei tuoi giorni, se avessi scoperto che ti eri mischiato di nuovo a quella gentaglia.»

«E dovrò dormirci?»

«Ci sto ancora riflettendo.»

Riappendo l'asciugamano e mi tiro giù le maniche della camicia.

«Si sistemerà tutto. Ci penso io, promesso.»

«È proprio quello che temo» ribatte Karin sospirando. «Ma per favore, giurami che in futuro non tenterai altre imprese in solitaria e...» Si interrompe, hanno appena suonato alla porta.

«Chi può essere a quest'ora?» sussurra, poi si mette una mano davanti alla bocca e spalanca gli occhi prima di rispondersi da sola. «Gerd!» ansima. «Hanno trovato il corpo di Lena.»

Per un paio di secondi sono come intorpidito, l'inesorabilità della cosa mi opprime la cassa toracica, sento il sangue pulsare nelle orecchie. Mia moglie ha gli occhi fissi, spalancati. Vitrei. La mano che tiene davanti alla bocca comincia a tremare.

La distanza tra la cucina e l'ingresso, fino alla porta di casa, si prolunga come al rallentatore. Sento Karin alle mie spalle, il suo respiro pesante, quei pochi passi sono lunghi e faticosi. Cerco di rendermi conto che sono i miei ultimi passi come padre di una figlia scomparsa. I miei passi futuri saranno da padre di una figlia defunta. Gerd aveva ragione: c'è differenza tra supporre e sapere.

Mi giro un'altra volta verso Karin e concludo: «È meglio così». Poi appoggio la mano sulla maniglia e apro. Ma non c'è Gerd davanti alla nostra porta.

JASMIN

Stringo le labbra e fisso il soffitto. Sento di nuovo i tacchi di Kirsten, stavolta a brevi intervalli concitati. Non ho bisogno di girare la testa per sapere che adesso è sulla soglia della porta e mi osserva incredula. Non ce l'ha fatta ad arrivare fino alla cassettiera.

Immagino come due minuti fa abbia messo la mano sulla maniglia cigolante, quella della camera, che per buoni motivi stava sempre aperta, ma che di recente, per motivi più gravi, rimane sempre chiusa. Immagino il suo viso e come le sia finito il cuore in gola quando ha messo piede nella stanza.

Le pareti bianche sono completamente tappezzate di te, Lena. Della tua storia.

«Jasmin» dice Kirsten pianissimo, solo «Jasmin».

Le pareti coperte di ogni genere di articoli che sono riuscita a trovare in internet. 312 articoli. Quasi un intero pacchetto di carta per la stampante e il toner da cambiare: tutto il lavoro della notte scorsa.

Sbatto gli occhi debolmente sentendo i passi di Kirsten che si avvicinano, titubanti, cauti, come se si stesse avvicinando a un animale feroce.

«Jasmin» ripete.

Come potrebbe capirlo, Lena? Senza prendermi per una pazza, un'invasata? Come potrebbe non pensare che mi stia crogiolando nella sofferenza? Chiudo fuori il sole, la libertà, il mondo. Dovrei farmi una doccia. Andare dal dentista a farmi sistemare il buco nella gengiva dove ho perso un molare. Dal parrucchiere a tingermi i capelli o almeno chiedere a Kirsten di comprarmi del colore. Jasmin ha sempre avuto i capelli castani, per tutta la vita. Jasmin dovrebbe spalancare le finestre per vedere il cielo, un cielo qualunque. Jasmin dovrebbe essere viva, dopo la fuga dalla capanna. È quello che i giornali ripetono all'unisono. *La vittima, Jasmin G., è sopravvissuta a un martirio di quattro mesi.*

Sopravvissuta.

«Jassy?»

Kirsten si siede sul bordo del divano. Non accenno nemmeno a guardarla, il mio sguardo si dirige impassibile verso il soffitto.

«Perché l'hai fatto? Perché hai appeso tutti quegli articoli? Che significa?»

Chiudo gli occhi.

«Jassy...» La voce di Kirsten suona lamentosa, come se stesse per piangere. Sento la sua mano sulla guancia. «Non stai bene. Ti serve aiuto.»

Puoi urlare quanto vuoi, Lena. Nessuno verrà ad aiutarti.

«Devi tornare in clinica, Jasmin.»

Ti hanno dimenticato, Lena. Adesso hai solo noi. Per sempre, sempre, sempre.

Una scarica elettrica mi attraversa il corpo mentre Kirsten mi afferra le spalle e comincia a scuotermi.

«Apri gli occhi, Jassy! Guardami!»

Apri gli occhi, Lena. Lo so che sei sveglia.

Obbedisco.

«Riesci a sentirmi, Jassy?» Il pallore dello spavento ha divorato il colorito sano di Kirsten, lasciando solo il rosso brillante del fard sugli zigomi, come una pittura di guerra mal riuscita. «Mi senti?»

Annuisco debolmente. Una singola lacrima approfitta di questo breve attimo per scivolarmi via dall'angolo dell'occhio.

«È colpa mia» sussurro.

«Niente di quello che è accaduto è colpa tua.»

Scuoto la testa. Un'altra lacrima coglie l'attimo.

«È colpa mia, è questo che vogliono ricordarmi. A causa mia i bambini non hanno più un padre. E nemmeno una casa.»

«Già, giusto, la lettera.»

Un secondo dopo Kirsten è saltata giù dal divano. «La cassettiera della biancheria» la sento mormorare, poi i suoi tacchi corrono di nuovo sul parquet. Mi passo sugli occhi i palmi delle mani e tiro su col naso. Per un po' questo è l'unico rumore che si sente, niente passi, niente che indichi movimenti in camera da letto, nessun cassetto che scricchiola aprendosi. Per un attimo mi chiedo se Kirsten sia davvero qui o se la sua presenza non sia stata un altro scherzo della mia mente ormai danneggiata. Mi tiro su a fatica dal divano, respiro a fondo per placare il dolore che affiora di nuovo e strascico i piedi fino in camera.

Niente scherzi, lei c'è, è davvero qui. Solo che non è ancora arrivata alla cassettiera. È seduta sul materasso, la testa all'indietro, lo sguardo che scorre sulle pareti. Con movimenti impacciati mi siedo accanto a lei. Non ha senso negare quello che provo. È stampato vistosamente sui muri.

«Lui non mi ha mai detto il motivo» comincio a dire con voce rotta, dopo aver tirato di nuovo su col naso ed essermi asciugata gli occhi. «Cioè, il motivo per cui ha scelto proprio me posso immaginarmelo. Ero semplicemente nel posto sbagliato al momento sbagliato e avevo la sfortuna di somigliarle.» Con un cenno della testa indico le foto. Quasi tutti gli articoli sono accompagnati da una tua foto, Lena, ed è quasi sempre la stessa, un'istantanea. Sembra che tu ti sia appena girata, come se una frazione di secondo prima dello scatto stessi girando su te stessa. Ti togli dal viso una ciocca bionda e ridi; tutto ride in te, tutto è leggero. Ieri notte, mentre la stampante era al lavoro e ronzava incessantemente, ho persino creduto di sentirla, la tua risata, prima piano, come un soffio. Poi, ogni volta che dalla stampante usciva una tua foto, mi sembrava sempre più vicina e più forte, come se fossi qui, con me, nella stessa stanza.

«Perché ha scelto lei, Kirsten? Anche lei gli ha ricordato qualcuno, come io gli ho ricordato lei? Allora perché lei ha potuto mantenere il suo vero nome e io no? O magari lui la conosceva già?»

Kirsten sospira.

«Forse anche lei era una vittima casuale, come te nel posto sbagliato al momento sbagliato. Pensi che staresti meglio se potessi saperne il motivo?» Scuote la testa. «Dopo quella notte in cui sono stata aggredita in quel cortile, me lo sono chiesta anch'io migliaia di volte: perché io? Perché doveva succedere proprio a me? Ho immaginato che quell'uomo mi avesse già notata al locale. Forse era seduto al bancone e mi ha sorriso mentre gli servivo un drink. E magari io ho sorriso a mia volta, sperando in una bella mancia. Non riuscivo più a togliermi questo pensiero dalla testa, ma come sai, ero completamente fuori strada. Il tizio che mi ha violentata non era mai stato al locale. Non ha aspettato che finissi il turno per poi seguirmi. Era semplicemente uno che mi ha incontrata sulla strada di casa, e che – come la polizia ha stabilito in seguito – era stato a divertirsi in un altro locale e si era ubriacato.»

«Sì, lo so.»

«Avrebbe potuto incontrare chiunque quella notte, o magari nessuno. Ha incontrato me, è stato il destino.» Alza le spalle. «A volte semplicemente non c'è nessun motivo, Jassy. A volte i destini di due persone si incrociano in modo infausto, e non resta che accettarlo e andare avanti.»

«Ma il tuo stupratore è stato arrestato. Avevi la possibilità di chiedergli perché ti avesse fatto questo. Anche solo per scoprire che in realtà non c'era nessun motivo.» Stendo le gambe e muovo le dita dei piedi nei calzini di lana spessa. Ho i piedi freddi, tutto in me è freddo e non riesce più a scaldarsi.

Hai freddo, mamma?

«Io non posso più chiedere niente al mio rapitore, perché è morto. Non so nemmeno il suo nome.»

«Su questo indagherà la polizia.»

«Sai da quanto tempo la polizia sta indagando su questo caso? E non importa cosa penseranno o cosa scopriranno, saranno solo ipotesi. Lui è morto. Non lo capisci, Kirsten? Era lei la vittima originaria, il suo motivo, la sua ragione.»

«Jassy...»

«Come posso metterci la parola fine, se non so nemmeno il motivo di tutto questo?»

Kirsten indica la parete di fronte.

«E pensi che in questi articoli ci sia una risposta?»

«Non lo so. Penso solo che voglio sapere chi era lei.»

Kirsten ride a voce alta. Fra l'altro ho evitato di dirle quanto mi sembri stranamente consolante circondarmi delle tue foto e della tua storia. Quanto renda sopportabile la solitudine, proprio perché così non sono più la sola. Anche tu hai vissuto le stesse cose, siamo in due. Tu sei qui, Lena, mi capisci.

«La metà di questa roba è una sciocchezza. Pensaci, Jassy. Adesso scrivono di te che eri legata alla catena e mangiavi nella scodella del cane, e tu credi sul serio che ti basti leggere un paio di articoli su Lena Beck per saperne di più della polizia?»

«Probabilmente no» rispondo abbattuta.

Kirsten gesticola in modo incerto. «Potresti appendere alle pareti anche gli articoli sul tuo caso, ma non lo fai! Perché sai benissimo che sono quasi tutte sciocchezze.»

«Sì.»

Scuotendo la testa, Kirsten si alza e si avvicina alla parete di fronte.

«Lascia stare!» esclamo dopo che lei ha tolto dal muro la prima puntina da disegno. «Per favore, Kirsten. Questa cosa mi aiuta.»

«No, Jassy, non ti aiuta, al contrario. Non riuscirai ad andare avanti, se la prima cosa che vedi appena ti svegli è questa.»

«Per favore» ripeto.

Kirsten sospira e spinge di nuovo la puntina dentro il muro.

«Vai regolarmente dalla psicoterapeuta?»

«Le telefono domani, promesso.»

Kirsten abbassa lo sguardo e si sfrega la fronte sospirando di nuovo, poi alza gli occhi all'improvviso, come se le fosse tornato in mente qualcosa di importante.

«La cassettiera della biancheria, avevi detto. Secondo cassetto.»

MATTHIAS

Non è Gerd la persona sulla nostra soglia. È Mark Sutthoff, e tutto si svolge in un attimo. Io voglio richiudere la porta, il suo piede si inserisce nella fessura, sullo sfondo Karin urla: «Matthias!».

Mark Sutthoff in casa mia.

Mark Sutthoff che abbraccia mia moglie. Mia moglie che abbraccia Mark Sutthoff. Rimango in piedi nell'ingresso, quasi barcollando.

«Che ci fai qui?»

«Matthias, per favore» di nuovo Karin.

«Scusate se mi presento qui a quest'ora e senza avvisare, ma ho provato a chiamare due volte e non ha risposto nessuno.»

«Abbiamo staccato la spina del telefono fisso» spiega mia moglie, che adesso appoggia una mano sulla schiena di Mark Sutthoff e lo porta nel mio soggiorno. «Questi giornalisti. Il telefono non faceva che squillare, era insopportabile. Da quanto sei tornato in Germania, Mark?»

Li seguo come un cane abbandonato.

«Sono appena atterrato. Ho noleggiato una macchina all'aeroporto e sono venuto subito qui.»

Mark Sutthoff che si sfila la giacca e la getta sullo schienale del mio divano, come se fosse di casa. Che si siede sul mio divano, il braccio sullo schienale e le gambe accavallate con disinvoltura. Che alla domanda di mia moglie risponde che vorrebbe un bicchiere d'acqua, o magari anche un tè, se non è troppo disturbo naturalmente. Comincio a serrare la mascella sentendo Karin trafficare in cucina per mettere su l'acqua – «Figurati, Mark, nessun problema».

«Volevamo chiamarti già da tempo» dice.

«Ma poi abbiamo pensato che non c'era nessun buon motivo per farlo» spiego io mentre Karin apre il rubinetto, e incrocio le braccia sul petto.

«Siediti, Matthias» sorride Mark Sutthoff impassibile. I capelli castano scuro adesso li porta più corti, il viso e la corporatura sembrano più pieni rispetto all'epoca del nostro ultimo incontro, alla centrale di polizia. Allora era magrissimo, quasi scavato, e il naso gonfio, incrostato di rosso, non faceva che accentuare la cosa. Non voleva farmene una colpa, aveva detto in presenza di Gerd, capiva in quale situazione estrema mi trovassi. Gli avrei sputato volentieri in faccia, a lui e a Gerd, che si lasciava impressionare da questa piccola, ridicola messinscena. Alla fine Mark Sutthoff incassò un compenso di ben 7.000 euro per la sua interpretazione.

«Grazie, sto bene in piedi» gracchio.

«Allora, Mark, come stai?» chiede Karin tornando in soggiorno con un vassoio in mano. Tre tazze, le mie tazze. Ho sempre sospettato che Karin avesse mantenuto i contatti con lui, ma non gliel'ho mai chiesto. Non avrebbe fatto altro che ricordarmi quante volte a causa mia e delle mie imprese in solitaria era dovuta andare in farmacia con la ricetta dell'Opipramol e di altri calmanti.

«Sì, Mark» sorrido io. «Come va il settore delle auto usate?» Grazie a Internet so già da un pezzo che dopo il suo trasferimento in Francia aveva aperto una scuola di recitazione, che però dopo pochi mesi è fallita.

Mark Sutthoff sorride a sua volta.

«Non viviamo più a Parigi, ci siamo trasferiti in campagna. Nella Valle della Marna, una zona meravigliosa, una natura da sogno. Produciamo vino. Te ne mando una cassetta, Matthias.»

«Molto gentile.»

Karin, che nel frattempo si è seduta accanto a lui, si schiarisce la voce e appoggia la bustina del tè sul piattino.

«Ecco, Mark» dice facendogli cenno di prendersi una tazza. «E come stanno tua moglie e tua figlia?» Mark Sutthoff ha una figlia. Un tempo aveva la mia, adesso ne ha una propria. Sento pulsare la pelle sopra il sopracciglio destro.

«Bene, bene» dice sorseggiando il tè.

«Quanti anni ha la piccola, adesso?» chiede Karin.

«Nove. Il tempo passa troppo in fretta.»

«Sì» sorride Karin malinconica. «A volte.»

«Quindi ci sono novità su Lena?»

Il battito sopra il mio sopracciglio accelera sentendolo pronunciare il nome di lei.

«Da quando ti interessa?»

Mark Sutthoff riappoggia rumorosamente la tazza e mi guarda. Se non lo conoscessi penserei di averlo ferito, un bel colpo, andato a segno. Ha gli angoli della bocca all'ingiù, mi sembra quasi di percepire un lieve tremito sul mento.

«Mi è sempre interessato, lo sai benissimo.»

Karin gli batte con la mano sul ginocchio in modo incoraggiante, e lui gliela prende. Mark Sutthoff e mia moglie si tengono le mani. Immagino cosa possano aver fatto quelle mani a mia figlia. Come l'abbiano presa, strangolata, le abbiano scavato una fossa.

«Mark Sutthoff ha un alibi» mi aveva rivelato Gerd all'epoca.

Io scossi la testa.

«Alibi, che vuol dire? Le persone mentono per farsi un alibi.»

«Matthias, la settimana della scomparsa di Lena non era in città.» Gerd agitò le mani vedendo che continuavo a scuotere la testa. «Mio Dio, Matthias, non era nemmeno in Germania! Era in Francia! Abbiamo un biglietto aereo, la prenotazione dell'albergo, le testimonianze del personale e della persona che lo accompagnava!»

«Quale persona?»

Gerd mi squadrò per un attimo.

«Una donna.»

«Una donna?»

«Il signor Sutthoff ha dichiarato che lui e Lena si sono lasciati qualche settimana fa. Abbiamo trovato dei messaggi sul suo cellulare che lo confermano, ma dimostrano anche che si tenevano ancora in contatto e volevano incontrarsi dopo il suo ritorno. Volevano provare a ricominciare.»

Distolgo lo sguardo.

«So che in passato abbiamo avuto i nostri problemi, Mat-thias» sento la voce di Mark Sutthoff. Annuisco debolmente. Ricordo: le mie mani che gli stringono il colletto della camicia, la sua schiena contro la parete, il suo viso paonazzo. *Lei dov'è, bastardo?*

«Ma, esattamente come te, ho sempre sperato di scoprire che fine avesse fatto Lena. Non l'ho mai dimenticata.» Ride e la sua risata suona quasi amara. «Provate a chiedere a mia moglie, non ne può più di sentire storie su Lena. Ma cosa ci si può fare? Il primo grande amore non si scorda mai.»

Karin sospira, quasi adorante.

«Per questo» continua Mark Sutthoff «sono salito sul primo aereo appena la polizia si è messa in contatto con me.»

Il battito sopra il mio sopracciglio si interrompe di colpo.

«La polizia?»

Mark Sutthoff annuisce con convinzione.

«Sì, sì. Ieri mi ha chiamato quel Bernd Brühling. Hanno bisogno del mio aiuto.»

«Gerd Brühling» correggo io per uno stupido automatismo, mentre il mio cervello tenta di trovare un significato. «Il tuo aiuto per cosa?»

«Di preciso non lo so nemmeno io. Ma» fa un respiro profondo e drammatico «è ovvio che farò di tutto, se posso contribuire a far ritrovare Lena.» Si rivolge a Karin, che sembra commossa. «Adesso ho anch'io una figlia. Non so come avrei fatto al vostro posto a superare gli ultimi anni.» Ora guarda me. «Probabilmente sarei impazzito.» Ignoro il suo sguardo eloquente.

«Ma qualcosa Gerd Brühling deve avertela pur detta al telefono.»

Mark Sutthoff alza le spalle.

«Solo che forse potrei essere d'aiuto, adesso che è stata trovata l'altra donna e c'è una nuova pista. E come stanno i bambini? Un maschio e una femmina, vero? Dio mio» sorride assorto «la mia Lena è madre, incredibile.»

«*La tua* Lena...»

«La condizione dei bambini è conforme alle circostanze» risponde in fretta Karin. «Ma non si può certo dire che stiano bene. Jonathan è gravemente traumatizzato. Quanto a Hannah, gli psicoterapeuti ipotizzano una lieve forma di... tesoro, come si chiama questa sindrome?»

«Asperger» ringhio io.

«Asperger, esatto. È una forma di autismo che rende difficile avere a che fare con le altre persone. Per esempio nella comunicazione. Hanno la tendenza a prendere le cose alla lettera e a non capire bene il contesto...»

«Sì, ma non è normale se hai sempre vissuto nell'isolamento di una capanna? Come potrebbe quella bambina saper rapportarsi con le altre persone? È una cosa che non conosce.»

«Proprio come dico io!» esclamo puntando l'indice per aria. «Proprio come dico io, Mark! In questo caso non si può subito diagnosticare un disturbo psichico! Dovresti vedere quanto è intelligente Hannah!»

«Ma Matthias, la dottoressa Hamstedt te l'ha spiegato» obietta Karin. «Molti malati di Asperger sono addirittura più intelligenti della media. È soprattutto questione di come percepiscono il mondo esterno...»

Mark scuote la testa.

«Probabilmente la piccola deve solo abituarsi a tutte queste novità.»

«Proprio come dico io» ripeto battendo le mani.

Karin sospira.

«Vedremo come si sviluppano le cose. Comunque a Regensburg

sono in ottime mani. La loro terapeuta si è presa il caso molto a cuore.»

«Cosa che peraltro Karin può solo ipotizzare» dico rivolto a Mark. «Lei non viene mai quando vado a trovare i bambini.»

«No?» Mark guarda Karin con stupore, lei abbassa gli occhi.

«Anch'io ho bisogno di abituarmi a tutte queste novità» mormora.

«Si sistemerà tutto» dice lui prendendole di nuovo la mano.

«Quando incontrerai Gerd Brühling?» chiedo.

«Be', penso il prima possibile. Al telefono non ho saputo dirgli quale volo avrei preso. Quindi non sa ancora che sono già arrivato in Germania. Ma lo chiamerò domattina presto.»

«Potresti tenerci al corrente?»

«Certo, Matthias. È scontato.»

CONDANNATO PER LESIONI IL PADRE DELLA PARTY-GIRL SCOMPARSA A MONACO.

Monaco – Matthias Beck, il padre di Lena Beck (23), la *party-girl* scomparsa a Monaco da gennaio, è stato condannato per lesioni. Il tribunale di Monaco ha imposto al quarantottenne una sanzione pecuniaria pari a 70 giorni di ammenda per aver aggredito violentemente l'ex fidanzato di sua figlia, l'aspirante attore Mark S. (26). Matthias Beck, per sua stessa ammissione, era convinto che S. fosse responsabile della scomparsa di sua figlia. Il giudice ha tenuto conto come attenuante dello stato psichico in cui si trovava Matthias Beck al momento dell'aggressione, confermato dalla perizia psicologica richiesta dal tribunale. La sentenza è passata in giudicato. La vittima Mark S. si è detta soddisfatta dell'esito del procedimento. «Il signor Beck si è avventato su di me come una belva, ho temuto per la mia vita. Sono felice che il giudice non gliel'abbia fatta passare liscia. Con tutta la comprensione per il suo dolore, il comportamento esplosivo del signor Beck deve essere tenuto a freno, non solo per proteggere me ma tutta la comunità.»

JASMIN

La cassettiera della biancheria, secondo cassetto dall'alto. Sono ancora seduta sul materasso e osservo Kirsten che tasta il paio giusto di calzini e infine li srotola. Scruto il suo viso. I suoi occhi di solito così chiari, ora foschi, le sue labbra che adesso sembrano sottili e contratte. Con dita tremanti ha tirato fuori dal groviglio di calzini il frammento di vetro ancora incrostato di striature marroni di sangue.

«Questo è…?»

«È il frammento della palla di vetro con la neve che la polizia non ha ritrovato.»

«Perché lo hai portato via dalla capanna? Di certo non come souvenir.»

Scuoto la testa.

«Me lo ha dato Hannah. In ospedale. Il medico di turno mi aveva iniettato un calmante ed ero già piuttosto andata. Allora Hannah è entrata nella stanza e mi ha messo in mano questo frammento. Ha detto: *Mi ricordo tutto benissimo.* Quando mi sono risvegliata, lì per lì ho pensato che fosse un sogno. Ma poi mi sono resa conto che tenevo stretto nella mano il frammento di vetro.»

«Ma perché te l'ha dato?»

«All'inizio non riuscivo a spiegarmelo neanch'io. Ma adesso, dopo questa lettera, credo che mi volesse ricordare la mia colpa.»

Ripenso a quando ero in ambulanza, alla strana sensazione che ho provato sentendo la voce. *Si chiama Lena*, aveva detto quella voce, che in quel momento pensavo non potesse essere reale, che fosse un effetto dei calmanti o dello shock. Una sensazione strana che poi si è rafforzata quando ho saputo da "Cham" e "Monaco" che Hannah era veramente lì sull'ambulanza e che adesso si trovava in ospedale, probabilmente a sole due stanze da me o al massimo un piano. La strana sensazione che qualcosa in tutto questo non quadrasse. Hannah non avrebbe mai lasciato la capanna. Per di più, un paio d'ore prima le avevo addirittura urlato contro. Avevo urlato a entrambi di seguirmi. *Avanti bambini! Andiamo!* Ma loro non volevano venire. Jonathan piangeva sommessamente, inginocchiato accanto al corpo immobile sul pavimento. Hannah era in piedi vicino a lui e mi fissava incredula. Mi ero appena scagliata come una furia contro il loro padre, con un grido ancestrale, stendendolo con quella palla di vetro.

«Mi danno la colpa per la morte del padre.»

«Jassy, sono solo dei bambini.»

«Hannah ha già tredici anni, Jonathan undici.»

«Sono bambini.»

«Il frammento di vetro è un segno.»

«Per favore.»

«E la lettera doveva essere un monito. Non devo dimenticare cosa gli ho fatto. Volevano tenermi come madre per sempre, sempre, sempre. E io ho distrutto tutto, per sempre, sempre, sempre.» Abbasso la voce fino a un sussurro. «Lei si ricorda tutto benissimo.»

«Jassy, la lettera non ha nemmeno un mittente. Devono averla infilata direttamente nella tua cassetta della posta. Credi davvero che due bambini in cura in una clinica psichiatrica vengano mandati in libera uscita per Regensburg a recapitare lettere?» Si rigira il frammento sporco di sangue tra le dita affusolate. «Perché non l'hai consegnato alla polizia?»

«Non lo so. Credo di non aver avuto voglia di dare altre spiegazioni. Allora ho nascosto il frammento nella fessura tra il letto dell'ospedale e il materasso, e poi nella borsa da viaggio che mi ha portato mia madre.» Mi interrompo per cercare di leggere il viso di Kirsten, un viso che un tempo mi era così familiare. In cui un battito di ciglia conteneva una risposta e le labbra arricciate un'intera discussione. Il viso che adesso mi risulta estraneo, come a lei deve sembrare estraneo il mio. Tutto in me deve sembrarle estraneo.

«Non capisci» concludo.

Kirsten non dice niente.

«Non importa, non è necessario.»

«Ma mi piacerebbe, Jassy. Solo che è così difficile seguirti.»

Sorrido debolmente. Aveva ragione *lui.*

Non hai più nessuno, solo noi. Starai meglio se lo capisci.

HANNAH

All'inizio qui stavo meglio. Nella clinica per bambini, voglio dire. Non proprio bene, ma meglio. Jonathan e io potevamo dormire nella stessa stanza. Lì potevamo anche mangiare insieme, solo noi due, e non dovevamo andare nella sala grande con gli altri bambini all'ora dei pasti. La signora Hamstedt e i suoi aiutanti ci lasciavano in pace. Sì, venivano spesso a vederci, ma questo andava bene. Potevamo andare al bagno puntualmente, e loro ci chiedevano sempre se avevamo bisogno o se desideravamo qualcosa. Io avrei voluto riavere la Signorina Tinky, ma la signora Hamstedt ha detto che la polizia non l'aveva trovata. Credo che sia fuggita durante la notte quando io e la mamma siamo scappate dalla capanna, o quando la polizia è entrata. Sicuramente non avranno chiuso bene la porta. Immagino che la Signorina Tinky abbia avuto paura di tutti quei poliziotti sconosciuti e sia corsa via nel bosco. E che adesso sia da qualche parte nel buio tra i cespugli e abbia paura, perché ha fame e non trova più la strada di casa. Oppure – e questa mi sembra la cosa più brutta – ha ritrovato la strada, ma adesso ha ancora più paura perché lì non c'è più nessuno di noi.

«Mi dispiace, Hannah» ha detto la signora Hamstedt, quando mi ha vista triste, fino alle lacrime. «So che il tuo gatto è molto importante per te. Sicuramente sta bene.» E poi ha aggiunto che comunque gli animali non sono ammessi nella clinica. È allora che ho pensato per la prima volta che questo non fosse un bel posto.

E un paio di giorni dopo ho capito che avevo ragione.

Ci hanno detto che sarebbe stato meglio che io e Jonathan dormissimo in stanze separate e mangiassimo nella sala grande con gli altri bambini. Non hanno più chiesto se avessimo bisogno di qualcosa e hanno chiuso a chiave la porta del bagno. Io sono riuscita a resistere bene, ma Jonathan se l'è fatta addosso tre volte al giorno. Da allora gli hanno dato le pastiglie gialle, e quelle andavano ancora bene. Si impegnava nel disegno e parlava con me. Con gli altri no, ma con me sì. Una volta ha detto che pensava che dovessimo stare qui per punizione. Ho risposto «Non è vero» e che non doveva preoccuparsi, perché presto sarebbero venuti a prenderci. Una promessa è una promessa e viene sempre mantenuta. Lui non mi ha creduto.

Poco dopo ha iniziato a sbattere la testa sul tavolo mentre mangiavamo, e così gli hanno dato le pastiglie blu. Adesso non parla più e nelle ore di disegno scarabocchia e basta. Gli ho detto che deve impegnarsi di più ma non mi ha ascoltata. Fa degli scarabocchi così brutti che adesso non possiamo più nemmeno disegnare insieme.

Lui va a disegnare un'ora prima di me. Non lo vedo quasi più, solo quando esce dall'ora di disegno nello studio della signora Hamstedt e io sono nel corridoio ad aspettare di entrare. Come oggi.

Non mi piacciono i suoi occhi stupidi. Lo so che ha quello sguardo idiota solo per via delle pastiglie blu, ma mi riesce sempre più difficile volergli bene. Non dice neanche più «ciao» quando mi vede. Bisogna sempre essere educati e dire «ciao». La signora Hamstedt lo spinge fuori dalla porta, nel corridoio, dove ad aspettarlo c'è già l'aiutante che ha portato me.

«Si occupa lei di questo giovanotto, Peter?»

L'aiutante dice: «Eccerto», che però non è una vera parola, e poi rivolto a Jonathan: «Allora, piccolo, come stai oggi? Hai già disegnato con la dottoressa Hamstedt, vero?» Jonathan trascina i piedi verso di lui, senza rispondere. «Ottimo» dice comunque l'aiutante. «Adesso ti portiamo nella tua stanza, amico.»

Li seguo con lo sguardo mentre percorrono il corridoio. Oltre agli occhi stupidi, Jonathan sembra diverso in tutto. Anche da dietro riesco a vedere che ha i capelli spettinati. Al centro, dove ha appoggiato la testa sul cuscino mentre dormiva ieri notte, c'è una specie di sentiero tra i riccioli schiacciati a destra e sinistra, e quei buffi pantaloni grigi che gli hanno dato sono calati quasi fino alle ginocchia. Me ne hanno dato un paio anche a me, rosa però. Preferirei avere le cose che portavo a casa.

«Allora, Hannah» dice la signora Hamstedt quando Jonathan e l'aiutante sono quasi arrivati alla porta a vetri che conduce alle scale. «Adesso tocca a noi, eh?»

All'inizio non dico niente e non la guardo nemmeno, perché come ogni giorno voglio aspettare di vedere se dietro la porta a vetri Jonathan e l'aiutante prendono a destra o a sinistra. A sinistra c'è l'ascensore, a destra le scale. Non possiamo più prendere l'ascensore per colpa di Jonathan. La prima volta ha strillato così forte che sentivo il suo urlo nello stomaco. Vibrava davvero. E tutto questo perché lui non ha capito il sistema, quel cretino. La signora Hamstedt pensava che fosse perché la cabina è così piccola e stretta, e le porte si chiudono quando parte. Io gli ho spiegato che un ascensore funziona grazie a un sistema di funi e naturalmente le porte si chiudono perché altrimenti si potrebbe cadere di sotto. Ma Jonathan non voleva proprio ascoltare. Ogni giorno in cui non sale sull'ascensore, io capisco che non sta affatto bene come dicono. Non vuole impegnarsi ed essere di nuovo mio fratello.

Girano a destra, lo sapevo.

«Vieni, Hannah?»

Dico «Sì» e sgattaiolo oltre la signora Hamstedt, nello studio.

La finestra è aperta. La signora Hamstedt cambia sempre l'aria tra un'ora di disegno e l'altra. Mi piace la finestra aperta. Anche le veneziane sono tirate su e si può vedere il cielo. A volte è davvero azzurro, altre volte grigio, ma mai marrone, perché non porto gli occhiali da sole nello studio della signora Hamstedt. Non mi piace per niente il cielo marrone. Aspetto che chiuda la finestra e tiri giù la veneziana. Poi mi dice di sedermi. Il mio posto è a un tavolino per bambini, su cui ci sono già pronti un album da disegno e delle matite appuntite. Dall'altra parte della stanza c'è la grossa scrivania della signora Hamstedt, con davanti delle sedie, su cui però non mi sono mai seduta.

«Oggi ci sono due novità, Hannah» dice la signora Hamstedt sedendosi a sua volta al tavolino per bambini. Mi pizzico il labbro per evitare di riderle in faccia vedendo che le sue lunghe gambe non riescono a entrare sotto il tavolo basso. Non si deve ridere in faccia a nessuno, nemmeno quando sta seduto in modo buffo.

«Vuoi sapere cosa?»

Annuisco.

«Prima di tutto ho una bella notizia per te. Vuoi sentirla?»

Annuisco di nuovo.

«Tuo nonno verrà a prenderti.»

Il cuore mi batte più forte.

«Per portarmi a casa?»

Adesso è lei ad annuire.

«Sei felice?»

Vorrei annuire di nuovo ma lascio perdere, perché mi sembra stupido che continuiamo ad annuire a turno. E poi anche la sua domanda è stupida, perché le ho già detto centinaia di volte che voglio andare a casa. Quindi è ovvio che sono felice. «Subito?» voglio sapere.

«Più tardi. Adesso ho ancora bisogno di te» risponde la signora Hamstedt con tono di importanza.

«Per cosa?»

«Questa è la seconda novità.»

Con le sue lunghe gambe si alza in modo scomposto dalla piccola sedia e va alla scrivania grande. Le vedo solo la schiena, ma sento un fruscio di carta. Quando si gira di nuovo verso di me, ha in mano un disegno. Capisco subito che è di Jonathan, scarabocchi neri. La signora Hamstedt torna al tavolino e si siede faticosamente al solito posto. Mi porge il disegno di Jonathan. Solo ora mi accorgo che sotto lo scarabocchio nero aveva dipinto qualcos'altro.

«Prenditela comoda» mi dice agitando il foglio. Lo afferro e lo appoggio sul tavolo davanti a me. Da quando non disegniamo più insieme, la signora Hamstedt non mi ha mai mostrato un disegno di Jonathan.

«Ho bisogno del tuo aiuto, Hannah, per capire cosa ha disegnato esattamente.»

Passo il dito su quello che rimane del viso di lei sotto gli scarabocchi neri. Gli è venuto bene, stranamente si è impegnato molto.

«È la vostra mamma, vero?»

Le ha disegnato un vestito lungo. Ma sicuramente ha i piedi freddi, perché si è scordato di disegnarle le scarpe, quel cretino.

«Hannah?»

«Sì, penso di sì.»

«Questa è la tua vera mamma, la donna che ha partorito te e Jonathan? Oppure la donna che dopo di lei è arrivata da voi nella capanna?»

«Papà ha detto che non ha importanza.»

«Non ha importanza?»

Scuoto la testa.

«Non importa se ci ha partorito lei. L'importante è che si comporti bene e che ci ami.»

«Lo ha detto tuo padre? Pensi che avesse ragione?»

Alzo le spalle.

La signora Hamstedt mi guarda come se dovessi rispondere, ma io non lo faccio, finché lei non è stufa di aspettare e prende di nuovo la parola.

«Guarda di nuovo con attenzione questa immagine, Hannah.»

Io guardo. La mamma ha qualcosa in braccio, un fagotto con un viso.

«Vedo un bambino in braccio a lei.» La signora Hamstedt picchia il dito sul fagotto.

«È Jonathan?»

Scuoto la testa.

«Oppure sei tu, Hannah? Sei tu?»

«Deve essere Sara. Jonathan però non è riuscito a farla bene, vede?» Indico la bocca. «Qui sorride, ma in realtà strillava e basta.» Quando alzo lo sguardo, la signora Hamstedt ha delle macchie rosse in faccia e sul collo.

«E chi è Sara?»

«Nostra sorella.» Mi gratto il collo che ha appena cominciato a prudermi, come se la signora Hamstedt mi avesse contagiata. «Ma non l'abbiamo tenuta a lungo con noi, perché dava solo fastidio.»

MATTHIAS

Al termine del check-up completo richiesto dalla polizia all'ospedale di Cham, i bambini sono stati portati a Regensburg. Ovviamente anche a Cham c'è una clinica psichiatrica, ma non è specializzata in pediatria. Avrei preferito un ricovero in una clinica di Monaco, ma in quel momento, in attesa della prova del DNA, non ero ancora ufficialmente il loro nonno e quindi sono stato ignorato. Da due settimane faccio ogni giorno in auto il tratto di strada tra Monaco e Regensburg. Un'ora e mezzo quando il traffico è scorrevole. Karin lo ritiene insostenibile: tutto quel tempo lo potrei utilizzare in altro modo. Mi chiede continuamente quando ho intenzione di riaprire lo studio, pensa addirittura che mi farebbe bene occuparmi delle dichiarazioni dei redditi della gente. Eppure sappiamo entrambi benissimo che dopo la scomparsa di Lena e la successiva campagna denigratoria da parte della stampa non ho quasi più clienti. Dalla notte dell'incidente due settimane fa c'è un cartello sulla porta del mio studio: *Chiuso per emergenza familiare*. Karin ci va di tanto in tanto per ascoltare la segreteria telefonica e innaffiare le piante dell'ufficio. Un tempo potevo permettermi due impiegate, quando i miei clienti vedevano in me uno scrupoloso consulente fiscale, e non un violento, condannato per aver aggredito un simpatico aspirante attore mandandolo in ospedale. Karin non sa che sto valutando di chiudere lo studio. In fondo ho già sessantadue anni. Abbiamo finito di pagare il mutuo e abbiamo anche un po' di soldi da parte. Potrei andare in pensione e fare il nonno. *Abuelo*…

«No, preferisco di no» le ho detto poco fa a colazione, quando lei stava riflettendo se accompagnarmi a Regensburg per andare a prendere Hannah. «È davvero un viaggio pesante, su questo hai ragione. E il tratto sulla A9 è quasi sempre molto trafficato. Sai bene quanto tempo ci impiego ogni volta.» Nelle ultime due settimane più di una cena è diventata fredda.

In realtà mi fa piacere andare a prendere Hannah da solo. Il pensiero di portarla a casa mi sembra un evento da celebrare. Da bambina Lena adorava viaggiare in macchina. Ogni tanto, durante i viaggi più lunghi, mi costringeva letteralmente a fermarmi. A volte bastava un prato pieno di girasoli a farla saltare su dal sedile di dietro per afferrare con le sue manine il mio poggiatesta e scuoterlo finché non cedevo. Appena possibile parcheggiavo e ci fermavamo a cogliere girasoli o a osservare le nuvole. A volte succedeva perché vedeva un autogrill con la prospettiva di un bel gelato. Credo che lo abbia raccontato a Hannah, con ricchezza di particolari per di più. Le ha raccontato tutto. Per esempio Hannah sa che aspetto ha il nostro giardino, come se ci fosse già stata centinaia di volte. Il terreno si trova un po' fuori dal centro abitato di Monaco-Germering, dove sorge la nostra casa. È davvero idilliaco, al margine del bosco. L'ho ereditato da mia madre, la nonna di Lena, che si chiamava Hannah. Un tempo ci passavamo molti weekend. Lena amava le ortensie. Ho intenzione di portarci Hannah tra un paio di giorni, appena si sarà ambientata a casa nostra, al più presto, prima che sfioriscano le ortensie.

Adesso sono al volante della nostra vecchia Volvo, il sedile posteriore ancora vuoto, a dodici chilometri da Regensburg. Nella tasca della giacca sento vibrare il cellulare. Lo ignoro, non tanto perché non si deve rispondere al telefono mentre si guida. Più che altro mi passa subito per la testa il timore che sia la dottoressa Hamstedt, che vuole dirmi che ha cambiato idea: non posso portare via Hannah. Oppure Karin, che potrebbe dire lo stesso, ma per altre ragioni. Alzo il volume della radio. Le previsioni del tempo annunciano una meravigliosa giornata di fine estate. Non voglio farmela rovinare da nessuno.

Sono quasi le 11.30 quando entro in uno dei parcheggi per i visitatori dietro l'ampio edificio. Sono in anticipo, l'appuntamento è alle 12.00. Spengo il motore e tiro fuori il cellulare. Addirittura quattro chiamate non risposte. Da Karin. Mi ha anche scritto un SMS, ma molto saggiamente non lo apro. Non c'è ritorno. È la cosa più naturale del mondo. Hannah fa parte di noi. Ripongo di nuovo il cellulare in tasca e scendo. La clinica è composta da vari edifici sparsi nel campus come un piccolo villaggio. Ogni giorno oltrepasso l'inevitabile cartello che indica la direzione per la "Clinica di psichiatria infantile e giovanile, psicosomatica e psicoterapia", e guardo per terra. "Psichiatria" è una brutta parola. Hannah la chiama "clinica dei bambini", io "centro per i disturbi post-traumatici". Entro nell'edificio, che mi sembra una versione gigantesca e su più piani della vecchia scuola elementare di Lena, molto vetro e travi in acciaio colorato. La signora di turno all'accettazione mi conosce già e alza la mano.

«Buongiorno, signor Beck!»

«'Giorno, signora Sommer. Sono un po' in anticipo.»

«Non importa. Salga pure, la stanno già aspettando.»

Riconosco subito Frank Giesner, anche se mi volta le spalle mentre percorro il corridoio del secondo piano verso lo studio della dottoressa Hamstedt. Sembra possieda solo questo abito grigio topo, con le cuciture sulle spalle troppo larghe, che gli fanno la schiena più ampia di quanto non sia in realtà. Vicino a lui ci sono un altro poliziotto in uniforme e la dottoressa Hamstedt. Parlano a voce bassa, finché la dottoressa non mi vede e si blocca, e un attimo dopo tutte e tre le teste si girano verso di me.

«Ah signor Beck, è un bene che sia qui» dice Giesner.

Assumo un'andatura strascicata. Per un secondo mi passa per la testa che la dottoressa, con l'aiuto dei poliziotti, voglia impedirmi per qualche motivo di prendere Hannah. Irrigidisco la schiena e alzo il mento. Hannah è mia nipote, sono il suo *abuelo* e la porterò a casa.

«Dottoressa Hamstedt, signor Giesner» dico conciso, facendo solo un cenno al poliziotto in divisa.

«Signor Beck» sorride la dottoressa. «È un bene che sia arrivato.»

«C'è qualcosa che non va con Hannah? Dov'è?»

«Non si preoccupi, signor Beck. Sta aspettando nel mio studio con un infermiere.»

«C'è qualche problema?»

Giesner mi tocca la spalla e sospira. Poi dice: «Nuovi sviluppi. La dottoressa Hamstedt mi ha chiamato poco fa per informarmi di un colloquio avuto con Hannah. Signor Beck, evidentemente c'è un terzo bambino.»

«Sara» aggiunge la dottoressa.

«Sara» ripeto stupidamente.

La dottoressa annuisce.

«Adesso abbiamo bisogno di lei, signor Beck. Ci aiuti a parlare con Hannah.»

HANNAH

Le urla della mamma mi facevano preoccupare. La preoccupazione non è proprio paura, ma non è nemmeno una cosa bella. Sono saltata dal bordo del letto e mi sono appoggiata contro papà, che era in piedi lì accanto. Era una fortuna che fosse lì. La casa era calda, cucinava per noi e adesso mi teneva stretta. La sua grande mano calda era sul mio orecchio destro, così potevo sentire il mare. L'orecchio sinistro lo avevo appoggiato contro la sua pancia. Da una parte sentivo il mare, dall'altra il suo stomaco che gorgogliava.

«Niente paura, tesoro» ha detto accarezzandomi i capelli. «I dolori sono una cosa positiva. Vuol dire che il bambino sta arrivando.»

Ho girato la testa verso la mamma, che si contorceva nel letto. Il suo viso era molto brutto. Il lenzuolo formava delle onde a ogni convulsione. Lo spesso bracciale argentato sbatacchiava contro la testiera del letto e le sue gambe si impigliavano nella coperta.

«Va tutto bene, Hannah, tutto bene» ha detto lei fra un grido e l'altro.

«Vogliamo aiutare la mamma e tenerle la mano?» ha chiesto papà.

All'inizio non ero tanto sicura, poi ho annuito. Andava tutto bene. I dolori erano una cosa buona. Il bambino stava arrivando.

Ma non era vero. Si erano sbagliati. Il bambino non arrivava affatto.

La mamma gridava già dal giorno prima.

Non avevo più voglia di tenerle la mano, nessuno di noi ne aveva. Eravamo stanchi, nessuno riusciva a dormire per le urla e tutti erano nervosi. Persino la Signorina Tinky. Quella mattina aveva addirittura rovesciato la mia tazza. Tutto il cacao si era versato sul tavolo ed era colato sul pavimento. Lei sapeva benissimo che non doveva salire sul tavolo. A quel punto era arrivato papà. Probabilmente aveva sentito come sgridavo la Signorina Tinky. Mi aveva dato subito ragione, i gatti non devono salire sul tavolo. La Signorina Tinky stava cercando di nascondersi sotto il divano, ma lui l'aveva trovata, l'aveva presa per la collottola e l'aveva portata fuori dalla porta. All'inizio mi era sembrato giusto, doveva imparare una buona volta. Ma appena papà aveva chiuso la porta mi era presa la paura. Fuori era pericoloso. E se la Signorina Tinky si perdeva e non trovava più la strada di casa? Se si spaventava? Se pensava che non le volessimo più bene? La mamma in quel momento stava gridando in modo orribile. Papà voleva andare a vedere come stava, e poi portarmi un secchio e uno straccio per pulire il pasticcio combinato dalla Signorina Tinky.

«Papà» avevo detto prima che lasciasse la stanza.

Lui si era girato verso di me.

«Vuoi dirmi qualcosa, Hannah?» aveva chiesto sorridendo, si era messo in ginocchio tendendomi le braccia. I nostri occhi si erano incontrati alla stessa altezza. Il mio papà dice sempre: «Se qualcuno non riesce a guardarti negli occhi, allora ha qualcosa da nascondere».

«Dobbiamo riportare dentro la Signorina Tinky. Fa troppo freddo là fuori per lei.»

«Solo così potrà esserle di insegnamento, Hannah» aveva detto papà dandomi un bacio sulla fronte. «Devo andare dalla mamma, adesso. Ha bisogno di me.»

Io avevo annuito.

Sentivo la mamma gridare. E la Signorina Tinky che grattava alla porta e miagolava disperata...

«Hannah?» Il nonno. Si è accorto che ero assorta nei miei pensieri.

Uno dopo l'altro vedo lui, la signora Hamstedt e il poliziotto in abito grigio. Si siedono con me nello studio della signora Hamstedt e aspettano che io racconti qualcosa di Sara. Ma io non voglio più parlare di Sara. Ne ho già parlato alla signora Hamstedt stamattina, deve bastare. Le ho detto che Sara era nostra sorella e che non l'abbiamo tenuta molto a lungo con noi. La signora Hamstedt voleva saperne di più. «Cosa vuoi dire, Hannah?», «Che significa?», «Vuoi fare un disegno per spiegarcelo?»

Con la mia voce da leone ho detto «No», e che volevo tornare nella mia stanza. Volevo riposarmi un altro po', perché bisogna sempre riposarsi abbastanza prima di fare qualcosa di particolare. E io oggi farò qualcosa di particolare.

Mio nonno mi porta a casa. Sono la sua nipote preferita, l'ho già capito da un po'. Con Jonathan non va a fare le visite, ma non è colpa del nonno. Jonathan non vuole uscire dalla clinica. Per questo lui non è stato dal dentista e non ha ricevuto l'adesivo a forma di stella.

«Piccola Hannah» sta dicendo il nonno. «Puoi raccontarlo tranquillamente. Sono qui, non devi avere paura.»

Io non ho paura. Semplicemente non ho più voglia di parlare di Sara. Non gira tutto intorno a lei. Ci sono cose molto più importanti.

«Per caso qualcuno ha ritrovato la Signorina Tinky?» chiedo. «Sicuramente sente la mia mancanza.»

MATTHIAS

Su richiesta di Giesner, io e lui stiamo andando a fare una passeggiata nei paraggi della clinica. Io, da parte mia, dopo il colloquio nello studio della dottoressa Hamstedt avrei subito voluto portarmi via Hannah. Adesso potremmo essere già in autostrada. Ma Giesner ha detto: «La dottoressa mi ha raccontato dei vostri programmi» e ha lanciato uno sguardo dubbioso a Hannah. Almeno ha avuto la decenza di non mettere in discussione i miei propositi davanti alla piccola. E ha fatto un cenno in direzione della porta.

«Andiamo a fare due passi, Signor Beck.»

Hannah nel frattempo è rimasta con la dottoressa. Le ho promesso che sarebbe stata una cosa breve e ho creduto di riconoscere un fugace sorriso sulle sue labbra. Ha un sorriso davvero incantevole.

«Deduco che voglia portare la bambina a casa sua, signor Beck» dice Giesner appena superata la grande porta a vetri e imboccato il vialetto di ghiaia che circonda l'edificio.

«La dottoressa Hamstedt è d'accordo» ribatto per prevenirlo. Se io e Hannah riuscissimo a partire nel giro di mezz'ora, potremmo anche fare un paio di soste per strada. Altrimenti sarebbe troppo tardi, e qui ha ragione Karin: pensa sia meglio che Hannah veda la sua nuova casa di giorno. Anche per mantenersi la possibilità di riportarla in clinica in tempo per la cena, nel caso non si sentisse a suo agio da noi. Ho risposto: «Facciamo sicuramente così, tesoro» e le ho sorriso.

«Lo so, sì.» Giesner si infila in bocca una sigaretta. Non sapevo che fumasse. «Ne vuole una?»

Mi batto una mano sul petto, sopra il risvolto sinistro della giacca: «Il mio medico mi farebbe a pezzi. Un paio di volte ho rischiato davvero grosso». Non ho idea del perché gli stia raccontando dei miei problemi di cuore. Magari per fargli compassione – *Lasciamo che questo vecchio malato si porti via la sua nipotina, non gli resta molto da vivere*. E in effetti Giesner ha un'aria piuttosto turbata.

«Mi dispiace» risponde soffiando il fumo del suo primo tiro sopra la spalla, lontano dal vecchio malato. «Vuole che...?»

«Ma no, non mi disturba affatto. Voleva dirmi qualcosa.»

«Sì. Come ho già detto, posso capire che voglia portare Hannah con sé. La domanda, che ho già posto alla dottoressa Hamstedt, è:

potremmo sfruttare la situazione per le nostre indagini? La dottoressa vede una possibilità.»

«Non capisco.»

Giesner indica una panchina, a un paio di passi da noi sul ciglio del vialetto.

«Sediamoci un attimo là.»

Camminiamo in silenzio, il ghiaino scricchiola sotto le nostre scarpe.

«Signor Beck» riprende Giesner dopo che ci siamo seduti. «Hannah è una testimone molto importante, benché particolarmente difficile. Non capisco molto di psicologia, ma mi è chiaro perché la dottoressa Hamstedt insista con fermezza sulla necessità di non mettere Hannah sotto pressione. D'altra parte, nel corso delle nostre indagini, lei finora non è stata molto d'aiuto.»

«Ma i bambini non sono sempre dei testimoni difficili?»

«Be', questo è vero.» Giesner fa un altro tiro. «Quando interroghiamo dei bambini, di solito abbiamo due tipi di reazione. Alcuni hanno bisogno di tempo prima di parlare, perché sono intimiditi, e raccontano solo lo stretto necessario. Altri invece sono subito loquaci e danno libero sfogo alle parole, come se avessero aspettato solo uno stimolo. Insieme alla descrizione del colpevole ti regalano anche un racconto dettagliato di cosa hanno mangiato a pranzo e di quello che ha detto Ernie nell'ultima puntata del *Muppet Show*.» Ride sotto i baffi, io no. Vedendo il mio viso impassibile si schiarisce la gola. «Be', ecco, volevo dire questo: questi bambini, a volte anche più piccoli di Hannah, almeno capiscono perché abbiamo bisogno del loro aiuto, e si sforzano al meglio delle loro capacità per contribuire al chiarimento dei fatti.»

«Onestamente continuo a non capire dove voglia arrivare.»

Giesner si china per spegnere la sigaretta nel terreno vicino alla panchina.

«Hannah evidentemente non appartiene a nessuna delle due categorie, il che rende le cose ancora più complicate.» Quando si tira di nuovo su, noto una strana espressione sul suo volto. «È così curiosa di sapere, non trova?» dice corrugando la fronte e stringendo gli occhi indagatori. «Per esempio, senza che glielo chiedessi mi ha saputo spiegare come funziona la luce blu sulle macchine della polizia. Ma quando le chiedo il nome di suo padre, l'unica risposta che mi dà è "papà", oppure niente. E ovviamente mi domando come sia possibile. Una bambina che di solito cerca una risposta per ogni cosa? Non si è stupita di vedere all'improvviso al posto di Lena la signora Grass nella capanna? Ha accettato come se niente fosse la scomparsa di sua madre?»

«Ma per favore.» Irritato, agito una mano per aria. «Non penserà sul serio che Hannah nasconda consapevolmente delle informazioni?» Rido a voce alta. «Questa cosa si chiama "trauma", signor Giesner. E chi lo sa cosa avrebbe potuto farle quel mostro se avesse osato fare le domande sbagliate?»

Giesner guarda in terra e inizia a scalpicciare nel ghiaino con la punta della scarpa.

«Ma adesso il mostro è morto» dice lui dopo un po' e alza lo sguardo fissandomi direttamente negli occhi. «Nelle due scorse settimane ho interrogato Hannah nove volte, signor Beck. Nove volte.» Alza le spalle. «Almeno adesso so quanto è alta la torre Eiffel che lei sostiene di aver visitato con sua madre. 320 metri.»

«324» lo correggo e inizio ad agitarmi sul posto, il legno duro della panchina è diventato molto scomodo. «Mi permetta, signor Giesner. Non credo che né io né lei siamo in grado di comprendere cosa accada alla psiche in situazioni estreme come quella. Ma almeno ha a disposizione la capanna, un morto, e tutto l'armamentario del DNA, di cui è così entusiasta. Risolva il caso senza l'aiuto di Hannah, allora. Trovi il cadavere di mia figlia.»

«Ma è proprio questo che stiamo cercando di fare, signor Beck! E credo che Hannah potrebbe essere di grande aiuto. Ma qualcosa sembra trattenerla. Cosa potrebbe essere, signor Beck?»

«Perché non lascia in pace mia nipote e non si rivolge invece alla signora Grass? Vuole che io interroghi Hannah così, tra una cosa e l'altra, vero? È questo che intendeva all'inizio chiedendo: *potremmo sfruttare la situazione per le nostre indagini?* Dice che non vuole metterla sotto pressione. Infatti, preferisce che sia io a farlo! Devo essere io a risolvere il suo caso, ecco come stanno le cose.»

«Per l'amor del cielo, signor Beck, nessuno ha detto questo. Pensavo soltanto che visto che lei ha evidentemente stabilito un legame con Hannah, ci sono maggiori possibilità che la bambina si apra con lei e racconti cose che possano essere utili al decorso delle indagini.»

«Indagini» brontolo io.

«Le sto chiedendo solo di collaborare. Lei vuole ritrovare sua figlia, e anche noi.»

«Vuole la mia collaborazione? Eccola: la signora Grass è una bugiarda. Prego, non c'è di che.»

«Non può dirmi niente di più concreto a questo proposito? Come ci è arrivato? Hannah ha forse detto qualcosa al riguardo...?»

«Come ci sono arrivato? Con la ragione, signor Giesner! Vieni rapita e poi per mesi giochi alla famigliola felice, fai la parte della mamma e della moglie...» Giesner apre bocca per interrompermi ma alzo le mani in segno di rifiuto. «Sì, sì, lo so, è stata obbligata. Eppure non ha mai cercato di scoprire cosa stesse davvero succedendo? Cosa fosse successo alla donna che evidentemente era lì prima di lei? Non ha mai cercato di parlare con il suo presunto rapitore? Non ci crederà davvero, signor Giesner!»

«Signor Beck, la signora Grass è una vittima, esattamente come sua figlia.»

«Ma al contrario di mia figlia è uscita viva da quella capanna.»

«Capisco che lei sia furioso, ma non dovrebbe sfogare la sua furia sulla signora Grass. È ingiusto, non crede?»

Sospiro.

«Inoltre è stato lei stesso a dirlo, signor Beck. Né lei né io possiamo capire cosa succeda alla psiche umana in situazioni estreme come quella.»

Il battito del mio cuore, che negli ultimi minuti ha accelerato molto, mi provoca una tensione al petto che mi è familiare. E in più c'è il legno duro della panchina sotto il sedere. Distolgo gli occhi da Giesner e guardo oltre lo schienale della panchina verso l'ampio edificio dove Hannah mi sta aspettando. Cerco di pensare a lei, al fatto che presto usciremo insieme da quell'edificio e prenderemo la macchina per andarcene da qui, verso casa. Solo che i miei pensieri si incagliano di nuovo su Jasmin Grass. Quella donna. Quanto avrei voluto poterle parlare direttamente e metterla sotto torchio. Se necessario, prenderla per il colletto della camicia e farle sputare fuori le risposte. *Dove diavolo è mia figlia? Cosa sai realmente? Perché sei riuscita a tornare a casa, mentre mia figlia no?* Ma non c'è alcuna possibilità. Dopo che la notte dell'incidente non l'ho identificata come Lena, non ho potuto più parlarle. *Per il tuo bene*, come ha detto Gerd. Avevano anche messo delle guardie davanti alla sua stanza.

«È solo una sensazione, signor Giesner» dico il più tranquillamente possibile, per rallentare il mio cuore fino a un ritmo più sano. «C'è qualcosa che non quadra in quella donna. Non dice tutto quello che sa.»

Giesner brontola un «Hum...» distratto, e tira fuori dalla tasca interna della giacca un foglio di carta ripiegato. Lo apre e me lo porge.

«Lo conosce?»

Prendo gli occhiali dalla giacca.

«No» concludo infine. «Chi è?»

«In base alla ricostruzione di medicina legale, questo è il cadavere maschile trovato nella capanna.»

«L'uomo che ha rapito mia figlia?»

«Così presumiamo, sì.»

Normale, è il mio primo pensiero. Sembra assolutamente normale. È questo che mi spaventa di più. Cerco di elaborare il suo viso, magari di riconoscervi una qualche perversione, che in uno strano modo potrebbe consolarmi. Lena sarebbe caduta vittima di una belva, di una creatura la cui crudeltà si riconosce a chilometri di distanza. Contro *qualcosa* del genere lei non aveva nessuna chance. Ma l'immagine nelle mie mani non mostra *qualcosa*, bensì *qualcuno*, un essere umano. Un uomo che avrebbe potuto vivere accanto a casa nostra. Essere uno dei miei clienti. Uno che avrebbe potuto fare l'avvocato o il meccanico. Uno che avrebbe potuto presentarsi sulla soglia di casa per portare Lena fuori, e io avrei augurato a entrambi buona serata. Forse mi avrebbe anche fatto un'ottima impressione. Più di Mark Sutthoff, nel cui sorriso pensai subito di individuare una certa astuzia. Per un attimo non so se devo essere deluso dal fatto che la ricostruzione non mostri il suo viso. O sollevato, perché ieri sera, quando mi ha dato ragione a proposito di Hannah, per la prima volta ho pensato che forse mi ero sbagliato su di lui. Probabilmente gli avevo fatto un torto.

«È sicuro, signor Beck?» la voce di Giesner si insinua nei miei pensieri. «Guardi attentamente quest'uomo. Si prenda il suo tempo.»

Annuisco. L'uomo che ha rapito mia figlia e che probabilmente l'ha uccisa. Quest'uomo così normale e insignificante.

Senza staccare gli occhi dall'immagine, scuoto la testa.

«Non lo riconosco, no.»

Giesner sospira, io alzo lo sguardo.

«L'ha fatto vedere a Hannah?»

«Sì, stamattina, prima che lei arrivasse. L'ha guardato e mi ha fatto i complimenti per come disegno bene.» Giesner sospira di nuovo.

«Deve far pubblicare l'immagine su tutti i media! Deve apparire su ogni giornale e ogni notiziario!» Le mie mani, che tengono ancora il foglio, cominciano a tremare inquiete. «Qualcuno deve pur riconoscere questo bastardo.»

Giesner fa di nuovo «Hum» e poi dice: «Ci rifletteremo, signor Beck. Ma per esperienza le posso dire che, dopo la pubblicazione, mezzo mondo sosterrà di conoscere quest'uomo. La gente chiamerà per dire: è il mio vicino, l'insegnante dei miei figli, il mio dentista. Riceveremmo una marea di indicazioni e ci vorrebbe molto tempo per districarci, senza garanzia di successo.»

«Non vorrà dirmi sul serio che è troppo lavoro per lei, signor Giesner? È il suo mestiere!»

Giesner tace.

Il mio cuore ricomincia a battere all'impazzata.

«Quindi non succederà niente? Lascerà semplicemente decantare la cosa?»

«No, no, signor Beck, nient'affatto.»

Afferra il foglio dalla mia mano, lo ripiega e lo infila di nuovo nella tasca interna della giacca.

«Prima interrogheremo le relazioni più strette.»

«Sono io la relazione più stretta di Lena! E le sto dicendo che non conosco quest'uomo!»

«Signor Beck, so che aveva un rapporto stretto con sua figlia, ma...» Si blocca. Intuisco cosa sta per dire, mentre ancora si prepara le parole perché non urtino troppo questo poveretto vecchio e malato. Ovviamente ha letto gli atti dell'epoca. Ovviamente Gerd gli ha riferito le indagini intorno alla scomparsa di Lena.

Ovviamente conosce gli articoli di giornale. Le menzogne, che lui probabilmente prende per verità, solo perché, stampate a caratteri cubitali, sembrano così autorevoli. Genitori che non avrebbero conosciuto davvero la loro figlia. Mi ricordo ogni singolo articolo, ogni singola parola…

UN'AMICA DELLA STUDENTESSA SCOMPARSA A MONACO (23): «LENA AVEVA DEI PROBLEMI».

Monaco – Jana W. (nome modificato dalla redazione) è seduta sul davanzale della finestra del suo soggiorno al quarto piano, e lascia vagare lo sguardo sulla città. «Dove sei Lena?» è la domanda che si pone continuamente l'amica della studentessa Lena Beck (23, vedi i precedenti servizi), scomparsa da appena una settimana. Jana è stata l'ultima con cui Lena Beck si è messa in contatto prima della scomparsa. «Mi ha chiamata mentre stava tornando dalla festa» ricorda Jana cercando di non crollare. «Avrei dovuto capire che qualcosa non andava, ma ero solo arrabbiata perché mi aveva buttata giù dal letto a quell'ora.» Sul contenuto di quell'ultima telefonata, Jana racconta: «Lena disse che voleva cambiare finalmente la sua vita e che non poteva andare avanti così». Ma Jana non aveva interpretato quella chiamata come una richiesta di aiuto. «Sembrava che avesse bevuto molto. Inoltre Lena manifestava spesso il desiderio di cambiare qualcosa. Si era già chiesta se mollare gli studi, cosa che sarebbe stata sensata. Non le interessavano granché, ed era più facile vederla a una festa che a lezione. Infatti, probabilmente non avrebbe superato gli esami di fine semestre.» Jana frequenta insieme a Lena Beck il secondo

anno di Scienze della formazione all'Università Ludwig-Maximilian di Monaco. «Credo però che avesse paura di deludere i genitori. La Lena che i suoi genitori conoscono è tutta un'altra persona.»
Forse la ventitreenne era così disperata da pensare al suicidio e gettarsi nell'Isar la notte della scomparsa? Jana W. non lo esclude. «Posso anche immaginare, però, che sia scappata con un tipo. Mi raccontava continuamente di nuove frequentazioni maschili. Nel caso peggiore, stavolta potrebbe essersi imbattuta in quello sbagliato.» Ma Jana non ha abbandonato la speranza di riabbracciare presto la sua amica e tra le lacrime le rivolge un appello: «Lena, se sei da qualche parte là fuori, torna a casa. Ci manchi».
Oggi, poco prima di mezzogiorno, sono proseguite le ricerche subacquee della polizia. «Finora, però, non hanno portato ad alcun risultato collegabile con il caso di scomparsa» dice il commissario capo Gerd Brühling. Sulle recenti condizioni psichiche di Lena Beck non ha voluto rilasciare dichiarazioni. Né ha potuto dire di più sulla testimonianza di una donna che avrebbe visto la studentessa nell'area di sosta di un'autostrada vicino al confine austriaco, in compagnia di un uomo. Ma: «Naturalmente teniamo in seria considerazione ogni indizio e stiamo indagando in ogni direzione».

«Signor Beck?» dice Giesner.

«Bene» rispondo fiacco. «Interroghi pure» disegno delle virgolette invisibili nell'aria «le relazioni *più strette*. Gli amici, che a quanto pare conoscevano Lena molto meglio di me. Domandi pure se questo tizio poteva far parte delle presunte innumerevoli frequentazioni maschili di mia figlia. Li metta tutti sotto torchio.» Cerco sostegno nello schienale della panchina e mi tiro su gemendo. «Magari lei, al contrario del signor Brühling, si renderà conto di quante bugie la gente abbia raccontato su Lena a quel tempo, solo per darsi importanza. Anche solo scoprire questo avrebbe un senso. Ah, e poi non si scordi della signora Grass, per favore.»

Giesner, che si è appena alzato dalla panchina, mi fissa con sguardo penetrante.

«Non ha nessuno motivo di dubitare di se stesso come padre, signor Beck. I genitori vogliono solo difendere i figli, è normale. Solo che purtroppo a volte dimenticano che i figli sono persone autonome...»

«Sì, sì, va bene» brontolo, facendo un cenno vago verso la sua giacca, dove ha riposto il foglio con il risultato della ricostruzione. «Posso portare la sua stampata a Monaco per mostrarla a mia moglie? Anche lei fa parte delle *relazioni più strette*.»

«Può farlo il commissario Brühling, che è sul posto.»

«Signor Giesner, non voglio far agitare troppo mia moglie.» Mi tocco il petto. «Questi interrogatori sono molto stancanti per noi.»

«Non posso diffonderla in giro, signor Beck, davvero non posso. Mi dispiace.»

La mano che giace piatta sul mio petto si contrae in un pugno, mentre sul viso mi si forma una smorfia.

«Potrei anche fare una foto con il cellulare, se si gira un attimo» ansimo col fiato corto. «Poi la mostro a mia moglie e la avvisiamo subito se quest'uomo dovesse esserle familiare. In fondo abbiamo appena deciso di collaborare al massimo delle nostre possibilità, no?»

Giesner scuote appena percettibilmente la testa. «Anche se non mi crede, signor Beck, io la capisco. Solo che in questa maniera non le farei certo un favore. Mi lasci fare il mio lavoro e si preoccupi di sua nipote. È questo il miglior modo di aiutarci, mi creda.»

Mio nonno è uscito con il poliziotto, ma mi ha promesso che non ci metterà molto. Vuol dire anche che non ci vorrà molto per tornare finalmente a casa.

La signora Hamstedt ha proposto che nel frattempo disegniamo qualcosa. Le ho fatto notare che è una bugia dire *disegniamo*, perché in realtà *disegno* solo io. E comunque non ho voglia di disegnare. Penso che nel frattempo dovrei salutare Jonathan. Bisogna sempre salutare prima di andare via. Non salutare è maleducazione. Così la signora Hamstedt mi ha dato il permesso.

Usciamo dallo studio e percorriamo il corridoio fino alla porta a vetri. A sinistra c'è l'ascensore, a destra le scale. Chiedo alla signora Hamstedt se possiamo prendere l'ascensore. Mi guarda come a volte fa la mamma quando a lezione la mia risposta non la convince più di tanto. Come se non avessi pensato bene a quello che ho detto.

«È solo un sistema di funi» spiego alla signora Hamstedt dopo aver fatto senza volerlo una faccia irritata. Alla signora Hamstedt non posso dire che è cretina, se no non mi lascia andare a casa. «E le porte devono restare chiuse perché non cadiamo dalla cabina.»

«Lo sa anche Jonathan, eppure ha paura ad andare in ascensore» dice la signora Hamstedt. «Ma sai una cosa, Hannah? Va bene così. Non c'è bisogno di far finta di essere coraggiosi se in realtà non ci si sente così. È assolutamente normale aver paura delle cose che non si conoscono.»

«Un ascensore è una cabina che si muove su e giù attraverso un vano, per consentire il trasporto da un piano all'altro. Punto.» Recito il brano del librone che sa sempre tutto, e premo il pulsante con la freccia verso l'alto che brilla di giallo. È così, infatti, che si chiama l'ascensore. «E per la terza volta, io non ho paura. In fondo sono già stata con la mia mamma sulla torre Eiffel. Lì bisogna fare quasi 300 metri in ascensore per arrivare al terrazzo con la vista più alta.»

La signora Hamstedt finalmente si zittisce. L'ascensore fa un piccolo scampanellio quando arriva e noi montiamo. Dietro di noi si richiudono le porte argentate. La signora Hamstedt preme il pulsante rotondo con il numero due. In tutto ci sono tre pulsanti rotondi, che stanno uno sotto l'altro come un semaforo. Così si decide a quale piano si deve fermare l'ascensore.

«Perché non avete mai portato con voi Jonathan durante le vostre gite?»

Sento guizzare gli angoli della bocca mentre lo stomaco saltella. Questa sensazione nello stomaco è quella che mi piace di più quando vado in ascensore.

«Hannah?»

Trattengo di nuovo una smorfia irritata.

«Perché io sono la figlia preferita.»

Non so quante volte dovrò ripeterlo perché lo capisca. Perché tutti finalmente lo capiscano. Ci deve sempre essere un figlio preferito, uno di cui ci si può fidare.

Nella stanza di Jonathan è buio perché le veneziane sono tirate giù. Il problema alla retina è di famiglia. Poi c'è un cattivo odore, tipo di scoreggia, e non c'è da stupirsi, nessuno ha costruito un impianto di ricircolo qui. Anche nella mia camera la finestra viene inclinata solo quando vado a mangiare, o a disegnare, o alle visite con mio nonno. Ho chiesto perché, ma nessuno mi ha risposto. Penso che sia perché i cardini della finestra hanno un piccolo lucchetto che deve essere aperto prima di inclinare la finestra. Probabilmente c'è un'unica chiave e gli aiutanti della signora Hamstedt devono andarla a cercare prima di aprire. Ho già detto a tutti che dovrebbero fare come noi a casa. Non avevamo bisogno di chiederci dove fossero le chiavi o di cercarle in giro, perché era papà a stare attento alle chiavi. Ho detto agli aiutanti della signora Hamstedt che dovevano semplicemente scegliere un custode delle chiavi. Naturalmente non mi hanno ascoltata. Probabilmente pensano che sia solo una bambina, e quindi non particolarmente intelligente. Invece sono molto più intelligente di loro.

Jonathan è seduto per terra con le gambe raccolte, nell'angolo più lontano della stanza. La signora Hamstedt dice: «Ciao, Jonathan». Ha aperto la porta della camera particolarmente piano, per non spaventarlo, ma credo che Jonathan prenda così tante pastiglie blu che gli è indifferente se qualcuno entra nella sua stanza. Non alza nemmeno la testa dalle ginocchia.

«Vuoi che aspetti fuori?» chiede la signora Hamstedt, e io annuisco. *Fuori* però significa che rimarrà sulla soglia con la porta aperta, dando le spalle alla stanza. In punta di piedi mi avvicino a Jonathan, anche se non penso che sia pericoloso. Non è più niente. Mi siedo vicinissima a lui perché mi senta bene quando bisbiglio. Ammesso che mi possa sentire.

«Perché hai disegnato Sara?»

Mi sembra che sussulti leggermente.

«Hai dimenticato come urlava la mamma per colpa sua? Hai davvero dimenticato tutto?»

Io mi ricordo benissimo. Le urla terribili. La brutta faccia che faceva la mamma. Come si contorceva e sgambettava, finché il bracciale le ha tagliato il polso e il sangue le è colato sull'avambraccio. E ancora sangue e urla, tanto che nessuno poteva più dormire, e quel guaio con la Signorina Tinky. Se la mamma non avesse urlato tanto per colpa di Sara, la Signorina Tinky non avrebbe rovesciato la tazza di cacao per lo spavento e papà non l'avrebbe messa fuori della porta per punizione. Solo la sera è potuta rientrare. Era diventata tutta fredda e rigida, e ci è voluta un'eternità prima che il suo pelo si riscaldasse al calore della stufa a legna. Tutto questo per colpa di Sara.

Aveva un colore molto strano. Era viola e viscida, sporca di giallo e rosso. Mi sono rifiutata di toccarla prima che la mamma la pulisse. Era tutto sporco, Sara, la mamma, il letto. Ho tirato via il lenzuolo dal materasso. Papà ha detto che la mamma aveva perso molto più sangue rispetto a quando aveva partorito me e Jonathan. Le macchie in effetti erano molto grandi. Papà ha anche detto che non aveva senso lavare le lenzuola. Aveva portato in camera un rotolo di grandi sacchi blu della spazzatura, prima che tutti e tre andassero in bagno. Stavo sbottonando la federa del cuscino, quando la mamma è tornata con Sara. La mamma si muoveva in modo strano e lento, come se a ogni passo temesse che le sue ossa si spezzassero. Si è seduta sul bordo del letto. La bambina adesso aveva un aspetto migliore, era pulita. La mamma ha detto che era perfetta. *Lei* era perfetta, Sara. Il nome significa "principessa", "Perfetta" significa "completa". Non c'era niente che fosse meglio di Sara. Io ero così stanca, prima le urla della mamma, poi il gracidio di Sara. Ho infilato due mucchi di lenzuola nei sacchi della spazzatura, così come mi aveva detto papà.

«Quando partiamo di nuovo per un viaggio, mamma?»

All'inizio la mamma non mi ha sentita, così ho dovuto ripetere la domanda.

«Adesso non si può, Hannah» ha detto poi, senza distogliere lo sguardo da Sara, che teneva in braccio. Quel terribile gracidio. Non avrei nemmeno saputo dire se l'impianto di ricircolo stesse funzionando.

«Può venire anche lei» ho proposto, anche se non lo volevo per davvero. «Può venire anche lei» ho ripetuto. La mamma avrebbe dovuto guardarmi, in fondo stavo parlando con lei. «Mamma?» Era maleducazione non guardarmi. «Mamma!»

«Dio mio, Hannah» ha sibilato lei. Adesso mi stava guardando, ma non a lungo, perché Sara ha subito cominciato a gracidare più forte.

«Shhh» faceva la mamma accarezzandole la testa. «È ancora così piccola, Hannah. Con un bambino così piccolo non si può partire. Sarebbe troppo faticoso.»

«Ma mamma...»

«Non ora, Hannah» ha detto.

«Non ora cosa?» Papà era sulla soglia della porta. Stavo prendendo fiato quando la mamma ha detto: «Oh, niente». Così, come se le nostre gite non fossero importanti, come se all'improvviso non lo fossero mai state. Adesso che c'era Sara.

«Penso che la mamma voglia più bene a Sara che a noi» ho detto poco dopo a Jonathan. Lo avevo incaricato di stare vicino alla porta della capanna, perché la Signorina Tinky era ancora fuori. Volevo che sentisse una voce familiare attraverso la porta chiusa, perché non si spaventasse ancora di più e corresse via nel bosco. Jonathan stava accovacciato sul pavimento di legno, con la schiena appoggiata alla porta. Mi sono seduta accanto a lui. La Signorina Tinky grattava da fuori. Quel rumore mi tormentava così tanto che mi sono scese le lacrime.

«Cosa vuoi dire, Hannah?»

«La mamma non l'ha detto chiaramente, ma credo che adesso non ci vogliano più. Ora hanno Sara e dicono che è perfetta. Perfetta vuol dire completa.»

«Non ci vogliono più?»

Ho scosso la testa.

Non è possibile che Jonathan l'abbia dimenticato. Infatti non è così, perché anche se non mi risponde sta tremando un po'. Credo che stia piangendo, ma non sono sicura perché non gli vedo il viso.

«Hai disegnato Sara per mettermi nei guai, vero? Perché ho detto che non la sopportavo.»

Adesso Jonathan fa un rumore, una specie di grugnito.

«Tutto bene?» chiede la signora Hamstedt dalla porta. Ha girato la testa verso di noi.

Rispondo di sì, poi ricomincio a bisbigliare: «Ho detto tante volte che mi dispiaceva. Ti ricordi? Quando papà piangeva disperato. Ho capito subito che era anche colpa mia se la mamma se ne era andata con Sara. Mi hai fissata e non mi hai parlato per due giorni, finché non ti ho ricordato che anche a te non piaceva molto Sara. Le cose stanno così, Jonathan».

Grugnisce di nuovo.

«È stato piuttosto stupido da parte tua disegnarla. Ma sei pur sempre mio fratello, anche se un po' cretino. Per questo adesso ti racconto qualcosa di bello: nostro nonno è molto gentile, oggi mi porta a casa. Quindi è tutto a posto. Te l'avevo detto, ma non volevi credermi. Una promessa è una promessa e viene sempre mantenuta.»

Jonathan volta la testa verso di me, leggermente e senza alzarla dalle ginocchia. Vedo solo un occhio stupido, ma enorme per la sorpresa.

«Devi sforzarti di tornare normale. Hai capito Jonathan? Se non sei normale, non possiamo tornare a prenderti. E devi rimanere qui tutto solo.»

Gira di nuovo la testa verso le ginocchia, ma annuisce. È un cenno inequivocabile.

JASMIN

Quando mi sono svegliata per la prima volta erano le sette meno dieci, come sempre. La voce nella mia testa mi ordinava di alzarmi a preparare la colazione per i bambini. Alle sette e mezzo in punto doveva essere in tavola. Mi sono girata in cerca di Kirsten, il cui viso era immerso nella scarsa luce del lampione che penetrava nella stanza dall'avvolgibile tirato su di un palmo. Aveva gli occhi chiusi e la bocca un po' aperta. Ascoltavo i suoi respiri, inspirare ed espirare. La voce nella mia testa è diventata più forte. I bambini dovevano fare colazione, ora. Sette e mezzo: colazione. Cosa c'era di così difficile da capire? I bambini avevano bisogno di orari regolari. I bambini avevano bisogno di una colazione completa. Ho cominciato a imitare i respiri di Kirsten, inspirare ed espirare, per contrastare il comando e la voce dentro di me, semplicemente respirare, allo stesso ritmo, inspirare ed espirare. In effetti devo essermi riaddormentata, per la prima volta ha funzionato, sono semplicemente rimasta a letto.

È la voce attutita di Kirsten che adesso mi sta svegliando. La sua voce e un insolito, dimenticato chiarore. Sbatto gli occhi. La polvere danza in un raggio di sole. Mi metto a sedere, Kirsten ha tirato su l'avvolgibile e una luce di fine estate inonda la stanza. Il mio cuore batte all'impazzata. Sorrido. Anche tu sorridi dalle pareti, Lena. Lascio vagare lo sguardo sugli articoli di giornale e mi stupisco di come all'improvviso, in piena luce, mi sembri diversa la tua immagine ormai familiare. Mi serve un attimo per spostare la mia attenzione su Kirsten, che sta telefonando in un'altra stanza, probabilmente la cucina. La sento disdire il suo turno di oggi al pub, per una questione personale, spiega, un'emergenza in famiglia. Il suo capo sembra comprensivo perché lei lo ringrazia di cuore. È lo stesso capo dell'epoca dell'aggressione, lo stesso pub dove lei sta al bancone, gli stessi orari e la stessa clientela. Dopo la violenza Kirsten aveva impiegato meno di una settimana a tornare al lavoro e ad andare avanti, ostinata e decisa. All'inizio, dopo il lavoro, a quell'orario indefinito, grigio e pericoloso, prendeva un taxi per tornare a casa. Poco dopo aveva ricominciato ad andare a piedi, la stessa strada, passando accanto allo stesso cortile. Ancora oggi non capisco come le due cose si concilino: da una parte questa forza, questa ostinazione, questo andare avanti; dall'altra la nostra fine. La notte dell'aggressione le avevo chiesto perché non si fosse difesa, il che era stato stupido e naturalmente indelicato.

«La tua domanda è stata uno schiaffo in faccia, Jasmin. In quel momento qualcosa si è spezzato tra noi.»

Le ho spiegato un migliaio di volte che ero solo stanca e sotto pressione, ma Kirsten non mi ha creduto, anche se sorrideva dicendo «Va bene».

Abbiamo trascinato le cose un altro paio di mesi, poi lei si è trasferita.

«Non posso più vivere con te, Jasmin. Ci ho provato, ma non funziona.» E: «Possiamo restare amiche».

Per l'ultima volta ho sentito queste parole la sera della mia scomparsa. *Possiamo restare amiche*. Eppure, a giudicare dal suo sguardo, avrebbe volentieri richiuso subito la porta vedendomi sulla soglia quella sera, un'idiota che aveva portato, come da tradizione, pane e sale, e anche una borsa da viaggio. Pane e sale come regalo per il trasloco nella nuova casa, anche se erano già passate due settimane e avevo aspettato invano un invito a vedere il suo appartamento. Quella sera mi ero semplicemente presentata a sorpresa. Con il necessario nella borsa da viaggio. Avrei potuto dormire da lei. Oppure, se avessimo di nuovo litigato, prendere il treno successivo e stare via un paio di giorni, per mettere finalmente un po' di distacco, spegnere il telefono, *farmene una ragione*, come desiderava Kirsten.

«Devi fartene una ragione, Jasmin! Non voglio più ricevere telefonate, né messaggi. E soprattutto non voglio che tu ti presenti all'improvviso alla mia porta, ok? Al momento ho bisogno di stare da sola. Cerca di capirlo, per favore.»

Scuoto la testa per cacciare via il ricordo di quella orribile serata. Quella sera non conta più. Ciò che conta è che lei adesso è qui. È tornata da me, e non importa quali siano le circostanze. Lei è qui.

Sento un frastuono di piatti in cucina, attraverso la porta aperta della camera arriva un lieve profumo di caffè, un lieve alito di normalità. Mi riappoggio al cuscino e chiudo gli occhi. Probabilmente sto solo sonnecchiando, perché sento subito i colpi irregolari alla porta dell'appartamento, mentre Kirsten interrompe il suo acciottolio in cucina solo quando i colpi si fanno più forti. Sento i suoi passi sul parquet del corridoio, lo scatto della serratura mentre gira la chiave, e poi uno stupito «Oh, salve, buongiorno» pronunciato da una voce maschile che mi risulta subito familiare.

«Frank Giesner, polizia di Cham» conferma la voce.

«Kirsten Thieme» risponde Kirsten, che sembra aver notato lo stupore di "Cham" nel vedere una donna sconosciuta che apre la porta. «Sono un'amica della signora Grass» chiarisce spontaneamente.

«Signora Thieme, certo. Ricordo il suo nome dai verbali delle indagini. È stata lei a denunciare la scomparsa della signora Grass all'epoca.»

«Sì, è vero.»

«Ecco, vorrei parlare con lei adesso.»

Per precauzione affondo la testa nel cuscino e chiudo di nuovo gli occhi. Adesso non ho voglia di parlare con "Cham", soprattutto in presenza di Kirsten.

«Mi dispiace, sta ancora dormendo.»

«Forse potrebbe dirle che è molto importante.»

«Certo, capisco. Ma non sta troppo bene. Ha una nottataccia alle spalle e ha bisogno di riposare. Non potrebbe telefonarle più tardi?»

La risposta di "Cham" è piuttosto titubante.

«Certamente. Ma magari lei ha un altro minuto per me? È molto vicina alla signora Grass.»

Mi blocco, tutto in me si blocca.

«Sì…» Adesso Kirsten sembra sorpresa. «Entri pure, signor…»

«Giesner. Grazie.»

Mi viene la nausea. "Cham" in casa mia. "Cham" che vuole parlare con Kirsten. Kirsten che in questo istante afferra la maniglia cigolante per chiudere la porta della camera. Perché la povera donna della capanna ha bisogno di riposo, oppure perché il commissario non deve gettare lo sguardo in una camera le cui pareti, per qualche morbosa ragione, sono tappezzate di articoli su Lena Beck. So che sarebbe meglio se mi alzassi, ma invece mi tiro la coperta sulla testa, stringo gli occhi, inspiro ed espiro.

Devo essermi di nuovo addormentata. Kirsten aveva ragione, mi mancano sonno e riposo. Soprattutto sembro risentire ancora di due notti fa, quando invece di dormire ho passato tutto il tempo a cercare gli articoli di giornale e a stamparli. Mi sveglio di soprassalto e tendo l'orecchio. Nessuna voce, né di Kirsten né di "Cham". Mi sollevo faticosamente dal letto e mi dirigo a tentoni verso la porta della camera. Prima di abbassare la maniglia, che con il suo cigolio rivelerebbe chiaramente che mi sono svegliata, appoggio con cautela l'orecchio sul legno della porta, ma continuo a non sentire niente. In casa c'è silenzio.

Trovo Kirsten al tavolo della cucina, che si dipinge le unghie con uno smalto color lampone.

«Ehi, sei sveglia Bella Addormentata» sorride guardandomi. «Vuoi un caffè? Ce n'è ancora un po' nella caffettiera. Però dovresti servirtelo da sola.» Come giustificazione alza la mano sinistra sulle cui unghie brilla lo smalto fresco.

Attraverso la cucina fino all'armadietto e mi prendo una tazza.

«Cosa c'era di così urgente?»

«In che senso?»

La mia mano, che un secondo prima si stava allungando verso la caffettiera, si ferma per aria.

«Ho sentito bussare, poi però mi sono riaddormentata.»

Mi giro verso Kirsten con uno sguardo interrogativo.

«Ah, sì, la vicina. Maja, credo. Del secondo piano. Una ragazza carina.» Kirsten indica i fornelli, prima di dedicarsi di nuovo alle unghie. «Ti ha portato il pranzo.» Barcollo verso il fornello su cui giace una piccola pentola. «Minestra con brodo di gallina» spiega Kirsten. «Le ho detto che non c'è più bisogno che venga, adesso che ci sono io a occuparmi di te. Comunque mi ha lasciato il suo numero di cellulare, se dovesse servire. È sul frigorifero.» In effetti c'è un post-it rosa con il nome di Maja, una sequenza di numeri e uno smile che ha disegnato lei. «Ah, ha portato anche la posta, è là sul cassettone.»

Appoggio la caffettiera, che è diventata pesante nella mia mano, sul piano di lavoro.

«No, Kirsten, mi riferisco a Frank Giesner. È stato qui. L'ho sentito.»

Kirsten alza di nuovo lo sguardo e sospira. Sono solo pochi secondi, ma sembrano dilatarsi all'infinito, mentre mi sento bruciare la fronte. Il calore esce dai pori della pelle e mi ricopre il viso di un velo umido e bollente, le paure fanno sudare. Kirsten che tra poco mi dirà che ho solo immaginato Giesner, la sua voce, di nuovo la mia immaginazione. Era solo Maja che ha bussato. La pentola sul fuoco e il numero di telefono sul frigorifero lo dimostrano.

«Sì. Ti voleva parlare del risultato della ricostruzione facciale» dice infine Kirsten e io rido sollevata, prima di capire. Il mio rapitore ha di nuovo un viso e io devo guardarlo. Identificarlo. Ridare vita alle immagini nella mia testa. Guardare degli occhi che mi accusano. *Che razza di mostro sei?*

«Perché non l'hai detto subito?» chiedo, per distogliermi dagli altri pensieri.

«Perché non volevo farti agitare di nuovo, cavolo. Beviti il caffè e svegliati per bene.» Non mi sfugge la sua lieve irritazione. Sistemo la tazza e mi verso il caffè.

«Te l'ha mostrato?»

«Il risultato? Sì. Ma non ero sicura di aver già visto quell'uomo. Un tempo avevamo sempre un sacco di gente qui, ricordi?»

Sì, me lo ricordo. Persone portate da altre persone, che volevano divertirsi come noi. Meno di dodici non è una vera festa.

Cerco di reprimere una nostalgia che sembra riaccendersi, e annuisco.

«Credo che tu debba vederla con i tuoi occhi, Jassy. Ma non aiuta.» Kirsten sembra preoccupata. «Pensi di farcela?»

Almeno riesco a sorridere, anche se in modo un po' artefatto.

«Non ho molta scelta, no?»

Sorseggio il caffè, inghiottire mi riesce difficile. Con le punte delle dita Kirsten richiude la boccetta dello smalto, sospirando di nuovo. Mi chiedo se si sia pentita di essere tornata per occuparsi di me. Se mi sopporti.

«Giesner aspetta una tua telefonata per fissare un appuntamento per l'identificazione. Ha detto che non occorre che tu vada in commissariato. È disposto a tornare qui. A ogni orario, anche la sera.»

«Gentile da parte sua» dico con voce roca.

«Mi chiedo se non sia una buona idea fissare subito un appuntamento con la tua psicoterapeuta. Chi lo sa come ti sentirai quando ti metteranno davanti l'immagine del tuo rapitore.»

«Neanche lei mi può aiutare.»

«Be', bisogna anche volerlo.»

«Allora è questo che pensi» rispondo piano appoggiando la

tazza sul bancone. «Se sono un peso per te, puoi dirlo tranquillamente. Lo capirei.»

Kirsten alza gli occhi al cielo.

«Andiamo, Jassy. Non è così. Proprio no.»

«Non mi devi niente.»

«Finiscila, ok? Non si tratta di noi, devi solo iniziare a fartene una ragione.»

«Farmene una ragione.»

«Imparare a convivere con quello che ti è successo, sì. Non ti riuscirà se continui così. Hai bisogno dell'aiuto di uno specialista.»

«Sto meglio da quando ci sei tu.»

Kirsten schiocca le dita. La vedo mordersi il labbro per un attimo prima di decidere di riprendere il discorso.

«Hai bagnato il letto.»

All'inizio penso di aver capito male, mi metto quasi a ridere.

«Io ho...?»

Kirsten spinge indietro la sedia per alzarsi. Poi si mette in piedi davanti a me, con gli occhi torvi e la testa inclinata da una parte.

«Hai bagnato il letto» ripete lentamente. «Stanotte. Stavi sognando. Hai cominciato a scalciare e ad agitare le braccia. Gridando. *Non è un braccialetto, Hannah! Sono manette! Aprile, maledizione!* Ho cercato di svegliarti, ma eri completamente assente.»

Scuoto la testa. Non ho sognato niente stanotte.

«Sì, Jassy, è andata così. Appena mi sono accorta che il lenzuolo era bagnato, ti ho tirata giù dal letto. In realtà volevo portarti in soggiorno, sul divano, perché potessi dormire ancora mentre lo cambiavo. Ma ti sei aggrappata a me gridando che non ti dovevo lasciare sola, e che avevi paura che l'impianto – o qualcosa del genere – si rompesse di nuovo.»

«Non me lo ricordo.»

«Infatti stavi dormendo.»

Scuoto ancora la testa, mentre gli occhi torvi di Kirsten diventano premurosi. Annuisce di continuo, in modo quasi ipnotico.

«È andata così, Jassy. Proprio così. Ed è un segnale che non è vero che stai molto meglio, lo capisci? Io posso restare qui. Posso andare a fare la spesa e cambiarti le lenzuola. Posso abbracciarti e ascoltarti quando ne hai bisogno. Ma non sono una psicologa.»

Senza parole mi trascino fuori dalla cucina, via dal suo sguardo preoccupato, dalla sua vicinanza che adesso mi fa male. Il mio obiettivo è il soggiorno, rimanere da sola, almeno per un attimo, riflettere, provare a conciliare la sensazione di pace con cui mi sono svegliata con l'orribile nottata che ho alle spalle.

«Non lo dico per cattiveria» sento la sua voce dietro di me e mi giro. Kirsten mi ha seguita in corridoio, adesso è davanti a me, le mani alzate, le dita che si agitano per aria, con lo smalto ancora fresco. «Ma da sole non ce la faremo.» Tende il braccio per toccarmi la spalla, poi cambia idea, probabilmente per non sbaffare lo smalto. «Per favore, chiamiamo la tua psicoterapeuta.»

Mi volto dall'altra parte.

«Davvero, Jassy. Perché rendi le cose così difficili, invece di lasciarti aiutare?»

Il mio sguardo indugia sulla pila di posta ammonticchiata sul cassettone del corridoio. La vedo subito.

«Pensi di meritare di soffrire così tanto?»

Una semplice busta bianca senza francobollo.

«Nessuno se lo merita.»

In realtà è nascosta per metà sotto il giornale di ieri, che lascia intravedere solo parte dell'indirizzo. Ma è la stessa calligrafia, non c'è dubbio.

«E va bene, la chiamo subito» dico in tono piatto. «Puoi andare a vedere dove ho lasciato il cellulare? Credo in soggiorno.»

Dietro di me sento Kirsten che sospira sollevata, prima di dirigersi verso il soggiorno.

«Vado un attimo al bagno!» le grido dietro e prendo la lettera.

Sgattaiolo nel bagno, chiudo a chiave e mi appoggio alla porta. Con dita tremanti e bagnate di sudore freddo, apro la busta e mi lascio distrarre per un attimo dal rumore della lavatrice. Quando mi rendo conto che sono le lenzuola sporche della notte scorsa che rotolano con ritmo monotono dietro il vetro, sento un groppo alla gola. Tiro fuori il foglio dalla busta.

Le stesse lettere in stampatello, grandi, spesse, nere, accusatorie. Ma le parole sono diverse stavolta. Tre.

DI' LA VERITÀ.

MATTHIAS

La conversazione con Giesner avrebbe potuto svolgersi allo stesso modo con Gerd, solo che ci saremmo dati del tu, e alla fine lui mi avrebbe dato dell'asino e io dell'idiota. Poliziotti tutti uguali, interscambiabili, schematici. Dicono sempre le stesse cose. *Le relazioni più strette*. Non riesco a scuotermi quelle parole di dosso. Questa espressione accompagna me e Hannah nel viaggio verso casa. Si è diffusa nell'auto come un'aria pesante, viziata, appiccicosa; ho la testa che scoppia. Tutti pensano che non conoscessi mia figlia. Che avessi voluto chiudere gli occhi. Che mi crogiolassi da quattordici anni, o magari da sempre, nell'amore per la mia unica figlia. Invece io la conosco. La conoscevo molto bene.

Tiro su col naso rumorosamente e getto uno sguardo allo specchietto retrovisore. Vedo solo gli occhi di Hannah e l'attaccatura dei suoi capelli; potrebbero essere gli occhi e i capelli di Lena. In questo momento potrei portare la mia piccola Lena a lezione di ginnastica o da una compagna di scuola.

«Papi» sentirei la sua vocina stridula dal sedile posteriore. «Ci fermiamo a prendere un gelato?»

«Buona idea. Ma chi paga?»

«Ovviamente tu, papi! Sono ancora piccola e non ho un lavoro.»

«Oddio, l'avevo completamente dimenticato. Va bene, Lenchen. Per questa volta, proprio perché sei tu.»

Un giorno forse Hannah mi chiederà la stessa cosa: «Nonnino, ci prendiamo un gelato?». Non so che darei per arrivare a quel giorno.

«Vuoi che ci fermiamo un po' alla prossima area di sosta, Hannah?» sorrido speranzoso nello specchietto retrovisore. «C'è ancora una buona mezz'ora di viaggio. Una piccola pausa potrebbe essere piacevole, cosa ne pensi?»

Hannah guarda dal finestrino laterale senza rispondermi. A destra e a sinistra, ai lati dell'autostrada, scorrono alberi e campi incolti. Le previsioni del tempo si sono sbagliate; sul cielo blu di qualche ora fa è calato un velo grigio cupo. Vorrei poter leggere nella mente di Hannah. Vorrei chiederle cosa prova in questo momento, mentre corriamo sull'autostrada a 130 chilometri orari. Se lo trova spaventoso o eccitante. Se è felice di andare a casa. Ma è sempre così quando siamo da soli. Qualcosa mi impedisce di chiederle le cose che vorrei davvero sapere, forse per paura di rovinare tutto.

Una BMW che mi taglia la strada in modo vergognoso mi distoglie dai miei pensieri. Un cartello stradale sul ciglio destro della strada indica un autogrill tra cinque chilometri.

«Allora, Hannah?» tento di nuovo. «Cosa ne dici? Una piccola pausa?»

«Preferirei andare a casa direttamente senza pause, nonno.»

«Ok, certo, va bene» rispondo io sforzandomi di essere allegro, per nascondere la delusione, e poi comincio a mormorare tra me e me. «Era comunque un'idea stupida. Magari qualcuno avrebbe tirato fuori il cellulare per scattare un'altra foto della bambina-zombie.»

«Cosa hai detto, nonno?»

«Che hai perfettamente ragione, Hannah» rispondo a voce alta sorridendo di nuovo nello specchietto retrovisore. «Sbrighiamoci piuttosto ad arrivare a casa.» Allungo il collo per vedere tutto il viso di Hannah nello specchietto. Adesso sorride anche lei. La mia piccola Lena...

Germering si trova a ovest di Monaco ed è un capoluogo – non un paese come diceva sempre Lena alzando gli occhi al cielo. Non abbiamo mai chiarito se Lena trovasse insopportabile la mezz'ora di treno che doveva fare per andare da Germering all'università di Monaco, oppure l'ambiente in generale, che nonostante i 40.000 abitanti aveva pur sempre qualcosa di ristretto e intimo. In ogni caso, subito dopo l'iscrizione all'Università Ludwig-Maximilian, lei si trasferì in un piccolo appartamento nel quartiere di Haidhausen a Monaco, sul fiume Isar. Così impiegava solo un quarto d'ora per andare all'università ed era soddisfatta. Naturalmente mi ero accollato io l'affitto dell'appartamento, anche se Karin insisteva che Lena dovesse contribuire trovandosi un lavoretto, o perlomeno prendersi una stanza meno costosa in un appartamento condiviso. Ma entrambe le cose erano fuori discussione: volevo che avesse abbastanza tempo e tranquillità per concentrarsi sugli studi. Karin e io a volte le facevamo visita a Monaco. La città ci piaceva, anche se non ci era mai venuto in mente di viverci. Ci siamo sempre trovati bene qui a Germering, dove tutto è ristretto e intimo. Asili, scuole, parchi giochi, negozi per il fabbisogno quotidiano e medici sono tutti a portata di mano. Un luogo perfetto per una famiglia.

Lo pensavamo già quando negli anni '80 acquistammo un terreno edificabile nella zona residenziale in costruzione. L'ambiente perfetto per crescere un bambino.

«Non dimenticare che Hannah in realtà non è più una bambina» aveva sottolineato Karin la mattina stessa a colazione. Ero così eccitato all'idea di andare a Regensburg per portare via Hannah dal centro, che mi tremavano le mani e facevo fatica a impugnare il coltello. Karin mi aveva preso il piatto, dove c'era una mezza fetta di pane bianco imburrato. Spalmando avevo fatto dei buchi nel pane, tanto ero nervoso. Osservai Karin che finiva di imburrarmi il pane, ci metteva sopra una fetta di prosciutto, lo tagliava in due parti e mi restituiva il piatto con sguardo eloquente.

«Lo so» risposi iniziando a mangiare.

Karin spostò da una parte il suo piatto con una fetta di pane e marmellata, per avere lo spazio per appoggiare i gomiti sul tavolo. Intrecciò le dita sotto il mento, come in preghiera.

«Non importa dove e come è vissuta finora, presto la pubertà arriverà anche per lei, Matthias. La guardi e dato che è così piccola per la sua età finisci per dimenticare che hai a che fare con una ragazzina di tredici anni.»

Non le spiegai che i medici che avevo consultato con Hannah non ne erano così sicuri. Al contrario di suo fratello, Hannah soffre di una grave mancanza di vitamina D, che ha frenato il suo sviluppo fisico. I medici ipotizzano che durante la gravidanza di Hannah, Lena possa aver avuto problemi di malnutrizione, mentre con il bambino abbia assunto fin dall'inizio degli integratori di vitamine specifici per la gravidanza. Non è detto, ed è addirittura improbabile, che il corpo di Hannah recuperi del tutto questo divario. Cosa che fra l'altro Karin avrebbe saputo, se fosse venuta con noi alle visite mediche. Non le spiegai nemmeno che mi era indifferente se e come Hannah si sarebbe sviluppata. Che per il resto della mia vita ero abbastanza altruista da accettarla esattamente per quello che era. Un'eterna bambina o una donna.

«Siamo già sopravvissuti all'adolescenza di Lena» scherzai debolmente tra un morso di pane e l'altro.

Karin annuì impassibile.

«Sì, ma eravamo più giovani, Matthias. Adesso abbiamo entrambi sessant'anni, con le ossa fragili e i nervi tesi. Per non parlare del tuo cuore.» Scosse la testa. «Hannah e Jonathan hanno esigenze più specifiche degli altri adolescenti. Probabilmente avranno bisogno per tutta la vita di assistenza psicologica.»

Ingoiai il panino.

«Penso che troveremo una soluzione a tutto, Karin. Per esempio possiamo informarci se qui vicino c'è un centro diurno per i disturbi post-traumatici, in cui lei potrà anche prendere lezioni. Così non dovremmo più preoccuparci della questione della scuola.»

«*Potranno* prendere lezioni, Matthias. *Loro due*. Ci sono due bambini. Non stiamo parlando solo di Hannah...»

«Certo, certo» la interruppi agitando la mano. «Vale anche per il ragazzo.»

«Si chiama Jonathan.»

«Sì, Jonathan.»

Karin inclinò la testa stringendo gli occhi.

«Quindi hai progetti a lungo termine. Non si tratta solo di prendere Hannah per un paio di giorni, per sostenere la sua terapia, giusto?»

«Come ho già detto, penso ci siano delle soluzioni...»

«Quando hai intenzione di riaprire lo studio?» buttò lì Karin in tono tagliente.

Presi la tazza e bevvi un sorso di caffè per guadagnare tempo.

«Di questo parleremo in un altro momento. Devo andare.» Così mi alzai dal tavolo e uscii dalla sala da pranzo verso l'ingresso.

«Che ne dici se ti accompagno?» sentii chiedere a Karin, mentre prendevo la giacca dal guardaroba. Mi voltai verso la sua voce. Mia moglie era sulla soglia della porta, con le braccia incrociate e uno sguardo diffidente.

«No, preferisco di no» sorrisi avvicinandomi per salutarla con un bacio sulla guancia. «Il viaggio è piuttosto pesante…»

Mi batte il cuore mentre dirigo la vecchia Volvo nella nostra strada. Su entrambi i lati della zona a traffico limitato si susseguono, divise da una siepe curata, delle case unifamiliari tenute amorevolmente, alle cui porte sono appese delle mattonelle di terracotta con scritto "benvenuto" e il nome della famiglia. Ogni casa ha un piccolo giardino anteriore, in cui si trovano delle strutture per arrampicarsi o dei cespugli di rose che troneggiano come piccole isole sul prato. *L'ambiente perfetto per crescere un bambino*.

Percorro la curva alla fine della strada e ho appena preso fiato per dire a Hannah che siamo arrivati, quando li vedo. Un drappello di circa dodici persone sulla via davanti a casa nostra. E un mezzo parco macchine che fiancheggia il marciapiede.

«Ma che…?» mi sfugge di bocca mentre fermo immediatamente la Volvo.

Hannah si tira su dietro di me e scivola in avanti aggrappandosi al poggiatesta del sedile del passeggero.

«Che succede, nonno?»

Quella masnada nota la nostra auto e le teste si girano all'unisono verso la vettura, che adesso si è fermata a circa venti metri in mezzo alla strada. Serro la mandibola. Ho le spalle tese. Tutta la mia postura diventa legnosa e dolorante. Con le mani stringo così forte il volante che le nocche mi diventano bianche sotto la pelle. Trattengo il respiro.

«Nonno? Chi sono tutte quelle persone?»

Il piede sussulta sull'acceleratore. Per un secondo mi balena un'idea. Schiacciare sul pedale del gas, buttarmi in mezzo alla folla, e finalmente silenzio.

«Nonno?» La voce di Hannah ha perso in parte la sua solita monotonia, suona quasi piagnucolante. *Non vi accorgete che state spaventando la piccola?*, vorrei urlare, ma penso a mia nipote che non voglio intimorire ulteriormente. Che tutte quelle persone siano giornalisti è piuttosto evidente: vedo macchine fotografiche, portablocco, perfino una telecamera e un microfono con l'asta. Una donna rossa di capelli con un cappotto azzurro chiaro esce dalla folla e avanza esitante di un paio di passi verso la macchina.

«Quel maledetto Rogner» ringhio, anche se Lars Rogner non è tra loro. Non personalmente, almeno, ma scommetterei che abbia mandato qualcuno. Forse proprio la donna col cappotto azzurro che lentamente ma incessantemente si avvicina alla nostra auto. Alcuni la seguono. Sono a circa dieci metri.

«Hannah» dico il più tranquillamente possibile, senza distogliere gli occhi dai giornalisti. In pochi secondi mi sono tolto la giacca e l'ho lanciata dietro. «Sdraiati sul sedile e nasconditi sotto la giacca.»

Hannah non protesta, sento il *clic* della cintura, per sicurezza controllo il sedile di dietro e in effetti si è infagottata nella mia giacca. Allungo una mano e le tiro la giacca sulla testa, per coprire un paio di riccioli biondi che spuntavano fuori. Poi metto le mani sul volante e parto con cautela. Ho il cuore in gola. Temo quasi che la folla, che adesso è a cinque metri da noi, si accalchi contro la macchina da tutti i lati. Nella mente vedo già la donna in cappotto azzurro che si lancia sul cofano, mentre i colleghi strattonano le maniglie delle porte e urlando picchiano i pugni contro i finestrini. Ma ho torto. Il gruppo si divide e si tiene addirittura a distanza di sicurezza, mentre io avanzo con l'auto a passo d'uomo verso di loro. Senza problemi riesco a entrare nel vialetto di ingresso, e con la mano destra prendo nel cruscotto il piccolo telecomando che aziona la porta automatica del garage.

«Rimani giù, Hannah» dico e aspetto che la porta si richiuda completamente alle nostre spalle, prima di spegnere il motore e riuscire per la prima volta a respirare di nuovo normalmente.

«Tutto a posto» annuncio il cessato allarme e sollevo la giacca dal corpo minuto di Hannah. «Ce l'abbiamo fatta.»

Lei si tira su a sedere e sbatte gli occhi.

Apro lo sportello, scendo, aiuto Hannah a uscire dalla macchina e prendo dal bagagliaio la piccola borsa da viaggio che le hanno preparato al centro per la visita a casa nostra. Contiene dei vestiti presi dalle donazioni per l'ospedale. Dovremo andare a fare shopping, magari domani stesso. Non voglio vedere mia nipote con gli abiti logori di gente sconosciuta.

Dal garage una pesante porta di metallo conduce su una scaletta fino alla parte posteriore dell'ingresso. Lì c'è già Karin che ci aspetta, il viso bianco come il gesso.

«Grazie al cielo» esclama sollevata mentre spingo dentro Hannah. Una strana penombra è il segno che Karin ha tirato giù tutti gli avvolgibili per difendersi dagli occhi avidi di scoop. Con le ginocchia scricchiolanti si accovaccia davanti a Hannah, continuando a tenere gli occhi su di me. «Ho provato almeno sei volte a chiamarti sul cellulare! Come è possibile?» Ha la voce stridula per l'agitazione. «Com'è arrivata fin qui quella gente? Come facevano a sapere che oggi saresti andato a prendere Hannah? Che facciamo adesso?»

«Prima di tutto manteniamo la calma» rispondo alzando le mani per tranquillizzarla.

«Manteniamo la calma? Lo hai visto cosa succede là fuori!»

«Me ne occupo io.»

«E come? Non possiamo certo chiamare la polizia perché li cacci via! Nessuno di loro è entrato nella nostra proprietà! Ti ricordi le leggi, come allora, quando erano qui per Lena. Finché stanno sulla strada non possiamo farci niente. È suolo pubblico.» Alza la mano e indica verso la porta. «Possono rimanere lì indisturbati per giornate intere!»

«Karin...» Indico Hannah che è rimasta zitta e rigida davanti a lei.

Karin sussurra, per poi rivolgere finalmente l'attenzione a sua nipote.

«Ciao, Hannah» sorride. «È bello che tu sia finalmente qui.»

La piccola non reagisce e Karin mi guarda di nuovo con aria impotente. Vorrei dire qualcosa per rompere il ghiaccio, ma Hannah si gira verso di me. Sembra delusa.

«Nonno, avevamo detto di non fare soste.»

«No, noi...» Balbetto. «Siamo arrivati, Hannah. Siamo a casa.»

Hannah contrae la bocca.

«Ma questa non è casa mia, nonno.»

JASMIN

«Mi scusi se sono riuscita a riceverla solo così tardi, signora Grass» dice la dottoressa Hamstedt richiudendo la porta del suo studio. Avevamo appuntamento alle 20.30, ma è già un po' che aspetto da sola nel suo ufficio. «È stata una giornata impegnativa» aggiunge sorridendo. La clinica psichiatrica di Regensburg, diretta da Maria Hamstedt, è l'unica nei dintorni a essere specializzata in bambini e adolescenti. Non voglio nemmeno immaginare cosa possa significare "impegnativa", perché subito mi si parano davanti immagini di adolescenti scossi da attacchi epilettici, con le braccia legate intorno al busto nella camicia di forza, e sento delle urla che riecheggiano nei lunghi corridoi della clinica e mi fanno venire la pelle d'oca.

Mi costringo a rispondere con un «Va bene», sorridendo a mia volta. Eppure non c'è niente che vada bene. L'intera situazione, la storia delle lettere, questa breve gita alla clinica psichiatrica, uscire di nuovo fuori, e per di più a quest'ora, quando è già buio e i lampioni gettano dei coni di luce gialla che allungano le ombre in modo spettrale. Tutto questo mi opprime lo sterno e mi tende le membra, come se stessi covando una brutta influenza.

La dottoressa Hamstedt mi lancia un breve sguardo diffidente prima di prendere posto dietro la sua scrivania.

«A essere sincera, mi sono stupita quando mi ha chiamata per fissare questo incontro, signora Grass.»

Così come si è stupita Kirsten vedendo che non mi opponevo più scalciando e strillando all'idea di chiamare la mia psicoterapeuta. Anzi, continuavo a digitare con foga il suo numero, che è rimasto occupato per mezza giornata, finché finalmente non le ho parlato convincendola a vedermi il giorno stesso, nonostante gli *impegni*.

«Soprattutto» continua la dottoressa giungendo le mani sul tavolo e sporgendosi un po' verso di me «perché lei non è in terapia con me ma con la mia collega Brenner nella Schützenstraße.»

Lancio uno sguardo furtivo alla porta, per assicurarmi di nuovo che sia davvero chiusa. Lì davanti, nel corridoio, c'è Kirsten, che mi ha accompagnata. Dalla *mia* psicoterapeuta – come le ho fatto credere. Invece prima d'ora ho incontrato la dottoressa Hamstedt solo una volta. Durante l'anamnesi psicologica all'ospedale di Cham, poco dopo la mia fuga dalla capanna.

«Sì, immaginavo. Che fosse stupita, intendo» dico con voce attutita, anche se escludo che Kirsten possa origliare. Credo addirittura che abbia gli auricolari dell'iPod nelle orecchie, o che sia immersa in una rivista, non è il tipo da sopportare a lungo la noia e l'inattività.

La dottoressa Hamstedt sembra attendere qualcos'altro, una spiegazione del perché non mi sia rivolta alla collega Brenner ma a lei, per di più con l'urgenza che ho lasciato intuire al telefono. Prima, per strada, mi ero preparata tutto e mi ero anche recitata il discorso da fare. Ma all'improvviso si è completamente cancellato.

La dottoressa si sporge un altro po' sulla scrivania.

«Non si trova bene con la dottoressa Brenner?»

Scuoto decisa la testa.

«No, no, non è questo. Lei è molto gentile. Credo.»

«Non va regolarmente alle sedute?»

«Non così spesso, no.»

«Dovrebbe farlo, signora Grass. È importante.»

«Lo so. È solo che...» La testa mi cade all'indietro, fisso il soffitto. I contorni frastagliati e marroncini di una macchia di umidità si allargano, si dilatano. *Non piangere*, mi ammonisco in silenzio. Non piangere di nuovo. Non adesso, non qui. In fondo non sono venuta qui perché Maria Hamstedt mi stuzzicasse le ferite. Sono qui perché voglio un'informazione. E la sua opinione.

«Le riesce difficile parlare di cosa le succede» sento la voce comprensiva della dottoressa.

«Sì.»

«Forse pensa anche di avere motivo di vergognarsi.»

«Forse.»

Un fruscio mi fa sussultare lievemente. Sposto lo sguardo dal soffitto alla dottoressa Hamstedt, che ha tirato fuori con un po' troppo slancio un fazzoletto di carta da una scatola sulla sua scrivania, e adesso me lo porge. Lo prendo e mi asciugo gli occhi, prima di raddrizzare le spalle e schiarirmi la voce.

«Grazie.»

«Conosco la collega Brenner da molti anni, signora Grass. È davvero un'ottima ascoltatrice. E quanto a lei: non ha assolutamente nessun motivo di vergognarsi. Lei è una vittima. Non è una cosa che si sceglie.»

«Sì, me lo sento dire continuamente.» Faccio un sorriso un po' stupido pensando a come cambiare argomento.

«Ed è esattamente così, signora Grass» sorride incoraggiante la dottoressa. «Tuttavia, se non si sente a suo agio come paziente con la dottoressa Brenner, la aiuto volentieri a trovare un altro terapeuta.»

«No, non è questo» rispondo velocemente, capendo che la dottoressa ha frainteso il motivo della mia visita. «Non ho bisogno di un nuovo terapeuta. C'è qualcos'altro di cui vorrei parlarle con urgenza.»

«Oh, d'accordo, avanti allora. Come posso aiutarla, signora Grass? Se si tratta dei progressi della terapia sui bambini, sappia che è mio dovere professionale mantenere il segreto, dato che lei non è una parente...»

Scuoto la testa.

«Devo sapere se i bambini hanno la possibilità di uscire.»

«Uscire? Vuol dire se ogni tanto lasciano la struttura?»

«Esatto.»

La dottoressa sembra un po' irritata.

«Sì, certo. Siamo una clinica psichiatrica, come sa. Le nostre possibilità di fare visite mediche generali sono limitate. Quindi sì, Hannah è andata a farsi visitare da altri specialisti.»

«Hannah è stata fuori?»

«Dal dentista e più volte all'ospedale di zona. Le sue condizioni fisiche comunque sono buone, date le circostanze, se è questo che la preoccupa.»

Hannah è stata fuori ripeto a me stessa, mentre mi si para davanti l'immagine della bambina che si aggira per le strade da sola come uno spettro, ed entra nella mia strada, fino alla casa dove abito. La vedo a piedi nudi in camicia da notte, con la Signorina

Tinky in braccio. «Mi ricordo tutto benissimo» sussurra. E poi: «Per sempre, sempre, sempre».

«Naturalmente non da sola, ma accompagnata dal personale, e spesso negli ultimi tempi da suo nonno, sì.» La dottoressa spazza via la mia visione, come se mi avesse letto nel pensiero. «Perché me lo chiede, signora Grass?»

Non dico niente. Inizio a pizzicare il fazzoletto di carta che tengo in grembo.

«Signora Grass?»

Il nonno di Hannah. Tuo padre, Lena. L'uomo che urlava al mio capezzale.

«Signora Grass?»

«E da sola? Voglio dire, c'è una specie di ora d'aria qui, in cui un paziente può uscire senza sorveglianza?»

«Come le ho già detto, signora Grass: siamo una clinica psichiatrica. Con la maggior parte dei nostri pazienti stabili non possiamo prenderci la responsabilità di lasciarli andare in giro da soli, senza sorveglianza.»

«Nemmeno sul terreno della clinica?»

«No, ovviamente no» risponde la dottoressa con molta fermezza.

«E non è neanche possibile che qualcuno possa sgattaiolare via senza essere visto?»

La dottoressa sospira e dice chiaramente: «No, signora Grass, è assolutamente impossibile. Adesso posso sapere di che si tratta?».

Avevo intenzione di dirle della lettera. L'ho anche portata con me, nella borsa che ho qui sul pavimento, vicino alla sedia. Solo che non sono più tanto sicura che sia davvero una buona idea. E se reagisse come Kirsten? *Non stai bene. Ti serve aiuto*. Penso a quelle stanze in cui la maniglia della porta si sfila con un movimento della mano. *Per la sua sicurezza, signora Grass*. Inghiotto a fatica, mi brucia la gola. Probabilmente nessuno firmerebbe più velocemente il mio ricovero forzato della direttrice della clinica psichiatrica che in questo momento mi osserva in attesa.

«Signora Grass?»

«Be', ecco...»

All'improvviso mi vedo incredibilmente stupida, non mi sono nemmeno pettinata i capelli, per non parlare dei pantaloni della tuta e della felpa sudata e macchiata che avrei dovuto cambiare prima di venire qui. Tutto in me sembra urlare: *condizioni allarmanti!* Quasi a comando mi cade sulla fronte una ciocca di capelli unti, che mi pettino subito all'indietro.

«Senta signora Grass. Il segreto professionale riguarda anche la nostra conversazione, ovviamente» dice la dottoressa, e io subisco il suo tono profondo, vellutato, e il suo sguardo schietto. «Quindi, se ha qualcosa sul cuore...» Il resto della frase, il suo invito, rimane sospeso per aria e io inspiro profondamente.

«Qualcuno mi ha scritto delle lettere» comincio con cautela, spiando il minimo cambiamento di espressione nei tratti del viso della dottoressa. Labbra che diventano più sottili, sopracciglia che si sollevano, il naso che si arriccia. «E, sì, lo so che suona strano, ma mi sono chiesta se non potessero essere stati i bambini.»

«Lettere?»

Annuisco.

«E cosa c'è scritto?»

Finora non ho visto nei suoi tratti niente che mi possa allarmare, quindi mi chino verso la borsa e tiro fuori dallo scomparto laterale le due buste.

«*Per Lena*» legge la dottoressa e un attimo dopo: «*Di' la verità*. Cosa dovrebbe significare, signora Grass? E come le viene in mente che possano essere stati i bambini?»

«Perché devono odiarmi dopo tutto quello che ho fatto. Non possono che odiarmi. Soprattutto Jonathan.»

Adesso noto un cambiamento nel viso della dottoressa, ha tirato su le sopracciglia. Ma fortunatamente riconosco in quel gesto non tanto perplessità verso di me, quanto sincero stupore.

«Jonathan?»

Annuisco angosciata.

«Gli ho fatto molto male.»

«Non capisco.»

Annuisco di nuovo, ma evito di guardarla. «Il giorno della mia fuga dalla capanna…»

JASMIN

Nel frattempo avevo imparato a conoscere la ristretta quotidianità nella capanna, avevo capito qual era il terreno su cui potevo muovermi con sicurezza e mi piegavo il più possibile a questa realtà. Quella mattina, quando tuo marito mi salutò per andare al lavoro dandomi un bacio sulla bocca, non ebbi nemmeno un conato, Lena. Ma poi lui disse: «Stasera ti porto un test» e aveva un'aria raggiante.

Che non avessi le mestruazioni da tempo era una cosa che avevo semplicemente rimosso. Poteva essere lo stress che aveva sconvolto il mio corpo. Poteva essere dovuto alla perdita di peso che veniva sottolineata dalle spalle e dai fianchi ossuti. Che potessi davvero essere incinta non era mai stata un'opzione per me, finché lui non pronunciò quelle parole. *Stasera ti porto un test*. Così crollò tutto, si aprì una voragine per terra e mi risucchiò in un enorme, profondo buco nero. Quando lui fu fuori della porta, mi trascinai con le ultime forze sul divano e ci sprofondai.

Sapevo da una precedente conversazione che lui aveva sempre voluto tre figli. Un fratellino per Hannah e Jonathan. Avevo anche brindato con lui, perché potessi presto rimanere incinta. Ogni giorno ingoiavo le pastiglie di vitamine che mi dava e che dovevano aumentare la fertilità, e annuivo con approvazione quando lui rifletteva sul nome. Matthias, se sarà un maschio, e Sara, se sarà femmina. Matthias, mi spiegò, significa "regalo di Dio", Sara "principessa".

Non c'era motivo di dubitare che dicesse sul serio. No, lui non scherzava mai. In un attimo era tutto finito, tutto nero, morivo dentro al pensiero che avrei potuto portare in grembo il suo terzo figlio. E se quella sera il test non avesse dato risultati positivi, magari sarebbe accaduto il giorno dopo, o la settimana successiva, o tra un mese. Avrei avuto la colpa di far vivere a un altro bambino questo orrore. Avrei messo al mondo un prigioniero, una persona che appena nata sarebbe stata già morta. Piansi così tanto che sentivo il viso andarmi in pezzi.

I bambini erano abituati alle mie giornate negative, o almeno alle mie ore, in cui avevo forti sbalzi di umore, li sgridavo e calpestavo qualcuna delle loro illusioni per pura rabbia. Avevo sgridato Hannah quando aveva tentato di convincermi a fare una gita che comunque non sarebbe mai avvenuta. Avevo dato un calcio alla Signorina Tinky e avevo sibilato a Jonathan, che giocava fingendo di volare, che non sarebbe mai e poi mai salito su un vero aeroplano in vita sua. Avevo urlato «Non sono la vostra mamma!» e urlato ancora più forte perché sembravano semplicemente far finta di niente. Solo che i miei accessi di ira non duravano mai a lungo. Subito dopo mi vergognavo o temevo che potessero raccontarlo al padre, e così chiedevo scusa.

Oggi non ero arrabbiata, né furiosa – non ero più niente. Ero seduta sul divano con le braccia al petto e mi dondolavo apatica avanti e indietro, da ore. Sia Hannah che Jonathan avevano già fatto un paio di tentativi di scuotermi. Mi chiesero quando sarebbe cominciata la lezione. Mi esortarono a fare almeno ginnastica con loro, ricordandomi cosa poteva succedere se non si allenavano i muscoli regolarmente. Mi offrirono qualcosa da bere e un pezzo di barretta energetica. Mi portarono entrambi un disegno che avrebbe dovuto rallegrarmi. Ma io non guardai nemmeno i fogli. Erano solo scarabocchi stupidi, senza senso. A un certo punto mi accorsi che Hannah leggeva quel grosso libro a Jonathan.

«La depressione» citava con la tipica monotonia della sua voce «è un disturbo psichico. I sintomi sono abbattimento, apatia, pensieri negativi ricorrenti. Spesso si nota la perdita di gioia, efficienza, empatia e interesse generale per la vita. Punto.»

«Significa che adesso le siamo indifferenti?» chiese Jonathan, e Hannah ribatté: «Cretino. Significa che tutto le è indifferente».

«Quindi anche noi» concluse Jonathan e cominciò a fare dei rumori strani. Questo probabilmente fu l'unico motivo per cui me ne accorsi. Non l'avevo mai sentito fare così, né lui né Hannah. E tuttavia, nonostante il senso di estraneità, questi rumori avevano anche qualcosa di familiare. Mi ricordarono il dolore dopo la morte di mio padre, quando stavo rinchiusa per giornate intere in camera a piangere. E mi ricordarono la ferita che si apriva ogni volta che Kirsten confermava che voleva davvero separarsi da me e che non sarebbe tornata indietro.

Jonathan stava singhiozzando.

Sbattei gli occhi per cacciare via le lacrime. Lui aveva davvero cominciato a piangere e singhiozzava così forte che la sua piccola cassa toracica sembrava scossa da scariche elettriche. Osservai il suo faccino pallido, contratto per il dolore, finché non ressi più quella vista e tesi la mano verso di lui. Il bambino non la prese, ma si gettò su di me facendomi quasi cadere dal divano. All'inizio rimasi completamente rigida nel suo abbraccio soffocante. Finora non avevo mai visto piangere i bambini, mai. Probabilmente supponevo addirittura che non fossero capaci di mostrare emozioni e magari nemmeno di provarle. Certo, c'era stato quel giorno in cui l'impianto di ricircolo dell'aria si era rotto e ci eravamo sdraiati tutti insieme nel letto matrimoniale, abbracciati. «Ti voglio bene, mamma» aveva detto Hannah. «Per sempre, sempre, sempre.» E io: «Anch'io vi voglio bene. Buonanotte». Adesso vedo un altro significato dietro quella frase, ma all'epoca pensai che lo avesse detto solo perché rendeva più sopportabile quel terribile momento. Perché attenuava un po' la paura. O almeno, io lo avevo detto per questo. Provavo qualcosa nei confronti dei bambini, certo. Ma era mai stato qualcosa di più della compassione? Rabbrividivo al pensiero che i bambini avessero iniziato da un pezzo a volermi bene, davvero bene, e io non me ne fossi accorta né avessi ricambiato. Che tutto quello che avevo fatto per loro fosse solo parte del mio ruolo. Che lo avessi fatto solo per paura che il loro padre mi punisse, se non fossi stata all'altezza del mio personaggio.

Titubante, appoggiai una mano sulla schiena di Jonathan, mentre con l'altra gli accarezzavo la nuca. Sentivo i suoi riccioli morbidi sotto le dita. Sentivo il suo respiro caldo e agitato sul collo, e gli spasmi del suo corpicino mentre singhiozzava. Sentivo il suo cuore palpitante sul mio petto, sentivo che provava lo stesso dolore che avevo provato io all'epoca della morte di mio padre e della separazione da Kirsten. Provava il dolore più forte che si possa provare, quello provocato dall'amore.

Guardai Hannah, che stava un po' in disparte vicino alla libreria e teneva ancora in mano il libro. Mi aspettavo che mi fissasse con aria di sfida con i suoi occhi azzurro ghiaccio. Invece teneva lo sguardo basso e sembrava imbarazzata. Anche questa era una reazione che non conoscevo. Finora Hannah non aveva mai avuto problemi a guardarmi dritto in faccia, nemmeno quando un ematoma fresco intorno all'occhio testimoniava vistosamente l'ennesima aggressione di suo padre; a volte addirittura sorrideva, dicendo: «Non è così grave, mamma. È stata solo una svista». Con questo, però, non voleva giustificare la perdita di controllo di suo padre, ma il *mio* comportamento. Ero stata *io* a fare o dire qualcosa di stupido e per questo suo padre mi aveva picchiata. Una semplice conseguenza della mia stupidità.

«Ho un'idea!» esclamò Jonathan.

Un attimo dopo era balzato via ed era corso fuori dalla stanza nel corridoio posteriore. Una volta rientrato, aveva ancora il viso rosso dal pianto, ma era raggiante. Teneva nascosto qualcosa dietro la schiena.

«Ho un regalo per te» disse solennemente tirandola fuori.

La palla di vetro con la neve.

Al suo interno riconobbi una casetta con la porta marrone, le persiane rosse e un tetto aguzzo. A destra e a sinistra c'erano due piccoli abeti.

«Guarda, mamma.» Jonathan scosse la palla e migliaia di minuscoli fiocchi di neve finti cominciarono a volare e volteggiare, per poi posarsi in parte sul tetto della casetta e sulle cime degli abeti, e in parte per terra. «Guarda come danzano i fiocchi di neve! E qui dentro ci siamo noi.» Jonathan sorrideva indicando la casetta.

«Posso prenderla in mano?»

Lui me la porse.

«Fai attenzione, però. È di vetro e molto pesante.»

«Molto pesante» ripetei come intontita, ed era vero. La palla di vetro pesava discretamente. Pesava meravigliosamente.

«Come l'hai avuta?»

«Me l'ha regalata papà. A Hannah ha regalato la Signorina Tinky, e a me la palla con la neve. È il mio tesoro più prezioso.»

«Ma dove l'avevi nascosta?»

«Nella nostra stanza. Sotto il letto c'è un'asse di legno allentata, sotto c'è un buco» sogghignò. «Anche la Signorina Tinky a volte si nasconde lì sotto, quando ha rubato qualcosa da mangiare.» Si voltò verso Hannah, che però non ricambiò il sorriso.

«Nella vostra stanza» ripetei, mentre continuavo a soppesare tra le mani la palla di vetro. La stanza in cui ero stata migliaia di volte, per rifare i letti o raccontare storie della buonanotte.

«Sì» rispose Jonathan sedendosi sul divano vicino a me. «Ma ora la voglio regalare a te.»

«Vuoi...?»

«Sì, perché sei così triste, mamma.» Prese la palla e la scosse di nuovo. I fiocchi volarono intorno alla casetta. Jonathan sorrise trasognato. «Questa è la nostra capanna. Noi stiamo qui dentro al caldo.»

Mi rese la palla.

«Adesso lo vedi come stiamo bene?»

«Sì, tesoro, stiamo davvero bene.»

«E quando sei di nuovo triste basta che la scuoti.»

«Sì, tesoro, lo farò.»

Avevo le lacrime agli occhi, mentre stringevo forte Jonathan. Il meraviglioso bambino che per rallegrarmi mi aveva regalato il suo bene più prezioso, il suo unico bene.

«Adesso possiamo fare lezione?» si fece sentire Hannah, che finora era stata stranamente in silenzio, imbronciata e in disparte.

Baciai Jonathan sulla fronte dicendo: «Grazie», poi diedi un'occhiata all'orologio della cucina – erano quasi le quattro del pomeriggio – e mi alzai dal divano.

«Bene, bambini. Prendete i quaderni e le matite a cera. Oggi facciamo il dettato...»

Nel frattempo si era fatto tardi, erano quasi le otto. Non pensavo che ormai sarebbe più tornato a casa, e volevo mandare in bagno i bambini perché si preparassero per andare a letto. Durante la lezione la palla di vetro era rimasta sul tavolo. Spesso mi ci cadeva lo sguardo e non potevo che sorridere. Anche Jonathan sorrideva quando se ne accorgeva. Probabilmente quel giorno era un bambino molto felice e fiero, con la sensazione di aver fatto qualcosa di grandioso. Aveva guarito la sua mamma da quella tristezza morbosa. Non aveva proprio idea.

Poi si sentirono dei passi da fuori, passi pesanti sul legno, i gradini che dovevano portare alla capanna. I bambini balzarono in posizione in mezzo alla stanza, ben in vista e con le mani tese in avanti. Li seguii, dopo aver appoggiato la palla di vetro sulla sedia, perché lui non la scorgesse subito appena entrato. Mi misi anch'io accanto ai bambini e tesi le mani. In quell'istante la chiave girò nella serratura.

Gli osservai la schiena, mentre richiudeva la porta da dentro, e il movimento della sua mano quando sfilò di nuovo dalla serratura la chiave, appesa a un portachiavi, e la fece cadere con un tintinnio nella tasca dei pantaloni. Tutto come al solito. Solo il mio cuore pulsava in ogni parte del corpo, ero un'unica pulsazione, mentre lui controllava la pulizia delle mie unghie avvicinandosi così tanto che potei sentire il freddo che portava da fuori. Aveva fatto la spesa per prepararci qualcosa di gustoso per festeggiare la giornata. E aveva anche comprato il test di gravidanza, che appunto ci doveva dare un motivo per festeggiare. I bambini potevano addirittura andare a letto più tardi, oggi. Sembrava molto sicuro del risultato del test.

«Tutto a posto, Lena?» chiese passandomi accanto, mentre portava le buste della spesa sul bancone della cucina.

«Sì, sì» risposi in fretta mettendomi tra lui e la mia sedia, per schermare col mio corpo la palla di vetro. Il giorno era arrivato. Oggi sarei stata libera o sarei morta, lo sentivo, lo avvertivo in ogni battito del cuore. E avevo paura, una paura assurda. Mi avvolgeva il corpo come una pellicola, qualcosa di impenetrabile, che mi avvinghiava e mi rendeva insensibile.

Da adesso in poi tutto si svolge in automatico. Giuro che non ricordo il momento esatto in cui afferrai la palla di vetro. Stava ancora mettendo a posto la spesa? O stava smuovendo la cenere nella stufa a legna? Lo vedo davanti a me, mi ha voltato le spalle, si è chinato. Da dietro mi avvicino a lui. La palla di vetro nella mia mano pesa una tonnellata, la sostengo a malapena, eppure riesco ad alzare il braccio facendo un arco.

Dove sono i bambini in quel momento? È Hannah a neanche un metro da me che lancia un grido ammonitore, che io non sento perché la pellicola che mi avvolge non lascia penetrare niente? Sì, la vedo con la coda dell'occhio, ma ha la bocca chiusa. Hannah osserva muta e immobile la palla di vetro che disegna un arco minaccioso nell'aria.

E Jonathan? Anche Jonathan deve essere qui da qualche parte. Sono sicura che non sia uscito dalla stanza. Forse sta ancora correndo intorno al divano col suo chiacchiericcio eccitato. Papà è arrivato e lui è felice. Papà ravviverà il fuoco nella stufa e farà un bel caldo nella capanna. Papà cucinerà qualcosa di buono per noi. Che fortuna che ci sia papà.

In quell'istante tuo marito è sul punto di girarsi – solo che è troppo tardi, c'è un gran botto, *pamm!*, come quando fai cadere per terra un cocomero. Lui emette forse qualche suono? Si lamenta per il dolore o addirittura urla? Io non sento niente, solo il sangue che mi pulsa nelle orecchie, e quel tonfo sordo, che scuote tutto: *pamm!* L'ho colpito, l'ho preso in pieno, una volta sola, con tale violenza che il suo corpo si affloscia, come quando tagli i fili a una marionetta. Sarebbe bastato, lui adesso è sdraiato a terra, ma a quanto pare non riesco a fermarmi. Colpisco, colpisco, colpisco ancora e ancora, finché il vetro della palla non si infrange sul suo cranio. Devo essermi inginocchiata su di lui e con la palla ormai scheggiata ho continuato a colpire, finché i bordi di vetro tagliente non hanno fatto a brandelli la sua faccia. Sangue, deve esserci sangue dappertutto.

Barcollo all'indietro, con il mio strumento di morte ancora in mano, i bambini entrano nel mio campo visivo. Stanno fermi lì, come se avessero messo le radici. Hannah con espressione vuota e immobile. Jonathan spaventato. Le lacrime gli scendono sul viso, la bocca aperta, esterrefatta. Le braccia gli pendono fiacche ai lati del piccolo corpo. I suoi occhi, il suo sguardo. La palla di vetro con la neve era il suo regalo per me, la sua impresa più grande, più importante, il suo tesoro più prezioso. Quella palla di vetro ha ucciso suo padre. *Lui* ha ucciso suo padre regalandomela. Le sue labbra formano in silenzio la parola: «Mamma».

Lascio cadere la palla. Nella mia testa cade sul pavimento tintinnando. Nella mia testa si rompe soltanto adesso. Quel rumore riesce a perforare la pellicola che mi avvolge, allarmandomi. Mi inginocchio vicino al corpo immobile e prendo il portachiavi dalla tasca dei suoi pantaloni. Mio Dio, si è forse mosso? Non può essere, non può essere, è morto, come la polizia attesterà più tardi. Barcollo di nuovo indietro. Le chiavi tintinnano nella mia mano. Corro alla porta della capanna, con dita tremanti provo una dopo l'altra le chiavi nella serratura, finché una, finalmente, non entra. È entrata! La porta è aperta!

«Forza bambini!» grido. «Andiamo!»

Ma i bambini non si muovono. Rimangono impalati vicino al corpo immobile del padre.

«Venite! Dobbiamo andare via!»

Come al rallentatore vedo Jonathan cadere in ginocchio accanto a suo padre. Il suo busto si piega in avanti tremando. Singhiozza piano, per il dolore, per amore.

Scuoto incredula la testa. Guardo Hannah, che è ancora ferma lì, tutta impettita con la sua faccia inespressiva.

Sto ansimando. Non riesco più a pensare a niente, se non: *Via da qui!* Le mie gambe si mettono in moto. Inciampo sugli scalini di legno che portano su una piccola veranda. Mi scontro con l'oscurità e l'aria gelida. Per un attimo dimentico di respirare, ho i polmoni come bloccati dall'estraneità di quest'aria, vera aria fresca.

Corro. Corro sul terreno erboso che circonda la capanna, e poi nel bosco confinante. I rami mi graffiano la pelle, nell'oscurità riesco a malapena a vedere, poi sotto i miei piedi qualcosa di secco scricchiola forte. Agito le mani intorno, scanso i rami, a volte colpisco nel vuoto, inciampo, cado, dolore. Mi tiro di nuovo su – *avanti, sempre avanti, via da qui.*

Poi, all'improvviso, qualcosa dietro di me: uno scricchiolio? Lui si è rialzato e mi sta seguendo?

Più veloce, corri!

Corro, incespico, scivolo, sbatto contro un tronco d'albero.

Avanti, non ti fermare!

Alle mie spalle altri scricchiolii.

Davanti a me, a una certa distanza tra gli alberi, c'è forse una luce?

Due luci, minuscole, sempre là. Si muovono. I fari di un'auto?

Corro in quella direzione – *avanti! Non fermarti!* Una strada, quella è una strada! Comincio ad agitare le braccia per attirare l'attenzione. Un'auto, davvero, sta arrivando un'auto! Le corro incontro continuando a fare cenni, la macchina è vicina, sempre più vicina – e poi... uno schianto assordante. Davanti ai miei occhi un'esplosione di colori abbaglianti. Le mie palpebre tremano. Cado a terra, fredda e immobile. Fa un freddo terribile. Vedo un movimento sopra di me. C'è qualcuno. Si china su di me. Il guidatore dell'auto. La voce non corrisponde al suo viso mentre esclama: «Signora Grass? Stia calma, signora Grass!».

MATTHIAS

Stanotte non riesco a trovare pace. Eppure non c'è niente che desideri di più che addormentarmi in fretta perché domani arrivi il più presto possibile; un nuovo giorno migliore. Nel letto accanto a me c'è Karin che nel sonno sbuffa lievemente dal naso e, altrettanto inquieta, si rigira da una parte all'altra. Ma almeno lei ha la fortuna di dormire.

Mi ero aspettato qualcosa di molto diverso, è ovvio. È stato come se un'ascia invisibile mi avesse aperto la cassa toracica e qualcuno mi avesse strappato il cuore, quando Hannah dopo il nostro arrivo ha detto: «Ma questa non è casa mia, nonno». E come sembrava delusa. Evidentemente aveva creduto che la riportassi nella capanna. Mentre a me sul momento sono mancate le parole, Karin è riuscita a improvvisare.

«Hai ragione, Hannah» ha detto molto naturalmente. «Questa è casa nostra, la casa di tuo nonno e mia. La tua mamma ha vissuto a lungo qui con noi, per questo abbiamo pensato che ti avrebbe fatto piacere venire a trovarci. Vuoi vedere la sua vecchia stanza?»

«Sì» ha risposto Hannah annuendo e lasciandosi prendere per mano da Karin e condurre di sopra. Io le ho seguite trascinando i piedi, a una certa distanza.

Per essere esatti, è rimasto solo uno scheletro della vecchia camera di Lena. Il letto di legno di pino, l'armadio, l'imponente impianto stereo che era stato un regalo di Natale quando Lena aveva appena scoperto la musica che le piaceva, la scrivania e la sedia girevole sono tutti al loro posto originario. E sul soffitto sopra il letto sono ancora incollati gli adesivi a forma di stella che si illuminano al buio, un residuo sentimentale dei tempi della scuola elementare. All'epoca Lena si era fatta il suo cielo stellato personale. «È brutto che le stelle si possano vedere solo quando si va fuori di notte, vero, papi? È molto più bello addormentarsi sotto le stelle, no?

«Sì, Lenchen, è così» le diedi ragione e l'aiutai a mettere le stelle a quell'altezza per lei irraggiungibile, mentre mi dava indicazioni dal basso.

Invece i numerosi poster che un tempo tappezzavano le pareti sono finiti da un pezzo nella spazzatura. Le foto e il pannello su cui era appeso un guazzabuglio di polaroid e biglietti di concerti sono stati staccati dalla parete. I vestiti che erano nell'armadio scelti e messi da parte. Il comò e lo scendiletto sono nuovi, nel tentativo di Karin di farne una stanza per gli ospiti o perlomeno una stanza senza fantasmi. Proprio come le tende e l'orchidea bianca che Karin cura con amore.

Con passi esitanti Hannah è avanzata fino al centro della stanza e si è guardata intorno.

«È molto grande» ha affermato, è tornata sulla porta e ha cominciato a misurare la stanza mettendo un piede davanti all'altro, il il tallone davanti alla punta, alternando.

«Ventotto passi» ha dichiarato infine, dopo aver raggiunto la parete opposta.

«Ti piace?» ho chiesto speranzoso, ma lei si è limitata ad alzare le spalle.

Devo essere sembrato disperato come un venditore di mobili che quel giorno non aveva ancora fatto affari, mentre le mostravo la scrivania.

«Guarda! Questo è il posto perfetto per studiare. E la sedia è molto comoda. Vuoi provarla? Vieni, siediti. E poi guarda qua! Ti abbiamo già comprato un album da disegno e le matite colorate, e se vuoi domani o nei prossimi giorni possiamo comprarti anche dei libri. O magari Karin, tua nonna, potrebbe andare a vedere in cantina se in qualche scatola ci sono ancora i libri di scuola della tua mamma, e poi...»

«Matthias» ha chiamato Karin dalla porta facendomi cenno di raggiungerla. «Lasciala un attimo in pace.»

Con un sospiro ho ubbidito e mi sono avvicinato a lei.

«Cosa ti eri messo in testa?» ha sibilato in disparte.

Si riferiva al fatto di aver detto a Hannah che l'avrei portata a casa. Eppure il più deluso per questo malinteso ero io.

«Le stelle» ha esclamato Hannah all'improvviso. Era davanti al letto di Lena, la testa all'insù, sorridente. Il sorriso mi ha dato coraggio.

«Sì. La tua mamma desiderava tanto un cielo stellato tutto per sé, allora gliene abbiamo creato uno. Karin, spegni un attimo la luce.» Dato che anche in camera di Lena gli avvolgibili erano tirati giù per proteggerci dai cronisti, le stelle si sono illuminate appena spento l'interruttore, un mare di stelle verde elettrico lassù, grandi, piccole, stelle con e senza la coda.

«La mamma mi aveva fatto un cielo stellato anche a casa. Ma il colore delle matite a cera non brilla.»

«Ti aveva dipinto le stelle?» Una sensazione di calore mi ha invaso il petto e la mia cassa toracica aperta si è istantaneamente richiusa. Che madre meravigliosa e amorevole deve essere stata la mia piccola Lena.

«Sì, sulla parte inferiore delle doghe del letto di Jonathan. Quando sono sdraiata nel mio letto, basta che allunghi una mano verso l'alto e posso addirittura toccarle, le stelle. Sono belle anche se non brillano. In compenso sono blu, verdi e rosse. Solo quelle gialle non si vedono tanto bene sul legno delle doghe, ma io so comunque che ci sono.»

«Di' un po', forse vuoi dormire in questa stanza stanotte? Sotto le stelle luminose della tua mamma?»

Hannah non ha detto niente, ma nella scarsa luce del corridoio che filtra dalla fessura della porta, l'ho vista annuire. Credevo che fosse già arrivato il momento, il momento del legame che riannodava i fili sciolti. Le stelle sul soffitto che la sua mamma le aveva lasciato come un segno. Le stelle che con il loro silenzio dovevano dimostrare a Hannah che era questo il luogo a cui apparteneva.

Ma mi sbagliavo. A cena lei ha chiesto: «E quanto tempo devo restare qui prima di tornare finalmente a casa?».

Speravo in Karin, ma in quel momento neanche a lei è venuto in mente niente da dire.

«Hannah» ho provato allora a spiegarle dopo un po'. «I poliziotti hanno sigillato la capanna. Hanno appeso una cosa alla porta che significa che nessuno può più entrare.»

Hannah ha lasciato cadere il pane imburrato, a cui aveva dato solo un paio di morsi.

«Mai più?»

«Non credo, no.»

«Ma perché?»

«Hannah...» ho iniziato, senza sapere cosa avrei detto, ma Karin mi ha interrotto.

«Perché sono successe delle cose brutte lì.»

Ho sentito una morsa dentro e ho lanciato a Karin uno sguardo ammonitore. Finché Hannah non comprenderà da sola cosa sia realmente accaduto nella capanna, credo che dovremmo lasciare agli specialisti il compito di spiegarle le cose con delicatezza. E il fatto che anche loro finora non ci siano riusciti dimostra ancora più chiaramente quanta sensibilità sia necessaria nel rapportarsi con Hannah. Ma ovviamente non avrei potuto usare questo argomento con Karin, perché mi avrebbe subito ricordato quante volte negli ultimi tempi avessi dato degli idioti incompetenti a quegli stessi specialisti.

Eppure, con mio grande stupore, Hannah ha annuito.

«Penso anch'io che Jonathan non sia riuscito a togliere tutte le macchie dal tappeto.»

Karin ha inspirato rumorosamente.

«Comunque dobbiamo tornarci una volta, nonno. Per la Signorina Tinky. Lei non lo sa che la capanna adesso non può più essere la nostra casa.»

«Lo faremo, Hannah. Nessun problema» ho risposto io, guadagnandomi a mia volta uno sguardo ammonitore da Karin.

Non voglio mettere in dubbio che Hannah si senta presto a suo agio a casa nostra e che alla fine tutto si sistemi; tuttavia stanotte non riesco a trovare pace. Non voglio dar peso a quel piccolo dubbio assillante, non voglio dar ragione a Karin che è convinta che non riusciremo a diventare una famiglia. A essere di nuovo una famiglia come prima... Su questo pensiero devo essermi finalmente addormentato.

Sono abituato al fatto che Karin non riesca mai a dormire ininterrottamente per un'intera notte. Sono anni che non le riesce più, dalla scomparsa di Lena. A un certo punto nel bel mezzo della notte è costretta ad alzarsi: allora va in bagno, o giù in cucina a bere un bicchier d'acqua o a farsi un tè, oppure in soggiorno a leggere un po', finché non le cadono le palpebre. Per me, dopo tutti questi anni, i suoi passi sulle scale o lo scroscio dell'acqua sono solo rumori di sottofondo. Ormai non apro neanche gli occhi, mi limito a rigirarmi pigramente in un'altra posizione.

Stanotte però mi sono svegliato per lo spavento.

Delle grida.

Con la mano cerco l'interruttore dell'abat-jour.

Ancora grida, la voce di Karin.

Il mio corpo scatta su, ho il cuore in gola. Con i piedi tasto il pavimento.

Le grida provengono dal piano di sotto. Qualcosa si ribalta, forse una sedia. In sala da pranzo, penso.

Barcollando sulle gambe arrivo fino alla porta della camera. È entrato in casa qualcuno. Ha preso Karin. Un'arma, mi serve un'arma e non ce l'ho. L'unica cosa che mi viene in mente è l'attizzatoio, appeso al supporto vicino al camino, ma il camino è nella sala da pranzo, dove suppongo sia anche Karin. Inciampo nel corridoio, per un attimo sono tentato di affacciarmi nella vecchia stanza di Lena, il pensiero di difendere Karin viene sostituito dalla preoccupazione per la piccola Hannah. Non deve succederle niente di male.

Poi sento di nuovo Karin e mi blocco.

«E questo cosa diavolo significa?» grida.

Qualcuno risponde a bassa voce: «È maleducazione non ricambiare il saluto».

Hannah! È stata Hannah a risponderle.

Sfreccio per il corridoio, poi giù per le scale, attraverso l'ingresso fino alla sala da pranzo illuminata a giorno. Lì vedo Karin che tiene Hannah per un braccio.

«Che succede?» chiedo guardandomi intorno incredulo. Nessun intruso, nessuna aggressione, solo Hannah e Karin.

«L'ho beccata alla finestra!»

Notando la smorfia sul viso di Hannah mentre Karin le afferra il braccio, balzo verso di lei e apro le dita di mia moglie strette intorno al magro braccino della bambina.

«Non sapevo che non potevo andare alla finestra. Mi dispiace.»

«Certo che puoi andare alla finestra, Hannah» la tranquillizzo e tento di tenere a distanza lei e Karin, prendendo quest'ultima per una spalla e allontanandola. «Cosa è successo?»

«Quando sono scesa giù poco fa per prendere un bicchier d'acqua, ho sentito che c'era qualcuno qui vicino all'avvolgibile. Ho pensato che fosse un ladro» inizia a spiegare Karin senza fiato. La porto verso il tavolo e la faccio accomodare gentilmente su una sedia. Sta tremando. «Dice che qualcuno ha lanciato dei sassolini contro la sua finestra.»

«Ed è vero. Io non dico bugie» si inserisce Hannah. «Solo che non riuscivo a vedere chi era, quindi sono scesa di sotto. Da qui si vede meglio fuori.»

«Allora è stata una fortuna che tu ti sia limitata ad affacciarti alla finestra e non abbia aperto direttamente la porta per vedere chi c'era» dice Karin in tono sarcastico, appoggiando i gomiti sul tavolo e incrociando le dita davanti alla fronte.

«C'è qualcuno davanti casa?» Automaticamente il mio corpo scatta verso il camino, verso l'attizzatoio.

«No, non c'è nessuno» mi interrompe Karin. «Hannah lo ha fatto scappare quando gli ha fatto cenno con la mano in modo così cortese.»

«Karin, lascia stare, per favore» dico annuendo verso Hannah. Nella sua camicia da notte ricevuta in donazione, troppo larga e troppo sottile per l'autunno, ha un aspetto davvero misero. In più se ne sta a testa bassa con le spalle strette e flaccide.

«Hannah.» Mi avvicino piegandomi a fatica sulle vecchie ginocchia. «Mi racconti cosa è successo?»

«C'era qualcuno in giardino e ha lanciato qualcosa contro la mia finestra. All'inizio ho pensato che avesse cominciato a piovere. Era un suono simile, un piccolo ticchettio. Ma poi ho pensato che era meglio controllare. Ho visto solo un'ombra, per questo sono scesa di sotto nell'altra stanza.»

«E davanti alla finestra c'era qualcuno?»

Annuisce.

«Ci siamo salutati con la mano.»

«Hai visto chi era?»

«È ancora molto buio, fuori.»

Le accarezzo le braccia con gesti tranquillizzanti.

«Niente paura. Controllo io. Torna in camera e vai a letto, ok?»

Hannah annuisce di nuovo e dice da sopra la spalla girandosi verso Karin: «Mi dispiace. Prometto che non andrò più alla finestra senza permesso».

Karin si limita a sospirare e io rispondo al suo posto: «Va tutto bene, Hannah. Non hai fatto niente di male. È tutto ok. E adesso torna a letto. Veniamo subito anche noi».

Tengo lo sguardo fisso su Karin mentre ascolto i piccoli passi cauti di Hannah che si allontanano su per le scale. Quando credo che non sia più a portata di orecchio, aggredisco Karin: «Come hai potuto?».

«Per favore» gracchia lei e lascia cadere le mani intrecciate.

«Forse ha solo fatto un brutto sogno, e tu la attacchi così!»

«Oppure è successo esattamente quello che temevo.» Con il palmo della mano Karin batte stancamente sul tavolo, facendo un suono cupo. «Uno di quegli avvoltoi della stampa si è accampato qui fuori stanotte.»

«Sciocchezze. Se ne sono andati tutti poco prima delle nove. Abbiamo sentito le auto partire. E quando subito dopo sono andato a vedere, non c'era più nessuno. Hanno capito che qui non avrebbero ricavato niente.»

Karin ignora la mia obiezione.

«E Hannah incoraggia questa gente regalandole una foto in cui saluta allegramente con la mano! Te l'avevo detto, Matthias! Te l'avevo detto fin dall'inizio che non l'avrei più sopportato. Non voglio ritrovarmi ogni giorno sul giornale.» Karin balza su così bruscamente che la sedia rischia di ribaltarsi all'indietro. Riesce appena in tempo ad afferrare lo schienale e a rimetterla vicino al tavolo.

«Per sicurezza andrò a controllare» dico, girandomi verso il camino e prendendo l'attizzatoio. «Se c'è qualcosa da chiarire lo chiarirò. Tu vai su da Hannah. Ma sii gentile, ok?»

Fuori c'è solo silenzio, tranne gli uccelli, che con l'alba hanno iniziato a cinguettare in modo stridulo. Mi fermo sul più alto dei quattro scalini che conducono alla nostra porta. In mano stringo l'attizzatoio. Il mio sguardo guizza per il giardino anteriore. Il cancelletto è chiuso, nessun segno che riveli la presenza di qualcuno poco fa sul nostro terreno. E tranne le rose, non ci sono altri cespugli o alberi dal fusto abbastanza largo dietro cui un intruso si possa nascondere. Il piccolo giardino è ben visibile anche alla luce dell'alba, ed è completamente tranquillo. Proprio come supponevo: Hannah ha solo fatto un brutto sogno.

MATTHIAS

Non capisco cos'abbia Karin. Si comincia già a colazione. Hannah mangia solo un panino imburrato, proprio come ieri sera – e allora? Sì, lei aveva pensato di farle piacere, di *offrirle* qualcosa di buono, così ha preso in cucina un barattolo di Nutella e lo ha messo sul tavolo.

«A quanto ne so, a tutti i bambini piace la Nutella» ha detto ammiccando in modo invitante.

Ma dopo averne esaminato gli ingredienti, Hannah ha spinto il barattolo da una parte.

«Non si devono mangiare troppi zuccheri. Il consumo eccessivo di zucchero e di cibi zuccherati può provocare i seguenti sintomi:

stanchezza, apatia, ansia, problemi allo stomaco e all'intestino, flatulenza, diarrea o stitichezza, nervosismo, disturbi del sonno e della concentrazione, e anche problemi ai denti. Punto.»

Le labbra di Karin hanno formato un mezzo sorriso, poi ha preso il barattolo, è tornata in cucina e l'ha riposto nella credenza, insieme alle tavolette di cioccolato, le confezioni di orsetti di gelatina e i pacchetti di biscotti che aveva comprato appositamente dopo che avevamo deciso che Hannah sarebbe venuta da noi. Capisco la sua delusione, aveva buone intenzioni, ma non avrebbe potuto evitare di portare via il barattolo?

No, adesso comincia addirittura a tirare su col naso, si sente anche dalla sala da pranzo. Ho già appoggiato le mani sul tavolo per alzarmi e seguirla in cucina, ma poi cambio idea. Hannah è seduta di fronte a me e mi sta guardando. Sul piatto davanti a sé c'è un'altra fetta di pane che lei, dopo che Karin se ne è andata altezzosamente in cucina, non ha più toccato.

«Solo burro?» chiedo.

Hannah annuisce.

Allungo la mano e mi avvicino il piatto per imburrarle la fetta.

«Grazie» dice allegra, dopo che le ho restituito il piatto.

«Mangia pure, Hannah. Vado un attimo dalla nonna.»

«Non possiamo fare tranquillamente colazione insieme?»

Cerco di sussurrare perché Hannah non senta, ma anche a voce bassa ho un tono palesemente tagliente che sorprende sia Karin che me.

«Non fa per me, Matthias.» Fa un vago cenno verso l'alto. Il lampadario illumina la stanza di una luce fredda, insolita a quest'ora. È così in tutte le stanze, per essere precisi, perché gli avvolgibili sono abbassati.

«Non sono neanche la metà rispetto a ieri, Karin» dico alludendo ai giornalisti che aspettano invano sul marciapiede. Quando stamattina alle sei e mezzo ho preso il giornale dalla cassetta della posta, non c'era ancora nessuno e avevo quasi pensato che le cose rimanessero così. Invece la prima auto è arrivata poco dopo le otto.

«Già» mi deride Karin. «Tanto hanno fatto una foto a Hannah ieri notte.»

«Basta, ti prego. Ieri notte non c'era nessuno qua fuori. Hannah ha fatto un brutto sogno. Il giornale di oggi l'hai visto anche tu: non ci sono foto di Hannah che saluta, solo...» Mi blocco appena mi rendo conto. Ma adesso non mi va di discutere se l'articolo del *Bayerisches Tagblatt,* in cui si stigmatizza l'operato della polizia, sia giustificato oppure no. «Ascolta, Karin» dico invece. «Neanche per me è facile. Ma l'unica cosa che conta adesso è scoprire chi era quel tizio e cosa ha fatto a nostra figlia.» Mi si secca la gola. «E dove l'ha portata.»

«È di questo che ti importa?» Gli occhi di Karin scintillano ancora di lacrime, ma al tempo stesso la sua espressione ha qualcosa di stranamente sinistro.

«Sì, naturalmente. Cosa credevi?»

«Non hai nemmeno chiesto a Mark se ha già incontrato Gerd.»

«Lo avrei saputo da Gerd.»

Karin alza le mani per aria.

«Non ti accorgi neanche di questo!»

«Fai piano» sibilo e lancio un'occhiata verso Hannah nella stanza accanto. Ha gli occhi fissi davanti a sé mentre mastica lentamente il pane. Per fortuna è seduta di lato rispetto a noi, quindi il suo sguardo ci sfiora soltanto e si ferma sul camino nella sala da pranzo.

«Non mi accorgo di cosa?» Mi giro di nuovo verso Karin.

«Gerd non ci parla più con te, a meno che non sia obbligato. E l'articolo di oggi sul giornale gli dà più che ragione.»

«Gerd non parla più con me? Ah sì? Allora devo avere qualche problema di memoria. Mi sono semplicemente immaginato la sua telefonata nella notte in cui la signora Grass è stata portata in ospedale.»

«Ha chiamato *noi*, Matthias. E di certo se ne è pentito amaramente. Non voleva che andassimo in ospedale a Cham. Questo lo hai deciso *tu*.»

«No, lo abbiamo deciso *noi*!»

Scuoto la testa senza capire.

«Perché stiamo parlando di Gerd? Ti ho solo chiesto perché fai tutte queste storie per un barattolo di Nutella.»

Il mento di Karin comincia a tremare.

«Perché tu sostieni che ti importa di Lena. Ma non è vero. Non più. Ormai ti importa solo di Hannah.»

Non riesco a credere a quello che sento. Non capisco come si permetta. La mia piccola Lena, tutto per me… Solo il fatto che si tratti di Karin, qui davanti a me, la donna con cui sono sposato da quasi quarant'anni, mi trattiene dal diventare offensivo. Gerd, Giesner o Mark Sutthoff li avrei presi per il collo per una simile impudenza.

«Hannah è tutto quello che ci rimane» dico invece, e aggiungo d'un fiato: «E Jonathan» per segnare un altro punto in questa discussione indegna.

Ma evidentemente Karin non vuole mollare.

«E cosa ne sai?» sbraita lei, e continua a sbraitare mentre io sibilo «Shhh!» e per sicurezza lancio un altro sguardo dietro l'angolo dove c'è Hannah. «Non hanno ancora trovato il cadavere di Lena! Cosa succede se…?»

«Karin. Lo sappiamo che è morta» le tolgo la parola, dopo aver verificato che Hannah se ne sta ancora buona buona e impassibile a tavola a masticare il suo panino.

«Sul serio, come lo sai? Quando due settimane fa Gerd ci ha

chiamati, la notte dell'incidente, non avevamo dubbi che Lena potesse essere ancora viva!»

«Karin, per favore...»

«E tu non fai niente per essere d'aiuto!»

«Cosa?»

«Avresti già potuto chiedere a Hannah di lei!»

«Non sono uno psicologo, Karin! Non sappiamo valutare che effetti possa avere...»

«Non eri tu quello che diceva che i cosiddetti specialisti non ci capivano niente? E comunque ti consideri abbastanza ferrato in psicologia per portarla qui a casa da noi» sbotta.

«Karin, va bene.» Faccio un passo verso di lei e la prendo per le spalle. «Ti prometto che dopo chiamerò Mark. E anche Gerd. Adesso però vieni a sederti a tavola con me e Hannah e fai colazione con noi. Ok?»

Karin apre bocca, ma poi cambia idea e annuisce debolmente. La prendo per mano e la porto con me in sala da pranzo. Ma Hannah non è più al suo posto.

«Dov'è?»

«Di sicuro in bagno» risponde Karin, ma io capisco subito che non è così.

«Hannah!» Mi affretto nell'ingresso.

«Vado a vedere di sopra» dice Karin che mi ha seguito e balza su per la scala.

Il bagno degli ospiti nella parte posteriore dell'ingresso è vuoto. Richiudo la porta che ho spalancato un secondo prima. Ovviamente non è andata in bagno. Non è l'orario di Hannah e non è sua abitudine andarci senza chiedere il permesso. Probabilmente ha avuto paura sentendo il litigio tra me e Karin. Penso subito alla piccola Lena, anche lei non sopportava che litigassimo. Si andava sempre a nascondere, di solito nel grosso armadio nell'ingresso. Rimaneva seduta lì con le ginocchia al petto, ad aspettare che la cercassimo e finalmente la trovassimo. Era come se sparendo volesse distrarci dal litigio. Discussioni sulle rate del mutuo, che ogni mese pagavamo a fatica, sullo studio che non andava proprio a gonfie vele, sull'educazione di nostra figlia, sui piatti da lavare che nonostante le promesse erano stati dimenticati, e tutte quelle piccolezze a cui spesso si dà troppa importanza.

Mi avvicino cautamente al vecchio armadio di abete sotto la scala, in cui Karin tiene giacche e cappotti che non utilizziamo tutti i giorni. Un ricordo…

Finalmente ti ho trovata.

Eri preoccupato per me, papi?

Eccome, tesoro!

È giusto…

Sto per aprire lo sportello dell'armadio quando Karin grida dal piano di sopra: «È nella sua stanza!». Il mio cuore torna subito al suo posto, sulle mie labbra si forma un sorriso sollevato e al tempo stesso un po' deluso. Probabilmente mi avrebbe fatto piacere trovare Hannah nell'armadio.

Eri preoccupato per me, nonnino?

Eccome, tesoro!

«Vieni su, per favore, Matthias?» È Karin.

Ho già messo il piede sul primo scalino, poi con la coda dell'occhio avverto un movimento, un'ombra che sfreccia dietro il vetro opaco della porta di casa. Non mi fermo a riflettere. Faccio uno scatto verso la porta e la spalanco, nel momento stesso in cui una donna appoggia sullo zerbino un grosso pacco chiuso con nastro adesivo.

«Signor Beck… salve» balbetta con aria perplessa quanto la mia, e fa un passo indietro spaventata.

Al tempo stesso la piccola folla che si ammassa al cancello del giardino è presa dalla frenesia, le macchine fotografiche scattano come tasti di una macchina per scrivere e piovono domande come spari.

«Come sta la bambina, signor Beck?»

«E il ragazzino, signor Beck?»

«Ci sono novità su sua figlia, signor Beck?»

«È vero che vi sentite abbandonati dalla polizia?»

Il mio sguardo sfreccia tra lo scatolone ai miei piedi, la donna che con passi incerti percorre all'indietro i gradini verso il giardino, e la folla urlante davanti al cancello.

«D'ora in poi Hannah vivrà in pianta stabile a casa sua, signor Beck?»

«Andrà a prendere anche Jonathan?»

«Signor Beck! Signor Beck!»

E alla fine esplodo, in un'improvvisa eruzione di pura angoscia, e sbraito: «Levatevi dai piedi, bastardi, altrimenti chiamo la polizia e vi denuncio per stalking!». Tiro un calcio allo scatolone sullo zerbino, lo scaglio dietro alla donna che nel frattempo ha superato l'ultimo dei quattro scalini e continua la sua ritirata sulla superficie piana del vialetto piastrellato. L'ho già vista. La riconosco dai capelli rossi e dal cappotto azzurro chiaro. Era già qui ieri, quando sono arrivato con Hannah dalla clinica. «Ci lasci in pace» le ringhio contro, prima di rientrare in casa sbattendo fragorosamente la porta.

«Quindi è questo il titolo che leggeremo domani.» La voce furibonda di Karin arriva dal pianerottolo di sopra.

Esausto, giro la testa verso di lei.

«Mi dispiace.»

Karin alza gli occhi al cielo.

«Lo dici sempre. Comunque, Hannah si è rinchiusa nella sua stanza. Se vuoi provarci tu...»

«Si è…?»

«Rinchiusa. Volontariamente.»

JASMIN

Mi sveglio, non alle sette meno dieci e nemmeno con la sua voce nella testa, ma con una sensazione simile ai postumi di una sbronza, che mi ricorda subito la sera prima. Tasto il letto accanto a me, dove dovrebbe essere Kirsten, poi mi viene in mente che stamattina voleva andare a casa sua a dare da mangiare a Ignaz e poi fare la spesa per noi. Evidentemente è già uscita, perché non sento rumori né in bagno né in cucina. Forse è addirittura positivo ritrovarmi un po' da sola; una specie di dilazione. Quando tornerà dovremo chiamare "Cham". Dovrò vedere l'immagine della ricostruzione facciale. Non posso evitarlo, ovviamente. E poi dopo ieri sera c'è anche un altro motivo urgente per cui devo incontrarlo.

«Potrebbe essere un'informazione importante, Jasmin» aveva detto la dottoressa Hamstedt. «Potrebbe anche aiutare a svelare l'identità del rapitore e il suo movente. In qualche modo sembra una cosa molto personale, non trova?»

«O forse ha semplicemente seguito le notizie sui giornali e l'ha trovato divertente.»

«Può essere. Però credo che dovrebbe parlarne al più presto con il commissario Giesner.»

Al solo pensiero vorrei solo rigirarmi dall'altra parte sul cuscino e continuare a dormire. Ma come potrei, Lena, mentre tu mi fissi dalle pareti in centinaia di raffigurazioni diverse? Mentre mi sorridi incoraggiante – con aria di sfida – dalle innumerevoli foto di articoli di giornale che ho appeso? Quindi mi do per vinta e mi alzo.

In effetti la casa è vuota, Kirsten se ne è andata. Brancolo pigramente verso la cucina, mi riempio un bicchiere d'acqua dal rubinetto e prendo gli antidolorifici, sempre mezza pastiglia in più del necessario. Nella mia testa scorre di nuovo la serata di ieri. Il mio incontro con la dottoressa Hamstedt. Che la nostra conversazione si svolgesse in quel modo non l'avevo certo previsto. Volevo soltanto spiegarle perché mi ero convinta di una cosa che probabilmente suonava assurda, cioè che le lettere fossero dei bambini. Non volevo sembrare così pazza da farle legittimamente pensare che il posto giusto per me fosse una stanza senza la maniglia alla porta. In realtà volevo dire soltanto che i bambini – soprattutto Jonathan – avevano dei buoni motivi per essere delusi da me. Per odiarmi. Per scrivermi lettere che mi ricordassero la mia colpa. Avevo approfittato del gesto d'amore di Jonathan, della sua grande trovata, del suo regalo, della sua fiducia, per uccidere suo padre. Poi ero scappata senza guardarmi indietro verso la libertà, sì, ero finita sotto un'auto, ma comunque ero fuggita. Avevo portato via tutto a quei bambini – il padre, la madre, perché tale mi consideravano, la loro casa – e poi li avevo lasciati soli.

Mentre raccontavo la mia fuga alla dottoressa Hamstedt, ero finita sempre più alla deriva, mi ero immedesimata a tal punto nel racconto che avevo creduto di riviverlo di nuovo. Correvo attraverso il bosco. Sentivo sotto i piedi il terreno irregolare che mi faceva inciampare, i rami che mi sbattevano sul viso graffiandomi la pelle. Potevo sentire lo scricchiolio delle foglie secche, il mio respiro affannoso; ed era tutto così vero. Il momento in cui uscii dagli arbusti e mi ritrovai sulla strada. L'auto che mi prese in pieno. I lampi colorati che esplodevano davanti ai miei occhi. Il colpo sordo e violento quando il mio corpo si accasciò sull'asfalto. Sbattei le palpebre quando sentii, come da sotto una campana di vetro, la voce del conducente che si piegava su di me.

«Signora Grass» lo sentii dire più volte, prima che mi rendessi conto che qualcosa non andava nella sua voce. Ovviamente non era possibile che mi chiamasse con il mio nome. In quell'istante chi mi stava davvero parlando era la dottoressa Hamstedt, che cercava di riportarmi alla realtà.

«Signora Grass! Stia tranquilla, signora Grass» la sentii in modo insistente, mentre le sue mani mi tenevano le spalle. Non mi ero nemmeno accorta che durante il mio racconto si era alzata dal suo posto dietro la scrivania. «Va meglio, signora Grass?»

«Sì» ansimai. «Sì. Io...» Mi toccai la testa e mi resi conto che scottavo. «Mi scusi, non so cosa mi sia preso.»

«Non si deve scusare, signora Grass. Vuole un bicchiere d'acqua?»

«No, grazie. Va già meglio.» Quasi non osavo guardarla in faccia, allora i miei occhi cercarono un altro obiettivo, apparentemente più innocuo. Il blocchetto che si trovava sulla scrivania vicino alle due lettere. Ma poi realizzai cosa stessi realmente fissando. La dottoressa Hamstedt aveva preso appunti.

«Ha scritto tutto?»

«Sì» annuì lei, sorridendo. «Ed è stata incredibile, Jasmin. Ho visto cose simili in altre terapie in cui vengono usate particolari tecniche di ipnosi. Lei però è riuscita da sola e senza il mio intervento a tornare indietro e a rivivere il giorno della fuga. Fra l'altro ha anche menzionato una cosa...» Prese il blocchetto puntando il dito su un brano preciso. «Qui» disse avvicinandosi a me con una certa agitazione. «Mi ha detto che il suo rapitore voleva chiamare il bambino Sara o Matthias. Sa che il padre di Lena Beck si chiama Matthias?»

«Sì» risposi, tenendo per me che lo sapevo grazie all'ampia ricerca con cui avevo tappezzato le pareti della mia camera. La dottoressa Hamstedt non sembrava prendermi per pazza e volevo che le cose rimanessero così.

«Potrebbe essere un'informazione importante, Jasmin» disse la dottoressa Hamstedt. «Potrebbe anche aiutare a svelare l'identità del rapitore e il suo movente. In qualche modo sembra una cosa molto personale, non trova?»

«O forse ha semplicemente seguito le notizie sui giornali e l'ha trovato divertente.»

«Può essere. Però credo che dovrebbe parlarne al più presto con il commissario Giesner.»

«Pensa davvero che possa essere così importante?»

La dottoressa Hamstedt annuì con fermezza.

«Perché il rapitore dovrebbe chiamare suo figlio con il nome del padre della sua prima vittima?»

«Non lo so. Perché era un bastardo psicopatico forse?»

Con la punta della lingua tasto il buco nella gengiva inferiore, che si è rimarginato da un pezzo, ma è comunque lì.

«È lei la specialista. Lui cos'era? Un sadico?»

La dottoressa Hamstedt inclinò la testa un po' a destra, un po' a sinistra. «Per Lena Beck il nome Matthias avrebbe avuto un significato, sì. Sarebbe stata una tortura per lei dover chiamare sempre il figlio con il nome di suo padre, ricordandosi continuamente della sua vita precedente. Ma per lei, Jasmin, questo nome non aveva alcun significato dentro quella capanna. Che il padre di Lena si chiami così l'ha scoperto solo dopo la fuga. Per me c'è qualcosa di molto personale. Se non poteva torturarla in questo modo, doveva comunque trarne una qualche soddisfazione.»

«Be', sì, lui mi prendeva per Lena.»

«Ha cercato di renderla come Lena. C'è differenza.» Arricciò le labbra con aria pensosa. «Forse lo conosceva.»

«Chi?»

«Il padre di Lena. Tuttavia...» continuò a riflettere. «A quanto ne so, il signor Beck non ha riconosciuto il rapitore dalla ricostruzione facciale. Ma» fece cenno di no «di queste cose è meglio che parli direttamente con il commissario Giesner.»

La ricostruzione facciale. All'improvviso mi prese un senso di nausea che sento riaffiorare anche adesso. Cerco di convincermi che si tratta solo di un'immagine, un foglio di carta, ma non serve a niente. Sento una morsa allo stomaco, il cattivo sapore che ho in bocca mi fa ritirare le guance verso l'interno. Appoggio goffamente il bicchiere d'acqua sul tavolo della cucina e corro in bagno. Qui mi inginocchio all'ultimo istante davanti al water, le dita che stringono forte il bordo. Continuo a sentire i conati anche dopo un po', benché il mio stomaco sia ormai vuoto e mi limiti a fare dei versi rochi, profondi.

«Per favore, Jasmin» aveva detto la dottoressa Hamstedt prendendo le due lettere sulla scrivania, ripiegandole per poi rinfilarle nelle buste. «Chiami il commissario Giesner. Parli con lui. Anche delle lettere.» Le tenne in alto con fare dimostrativo. «Escludo con certezza che i bambini possano averci qualcosa a che fare, ma credo che il commissario dovrebbe comunque vederle.»

Annuii.

«Ok, d'accordo. Lo chiamerò domani, promesso.»

Mi alzai dalla sedia e le tesi la mano per salutarla, ma notai un'esitazione in lei che mi inquietò subito.

«C'è qualcos'altro» affermai.

«Oggi ho lasciato Hannah temporaneamente sotto la tutela dei nonni.»

«Lei è… fuori?»

Il mio cuore accelerò. Alla dottoressa non sfuggì che quella notizia mi avesse turbata.

«Per favore, Jasmin, dia una chance alla dottoressa Brenner. Sono certa che la aiuterà.»

Lei è fuori. Mi trascino al lavandino e mi tiro su esausta. Il mio stomaco è ancora contratto, cerco di respirare. Apro l'acqua e mi sciacquo il viso. La donna nello specchio sembra malata. Ha il colorito grigiastro, ombre scure intorno agli occhi. Però mi guarda annuendo con decisione. *Dovresti chiamare "Cham"*. Lo so. *Può far rilevare le impronte digitali sulle lettere, così avrai una certezza*. Ma con l'occasione mi farà anche vedere il risultato della ricostruzione facciale, e non sono sicura di sopportarlo. Che succede se perdo il controllo come ieri sera con la dottoressa Hamstedt? L'ultimo briciolo di controllo che mi rimane? Che succede se vedendo il volto ricostruito tutto ritorna a galla e comincio a raccontare, a raccontare ogni cosa, senza smettere? Scuoto la testa. Chiamerò "Cham", sì, ma più tardi e in presenza di Kirsten. *Kirsten che ti crede malata*. E ha ragione. *Kirsten per cui sei un peso*. Batto col palmo sul bordo del lavandino ed espiro il dolore fra i denti stretti. All'improvviso la donna nello specchio tende l'orecchio. *C'è qualcuno*.

JASMIN

Sfreccio fuori dal bagno nel corridoio. Capisco subito che non si tratta di Kirsten. Deve aver preso le chiavi, perché non sono nella serratura. E poi i colpi alla porta non corrispondono al nostro codice. Penso a "Cham" che in questo istante potrebbe avermi sottratto la possibilità di decidere quando e se parlargli, poi sento una voce mischiarsi al rumore dei colpi.

«Signora Grass? Sono Maja. Oggi sono un po' in anticipo con il pranzo!»

Mi blocco.

«Signora Grass?»

Mi avvicino piano alla porta, mentre Maja ricomincia a bussare.

«Signora Grass, sono Maja!» Fuori, le assi del pavimento scricchiolano più volte; Maja che sta perdendo la pazienza. Respiro e apro.

«L'ho svegliata, signora Grass?»

«No, non c'è problema» sospiro.

Maja mi passa un contenitore di plastica dal tappo verde. A quanto pare non ha portato la posta.

«Purtroppo oggi non ho potuto scaldare il cibo. Il mio forno a microonde è rotto.»

«Va bene così, grazie.»

Prendo il contenitore e mi sto già girando verso il cassettone per appoggiarlo lì, quando Maja spinge la porta e all'improvviso è nel mio corridoio.

«No, non va bene, signora Grass» dice così decisa da farmi trasalire. «Ho promesso solennemente alla signora Bar-Lev di occuparmi di lei, e adesso le porto del cibo freddo. Mi ucciderebbe se lo sapesse.»

«Non glielo dirò» rispondo precipitosamente, mentre ancora cerco di realizzare che Maja è entrata in casa mia e in questo momento sta chiudendo la porta, come se fosse scontato.

«Non se ne parla proprio.»

Prende il contenitore che tengo ancora in mano, con dita rigide per la paura, e mi passa accanto veloce. «Le scaldo subito il pranzo. Ha un forno a microonde, vero?»

Il mio sguardo si fissa incredulo sulla cornice della porta della cucina, dove Maja è appena sparita. Un secondo dopo la sento esclamare: «Ecco, ben fatto».

Quando entro in cucina sta girando il timer del microonde. L'apparecchio comincia a ronzare.

«Spero che abbia fame, signora Grass. Oggi ci sono verdure gratinate. L'ho scelto così, casualmente, spero che vada bene.» Si gira intorno e mi sorride in modo eccessivamente mellifluo. «Nel mio congelatore ci sono ancora della pasta al forno e della carne macinata. O almeno credo. La scrittura della signora Bar-Lev non è così facile da decifrare. Potrebbe scegliere cosa preferisce domani.»

«Grazie, Maja. Penso di farcela da sola adesso.»

«Posso anche lavare i piatti, se vuole.»

«Non occorre, grazie. Se ne occuperà la mia amica più tardi.»

«Ah, sì, Kerstin. L'ho conosciuta ieri. Spero che il brodo di pollo le sia piaciuto.»

«Kirsten. Si chiama Kirsten. Ieri le avrà detto che si è trasferita qui per un po'. Fra l'altro cucina molto bene, non morirò di fame.» Mi giro invitante verso il corridoio. «Be', ecco… non voglio certo buttarla fuori. Ma vorrei andare a sdraiarmi un po'. Oggi non mi sento troppo bene.»

Maja continua a sorridere, ma la sua espressione adesso ha qualcosa di rigido, innaturale. Come se fosse la scultura di un artista che non ha mai visto un vero sorriso e glielo ha inciso sul volto sulla base di racconti o della propria limitata immaginazione. Come se fosse il sorriso di Hannah.

«Prima deve mangiare qualcosa, signora Grass.» Il microonde suona quasi a comando. «Pling!» gli fa il verso Maja. «Vede? È già pronto.»

Mi volta le spalle e la guardo aprire uno dopo l'altro gli armadietti e i cassetti, in cerca di piatto e posate. È troppo vicina, penso. Troppo vicina al ceppo dei coltelli. Basterebbe allungare una mano. Per precauzione faccio un passo indietro.

«Dov'è sparita così in fretta l'ultima volta, Maja? Quando sono tornata dalla cucina con i piatti, lei era andata via.»

Maja si sposta dall'altra parte della cucina, verso il microonde, lontano dai coltelli.

«Già dall'odore sembra molto buono.» La sua voce risuona allegra.

Mi allontano di un altro passo, ma sbatto contro la porta della cucina.

«Maja?»

«Ah, sì, l'ultima volta. Mi era venuto in mente che avevo lasciato la pizza nel forno. Non c'è niente di peggio della pizza bruciata. Be', a dire il vero, c'è di molto peggio, giusto signora Grass?»

Mi tocco il collo, d'un tratto sento una specie di nodo alla gola.

«Presto la mia amica tornerà a casa.»

Imperterrita, Maja rovescia il contenitore nel piatto.

«Si sieda, signora Grass.»

Sento la porta che mi preme sulla schiena. Dovrei fare un passo laterale per indietreggiare nel corridoio, solo che il mio corpo non funziona, non sembra più collegato alle sinapsi nella mia testa, rimane semplicemente immobile. Con lo sguardo fisso gracchio: «È solo andata a prendere un paio di cose a casa sua. Sarà qui a momenti».

«Mi dispiace, Jasmin.» Con il piatto su una mano e forchetta e coltello nell'altra, Maja si gira verso di me. «Purtroppo il pranzo basta per una sola persona.»

HANNAH

Ci sono delle cose che non tornano. Il giardino, per esempio. Non è affatto gigantesco, almeno cinquecento passi in tutte le direzioni. E non ci sono ortensie grandi come cavoli. Lo so, perché ho spiato dalle fessure degli avvolgibili. Fuori ci sono solo un paio di cespugli di rose magri e contorti, e gente con la macchina fotografica.

E non torna nemmeno la nonna. Non è affatto carina e non mi ha mai raccontato una storia della buonanotte.

Solo il nonno torna perfettamente. È molto gentile, quando bussa alla porta della camera della mamma.

«Hannah, apri per favore» dice. Bisogna sempre dire per favore e grazie. Bisogna sempre essere gentili.

Giro la chiave e lui entra. «Perché ti sei chiusa dentro, Hannah?» Sembra molto spaventato.

«Perché voi l'avete dimenticato, ovviamente» rispondo. «Gli adulti devono sempre rinchiudere i bambini prima di litigare.»

«Oh» dice il nonno. Mi appoggia una mano sulla schiena e mi spinge verso il letto della mamma. «Siediti, Hannah.» Mi siedo, anche se preferirei stare sulla sedia girevole. Il nonno aveva proprio ragione, è molto comoda. E si può scivolare da un angolo all'altro della stanza.

«Ascolta, Hannah» dice il nonno. Il materasso ondeggia quando si siede. «Tua nonna e io non abbiamo litigato davvero. Abbiamo solo discusso di qualcosa su cui abbiamo idee diverse. È assolutamente normale e non c'è niente di male. Non devi avere paura.»

Guardo su verso il cielo stellato sul soffitto. Di solito mi viene in mente quando la sera a casa ero sdraiata a letto, con la mamma vicino a me, che spostava il mio dito indice lungo le doghe del letto di Jonathan da una stella all'altra, collegandole con delle linee immaginarie. Ricordo come sorrideva dicendo: «Questa è una costellazione famosa, Hannah. Il Grande Carro», e come sorridevo anch'io, anche se nel librone che sa sempre tutto avevo letto che il Grande Carro non è una costellazione vera e propria, ma è composto dalle sette stelle più luminose dell'Orsa Maggiore.

Ma adesso non sto pensando alla mamma, bensì all'infermiera Ruth che in ospedale voleva raccontarmi la storia della piccola stella. Non avrei dovuto sgridarla solo perché era un po' cretina e aveva raccontato male la storia.

«Mi dispiace» dico, anche se l'infermiera non è qui e non può sentirmi.

«Per l'amore del cielo» risponde il nonno e ha un'aria ancora più spaventata. «Non devi dispiacerti di niente, piccola Hannah. Non aveva nulla a che fare con te. Noi due, tua nonna e io, siamo felicissimi di averti qui con noi. La nonna si è solo un po' agitata perché c'era tutta quella gente davanti a casa.»

«Ma non è così tanta. Sono solo sei. Ieri erano molti di più.»

Il nonno tossisce, ma credo che sia una specie di risata.

«Proprio come dicevo io.»

«Penso che l'infermiera Ruth sarebbe una brava nonna per me» dico al nonno appena ha finito di ridere. «A volte è un po' cretina e non è brava a contare; ma in compenso è sempre gentile.»

Adesso il nonno fa una faccia come se avessi detto qualcosa di sbagliato.

«È vero!» ribatto subito. «Io non dico bugie! Non bisogna dire bugie. Non sa nemmeno quanto fa tredici meno due.»

«Hannah…» dice lui, ma poi non aggiunge altro e tira fuori un fazzoletto dalla tasca dei pantaloni per soffiarsi il naso. «Non ci si può scegliere la propria famiglia. E non si può nemmeno sostituire qualcuno o semplicemente scambiarlo con qualcun altro, solo perché c'è un problema.» Appallottola il fazzoletto in modo molto disordinato e se lo rinfila in tasca. «Ma credimi. Tua nonna, Karin, è la nonna migliore che si possa desiderare. Deve solo abituarsi un po'.»

«Anche il mio papà lo diceva sempre» sorrido, poi mi rattristo un po' perché per colpa del nonno devo pensare a papà. Anche il nonno sembra triste, stringe le labbra così forte che la sua bocca diventa una striscia sottile.

«Sai una cosa, Hannah?» chiede dopo un po'. «Che ne dici se torniamo giù dalla nonna? Sicuramente si è già calmata e si sta domandando dove siamo finiti. Possiamo guardare insieme qualche foto della tua mamma da piccola.»

Annuisco.

«Solo una cosa, piccola Hannah. Per favore non chiudere più la porta a chiave. Sarebbe meglio se tu lasciassi sempre una fessura aperta, così so che è tutto a posto. Ok? Me lo prometti, Hannah?»

Annuisco di nuovo.

Il nonno sorride, prima a me, poi guardando verso il cielo stellato della mamma. «Anche il dentista ti ha dato un adesivo a forma di stella. Puoi decidere se vuoi incollare lassù anche quello.»

Scuoto la testa.

«Non va bene, nonno. Altrimenti non tornano più le costellazioni.»

«Ah» risponde lui, e: «Va bene, era solo un'idea».

Quando io e il nonno scendiamo le scale, nell'ingresso c'è un grosso pacco, e la nonna sta richiudendo la porta di casa.

«Se ne sono andati» esclama allegra. Ha in mano una lettera. «Era davanti alla porta.»

«Sì» dice il nonno prendendo la lettera. «Lo ha lasciato quella giornalista. Però credevo se lo fosse portato via, dopo che gli avevo tirato un calcio.»

«Cosa c'è dentro?» chiede la nonna.

«Non ne ho idea.»

Il nonno strappa la busta, *zac*.

«Aha» dice, dopo aver scorso il foglio. «Sono cose per Hannah e Jonathan. C'è scritto:

Molti dei nostri lettori si sentono vicini ai vostri nipoti e vogliono essere d'aiuto. Ci siamo permessi di raccogliere per voi le cose che negli ultimi giorni ci sono state spedite o lasciate direttamente in redazione. Saluti cordiali dalla redazione del Bayerisches Tagblatt.»

«È meraviglioso» commenta la nonna staccando un lungo pezzo di nastro adesivo marrone dalla scatola. «Vieni, Hannah. Guardiamo dentro.»

Mi avvicino.

Uno dopo l'altro, la nonna tira fuori dei vestiti dallo scatolone.

«Guarda» dice con un maglione blu scuro in mano. «Pensi che piacerebbe a Jonathan?»

«Gli piace il blu. I suoi pantaloni preferiti sono blu.»

«Allora sarà sicuramente felice di questo maglione.»

«Altre donazioni di vestiti» dice il nonno accartocciando la lettera che ha in mano, e subito dopo: «Già, stupendo» anche se non sembra affatto che lo trovi stupendo.

«Matthias» risponde la nonna tirando fuori altre cose dalla scatola, osservandole e poi mettendole su due pile per terra. Una pila per me, una per Jonathan. «È una cosa carina, non credi? E sono vestiti ben tenuti… oh Hannah, guarda! Ecco qualcosa per te.» Solleva un abito bianco a fiorellini. «Questo è proprio il tuo vestito!»

Vorrei chiederle come fa a saperlo, ma lei esclama: «E guarda! Ci sono anche dei giocattoli!».

Prima tira fuori una ruspa di plastica arancione con una pala nera, ma un attimo dopo… Lascio subito cadere il vestito e tendo le mani. La nonna sorride porgendomi un gomitolo a macchie bianche e rosse, poi si gira verso il nonno ripetendo quanto sono carini i lettori del *Bayerisches Tagblatt,* mentre io stringo al petto il più forte possibile la Signorina Tinky. Lei comincia subito a fare le fusa.

«Anche tu mi sei mancata, piccola mia» mormoro affondando il naso nel suo pelo morbido.

JASMIN

Il mio stomaco sobbalza, come se avessi mancato un gradino scendendo le scale. La chiave che gratta nella serratura, la maniglia della porta che viene spinta verso il basso, la pressione contro la mia schiena. Solo quando dall'altra parte sento delle imprecazioni frammentate, mi tiro su dalla mia posizione rannicchiata e lascio libera la porta. Ero seduta lì davanti, la schiena appoggiata, le ginocchia al petto, il peso del mio corpo a bloccare la porta per difendere casa mia da un eventuale intruso.

«Che succede qui?» chiede Kirsten quando un attimo dopo la tiro dentro casa, le strappo la chiave di mano e chiudo con due mandate.

«Jassy?»

«È stata qui!»

«Chi?»

«Quella Maja. Lo sai, quella del secondo piano che si è trasferita nell'appartamento degli Hildner. È stato orribile.»

Kirsten fa un lungo sospiro, poi si toglie il cappotto.

«Adesso ci sono qui io» si limita a dire, senza approfondire quello che sto dicendo, e mi ricorda me stessa, quando ancora vivevo con mia madre. Quando anch'io credevo di doverci essere sempre, anche se ogni minuto avevo l'impressione che le mie membra fossero fuse nel piombo.

«Me la sono cavata senza problemi mentre non c'eri» spiego a Kirsten, che sta appendendo il cappotto nel guardaroba. Non voglio essere un peso per lei, come mia madre lo era per me. «Davvero. Se vuoi tornare a casa tua, non c'è problema. E sicuramente devi anche tornare al lavoro. Avranno bisogno di te al pub, soprattutto il fine settimana.»

«Ho capito, Jassy» mormora lei, prima di girarsi verso di me. «Allora? Cos'è successo con Maja del secondo piano?»

Ho un attimo di esitazione.

«Jassy?» Kirsten mi accarezza sulla guancia. «Accidenti, scotti di nuovo.» Nel suo sguardo c'è sincera preoccupazione. «Ti sei agitata?»

Annuisco.

«Maja. È venuta a portarmi da mangiare.»

Racconto a Kirsten dello strano comportamento di Maja, della sua sgradevole invadenza. Del momento in cui mi aveva detto: «Mi dispiace, Jasmin. Purtroppo il pranzo basta per una sola persona», e come io avevo desiderato scappare, lontano da quella donna. Ero inciampata all'indietro, fuori dalla cucina, mentre Maja appoggiava sul tavolo il piatto con il pranzo e mi seguiva. Non che si fosse precipitata su di me, i suoi passi erano lenti e cauti. E teneva le mani in alto con fare tranquillizzante.

«Niente paura, Jasmin. So che ha vissuto cose spaventose. Cose che nessuno sembra capire. Non è vero, Jasmin?»

Avevo raggiunto il corridoio, dovevo decidermi: a destra in soggiorno, dov'era il cellulare, per chiedere aiuto, o a sinistra in camera, dove rinchiudermi.

«Ci si sente molto soli, quando nessuno ti capisce, vero?»

Mi decido per la sinistra.

«Cosa vuole da me, Maja? Che significa tutto questo?»

«Mi farebbe piacere ascoltarla, Jasmin.»

Sbatto all'indietro contro la scarpiera.

«Parlare aiuta, Jasmin. Si fidi di me.»

Kirsten scuote la testa incredula.

«E poi?»

«Sono corsa in camera e mi sono chiusa dentro. Ha bussato un paio di volte alla porta cercando di convincermi a uscire. Le ho gridato di sparire, altrimenti avrei chiamato la polizia. Ha risposto soltanto: «Questo non l'aiuterà, Jasmin». E poi ho sentito chiudersi la porta di casa. Era andata via.»

«Era andata via» ripete Kirsten con voce inespressiva e stringe gli occhi a fessura. «Sei sicura che sia andata proprio così?»

«Certo che sono sicura!» sbraito, ma Kirsten si limita ad alzare le sopracciglia. «Non sono pazza» riprovo a voce più bassa. «Forse da parte mia è stato assurdo pensare che fossero stati i bambini a scrivere quelle lettere. Avevi ragione, è stato sicuramente un balordo che voleva spaventarmi. Ma questa cosa con Maja…»

Kirsten si insospettisce.

«Cosa intendi con *lettere*? Ce n'è stata solo una.»

«No» dico pianissimo. «Ieri ne è arrivata una seconda.» Prendo la borsa dal guardaroba e tiro fuori entrambe le buste dalla tasca laterale, per darle a Kirsten. La prima busta che apre contiene la lettera che conosce già.

«*Di' la verità*» legge sul secondo foglio e commenta alzando le sopracciglia: «Molto appropriato». Mi restituisce lettera e busta. «Perché non me l'hai mostrata?»

Non dico niente.

Kirsten si mette a ridere, una risata un po' amara.

«Ti aspetti davvero molto da me, questo ti è chiaro?»

«Non volevo che ti preoccupassi ancora. Per questo ho pensato che sarebbe stato meglio parlarne prima con la dottoressa Hamstedt. E lei mi ha assicurato che è assolutamente impossibile che le abbiano scritte loro.»

Kirsten sospira.

«E lei lo sa bene perché è la psicoterapeuta dei bambini e non la tua, come mi hai fatto credere.»

«Sì» dico titubante.

«Ti ho accompagnata lì ieri sera perché credevo che stessi per avere un esaurimento nervoso.» Kirsten scuote incredula la testa. C'è un momento di silenzio, poi dice: «Jassy, così non va. Se non hai fiducia in me, non ha senso che io stia qui».

«Non è così. Io mi fido di te.»

Kirsten ride di nuovo.

«No, non ti fidi! Le cose scomode le tieni per te. Ma io non sono stupida, Jassy. Non sottovalutarmi.»

D'istinto faccio un passo indietro.

«Ricordo esattamente il momento in cui sei scomparsa. Casualmente poco prima avevamo litigato. E avevi una borsa da viaggio con te, non l'ho dimenticato. Era la borsa nera con le chiusure argentate. Non ho detto niente alla polizia quando due giorni dopo ho fatto la denuncia. Perché volevo che prendessero sul serio la tua scomparsa. E pensavo che sarebbe stato addirittura salutare per te se ti avesse trovato la polizia in qualche camera d'albergo, invece che io, come probabilmente ti eri immaginata.»

«Cosa vuoi dire con questo, Kirsten? Che ho pianificato la mia scomparsa?» Ho la bocca secca. *Avanti, preoccupati per me, cercami, trovami, riportami a casa.* «Di certo non era nei miei piani farmi rinchiudere in una capanna da uno psicopatico e lasciarmi torturare per quattro mesi!»

«Non ho detto questo.»

«E allora cos'è che vuoi dire, Kirsten? Che sto mentendo?»

«Che la tua tendenza a drammatizzare ti mette sempre in difficoltà, questo sto dicendo. E che non ti rendi conto in che modo assurdo ti comporti. Prima accusi due bambini malati di minacciarti e adesso è la vicina del secondo piano che ti tormenta.»

«Ma è andata veramente così! Maja è stata qui e mi ha dato il tormento, esatto, il tormento.»

Kirsten fa un movimento indefinito con la testa. Poi si volta, gira bruscamente la chiave nella serratura, spalanca la porta con tale slancio che sbatte nel cassettone, e se ne va via.

Il mio cuore si ferma.

«No, per favore… non andare» balbetto con voce appena percettibile. Lo spavento mi ha paralizzato le corde vocali, e quando sento i passi di Kirsten sulla prima rampa di scale, a intervalli brevi e decisi, capisco che non è vero quello che pensavo poco fa. Non me la cavo bene senza di lei, ho bisogno di lei.

Mi metto in moto, seguendo Kirsten. A ogni passo giù per le scale sento esplodere il dolore alle costole, ansimo.

Sei un'ingrata, Lena.

«Kirsten, aspetta… Lo so che volevi solo il mio bene! Mi dispiace! Mi dispiace così tanto!»

Solo al secondo piano riesco a raggiungerla e mi rendo conto che non aveva intenzione di andarsene. Si è fermata davanti alla porta di Maja e annuisce decisa prima di premere il dito sul campanello.

«Chiediamolo a lei cosa significava quel casino.»

Il campanello squilla. Nel corridoio dietro la porta si sente un rumore.

«Signora Grass, signora Thieme! Non vi vedevo più da una vita!» Ma non è Maja, bensì la signora Hildner, che non si è mai trasferita dall'appartamento al secondo piano.

JASMIN

Posso letteralmente vedere gli ingranaggi dietro la fronte di Kirsten che si mettono in movimento, girano e poi vanno in panne, mentre lei spalanca gli occhi. Senza curarsi dell'allibita signora Hildner, ferma sulla soglia della porta, si gira e sfreccia via senza spiegazioni su per le scale. La signora Hildner fa un passo fuori dall'appartamento per guardare Kirsten irritata, poi indietreggia di nuovo e mi fissa in attesa.

«Noi… io…» inizio a balbettare.

«Mamma, chi è?» chiede una vocina dal retro, il figlio piccolo degli Hildner, che adesso spunta sulla soglia e stringe il ginocchio della madre.

Sto quasi per chiederle di Maja, ma senza Kirsten al mio fianco mi sento in imbarazzo a stare qui, mi sento di nuovo incapace di intendere e di volere, malata di mente. Cosa dovrebbe pensare di me la signora Hildner, se le chiedo di Maja? Qui non abita nessuna Maja, è evidente. Mi scervello per trovare una scusa, qualcosa a proposito della mia lavatrice che si è rotta e la richiesta di poter usare quella della signora Hildner nei prossimi giorni.

«Volevo solo chiedere...»

All'improvviso l'espressione della signora Hildner si rasserena e assume un'aria giudiziosa.

«È per via di quella König, che ultimamente sta sempre qui in giro?»

«Quella...?»

«Chieda pure signora Grass!» Il tono della signora Hildner è quasi aggressivo. «Mi chieda se ho parlato con lei! Ovviamente no! E nemmeno mio marito! Non lo faremmo mai! Non ci ha strappato nemmeno una parola, anche se ci ha lavorati ai fianchi.» Sorride piuttosto fiera, mi sembra. «Ci ha perfino offerto del denaro, ma con noi non attacca! Lei ne ha già passate abbastanza, signora Grass.» La fierezza del suo sorriso tradisce una punta di compassione.

«Mami? Di cosa parlate?» si inserisce il figlio tirandole la gamba dei pantaloni.

«Stai buono, Lenny. La mamma sta parlando con la signora Grass.»

Lenny brontola qualcosa di incomprensibile prima di lasciar stare la madre e zampettare di nuovo in casa. La signora Hildner lo segue con lo sguardo e gli ordina di rimettere a posto i giocattoli.

«Non capisco esattamente...» dico, per riportare la sua attenzione su di me.

«Sì, quella König! Con noi non è riuscita a spuntarla. Ma poi è riuscita comunque a trovare una vittima.» Fa una smorfia. «Mi dispiace, *vittima* non è una bella parola. Comunque...»

«Kirsten!» chiamo neanche due minuti dopo, e l'eco del suo nome risuona nella tromba delle scale. Sento il sangue pulsarmi nella testa mentre corro su per i gradini. «Kirsten!» Con una mano afferro la ringhiera, con l'altra mi tengo un fianco, le mie costole ferite, doloranti per lo sforzo. «Aspetta!» So esattamente cosa sta succedendo due piani sopra di me. Vedo Kirsten infuriata che si aggira per l'appartamento con passi concitati e terribili imprecazioni sulle labbra, fuori di sé e senza una meta, finché non le viene in mente il post-it sul frigorifero.

E infatti la trovo a digitare sul cellulare il numero sul fogliettino rosa, mentre entro in casa.

«No, Kirsten, no!»

Mi fiondo su di lei e le strappo il foglietto di mano.

«Cosa fai, Jassy? Dammi il numero, la chiamo e gliene dico quattro!»

Accenna a tendere la mano per riprendermi il foglietto che tengo appallottolato nel pugno, dietro la schiena.

«Aspetta, Kirsten!» ansimo. «Adesso so cosa significa tutto questo. Prima ascoltami.»

«La signora Bar-Lev?»

Kirsten ha gli occhi fuori dalle orbite e la bocca aperta. La sua espressione dà un volto al mio stato d'animo, un volto incredulo, spaventato... Mi era venuto questo pensiero già molto tempo prima: la signora Bar-Lev che in salotto serve il caffè a un reporter. Che con i suoi denti falsi succhia un biscotto mentre racconta le sue impressioni sulla povera, magrissima donna del quarto piano, che non si lava più i capelli e porta vestiti sporchi. Le si legge in faccia tutto quanto, *tutto*. La signora Bar-Lev che ha avuto l'occasione di rimpinguare la sua scarsa pensione con una mancia.

«E quindi Maja sarebbe una giornalista?»

Annuisco.

Sonja Hildner mi ha raccontato di quella donna che dalla descrizione è sicuramente Maja. Sulla trentina, capelli rossi con la frangetta che le ricade obliqua sul viso. Aveva suonato a tutti i campanelli del condominio in cerca di qualcuno da intervistare, e al secondo piano si era imbattuta prima nella recalcitrante Sonja Hildner, poi nella ricettiva signora Bar-Lev.

Kirsten armeggia di nuovo con il cellulare, stavolta per cercare Maja su internet. In modo febbrile, una febbre che fa impallidire in un attimo la mia presunta tendenza a drammatizzare, noto con sollievo.

«Eccola» dice lei sventolando eccitata il telefono. «Maja König, *Bayerisches Tagblatt*, redazione di Monaco. Monaco, Jassy! Davvero ogni giorno viene da Monaco a Regensburg per portarti il pranzo? Deve essere ossessionata da te!» Kirsten mi passa il cellulare, sul cui display splende la foto di Maja. «Dovremmo prima di tutto mettere sotto torchio la signora Bar-Lev e poi informare la polizia.»

«Secondo Sonja la signora Bar-Lev al momento è davvero da suo figlio» dico assente, osservando la foto di Maja. Maja König, una donna che sorride civettuola all'obiettivo, in una camicetta bianca con il colletto tirato su. «2004 Tirocinio, 2005-2008 Stage, 2008-2011 Redattrice junior, dal 2011 Redattrice Attualità e personaggi» legge Kirsten dal curriculum sintetico sotto la foto.

«Bene, allora subito alla polizia» dice Kirsten. «È sicuramente illegale mentire alle persone per introdursi in casa loro. E i giornalisti non hanno anche loro una specie di codice deontologico?»

«Non lo so, Kirsten. In fondo finora non ha scritto nessun articolo. Ma che succede se le mettiamo alle calcagna la polizia?» Con l'indice disegno nell'aria un titolo a caratteri cubitali. «*La vittima ricorre alla polizia per impedire il lavoro giornalistico. Jasmin G. ha qualcosa da nascondere?*»

«Ma non va bene! Sicuramente non è una cosa che fa soltanto con te...» Le parole di Kirsten diventano un mormorio attutito quando si fa spazio in me un pensiero preciso che mi fa trasalire.

«Le lettere!» esclamo.

«Cosa?»

«Erano di Maja! La prima lettera è arrivata proprio il giorno in cui Maja è apparsa sulla mia porta con il pranzo per la prima volta. Me l'ha addirittura portata lei, sostenendo di averla presa nella posta.» Mi metto la mano davanti alla bocca. «Cosa vuole da me?»

«Be', un'intervista!»

«E per questo tutte quelle macchinazioni?»

Kirsten alza le spalle.

«Non hai idea di quanto valga al momento un'intervista esclusiva con te. Forse è un tentativo per logorarti, in modo che poi tu le fornisca un vero scoop.» Scuote la testa. «Davvero, Jassy. Chiamiamo quel Giesner.» Mi prende la mano. «Tanto dobbiamo farlo comunque, lo sai.»

Annuisco.

«La ricostruzione facciale.»

Kirsten annuisce a sua volta.

«Più lo rimandi, peggio sarà per te.»

«No, facciamo un'altra cosa. Telefoniamo a Maja. Scopriamo cosa vuole.»

«Jassy» sospira Kirsten.

«E poi chiamiamo Giesner, contenta?»

Subito al secondo squillo Maja risponde.

«Pronto?» dice amichevolmente.

«Maja? Salve, sono Jasmin Grass.»

«Signora Grass! Che sorpresa! È tutto a posto? Sta meglio? Credo di dovermi scusare per stamattina. L'ho spaventata...»

«Tutto a posto» la interrompo. «Non è stata colpa sua. Voleva solo essere gentile e io ho avuto una reazione eccessiva. Sono *io* a dovermi scusare.»

Kirsten, seduta a gambe incrociate sul divano vicino a me, alza gli occhi al cielo.

«Lei sa che al momento non sto troppo bene.»

«Sì» dice Maja turbata. «La mia proposta è ancora valida, Jasmin. Se ha bisogno di parlare con qualcuno...»

«Sì, Maja. Ho bisogno di parlare con qualcuno.»

«È stata una cosa veloce» commenta Kirsten dopo che ho riattaccato. «Che cosa ha detto?»

«Che è ancora al lavoro, ma appena uscita potrebbe passare. Verso le nove, nove e mezzo.»

«Vuol dire che in questo momento è corsa nell'ufficio del suo capo a vantarsi di aver preso accordi per un'intervista esclusiva» dice Kirsten, e il suo sorriso mi rivela che adesso anche lei trova piacere in questa idea. Se fosse stato per lei, sarebbe bastato chiamare Maja e dirgliene quattro, e so anche che lo avrebbe fatto volentieri lei al posto mio. Sarebbe stata una gradita valvola di sfogo dopo la pressione degli ultimi giorni e di tutta la situazione. Ma io non volevo dare a Maja la possibilità di riagganciare semplicemente. Di sfilarsi da questa storia premendo un tasto. Non dopo che si era spinta così oltre, introducendosi addirittura nel mio appartamento sotto mentite spoglie. Non adesso che io non ho quasi più un posto al mondo e dopo che lei si è infiltrata nell'ultimo paio di metri quadrati che mi davano un minimo senso di sicurezza e controllo. Kirsten doveva capirlo.

«Probabile» dico imitando il sorriso di Kirsten, anche se in realtà non ne ho molta voglia.

Kirsten mi prende una mano.

«E adesso…»

E adesso.

Faccio un respiro profondo.

HANNAH

Il nonno è giù in cantina. È andato a cercare i vecchi album di fotografie.

Lui e la nonna hanno litigato di nuovo. Non li disturbava il fatto che fossi lì accanto ad ascoltare. Il nonno era arrabbiato perché la nonna aveva messo in cantina gli album. Lui pensa che le foto della mia mamma da piccola non dovrebbero essere relegate in una scatola, tantomeno in cantina, perché la cantina è un po' umida e questo potrebbe danneggiare le immagini. La nonna ha risposto che lui avrebbe fatto meglio a occuparsi delle telefonate che le aveva promesso di fare.

«Più tardi chiamo Mark» ha brontolato il nonno prima di sparire in cantina.

La nonna è nella lavanderia.

Mi ha spiegato che bisogna sempre lavare i vestiti altrui prima di indossarli e che avrebbe lavato subito le cose del pacco dono, perché domani potessi già metterle. Voleva prendere anche il mio vestito, ma io l'ho tenuto stretto. Prima mi ha guardato stranita, così avrei voluto spiegarle che il vestito non era affatto di qualcun altro e perciò non c'era bisogno di lavarlo, ma lei ha detto subito «Ok, puoi provarlo adesso e lo laviamo dopo». Sicuramente perché non voleva altri guai con il nonno. Lui adesso sa che in caso di necessità anche l'infermiera Ruth potrebbe essere mia nonna, quindi la nonna Karin deve controllarsi e comportarsi bene. E credo che lo abbia intuito, perché è bastato che io facessi un breve strillo quando ha tentato di portare in lavanderia la Signorina Tinky. «Quella bestiola è molto logora e sporca...» Ma non è andata oltre. La mia voce da leone ha salvato la Signorina Tinky. In realtà trovo che la nonna abbia un po' di ragione, ma la Signorina Tinky è troppo debole per la lavatrice. Per questo ho dovuto proteggerla e starle accanto. Così come la Signorina Tinky è stata accanto a me, prendendosi spesso la colpa quando a casa mi cadeva o rovesciavo qualcosa, oppure facevo qualcosa di stupido. Ha già passato un'intera notte fuori dalla porta della capanna per me.

Il nonno è in cantina, la nonna nella lavanderia, e io sono nella stanza della mia mamma. La porta è aperta di una fessura, come mi ha detto il nonno.

Mi sono già cambiata e sto molto bene. Mi rigiro davanti allo specchio appeso alla porta dell'armadio. Dietro di me, sul letto della mamma, c'è la Signorina Tinky. Dico: «Guarda, Signorina Tinky» e mi volto in modo particolarmente rapido proprio per lei, facendo ruotare la gonna del vestito.

Ma la Signorina Tinky si limita a inclinare la testa stancamente. Mi siedo vicino a lei e la prendo in braccio.

«A casa davanti alla stufa ce ne stavamo così. Ti ricordi Signorina Tinky?» Le accarezzo la testolina. È sempre molto fredda e rigida, ma non c'è da meravigliarsi. Forse ha dovuto rimanere per ore là fuori, nel pacco dono, finché la nonna non l'ha finalmente portato in casa. «Hai già visto le belle stelle lassù?» Indico il soffitto. «Le ha fatte la mamma per noi. Sapeva che saremmo arrivate qui.» Chiudo un occhio e disegno con l'indice le linee invisibili del Grande Carro. «Se vuoi, posso raccontarti una storia, Signorina Tinky.»

La Signorina Tinky miagola pianissimo.

«Bene, ascolta attentamente. Bisogna sempre ascoltare attentamente. Non ascoltare è maleducazione. Ma lo sai già, vero Signorina Tinky? Allora: c'erano una volta due stelle. Una grande, dalla luce rossa, e una piccola, la cui luce era ancora un po' offuscata. Ed erano migliori amiche. Di giorno dormivano per riposarsi, ma appena scendeva la notte, si scatenavano nel cielo. La piccola stella ammirava la sua amica grande, bella e rossa, e si sforzava di emanare una luce altrettanto bella. Una sera, il cielo stava diventando grigio e la notte tardava ancora, quando un colpo violento svegliò la piccola stella. Spaventata si guardò attorno, ma non riusciva a trovare l'origine di quel rumore assordante. Lì vicino sentì la sua amica grande e rossa dire con voce tranquilla: "Va tutto bene, mia piccola stella. Non aver paura e dormi un altro po'. Ti prometto che stanotte sarò particolarmente splendente per te".

E fu davvero così: da quella notte la sua amica brillò più luminosa che mai, più di tutte le stelle nell'intera galassia, e la piccola stella la amava e la ammirava ancora di più. Ma una notte la piccola stella si svegliò e scoprì che la sua amica era scomparsa. La piccola stella si guardò intorno in preda al panico, ma la sua amica non si vedeva da nessuna parte. La piccola stella si spaventò moltissimo quando si accorse di essere circondata da una nebbia inquietante. Iniziò a piangere a dirotto perché le mancava la sua amica e si sentiva sola. Le altre stelle, infatti, erano troppo lontane per fare amicizia, e quindi nessuno poteva sostituire la sua adorata amica grande e rossa. Poi nella nebbia risuonò all'improvviso una voce, che sembrava quella della sua amica: "Il mio tempo era arrivato, piccola stella. Avevo consumato tutta la mia forza e adesso mi sono spenta".

"Ma non può essere" esclamò la piccola stella. "Proprio nelle ultime notti risplendevi come mai prima!"

"Sì" disse la voce. "La morte è così. Quando noi stelle abbiamo consumato il combustibile, diventiamo delle giganti rosse e brilliamo in modo particolarmente luminoso. Poi arriva un'esplosione e scoppiamo."

La piccola stella si spaventò per quelle parole crudeli.

"Allora anch'io voglio scoppiare subito" disse con la sua ostinata voce da leone. "Adesso, immediatamente! Preferisco essere morta che sola senza te per il resto della mia vita."

"Ma non sei sola" disse la voce dell'amica. "La vedi la nebbia che ti circonda. È il mio spirito e da quello nasceranno tante nuove stelle. Avranno bisogno di te, una grande amica che le protegga e sia loro di esempio."

"Ma come dovrei fare?" chiese la piccola stella incredula. "Io stessa sono piccola e la mia luce è offuscata. Come potrei essere un'amica grande e un esempio?"

"Be', guardati intorno! Le nuove stelle in questa nebbia sono solo minuscoli granelli di polvere. Immagina quanto grande e luminosa devi sembrargli già adesso."

La voce aveva ragione, ammise la piccola stella. Le nuove stelle erano addirittura più piccole di granelli di polvere, tanto minuscole che lei non le aveva nemmeno notate.

"Adesso sono io l'amica grande" ripeté commossa e si guardò intorno nella nebbia che poco prima le aveva fatto paura e ora prometteva meraviglie. "E sarò una buona, grande amica" promise la piccola stella e brillò come mai prima, rafforzata dalla sua nuova responsabilità e con la certezza che lo spirito della sua amica l'avrebbe avvolta per sempre. Fra l'altro, responsabilità significa darsi da fare perché venga fatta la cosa giusta, nel caso tu non lo sapessi, Signorina Tinky.» Sorrido e dico: «Punto». L'infermiera Ruth probabilmente aveva pensato che non conoscessi questa storia. Ma la conoscevo già da un pezzo, grazie alla mamma, e senza Dio. Senza che Dio entri nella storia è molto meglio.

Tiro le gambe sul letto e mi rannicchio con la Signorina Tinky fra le braccia.

«Non avere paura» le sussurro nell'orecchio. «Non durerà a lungo.»

JASMIN

Sono quasi le sette. Apro soltanto quando i colpi alla porta diventano incessanti e riconosco la voce di "Cham" che grida dall'altra parte: «Signora Grass, sono il commissario capo Frank Giesner».

Ha portato con sé il poliziotto che la settimana scorsa mi ha accompagnata a casa con mia madre. Li invito a entrare.

«Salve, signor Giesner» dice Kirsten, che è appena uscita dal bagno e tende la mano a "Cham" e all'altro poliziotto.

"Cham" saluta Kirsten e mi ringrazia di averlo chiamato e ed essermi resa disponibile a incontrarlo oggi stesso. Mi scuso per non averlo potuto fare ieri e gli sono grata perché non menziona davanti a Kirsten di aver cercato di contattarmi sul cellulare un paio di volte durante la giornata. In fondo è anche questo il motivo per cui mi sono decisa a vederlo oggi. Ho pensato che fosse solo questione di tempo prima che si presentasse alla porta senza avvisare, se avessi continuato a ignorarlo. Allo stesso modo era solo questione di tempo prima che Kirsten si accorgesse di come armeggiavo con il cellulare per rifiutare le sue chiamate. Soprattutto dopo che avevo telefonato a Maja, lei non avrebbe capito come potessi da un lato mostrarmi così decisa ad attirare la giornalista nel mio appartamento per rimetterla al suo posto, mentre dall'altro continuassi a evitare di essere d'aiuto alle indagini sul caso. In fondo il caso sono pur sempre io, siamo entrambe. Vorrei che si trattasse solo di te, Lena. Voglio contribuire a far sì che tu possa trovare pace. Aiutare a ritrovarti. So che tu conti su di me e per questo sto cercando di farmi forza. Penso al tuo sorriso, alla tua foto, alla spensieratezza al momento dello scatto, quando eri felice e non avevi idea di quello che entrambe avremmo dovuto passare.

«Sediamoci» propone Kirsten dirigendosi verso il soggiorno. Quando "Cham" la segue passandomi accanto, noto la sottile cartella verde sotto l'ascella sinistra. Deve essere lì dentro il foglio con la ricostruzione facciale.

«Vedrai, sarà una cosa veloce» mi aveva assicurato Kirsten poco prima per infondermi l'ultima scintilla di coraggio che mi mancava per comporre il numero di "Cham". «È solo una formalità. Dovrai osservare la foto e identificare quell'uomo. Semplicissimo: Sì, è lui. Ed è fatta. Non c'è bisogno di dire altro. Hai sopportato quella faccia per quattro mesi, Jassy. E ce l'hai fatta. Resisterai anche per quei due secondi di cui ha bisogno Giesner per mettere la cosa agli atti.» Avrei voluto crederle, solo che non avevo un'aria particolarmente convinta, così lei aveva aggiunto: «Credimi, dopo starai un po' meglio. Questo è il primo passo perché noi possiamo andare avanti». *Noi* fu la parola che mi risultò più chiara.

«Certo non è facile per lei, signora Grass» dice "Cham" prendendo posto sul divano accanto a Kirsten. Appoggia la cartella sul tavolino da fumo davanti a sé. Cerco di ignorare il modo in cui squadra il mio aspetto trascurato, la stessa felpa macchiata e i pantaloni della tuta sformati sulle ginocchia che indossavo già durante l'incontro con la dottoressa Hamstedt e che sembrano confermare, in modo efficace, che al momento non si può pretendere troppo da me. «Ma spero capisca che purtroppo non possiamo risparmiarglielo.»

«Nessun problema.» Reprimo un urlo di dolore mentre mi siedo sulla poltrona. «Togliamoci di mezzo questa cosa» dico con un'occhiata a Kirsten che mi fa un cenno incoraggiante. Anche

"Cham" annuisce, poi tira fuori il foglio dalla cartella e me lo porge. Faccio un respiro profondo, un respiro contro il mio battito cardiaco che accelera, il mio cuore che pompa e preme aumentando la sua forza finché lo sento non solo nel petto ma in tutto il corpo. E poi tengo in mano il foglio e studio quel volto, i suoi tratti, stupita e spaventata al tempo stesso. Il mio indice scorre su quelle linee. La sua immagine lampeggia nella mia testa, si sovrappone in modo quasi inquietante alla sua copia in formato A4 e sfuma davanti ai miei occhi, la copia si confonde con la plasticità del reale, brandelli di ricordi esplodono come spari nella mia testa, vengo trascinata via. È un vortice che mi risucchia, mi porta con sé, stringo gli occhi e quando li riapro sono di nuovo nel bosco.

L'incidente. Mi esplodono in faccia dei colori vividi. Dolore. Sono a terra rigida. Qualcuno si piega su di me. La sua voce: «Accidenti. È ferita? Mi può sentire?».

Sbatto debolmente le palpebre, ho del sangue in un occhio. Il suo viso è sfocato.

«Mi sente? Chiamo un'ambulanza, ok? Andrà tutto bene.»

Voglio annuire, ma non ci riesco. Le mie palpebre sfarfallano.

«Deve rimanere sveglia, ok? Mi sente?»

«Signora Grass?» chiede una voce lontana, da un'altra realtà. È quella di "Cham".

«Le dia un attimo» chiede un'altra voce, quella di Kirsten.

I fanali mi abbagliano, il dolore mi fa sentire ubriaca. L'uomo, il conducente dell'auto, si inginocchia su di me. Lo vedo confusamente infilare una mano nella giacca. «Chiamo aiuto, mi sente? Tra poco arriverà l'ambulanza.» Per un secondo riesco a rilassarmi. Se muoio adesso, morirò libera. E quest'uomo mi avrà salvata. Contemplo adorante il viso del mio salvatore…

«È lui, signora Grass?»

Ma poi succede qualcos'altro. C'è un rumore, un sibilo che

taglia l'aria. Conosco quel tipo di rumore. L'ho sentito io stessa, poco prima, anzi l'ho provocato, quando ho alzato il braccio con la palla di vetro facendolo vibrare nell'aria. E conosco anche il rumore finale. Come quando si fa cadere per terra un cocomero – *pamm! È questo il rumore che senti quando spacchi il cranio a qualcuno.* Stringo gli occhi spaventata. Un attimo prima il conducente è inginocchiato sopra di me, un attimo dopo si accascia a terra. Il suo viso adesso è molto vicino al mio, così vicino che dovrei sentire il suo respiro sulla pelle. Ma non sento niente, lui non respira. Ha gli occhi spalancati e fissi. Voglio urlare ma non ci riesco. Non qui, in questo momento. Ma in un altro luogo sì. Nel mio soggiorno risuona l'urlo e fa a pezzi le immagini. Mi piego sulla poltrona, tremo come se avessi un attacco epilettico, tutto si contrae. Kirsten fa uno scatto dal divano. Mi prende tra le braccia, io sgambetto e agito le mani, ho il viso caldo e bagnato, la pelle scotta.

«Jassy! È tutto a posto, sei al sicuro. Sei a casa, ci sono io accanto a te. Mi senti, Jassy?»

«Lo riconosce, signora Grass?»

Sì, lo riconosco. E urlo – di paura. E piango – per il mio salvatore. E mi agito – per il significato di tutto questo. Kirsten mi tiene più stretta.

«Adesso la lasci in pace, signor Giesner! Non vede in che condizioni si trova?»

Non stai bene. Ti serve aiuto.

Indietro. Corro. Sul terreno erboso che circonda la capanna, nel bosco confinante. I rami mi graffiano la pelle, riesco a malapena a vedere nel buio. Poi all'improvviso, dietro di me. Qualcosa scricchiola?

«È questo l'uomo che l'ha rapita, signora Grass?»

Avrei potuto giurare di aver sentito odore di carne e verdure.

Avrei potuto giurare di averlo colpito una sola volta.

La sua faccia, a brandelli, tutto rosso.

Una stanza senza maniglia. *Per la sua sicurezza, signora Grass.*

«Respira, Jassy, tranquillamente. Sono qui, va tutto bene. Cerca di respirare.»

È solo una formalità. Dovrai osservare la foto e identificare quell'uomo. Semplicissimo: Sì, è lui. Ed è fatta. Non c'è bisogno di dire altro.

«Sono qui con te, Jassy. Non devi aver paura. È finita.»

Sbatto gli occhi. Sento il battito del cuore di Kirsten, forte e affidabile. Le sue braccia che mi tengono stretta. Il suo calore. E poi sento la mia voce che dice: «Sì, è lui».

MATTHIAS

Hannah è sdraiata sul letto e sta dormendo. Sembra un angelo, come la mia piccola Lena. La sola vista, tra le sue braccia, di quel vecchio peluche dal pacco dono dei lettori del *Tagblatt* mi disturba, per non parlare del vestito scolorito che ha addosso. Oggi non siamo riusciti a fare spese, ma domani mi riprometto di andare in città con Hannah a comprarle dei vestiti nuovi e anche un nuovo giocattolo. Be', meglio senza Hannah, per evitare scalpore al centro commerciale. Ma dovrei avere la certezza che Karin riesca a controllarsi se le lascio sole a casa un paio d'ore. Con cautela stendo la coperta sul corpo minuto di Hannah e sussurro: «Buonanotte, tesoro mio».

Getto un ultimo sguardo sul piccolo angelo addormentato, poi accosto la porta lasciando uno spiraglio aperto. Karin è andata da una sua amica del corso di yoga nella vicina Gilching, probabilmente per lamentarsi di me.

Sto scendendo le scale quando lo squillo del mio cellulare, che proviene dal soggiorno, mi ricorda che forse la sua irritazione è motivata. Ho dimenticato di chiamare Mark. Scendo più in fretta gli ultimi gradini perché gli squilli insistenti non sveglino Hannah.

Gerd Brühling, ufficio, è scritto sul display.

«Pronto?» dico laconicamente. È l'unica cosa che riesco a dire, poi Gerd esplode. Mi deve mancare qualche rotella, sono un vero stronzo, di certo non ho più la testa a posto, anzi, sono un vecchio mulo, un idiota accecato dalla rabbia, inutile, addirittura pericoloso. Capisco le parole ma non dove sia il problema.

«La parte in cui tu mi insulti l'abbiamo superata» sfrutto la pausa che usa per riprendere fiato nella sua tirata. «Adesso mi faresti il piacere di dirmi di che si tratta?»

«Ti sei lamentato col giornale del nostro lavoro!» ansima Gerd, le cui imprecazioni lo hanno lasciato evidentemente senza fiato. Lo vedo davanti a me, seduto dietro la scrivania, con la pancia pronunciata che tira la camicia abbottonata male, e con la testa rossa e paonazza. «L'articolo uscito oggi sul *Bayerisches Tagblatt*!»

«E allora?»

«Tu!» ringhia Gerd, prima di iniziare a citare l'edizione di oggi: «*Data l'infruttuosa collaborazione di due commissariati di polizia*, tra parentesi: *Cham e Monaco, che a tre settimane dalla spettacolare fuga di Jasmin G. dal suo rapitore continuano a brancolare nel buio, riteniamo nostro dovere, in qualità di organo di informazione responsabile, rendere pubblica l'esistenza di un identikit che potrebbe contribuire all'identificazione del presunto rapitore. Tuttavia le autorità lo nascondono al pubblico perché sembrano temere il gran carico di lavoro che deriverebbe dal coinvolgimento di tutti i cittadini nell'identificazione dell'uomo finora sconosciuto. Un testimone anonimo ha riferito alla redazione un'affermazione che uno dei poliziotti avrebbe fatto a questo proposito: "Scatenerebbe un'ondata di segnalazioni la cui verifica porterebbe via molto tempo". Per questo al momento si è rinunciato a coinvolgere la popolazione, benché ciò possa ritardare la risoluzione del caso, uno dei più sensazionali degli ultimi decenni, a favore delle vittime e delle loro famiglie.*

L'uomo finora non identificato, ucciso da Jasmin G. durante la fuga, sarebbe collegato al caso della party-girl di Monaco, scomparsa nel gennaio 2004, Lena Beck, aperta parentesi: *all'epoca 23 anni,* chiusa parentesi. *Noi del* Bayerisches Tagblatt *contestiamo la decisione delle autorità di polizia di sottrarre al pubblico informazioni importanti che con il vostro aiuto, care lettrici e lettori, potrebbero portare al ritrovamento di Lena Beck...* Puoi immaginare cosa stia succedendo qui? Adesso i nostri telefoni esplodono di telefonate, e non perché qualche balordo ha riconosciuto il tizio, ma per le proteste! È tutto il giorno che va avanti così! Pensi che non abbia niente di meglio da fare? Non dovrei cercare tua figlia? Non era questo che volevi da me? Invece adesso mi devo occupare di questo schifo! Guarda l'orologio! Lo vedi che ora è? E sono ancora in ufficio a rispondere a telefonate assurde!»

«Qualcuno deve pur fare qualcosa...» borbotto, ma a quanto pare Gerd non ha ancora finito.

«Stiamo facendo di tutto, Matthias! Stiamo facendo di tutto per trovare Lena! Ma non ci riusciremo se boicotti le nostre indagini aizzando quel giornale spazzatura e l'intero Paese contro di noi!»

«Cosa ti devo dire, Gerd? Che mi dispiace che in via eccezionale tu debba fare un paio d'ore di straordinario? No, non mi dispiace affatto! È ora che qualcuno vi metta un po' di pressione! Adesso siete costretti a portare dei risultati, se non volete che i cittadini perdano fiducia in voi e nell'intero sistema!»

«Di' un po', ti importa veramente di tua figlia o ormai si tratta solo di una fottuta questione di principio?»

«Come osi?» abbaio nella cornetta. «Non avresti dovuto essere già passato di qua per mostrare a Karin l'identikit, come aveva detto Giesner? Non avresti dovuto essere qui sulla soglia della porta già stamattina alle otto, per» sbuffo con disprezzo «interrogare i *contatti più stretti*? Dov'eri invece, eh? Prendi davvero le indagini sul serio? E se Karin avesse riconosciuto quell'uomo? Magari adesso sapremmo già da un pezzo dove cercare Lena!»

Gerd grugnisce.

«Dimmi solo un'ultima cosa, Matthias. In modo che sia preparato: hai già detto a quella schifosa redazione anche che Mark Sutthoff è stato da noi per il test del DNA?»

«È stato… cosa?» Mi accascio su uno dei divani a due posti nel nostro soggiorno, casualmente proprio sul posto in cui Mark Sutthoff era seduto la sera di mercoledì, a farsi servire il tè da mia moglie.

«Allora va bene» sospira Gerd sollevato, e vorrebbe salutarmi.

«Gerd, no, aspetta, rimani in linea! Mi dispiace di essermi lamentato di voi con Rogner. Ma devi dirmi perché avete analizzato il DNA di Mark.»

«Come no» ride seccamente Gerd.

«No, Gerd, davvero! Giuro sulla vita di mia nipote che non ne parlerò con nessuno.»

Gerd non dice niente, per un attimo si sente solo il lieve fruscio della linea telefonica.

«Mi sono già pentito di aver dato di nuovo fiducia a quel Rogner. Per ringraziarmi mi ha messo alle calcagna un'orda di cronisti quando sono tornato dalla clinica con Hannah.»

Gerd continua a tacere, la linea telefonica ronza.

«Per favore» tento di nuovo. «Mark ci ha fatto visita a sorpresa due giorni fa. E in effetti ci ha detto che avevate chiesto il suo aiuto, ma non che volevate prendergli il DNA.»

«Be', *chiesto* è relativo» risponde Gerd, e poi, dopo un'altra breve pausa: «Giura, Matthias, non una parola con nessuno».

«Sì! Voglio dire, no» assicuro in fretta. «Non una parola, promesso. Adesso parla.»

Gerd sospira di nuovo e per un paio di secondi temo davvero che stavolta non ceda, adesso che, dopo la pubblicazione dell'articolo, la mia affidabilità gli sembra durevole come l'inchiostro da stampa su un giornale, che viene via se toccato da dita umide, sudate per la rabbia. Sì, è vero. Non ho trovato di meglio da fare, dopo la mia conversazione con Giesner davanti alla clinica, che chiamare la redazione del *Bayerisches Tagblatt* e lamentarmi con l'assistente di Rogner del carente lavoro della polizia. Ma troppe cose sono andate storte, nei quattordici anni in cui Lena andava cercata con costanza, soprattutto adesso che tutte le tessere del puzzle sono sparse sul tavolo. Nessuno sembra prendersi la briga di rimetterle in ordine, e io non posso proprio accettarlo. Come è possibile che ci siano un colpevole e una scena del crimine, e tuttavia non si trovi la vittima? Come è possibile che la testimone più importante, quella signora Grass, non venga interrogata in modo da farle finalmente confessare quello che sa? Perché non si sa ancora nulla della fuga del conducente e perché non si è scavato in cerca del corpo di Lena nel misero raggio di un paio di centinaia di metri intorno alla capanna? Avrebbero dovuto rivoltare l'intero, maledetto bosco! Stavolta mi aspetto davvero che Gerd mi dica di no. Che abbia imparato qualcosa dal suo ostinato collega Giesner, che non mi ha lasciato fotografare l'identikit per mia moglie nemmeno sotto la minaccia di un infarto. Anche se devo ammettere che non sarebbe cambiato molto. Mi sarei comunque messo in contatto con la redazione del giornale. La sola differenza è che le avrei spedito la foto dell'identikit, invece di brontolare al telefono. Lo avrebbero pubblicato nell'edizione di oggi e magari sarebbero già arrivate indicazioni utili dai cittadini. Per mia fortuna, però, Gerd non è l'ostinato Giesner. Per mia fortuna Gerd è sempre e solo Gerd, il mio ex migliore amico, il mio compagno di pesca, il padrino di mia figlia. E per questo ci casca di nuovo e mi dice: «E va bene. Come sai, nel corso delle nostre indagini abbiamo il dovere di verificare eventuali relazioni di parentela, anche se il caso sembra chiaro. Così come abbiamo dovuto verificare la parentela tra Lena e i bambini. Solo che in questo caso c'è una discrepanza.»

Sento una morsa al petto, un pensiero assurdo. Hannah non è mia nipote. È stato tutto un grosso errore. Mi accorgo che sto scuotendo la testa. *Impossibile, non temere. Hannah è tua nipote. Somiglia alla piccola Lena.*

«Il fatto è questo, Matthias.»

Somiglia alla piccola Lena.

«Non abbiamo trovato nessuna relazione di parentela tra il cadavere nella capanna e i bambini.»

Il mio cuore si accascia sullo stomaco, sollevato. Ovviamente Hannah è mia nipote, va tutto bene.

«Significa...»

«Significa che il morto non è il padre naturale dei bambini. È assolutamente escluso.»

«Mark Sutthoff» ansimo nel telefono, senza capire realmente il significato.

«Al collega Giesner è venuta l'idea di far fare al signor Sutthoff il test del DNA, poiché Lena fino a poco prima della scomparsa stava con lui. Ufficialmente al momento concreto del rapimento erano separati, ma se ti ricordi, l'esame degli SMS sul cellulare di lei aveva provato che erano di nuovo in contatto e che volevano riprovarci, non appena Mark fosse tornato dal suo viaggio in Francia.»

«Vai avanti» dico digrignando i denti.

«Be', abbiamo fatto due conti. Non conosciamo le date di nascita precise dei bambini, ma dobbiamo affidarci alle loro dichiarazioni e alle valutazioni dei medici. Se Hannah ha davvero tredici anni e Lena è scomparsa tredici anni e nove mesi fa, ci sono due possibilità. O Lena è rimasta incinta subito dopo il rapimento e Hannah è stata un parto prematuro, oppure Lena era già incinta al momento del rapimento.

«Di Mark Sutthoff» dico mettendomi una mano davanti alla bocca.

«Sì» dice Gerd, ma non sembra molto convinto. «Solo che il DNA del cadavere non corrisponde nemmeno a quello di Jonathan, che ha due anni di meno.»

«Sì, ma quello di Mark corrisponde?»

«Non lo sappiamo ancora. Il laboratorio ci darà i risultati lunedì.»

«Maledizione, Gerd! Se Mark è il padre…» mi muoiono le parole, mentre il significato sprofonda sempre più giù, seppellendomi sotto il peso di una tonnellata, tanto che riesco a malapena a respirare.

Mio Dio. Lo avevo preso. Lo avevo preso davvero.

Le mie mani che gli stringono il colletto della camicia. La sua schiena contro la parete. Il suo viso paonazzo.

Dov'è, bastardo?

Lo avevo preso in un momento in cui Lena sicuramente era ancora in vita.

«Sì» si limita a dire Gerd.

«Ma allora chi è l'uomo della capanna?»

«*Sarebbe*, Matthias, ok? Chi *sarebbe* l'uomo della capanna? Finché non abbiamo i risultati di laboratorio, è solo teoria, chiaro? Finché non abbiamo i risultati, Mark Sutthoff è solo un testimone, che gentilmente ci aiuta a escludere un certo fatto. E per essere sincero, non credo che il risultato sarà positivo. Ha amato molto Lena, e in realtà è un bravo ragazzo, no? Mi ha addirittura chiesto l'indirizzo di Jasmin Grass, perché voleva spedirle una cartolina di auguri di pronta guarigione. Ovviamente non gliel'ho potuto dare, ma la richiesta dimostra che tipo di persona sia.»

«Ma quando...»

«*Nel caso*» corregge Gerd. «Allora il morto della capanna sarebbe l'uomo sbagliato. Oppure i colpevoli sono più di uno...»

«Tra cui Mark Sutthoff.» Sul mio sopracciglio sento di nuovo quell'insopportabile pulsazione che ho avvertito quando Mark Sutthoff è stato da noi l'altro ieri.

«Lo sapremo presto. Ma...» Gerd si blocca.

«Ma?»

«Ascolta, Matthias. Adesso voglio che mi passi Karin al telefono.»

«Non è possibile. È da un'amica.»

«Ok, allora chiamala, va bene? Dille di venire a casa. Non voglio che tu stia da solo e reagendo istintivamente tu faccia qualcosa che ci crei altri problemi. Mi hai promesso sulla vita di tua nipote...»

Gerd continua a parlarmi – niente sciocchezze, rimanere in attesa, aspettare che torni Karin. Io ho lo sguardo fisso davanti a me, le sue parole mi volano accanto. Anche se sono seduto con la schiena rivolta verso l'ingresso, me ne accorgo comunque. Vedo un'ombra, con la coda dell'occhio, che in questo momento sfreccia verso la porta di casa.

JASMIN

Una parte di me si è isolata, se ne sta rannicchiata in una stanza stretta e nera, con pareti spesse e impenetrabili, mentre il resto di me è ancora seduto nel soggiorno, con Giesner e Kirsten, a cui ho appena mentito. Il documento di Giesner non mostra il mio rapitore, ma il conducente dell'auto che ha provocato l'incidente. E goccia a goccia, lentamente, il significato filtra nella mia coscienza.

«C'è ancora qualcosa di cui vorrei parlare con lei, signora Grass» dice "Cham", facendo rientrare con un *clic* la punta della sua penna biro. Ha appena annotato, in presenza dell'altro poliziotto, che ho riconosciuto senza ombra di dubbio il mio rapitore.

Il mio rapitore che non è morto. Capisco che era andata davvero come pensavo quando sono stata portata in ospedale. Lo avevo colpito una sola volta, non più volte come crede la polizia, e così forte che la palla di vetro con la neve si è frantumata. Solo un'unica, inutile volta.

«Un momento» si inserisce Kirsten. «Con tutto il rispetto per il suo lavoro, signor Giesner. Ma credo che per oggi Jassy abbia fatto la sua parte. Penso che adesso si debba riposare.»

La palla di vetro si è rotta solo dopo il colpo, quando l'ho lasciata cadere sul pavimento.

Forza, bambini! Andiamo!

«Sto bene, Kirsten.»

«Sei sicura, Jassy?»

Adesso lo sono. Non avevo immaginato lo scricchiolio nel sottobosco mentre correvo tra gli alberi. Lui mi ha seguita, ha ucciso il conducente dell'auto e l'ha messo nella capanna al suo posto. Deve essere andata così. Poi gli ha fatto a brandelli la faccia perché fosse irriconoscibile, mentre Hannah è venuta con me in ospedale.

«Sì, sono sicura.»

Adesso riaffiora la strana sensazione che ho provato nell'ambulanza quando ho sentito la voce di Hannah. Hannah, che semplicemente non doveva essere lì. E mi chiedo perché. Perché ha permesso che l'ambulanza mi portasse via? Perché non ha ucciso anche me insieme al conducente? Dopo l'aggressione e la fuga, dovevo essermelo più che meritato ai suoi occhi.

«Bene, signora Grass.»

Ma no, non mi ha trascinata di nuovo nella capanna o nel bosco, lasciandomi crepare lì. Ha addirittura mandato Hannah con me.

«Lo dica se ha bisogno di una pausa.»

Annuisco assente.

Perché? Perché non ha preso i bambini con sé ed è scappato? Doveva essergli chiaro che a quel punto la polizia avrebbe indagato, sia che fossi morta per le ferite, sia che ce l'avessi fatta e avessi testimoniato. Doveva essergli chiaro che la polizia avrebbe trovato la capanna, e sicuramente gli era chiaro, altrimenti non avrebbe messo il corpo del conducente lì al suo posto. Allora perché? Perché?

«Ok, va bene. Andiamo avanti, signora Grass. Ce l'ha quasi fatta.» Credo che "Cham" stia sorridendo, ma non riesco a ricambiare, i miei tratti sono come storditi. «Il nome Sara le dice qualcosa?»

Quindi c'era stata una Sara. Il terzo figlio che tuo marito desiderava. Glielo avevi già dato molto tempo prima, Lena. Si dà per scontato che sia morto. Voleva sostituire il suo terzo figlio morto, proprio come te. Una parte di me, che se ne sta rannicchiata in una stanza stretta e nera, vede lampi di pensieri. L'altra, seduta con "Cham" e Kirsten, è completamente vuota, solo un involucro, un fantoccio che mi rappresenta, risponde spento alle domande, è incapace di esprimersi a parole. Ovviamente so perché. Non è poi così difficile. Tuo marito è vivo. Tuo marito mi ha lasciata in vita. Tuo marito ha un piano. "Cham" comincia a parlare dei nuovi risultati del DNA, che in sostanza provano inconfutabilmente che hanno preso l'uomo sbagliato. Solo che non ci arrivano, non possono arrivarci perché io continuo a tacere. Magari "Cham" pensa che sia per una svista o per colpa di un inquinamento delle prove che il laboratorio ha dato il risultato sbagliato. Le sue parole diventano un vortice che mi avvolge facendosi ogni secondo più opprimente. Ho il respiro affannato, sempre più affannato. Come se potessi ansimare via quella consapevolezza così crudele. Per un attimo funziona. Poi sento salire in me un calore, un calore spietato, cocente, soffoco.

Lo devi dire. Apri la bocca. La polizia può aiutarti.

Nessuno verrà ad aiutarti. Adesso hai soltanto noi.

Per sempre, sempre, sempre.

Tuo marito è vivo. Tuo marito mi ha lasciata in vita. Tuo marito ha un piano. E verrà a prendermi. In questo istante il fantoccio si accascia sulla poltrona.

Papà! La mamma ha un altro attacco!

MATTHIAS

Un'ombra che sfreccia nell'ingresso.

Come al rallentatore giro la testa, ma sento la porta chiudersi. Il cellulare mi scivola di mano, atterra con un tonfo sordo sul tappeto del soggiorno. Salto su dal divano. I miei passi, che dovrebbero essere veloci, sono pesanti. Prendo coscienza. Il mio cuore. La mia mano afferra la maniglia. Spalanco la porta di casa. Fuori è già buio, solo i lampioni formano delle isole di luce gialla sull'asfalto nero. Il mio sguardo guizza intorno. La vedo ancora. Hannah che a circa trecento metri da me sale su un'auto. E la grande figura nera che chiude la portiera del passeggero dietro di lei. Quasi paralizzato osservo l'uomo che fa il giro dell'auto verso il lato del guidatore.

«Hannah» gracchio appena percettibile.

Il motore si accende. L'auto si mette in movimento. Sta partendo. Solo allora riemergo dalla paralisi dello shock e mi lancio giù per le scale, attraverso il cancello del giardino aperto, urlando: «Mark! No!».

Ma di Mark e Hannah rimangono solo due lucine posteriori rosse nell'oscurità.

JASMIN

È troppo buio. Da quando mi hanno dimessa dall'ospedale deve esserci sempre una luce accesa. Kirsten lo sa. Tutto quello che è buio diventa la dispensa della capanna, la sensazione dolorosa delle braccia tese da una parte, dei polsi legati allo scarico del lavandino, la spaventosa sfera nera in cui i miei pensieri non trovano appiglio, la paura e l'attesa che lui ritorni e mi uccida. Sbatto gli occhi, rimane buio. Con lo scorrimento veloce cerco di capire cosa è successo. "Cham" era qui. Mi ha mostrato l'immagine della ricostruzione facciale. Ho mentito, ho identificato l'uomo sbagliato. "Cham" ha detto che il DNA dei bambini non corrispondeva a quello del cadavere ritrovato nella capanna. Mi ha chiesto se avevo una spiegazione. A me stessa sapevo spiegarlo, ovviamente. Ma non a lui. Troppo grande la paura che mi prendesse per pazza. Troppo grande la paura che dopo tutto quello che avevo passato potessi esserlo davvero. E cosa avrebbe fatto Kirsten se me ne fossi venuta fuori con l'ennesima storia drammatica? Quanto potevo ancora esserle di peso? Devo aver perso i sensi, qualcosa dentro di me si è chiuso a riccio cercando una facile via di fuga nell'incoscienza. Come allora, nella capanna. Quante volte il soffitto si è ribaltato, il pavimento si è increspato, la stanza ha girato, quando mi sentivo sopraffatta? Con gratitudine scivolavo in quel buio salvifico, avevo un "attacco", come diceva Hannah.

Tasto il cuscino vicino a me. Kirsten deve avermi portata a letto, dopo che sono crollata davanti a lei e "Cham". È andata così, questo spiega tutto. A nessuno è venuto in mente di chiamare un medico o un'ambulanza. Perché non sono più da prendere sul serio. Perché non sono neanche malata, al massimo isterica. Immagino Kirsten che ansimando affaticata mi solleva dal pavimento del soggiorno, assicurando a "Cham" che non c'è niente di cui preoccuparsi. È stata solo l'agitazione, in fondo avevo temuto per due giorni il momento in cui mi sarei ritrovata davanti l'immagine del mio rapitore. E poi avevo bisogno di sonno e riposo. *Non sta bene. Se la fa persino addosso, lo sa?* E immagino la reazione di "Cham". Che comincia con l'accenno obbligatorio all'importanza di andare regolarmente dalla psicoterapeuta, la medicina universale per qualcuno nella mia situazione, è evidente.

E lo faccio di nuovo, o forse no? Sono assurda, tento miseramente di fuggire, nella mia testa, quando mi chiedo davvero cosa pensino gli altri di me. Lo faccio di nuovo, cerco di rimuovere, di non recepire quello che sta succedendo, non avvertire il panico che tuona nel mio petto, il panico di fronte al buio intorno a me.

Sbatto di nuovo gli occhi, il nero rimane nero, nero assoluto, senza contorni. Allungo una mano da una parte in cerca dell'interruttore dell'abat-jour. Lo trovo, lo premo. Fa un *clic,* ma tutto rimane nero. Dalla mia gola sale un suono estraneo, non potente, violento, qualcosa di compresso, un respiro dimenticato che pretende di recuperare. Mi tiro su a sedere. Cerco un residuo di luce dei lampioni tra le fessure degli avvolgibili. Ma non c'è luce, solo buio e il mio cuore che batte.

«Kirsten?» chiamo, tendendo l'orecchio in attesa di una risposta. Che però non arriva. Aspetto un rumore qualsiasi. Ma non ce ne sono. Silenzio, buio e il mio cuore che batte. Allora penso di sognare – lo so, sto sognando. Eppure mi riesce difficile calmarmi. Rassegnarmi a quel buio opprimente, alla completa mancanza di orientamento che mi ricorda la dispensa. Il giorno del mio rapimento. Mi stendo di nuovo, chiudo gli occhi, inspiro l'odore familiare di casa mia, una traccia del profumo di Kirsten, fresie, che aleggia ancora sul cuscino. Posso sopportarlo questo sogno.

Non lo sopporto. Apro gli occhi, di nuovo speranzosa, ma invano, tutto nero. Mi tiro su a sedere. Cerco a tastoni il bordo del materasso, striscio per terra, con un braccio allungato, verso la porta della camera. Con cautela mi alzo, continuo a tastare in cerca della maniglia. La abbasso. Cigola, come sempre. Una volta, due volte, più volte a intervalli ravvicinati, finché capisco che la porta non si apre. Sono chiusa dentro. Tasto vicino alla cornice della porta, dove dovrebbe esserci l'interruttore della luce. Fa un *clic*, ma il buio rimane. Ancora un *clic,* buio. Martello col pugno contro la porta, urlo: «Kirsten! Che significa? Fammi uscire!». Tiro pugni, grido, disperata, un sogno, un brutto sogno. Respiro a scatti, ansimo. Poi sento dall'altro lato della stanza una risata lieve. La sua risata.

E la domanda.

«Come stai, Lena?»

MATTHIAS

Vai più veloce. Vai vai vai.

La lancetta del tachimetro trema intorno ai 180 chilometri orari. Di più non riesce a fare questa vecchia carretta.

Dove l'avrà portata?

Gerd! mi viene in mente. Le parole di Gerd, poco fa al telefono. *Mi ha addirittura chiesto l'indirizzo di Jasmin Grass, perché voleva spedirle una cartolina di auguri di pronta guarigione. Ovviamente non gliel'ho potuto dare, ma la richiesta dimostra che tipo di persona sia.*

Un uomo, che di sicuro anche senza l'aiuto di Gerd è in grado di trovare l'indirizzo di Jasmin Grass. Lo può fare chiunque, bastano un paio di *clic* su internet. Stringo gli occhi a fessura, per vedere meglio a distanza. Ma l'autostrada è vuota e nera. Niente luci posteriori, da nessuna parte.

E se la portasse da qualche altra parte?

Ho perso del tempo prezioso correndo di nuovo in casa a prendere le chiavi della macchina. Ho perso un'infinità di tempo mentre la porta del garage saliva, e altro tempo a fare marcia indietro fino alla strada. Quasi quattordici anni.

Impossibile recuperare il vantaggio di Mark.

Non ho perso tempo a indossare una giacca o le scarpe. Premo con le pantofole sul pedale.

Avrei dovuto invece perdere tempo per prendere il cellulare, che adesso giace inutile sul tappeto nel nostro soggiorno.

Nessun cellulare. Nessuna possibilità di chiamare aiuto. Nessun sostegno.

Sono solo.

L'avevo preso.

Le mie mani che gli stringevano il colletto della camicia. La sua schiena contro il muro. Il suo viso paonazzo.

Dov'è, bastardo?

L'ho lasciato andare.

Nella mia testa lo sento raccontare della valle della Marna, *una zona meravigliosa, una natura da sogno*. Bugiardo. Ci stava prendendo in giro. Ha addirittura ammesso di avere una figlia. Hannah. Come ho potuto non accorgermene?

«Papi» sento una vocina stridula dal sedile di dietro. Nello specchietto retrovisore riconosco solo l'attaccatura chiara dei capelli e i suoi occhi che brillano stagliandosi contro l'oscurità sullo sfondo. «Mi devi aiutare, papi.»

«Lo so, tesoro» rispondo con voce soffocata.

«Stavolta mi devi davvero aiutare.»

«Sì, piccola Lena, lo so.» Mi passo il dorso della mano sugli occhi quando la corsia davanti a me sembra sfocarsi. «Sto venendo ad aiutarti. Stavolta non ti lascio da sola, promesso.»

«Ma ti devi sbrigare, papi.»

La lancetta del tachimetro oscilla intorno ai 200, la vecchia carretta trema.

JASMIN

«Dov'è Kirsten?» strillo.

«Non verrà» dice la sua voce. «Non verrà nessuno.»

Con il palmo colpisco la porta, urlando: «Kirsten!» e «Aiuto!».

«Smettila» sibila la voce. «Non vorrai che i vicini si preoccupino.»

Colpisco e martello ancora, urlo più forte, tiro e strattono la maniglia, che cigola e cigola e cigola. Un momento dopo ecco la sua mano, che all'inizio – priva di orientamento nel buio senza contorni – si agita a vuoto, prima di raggiungere la meta, il mio naso e la mia bocca, che ora stringe sempre più forte, non riesco a respirare. Il suo corpo fa resistenza contro la mia schiena, la sua mano sul viso. Comincio a sgambettare, avanzo verso la porta, vengo strattonata indietro, cado, atterro pesantemente, mi ha scaraventata sul pavimento. Grido per lo spavento, il dolore, l'incredulità.

«Per favore, apri la porta.»

Silenzio.

«Per favore, accendi la luce.»

Da qualche parte nel buio la voce dice: «Non è così semplice, Lena. Ho staccato il salvavita».

Striscio all'indietro, finché non sento una parete alle mie spalle. Con cautela mi tiro su, con una mano tasto il muro; sento un fruscio di carta, uno degli articoli che ho appeso. L'altra mano si tende in avanti, nel vuoto. Dov'è lui?

«Come ci sei riuscito? Chi ti ha aiutato a organizzare tutto questo?»

«Aiutato? Me?» Ride, il suono viene da destra. «Nessuno, Lena. Io sono Dio, non ho bisogno dell'aiuto di nessuno.» Passi che si avvicinano, un mormorio: «Posso addirittura risorgere dal regno dei morti».

Striscio lungo la parete, lontano da lui, a ogni mio movimento gli articoli di giornale frusciano.

«Non che tu mi abbia mancato con la palla di vetro, se ti può consolare. Ho avuto una commozione cerebrale e sono stato messo addirittura in malattia.» Io tremo, lui ride. «Ma vediamola positivamente. Almeno ho avuto un po' di tempo per preparare tutto quanto.»

«Hai ucciso il conducente dell'auto» ansimo nel buio.

«E tu? Tu avresti ucciso me. Quindi non sei molto meglio di me, no? Ma a essere sincero, mi stupisce che tu l'abbia capito solo adesso. Ti facevo più furba, davvero.»

«Hannah...» sussurro. Ho le gambe deboli, *riprenditi,* avanti, lungo la parete, solo altri due passi. «Mi hai messo Hannah alle calcagna.»

«No, in realtà ti ha seguita lei. E avevate perfino un enorme vantaggio. E io, dopo quel colpo in testa, non ero nelle condizioni ottimali per riprendervi. Ma per fortuna sei finita contro quell'auto.» Per un attimo c'è silenzio nel buio, ma poi lo sento sghignazzare. «Ma mi rendo conto che hai bisogno del finale. Come in un film, no? A questo punto vedresti tutti gli eventi dopo l'incidente come in un flashback dal punto di vista del cattivo. Vedresti come ha fatto a brandelli la faccia del suo sostituto, messo il necessario in una borsa, incaricato suo figlio di aspettare e di ripulire tutte le superfici, mentre lui stesso guida la macchina dell'incidente oltre il confine ceco e la nasconde. Come sogghigna compiaciuto perché sa benissimo che se ne sarà già andato da un pezzo quando la polizia la troverà.» Ride di nuovo, da destra, troppo vicino, agito la mano ma non trovo niente. «Ma una cosa del genere puoi immaginarla da sola. Non abbiamo molto tempo, tesoro mio.»

«Quindi adesso il cattivo è arrivato per chiudere la storia e uccidere la protagonista.»

«La protagonista?» Proprio davanti a me. Mi paralizzo. Il suo respiro sul mio viso. «Molto sicura di te, mi piace. Che tu ci creda o meno, mi è sempre piaciuto quando ti opponevi. Ma no, niente paura. Ti avrei potuta uccidere da un pezzo, se avessi voluto. Già sul luogo dell'incidente. Perché credi che abbia chiamato l'ambulanza? Sei sopravvissuta perché l'ho voluto io.»

La mia mano si muove verso destra, trova la cinghia dell'avvolgibile, tiro con forza: una fessura, larga forse un palmo, e nella luce del lampione il suo sorriso.

«O meglio: perché lo ha voluto tua figlia.»

HANNAH

Devo fare un disegno, ha detto papà. Così non mi annoio mentre lui sveglia la mamma. Mi ha portato apposta un album con delle matite a cera in un astuccio di metallo, nuovissime. Sono ancora molto lunghe, più lunghe del mio indice, e ci sono persino tre sfumature di rosso: carminio, rosso cinabro e bordeaux. Mi ha dato anche una barretta, poco fa in auto, e per la prima volta ne sono stata davvero felice. Tanto che la barretta mi è sembrata un po' più buona del solito. Ma avevo anche fame. Dai nonni ho sempre mangiato pane e burro. Papà mi ha anche lodata perché mi sono ricordata tutto quanto così bene. In realtà molto più di quanto sperava. Lo trova sorprendente, ha detto. Mi piace essere lodata, quindi adesso posso essere fiera di me, penso. D'altro canto mi chiedo se papà qualche volta ha avuto dei dubbi su di me, perché "sorprendente" non significa solo "impressionante", ma anche "inatteso". E questo lo troverei ingiusto, in fondo è stata tutta un'idea mia. Lui di certo non poteva avere nessuna idea, quando dopo la stupida mossa della mamma si è ritrovato a terra come morto, con il tappeto tutto insanguinato. La mamma aveva aperto la porta della capanna e diceva con la sua voce da leone: «Forza, bambini! Andiamo!», ma Jonathan e io dovevamo pensarci. «Venite! Dobbiamo andare via!» Jonathan è caduto in ginocchio vicino a papà, sul tappeto insanguinato. Mamma ha cominciato a correre.

Io ho detto a Jonathan che dovevamo dividerci. Da un lato il tappeto era sporco e doveva essere pulito. La pulizia è importante. Dall'altro la mamma aveva detto di andare con lei, e bisogna sempre fare quello che dicono gli adulti.

«Guarda cosa ha fatto, Hannah» mugolava Jonathan in mezzo alle mie riflessioni. Non sapevo se intendesse papà, ancora immobile per terra, o la sua palla di vetro rotta, di cui teneva in mano un frammento.

«Da' qua!» Ho preso il frammento di vetro e l'ho infilato nella tasca del vestito, perché lui non si facesse del male. Gli oggetti affilati possono essere molto pericolosi, e c'erano già abbastanza macchie sul tappeto. Poi gli ho detto che avevo riflettuto abbastanza. Lui doveva ripulire il tappeto, io avrei seguito la mamma.

Anche se ero veloce, sono riuscita a raggiungerla solo dopo quel grande botto. Era sdraiata lì, con gli occhi chiusi in mezzo alla strada, e sopra di lei era inginocchiato uno sconosciuto. L'ho sentito parlare con lei.

A un tratto ho avvertito uno scricchiolio dietro di me. Era

papà, con una macchia rossa su un lato della testa. E aveva con sé l'attizzatoio. Ha messo l'indice davanti alle labbra arricciate facendo: «Shhh!». Poi mi ha preso per una spalla e ha sussurrato nella mano a imbuto sul mio orecchio: «Siediti qui e chiudi gli occhi, Hannah».

Ero seduta nella boscaglia con gli occhi chiusi, come mi aveva detto papà. Solo a volte sbattevo di nascosto le palpebre. Per esempio le ho sbattute dopo il *pamm!* e le ho sbattute di nuovo quando ho sentito frusciare e scricchiolare accanto a me e papà ha trascinato lo sconosciuto nella boscaglia. Ma poi ho riaperto davvero gli occhi. Non volevo perdermi quello che stava succedendo alla mamma.

Papà l'aveva presa sotto le ascelle, la sua testa era inclinata e ciondolava sul collo, e le sue gambe strascicavano sull'asfalto mentre papà trascinava anche lei verso la boscaglia. Allora sono uscita dal mio nascondiglio e ho gridato con la mia voce da leone: «L'ambulanza!».

Papà si è spaventato, ha quasi lasciato cadere la mamma.

«Quell'uomo ha detto che avrebbe chiamato l'ambulanza. L'ambulanza non la troverà se la porti via.»

«Hannah.»

Papà ha riportato la mamma sulla strada ed è venuto da me. Si è accovacciato e mi ha accarezzato il viso. Il suo era tutto bagnato, un sudore rosso gli colava a strisce dalla fronte al mento e aveva già colorato il colletto della sua camicia.

«Tesoro, non sai di cosa parli.»

«Sì invece!» ho risposto con la mia voce da leone. «Un'ambulanza è un veicolo attrezzato per il pronto soccorso e viene usato per prestare le prime cure alle persone ferite o malate, e poi portarle in ospedale. Punto.»

«Sì, Hannah, è vero, ma…»

«E un ospedale è un edificio dove grazie all'intervento dei medici vengono curate le malattie o le ferite!»

«Non è così semplice, tesoro...»

«L'ambulanza deve arrivare!»

«Hannah, hai visto cosa ha combinato.» Intendeva il sudore rosso sul suo viso e quella cosa con la palla di vetro.

«È stata solo una stupida svista. Per favore, papà.» Bisogna sempre dire per favore e grazie.

Adesso papà camminava avanti e indietro, sfregandosi la fronte e sporcandosi tutto il viso di sudore rosso. «E va bene» ha detto all'improvviso. «Facciamola portare in ospedale.»

Lo sconosciuto aveva un cellulare nella tasca della giacca. Un cellulare è un telefono senza filo che funziona quasi dappertutto. «Chiamerò l'ambulanza. Poi però dobbiamo tornare velocemente alla capanna e portare via le nostre cose.»

Ma io non volevo portare via le mie cose. Non volevo andare *via* come stava dicendo papà. Gli ho spiegato che non aveva senso: se l'ospedale faceva guarire la mamma, noi non ce ne saremmo fatti niente di una mamma guarita, scappando via. Per un attimo ho quasi pensato che anche papà fosse un po' cretino, se non aveva ancora capito che io volevo tenere la mamma con me. E non avevo mai pensato che avrei voluto tenermi proprio questa mamma. Quando è venuta da noi, ho subito temuto che fosse un'altra di quelle con cui le cose non funzionano. È vero che aveva l'aspetto di una vera mamma, con la cicatrice, i lunghi, bellissimi capelli biondi e un viso molto bianco. Papà si era molto impegnato con lei, perché bisogna sempre impegnarsi, soprattutto per i propri figli. Forse si era un po' innervosito perché Jonathan e io dicevamo sempre che volevamo una nuova mamma, per non sentirci più così soli quando papà era al lavoro. Essere un po' innervositi non vuol dire essere veramente arrabbiati, urlare e dare punizioni, ma comunque non è piacevole quando qualcuno non ti parla più. E poi io e Jonathan ci eravamo meritati una nuova mamma. Eravamo stati molto bravi, Jonathan e io. Abbiamo sempre fatto regolarmente i compiti, e io ero seria quando giuravo di aver imparato qualcosa dalla storia di Sara. Ma quando papà finalmente si è convinto e la nuova mamma era seduta sul nostro divano, lei non sembrava affatto felice di essere stata scelta. Eppure i figli sono il più bel regalo che si possa ricevere, e bisogna esserne grati. Lo ha capito solo quando un giorno l'impianto di ricircolo si è rotto e siamo quasi soffocati. Ma non conta, l'importante è che abbia capito. Alcune persone hanno bisogno di più tempo, il che non significa che siano brutte persone, al massimo un po' cretine. Sono anche più lente a imparare, come Jonathan, che ha imparato a leggere per bene solo a quattro anni.

«D'accordo» ha detto papà appena ha capito. «Ma avrò bisogno del tuo aiuto. Concentrati, Hannah. Ce la fai? Ce la fai, vero? Sei una bambina grande. Ascoltami attentamente...»

Ha tolto la giacca allo sconosciuto e me l'ha messa sulle spalle perché non avessi freddo nella notte. È difficile concentrarsi se si ha freddo. E poi abbiamo parlato di quello che dovevo fare e ho fatto davvero del mio meglio, anche se non è stato facile. In fondo non bisogna mentire. Ma non puoi nemmeno fare come Jonathan e non dire niente, altrimenti tutti pensano che sei molto malato e ti danno le pastiglie, oppure credono che tu nasconda qualcosa, diventano diffidenti e alla fine mandano all'aria tutto il piano. Anche se sapevo che stavo facendo tutto bene, a volte avevo paura che papà avesse cambiato idea. Poi ho anche pensato che a mia insaputa avesse confidato tutto al nonno, perché lui continuava a parlare di portarmi a casa. Ma stavolta avevo capito male e sono entrata in confusione. Non ero più sicura che fosse stato davvero papà l'uomo nel giardino dei miei nonni la sera prima, che tirava sassolini sulla finestra della vecchia camera della mamma. Poteva anche essere una di quelle persone che fin dal mio arrivo erano lì fuori con le macchine fotografiche, «accampati», come ha detto la nonna. Ma già il giorno dopo, cioè oggi, è arrivato il pacco con il mio vestito e la Signorina Tinky, così ho capito che c'eravamo quasi. Presto saremmo stati di nuovo una famiglia e avremmo avuto una nuova casa. Papà ha detto che la mamma ci stava già aspettando. Però sembrava piuttosto stanca di aspettare, voglio dire, si è perfino dovuta sdraiare un po'. Ma va bene così, perché bisogna sempre riposarsi a sufficienza prima di fare qualcosa di particolare. Così papà mi ha portato nella cucina dell'appartamento della mamma, ha preso una candela dal davanzale della finestra e l'ha accesa perché avessi abbastanza luce per disegnare, mentre lui andava a svegliare la mamma. Ha detto che prima di tutto avrebbe staccato il salvavita per l'elettricità, in modo che la mamma non avesse problemi con la luce appena sveglia. Il problema alla retina è una cosa di famiglia. Purtroppo adesso è molto buio in cucina, e completamente nero nel resto della casa. Sarebbe stato meglio che la mamma avesse messo delle lampadine più basse nell'appartamento. Almeno la luce della candela basta perché possa distinguere le tre sfumature di rosso dal mio astuccio di matite. In fondo sto dipingendo la donna che adesso è sdraiata sul pavimento della cucina, e per quella mi serve sicuramente il rosso carminio. Non è vero che questo colore è fatto con il sangue dei pidocchi. Invece si tratta di acidi prodotti dai pidocchi per scoraggiare i predatori. Per ottenere il colore i pidocchi vengono seccati e bolliti nell'acqua con l'aggiunta di acido solforico. Comunque è il miglior colore che si può usare per disegnare il sangue fresco. Per il sangue più vecchio va bene anche il bordeaux e per quello molto vecchio è meglio la matita marrone.

È un singolare strato di terrore e commozione che ricopre come cemento il mio viso e lo rende rigido.

Lui se ne accorge.

«Dopo tutto quello che hai fatto, i bambini ti vogliono ancora bene.»

Annuisco. Capisco. Il frammento di vetro che Hannah mi aveva dato in ospedale. Non era inteso – solo adesso mi diventa chiaro – come una minaccia, ma come consolazione. La sua rassicurazione che si ricordava tutto molto bene. Ciò che papà le aveva indicato, voleva dire.

«Perché non hai semplicemente portato via i bambini? Perché li hai esposti a questo mondo, che non sono nemmeno in grado di capire?»

Penso a Hannah, la bambina-zombie, il cui sorriso nessuno comprende. Alle terribili storie sui giornali, alla verità e alle bugie. Agli sguardi indagatori a cui sono esposti anche i bambini. Due nuovi tragici casi mediatici. E mi vengono le lacrime. Di vergogna, di compassione, di una miriade di emozioni che adesso salgono in superficie. Piango, per tutti noi.

Tende una mano verso il mio viso e mi pulisce una lacrima con il pollice. Lo sopporto.

«So che non è stata la soluzione ideale. Ma qualcuno nel frattempo doveva pur occuparsi di loro, no? Io ho una vita al di fuori della capanna. Come avrei potuto spiegare l'improvvisa presenza di due bambini? E poi avevo bisogno di tempo per preparare il resto. Licenziarmi dal lavoro e liberare il mio appartamento. Cercare una nuova casa per noi. Che effetto avrebbe fatto se fossi sparito dall'oggi al domani? Cosa avrebbe pensato la gente?»

Cerco di immaginare come viva la sua seconda vita, come parte della normale società, un uomo che passa inosservato mentre compra vasetti colorati per gli spazzolini da denti in un supermercato. Ma non ci riesco, nemmeno stavolta.

«E adesso? Cosa facciamo adesso? Prendiamo i bambini e spariamo?»

«Hannah è già con me. Dobbiamo andare a prendere Jonathan.»

«E come dovrebbe succedere?»

«Non avrai sentito parlare della commovente donazione del *Bayerisches Tagblatt*. Due grossi scatoloni con vestiti e giocattoli donati dai lettori. Uno è stato consegnato alla clinica di psichiatria infantile. Jonathan avrà sicuramente riconosciuto i suoi pantaloni preferiti e la t-shirt rossa. Lo sa che stiamo arrivando.»

«Non puoi semplicemente entrare nella clinica e portare via il bambino.»

«A casa dei Beck non c'è stato bisogno di entrare. È venuta fuori Hannah.»

«Hannah» ansimo. «Dov'è? Voglio vederla.»

Inclina la testa. Il suo sguardo.

«Per favore» aggiungo appena capisco la richiesta implicita in quegli occhi. Bisogna sempre dire per favore e grazie. «Per favore, portami da mia figlia.»

Per un attimo ancora mi guarda e basta, mi osserva con la testa da una parte, con quello sguardo. Poi scoppia a ridere, una risata crudele, come ne ho già sentite. Un secondo dopo ha allungato una mano verso la cinghia dell'avvolgibile, uno schianto, e nella stanza è di nuovo nero, completamente nero. Mi prende per un braccio e mi scaraventa al centro della stanza, in mezzo al buio.

«Sei davvero patetica» sibila la sua voce. «Fai finta di interessarti improvvisamente ai bambini.» Passi, sento dei passi lenti che attraversano la stanza, e poi qualcosa di metallico che viene gettato a terra. Le chiavi della camera.

«Ma in realtà non te ne frega niente di loro.»

Cado in ginocchio, tasto con movimenti frenetici il pavimento. «Hai lasciato che i giornali scrivessero quelle bugie. Hai lasciato che scrivessero che Hannah è deforme. Avresti potuto rilasciare un'intervista per chiarire tutto. Avresti potuto almeno lamentarti con la redazione.»

La chiave, l'ho trovata. Continuo a strisciare con la chiave stretta in mano.

«Abusi sessuali, una simile espressione in relazione ai bambini! Solo ipotizzarlo! Io non li ho mai toccati! Lo sai benissimo! Non lo avrei mai fatto!»

La sua voce che tuona su di me, i suoi passi che sembrano arrivare da tutte le direzioni. Raggiungo una parete, non so quale.

«Che razza di madre sei a permettere che scrivano queste cose? Che razza di madre sei a non lottare per i tuoi figli? Non sei andata a trovarli nemmeno una volta!»

L'armadio, sto tastando l'armadio. Ora so dove sono. E dove devo andare.

«Non sei una madre!» tuona la voce.

La porta, il buco della serratura. Cerco di infilarci la chiave ma scivola giù per terra.

«Una donna che non vale niente!»

Mentre la mia mente afferra frammenti di quello che sta succedendo – il salvavita staccato, il cerchio che si chiude, io che appena sveglia sono in suo potere nell'oscurità, come allora nella dispensa della capanna, la stanza nera come un monito, come dimostrazione del suo assoluto potere, lui che è Dio, che decide della mia vita, del giorno e della notte, anche qui, nel mio appartamento, nel mondo reale, nella libertà che può essere solo apparente finché c'è lui, Dio – ecco che riesco ad afferrare la chiave e ci riprovo una seconda volta. La infilo, la giro, abbasso con forza la maniglia che cigola, la porta – aperta, inciampo nel corridoio buio, chiudo la porta dietro di me e mi ci appoggio contro mentre cerco di rinfilare la chiave da fuori. Resistenza dall'altra parte, la chiave che per l'urto cade di nuovo per terra. La lascio lì – è uguale, fuori, fuori di casa, giù per le scale c'è la salvezza. Ho quasi raggiunto la porta dell'appartamento, solo un paio di passi, poi la voce alle mie spalle dice: «Sei proprio sicura che vuoi andartene senza la tua amica?».

MATTHIAS

La vecchia carretta urta il marciapiede davanti a casa di Jasmin Grass. Con una mano apro già la portiera, con l'altra spengo il motore. Salto giù dalla macchina e corro verso la porta di casa. Una vecchia signora è appena entrata e lancia un gridolino quando io mi precipito nell'ingresso e con il passo successivo inciampo quasi sulla valigia che ha appoggiato a terra subito dietro la porta.

«Chiami la polizia» le urlo prendendola per le spalle. «Ha capito? Deve chiamare subito la polizia!»

La lascio e mi precipito su per le scale. Jasmin Grass abita al terzo o quarto piano, come ho visto dalla disposizione dei campanelli.

E se ti sbagli?

Se lui non l'ha portata qui?

Me lo sarei fatto scappare di nuovo.

Respingo i dubbi e mi concentro sui gradini.

Al terzo piano non c'è nessun campanello col nome di Jasmin Grass, devo salire ancora un'altra rampa di scale. Il sudore mi cola nel colletto della camicia, il mio vecchio corpo rigido grida per lo sforzo. Arrivo al quarto piano. I primi due campanelli che vedo sono quelli sbagliati. Poi trovo l'appartamento giusto e per un secondo rimango immobile. La porta. È aperta di uno spiraglio. Hannah, penso subito.

«Per favore non chiudere più la porta» le avevo chiesto proprio stamattina, dopo che si era rinchiusa nella vecchia camera di Lena. «È meglio se lasci sempre uno spiraglio aperto, così so che va tutto bene.» Hannah, la brava, dolce bambina che fa sempre quello che le si dice. Respiro a fondo, poi apro con cautela la porta e sgattaiolo nell'appartamento.

Il corridoio è buio, ma da una stanza proviene una luce. E sento delle voci attutite. Avanzo piano piano, sento pulsare tutto il corpo. Stavolta riuscirò a prendere Mark. Il dolore bruciante nel petto mi dice che potrebbe essere l'ultima cosa che faccio, ma non mi interessa. Stavolta, piccola Lena, non ti lascio da sola. Faccio altri due passi tenendomi il più possibile attaccato alla parete, in modo da non proiettare un'ombra che rivelerebbe la mia presenza a Mark. Le voci adesso sono più chiare.

«Possiamo ancora essere una famiglia.» Questa deve essere Jasmin Grass.

Qualcuno fa un lungo sospiro, un uomo, Mark.

Per un secondo c'è solo silenzio. Poi, senza preavviso, così all'improvviso che per lo spavento mi cedono quasi le gambe, una sedia gratta sul pavimento, si sente un botto, un grido acuto si mischia al frastuono; balzo dal mio nascondiglio, pronto ad affrontare finalmente Mark.

JASMIN

È la fine, ormai è chiaro per tutti noi.

La mia cucina, la nostra cucina, un tempo un luogo di risate, di compagnia, il cuore della nostra casa, è diventata un luogo di dolore, una sfera di rabbia, paura, disperazione, lutto. Non c'è più via d'uscita, nemmeno quella che aveva previsto Dio quando stasera è entrato nel mio appartamento per venire a prendermi. Questo istante si è come staccato dal normale corso del tempo, in questa stanza il mondo si è fermato.

Proprio adesso si è rovesciato tutto.

Lui che mi spinge nel corridoio buio, in cucina dove Hannah è seduta al tavolo e disegna a lume di candela. Sta disegnando una natura morta – Kirsten, immobile, in una posizione strana sulle piastrelle. Con un bavaglio in bocca fatto con un asciugapiatti a quadretti, e sangue sulla faccia. Sangue che dalla sua tempia cola sulle palpebre chiuse. Potrebbe essere morta o incosciente. A volte non si capisce al primo sguardo, lo so per esperienza.

Hannah, che per i suoi standard sembra allegra quando mi saluta con un «Ciao, mamma». Io, rigida sulla soglia della porta mentre tutto il mio corpo trema e si scuote come per il freddo; freddo che non mi fa respirare, che mi afferra e mi fa sussultare.

«Siediti» dice lui prima di sparire dietro l'angolo. Lo sento armeggiare con la scatola del salvavita in corridoio, riportare le levette nella posizione originaria.

«Kirsten» sussurro.

Kirsten non reagisce.

«Ti ho detto di sederti.» Entra in cucina, loda Hannah per il disegno e accende la luce sopra i fornelli.

«Non lo ripeterò una terza volta.»

Titubante mi avvicino al tavolo e mi siedo. Alla mia sinistra, a non più di mezzo metro da me, giace Kirsten, contorta, immobile, sanguinante.

«Così ubbidiente» sorride lui compiaciuto.

Cerco di sostenere il suo sguardo, di non farmi distrarre dal ceppo dei coltelli sul bancone dietro di lui. Di non farmi distrarre da Kirsten, a cui avrei dovuto sentire il polso, che avrei potuto salvare o piangere. Deve avergli aperto la porta, senza alcun sospetto, mentre io ero a letto a dormire. E lui l'ha aggredita.

«Nessuno si sarebbe dovuto fare male» dice lui come se mi avesse letto nel pensiero.

«Lo so. È colpa mia.»

«Giusto.»

«Non è grave, mamma» dice Hannah alzando lo sguardo dal blocco da disegno. Riconosco l'arco delle sue labbra che si tende quasi impercettibilmente verso l'alto; il suo modo di sorridere. «È stata solo una stupida svista.»

Tiro su col naso.

«Sì, Hannah, è così.»

Un lieve lamento, Kirsten.

«Lo vedi.» Anche lui l'ha sentita. «Piccola creatura ostinata, è ancora viva.»

«Per favore, lasciala in pace» dico faticosamente. «Si tratta di noi. Ho fatto un errore, molti errori.» Con la coda dell'occhio noto un movimento, Kirsten, distesa a terra a circa un metro dalla soglia della cucina. Mi sposto sulla sedia per impedirgli di vederla.

«Vi ho deluso. Mi dispiace.»

«È così?»

«Forse posso ancora riparare. Possiamo ancora essere una famiglia.»

Non so bene in che momento si sia accorto che Kirsten stava cercando di trascinarsi fuori dalla cucina. Forse ha osservato fin dall'inizio i suoi miseri tentativi, magari trovandoli segretamente divertenti, aspettando solo il momento in cui le sue dita avessero toccato la soglia. O forse se ne è reso conto all'improvviso, non tanto perché aveva notato Kirsten, quanto i miei evidenti sforzi per guadagnare tempo.

In un batter d'occhio gira intorno al tavolo, si lancia su Kirsten e la prende per i capelli trascinandola di nuovo al centro della stanza. In un batter d'occhio io salto giù dalla sedia e comincio a martellare coi pugni la sua schiena e a prenderlo a calci, gridando. In un batter d'occhio Kirsten giace di nuovo sul pavimento, rantolante. In un batter d'occhio io mi ritrovo accanto a lei, scaraventata a terra come un insetto fastidioso. Solo adesso noto l'altro uomo sulla soglia della porta, le ginocchia sembrano cedergli, ha una mano sul petto, gli occhi sgranati, il viso bianco come cera e i tratti distorti in una smorfia di terrore. Ma non perché sia stato aggredito, non ce n'è stato bisogno. È stata la sorpresa a fargli cedere le gambe. «Rogner?» ansima.

Una strana sensazione invade la stanza e mi assale come un'enorme ondata gelida. Conosco quel nome, solo che non ricordo perché.

«Signor Beck» si limita a dire Rogner. E poi: «Molto bene».

È la fine, ormai è chiaro per tutti noi.

Probabilmente anche per Rogner, che adesso si sta aprendo l'ultimo bottone della camicia, come se il collo gli fosse diventato troppo stretto. Matthias Beck, Kirsten e io siamo allineati lungo la parete sinistra della stanza, impotenti, passivi, deboli, tutti e tre. Rogner non ha nemmeno un'arma per tenerci buoni. Non ne ha bisogno. Matthias Beck sta avendo un mancamento, temo addirittura che sia il cuore. La sua faccia è sempre bianca come il gesso e contratta, il pugno destro premuto sul lato sinistro del petto. Kirsten, picchiata da Rogner, ha una ferita alla testa che non smette di sanguinare. Premo contro la ferita l'asciugapiatti che poco prima le imbavagliava la bocca, mentre la sua testa giace stancamente sulla mia spalla. E io, che sono il motivo di tutto questo, il motivo di tutto questo dolore, non sono nemmeno in grado di ribellarmi, di gettarmi su di lui, di fare qualcosa, almeno di tentare.

Dopo che Rogner mi ha scaraventata a terra, prima in camera da letto, poi di nuovo in cucina, sento un dolore acuto alle costole, proprio come dopo l'incidente, ogni respiro mi fa l'effetto di una coltellata. E mi odio per questo. Dovrei essere io la nostra salvezza, almeno come forma di riparazione, anche se dovessi perdere la vita tentando.

Rogner cammina avanti e indietro di fronte a noi. Sta riflettendo, lo vedo. Riflettendo sulla fine. Dovrà uccidere Matthias e Kirsten, non c'è altro modo. Quanto a me, non ne sono sicura. Forse vuole ancora portarmi con sé, per via di Hannah. Avrei dovuto capirlo. Non posso smettere di pensare che avrei dovuto capirlo. Ho perso del tempo prezioso ad autocommiserarmi e a sospettare dei bambini. Avrei dovuto capire tutto. In fondo lo conosco.

«Ascolta» ritento. «Io vengo con voi, ok? Posso essere tua moglie e una buona madre. Ma in cambio devi lasciar andare Kirsten e il signor Beck.»

Rogner si gira di scatto. E prorompe in una risata secca e triste.

«Non renderti ridicola. Certo che verrai con me, se lo voglio.» Avanza verso di me e mi guarda dritto negli occhi. «La domanda è se lo voglio ancora, *Jasmin.*»

Deglutisco con forza, mentre Rogner prosegue il suo giro pensoso per la cucina. Da destra a sinistra e poi indietro, un leone in gabbia, un animale feroce, imprevedibile. Intanto il mio sguardo si ferma sull'orologio del forno a microonde. Maja, mi balena all'improvviso per la testa. Maja che dopo il lavoro passerà a trovarmi. Passerà di sicuro, perché non può sapere che chiamandola volevo solo attirarla in casa mia per ammonirla severamente. Deve essersi convinta che voglio sfogarmi con lei, fornendole materiale per l'articolo della sua vita. Certo è molto in ritardo, aveva parlato delle nove, nove e mezzo, e adesso sono già le dieci e mezzo, ma comunque verrà, verrà di sicuro, deve venire. Maja che potrebbe essere la nostra salvezza. Dall'agitazione comincio a respirare affannosamente. Dovrò gridare, urlare con tutte le forze appena la sento alla porta. È chiaro che avrò solo pochi secondi a disposizione prima che lui mi aggredisca o mi riduca al silenzio in qualche modo, magari allungando un braccio verso il ceppo dei coltelli, per poi afferrarne uno e colpire. Ma questi pochi secondi li sfrutterò. Metterò tutte le mie forze nel gridare aiuto, sperando che Maja reagisca nel modo giusto e chiami subito la polizia. Vengo scossa dai miei pensieri quando all'improvviso la mano di Rogner mi prende il mento, spostando il mio sguardo dall'orologio a lui.

«Mi dispiace, Jasmin» dice sogghignando. «Ma lei non verrà.»

Cerco di capire il senso delle sue parole, ma non ci riesco. L'espressione irritata sul mio viso sembra divertirlo. Mi lascia il mento e mi accarezza la testa, come se fossi un piccolo cucciolo stupido.

«Lo so che hai preso appuntamento con Maja. Purtroppo però ti dovrai accontentare di me.»

«Non capisco...»

«Ahimè, che delusione, vero? E anche stavolta ti avrei creduta più furba. Ma se ti può consolare: all'inizio neanche Maja lo aveva capito. In fondo doveva sostituirmi mentre ero in malattia. A parte alcuni articoli, che fra l'altro disapprovo quanto lei, signor Beck, e che purtroppo mi sono sfuggiti durante la mia assenza, devo dire che ha fatto davvero un ottimo lavoro. Naturalmente sotto la mia guida. Prima si è fatta amica la tua vicina. Quella vecchia... come si chiama? Be', non importa. Era molto chiacchierona e le ha subito raccontato che cucinava per te, perché non hai nessuno. E quando ha deciso di andare a trovare il figlio, era molto preoccupata. Chi avrebbe cucinato per te? Ovviamente Maja se ne è fatta volentieri carico...»

È come un getto d'acqua fredda dritto in faccia. Mi ha messo

Maja alle calcagna. Da lontano ha sempre saputo cosa stavo facendo. E si è fatto beffe di me.

«Significa che...»

«Lars Rogner» dice lui in tono formale e non senza una punta di delusione. «Caporedattore del *Bayerisches Tagblatt.* Dovresti leggere più spesso il giornale, Jasmin.» Sogghigna di nuovo, e adesso mi è chiaro perché avevo già sentito il suo nome. Ha scritto molti articoli su di te, Lena. Forse persino la maggior parte. Che divertimento crudele deve essere stato per lui.

«Per riabilitare Maja» continua. «Lei ha sempre pensato che si trattasse solo di un'intervista. Il suo compito era cercare di fare amicizia con te, per ottenere la tua fiducia e tenerti d'occhio. Ed era così eccitata quando oggi l'hai chiamata per fissare un incontro, la dolce, tenera ragazzina. Alla fine però ha dovuto riconoscere che era diventata una questione di competenza del capo.»

Immagino un ufficio open space, con impiegati dietro séparé grigi e sottili che telefonano concitati. Riesco a sentire il rumore di tante dita che digitano freneticamente sulle tastiere. Vedo Maja con la camicia bianca inamidata, e il colletto tirato su, che indossava nella foto sulla pagina internet della redazione, e riesco a malapena a credere che io e Kirsten avremmo dovuto solo cliccare un altro po' per imbatterci in una foto di Lars Rogner. Avremmo avvisato la polizia e Rogner sarebbe stato da un pezzo in manette al commissariato. E poi nelle mie fantasie lo vedo aggirarsi per i corridoi della redazione, in cerca di qualcuno da mettermi alle calcagna, finché la scelta non ricade su Maja, perché si impegna e vuole fare carriera, e magari è perfino sensibile al suo fascino. E lei non ha idea che in questo momento non sta facendo carriera, ma sta diventando parte del suo gioco. E temo che si senta persino felice, onorata. Ha scelto lei.

«Hai...»

«Oh per favore.» Alza le mani sulla difensiva. «Maja è in ufficio e sta facendo gli straordinari. Purtroppo ieri non era l'unica davanti a casa Beck, dopo che Hannah è stata dimessa da psichiatria infantile. E quando si perde un'esclusiva, poi ci si deve dare un po' da fare per spiccare rispetto alla concorrenza. Le ho proposto di mettersi in contatto con il tuo ex capo all'agenzia pubblicitaria. Si sono incontrati oggi pomeriggio. A quanto ho saputo, sei stata licenziata tre settimane prima della tua scomparsa, perché dall'oggi al domani non ti sei più presentata al lavoro. Secondo lui non riuscivi a superare la separazione dalla tua compagna. O forse c'era già qualcosa che non andava da tempo in te. Non hai avuto un'infanzia semplice, vero? Dopo la morte di tuo padre hai vissuto per qualche anno in un istituto finché tua madre non ti ha riportata a casa. Una donna gentile, fra l'altro, tua madre. Gentile e piuttosto provata. Sei stata sicuramente una – come ha detto? – bambina *difficile*.» Rogner schiocca le dita con aria di disapprovazione, mentre io boccheggio in cerca di aria. «La buona educazione è così importante, vero? Dunque, l'articolo deve assolutamente apparire nell'edizione di domani, quindi Maja ha ancora un po' di lavoro da fare. Diciamo che porge le sue scuse per non essere venuta.»

«Se io fossi in te, me la darei subito a gambe» riesce a dire Kirsten in tono asciutto. Ferita com'è, continua a essere forte e ostinata, è una cosa che nessuno può cambiare. Tantomeno un dio arrabbiato. «Perché se Maja sa che sei qui…»

Lui agita bruscamente la mano per aria.

«E allora? Chi lo dice che ho preso appuntamento proprio stasera per l'intervista con Jasmin? Magari, nella versione ufficiale, arriverò qui solo domattina e troverò un paio di cadaveri. Ho molte possibilità.»

«Lui non va da nessuna parte prima di avermi detto cosa è

successo a mia figlia» ringhia Matthias Beck. È la prima cosa che dice da quando ha riconosciuto Rogner ed è crollato senza forze vicino alla parete. Tuo padre, Lena. Riesco a malapena a immaginare come questa scoperta gli stia straziando il cuore. Viene citato in molti articoli di Rogner, deve essere stato in contatto costante con lui, con il rapitore di sua figlia, ignaro, ingenuo, pieno di speranza.

«Silenzio!» tuona Rogner, ma si riprende subito. Sospirando afferra una sedia e si siede dritto davanti a noi, come uno spietato generale che ha fatto tre prigionieri. Sembra in agguato. «L'ho sempre rispettata, signor Beck. L'ho rispettata moltissimo. Direi quasi che l'ho ammirata. Ha lottato come un leone per Lena e per la sua famiglia. Ha fallito, naturalmente, e spesso i suoi gesti erano semplicemente idioti.» Ride. «Ma non ha mai ceduto. Quanto mi è piaciuto leggere le sue e-mail, la rabbia che contenevano, la determinazione. E centinaia di volte la minaccia di non parlare più con me. Eppure non poteva fare altrimenti. Alla fine ritornava sempre da me, con lamentele, informazioni, indicazioni, sempre nella speranza di smuovere qualcosa. Lei è un padre, signor Beck, un vero padre. Quindi dovrebbe capirmi, no? Un vero padre non può fare altrimenti.»

«Lei è un essere abietto» ansima Beck toccandosi di nuovo il petto.

«E lei è qui, signor Beck! Cosa dice questo di lei? Sa benissimo che non riavrà indietro Lena. Ma nel frattempo l'ha già sostituita con Hannah.» Rogner fa il saluto militare. «Non siamo poi così diversi, signor Beck.»

«Mi dica cosa ha fatto a mia figlia, mostro!»

Sul viso di Rogner si apre un sorriso storto.

«Non ne ha idea, signor Beck. La figlia che per anni ha difeso non è mai esistita. Avevamo una relazione. Sua figlia era una di quelle. Aveva una relazione con un uomo sposato.» Il suo sorriso si allarga, diventando provocatorio. «Cosa ne dice signor Beck?»

«È una bugia!»

«Nessuna bugia» ribatte Rogner. «La verità. Riesce a sopportarla, signor Beck?» Inclina la testa con aria di finta compassione. «Il cuore malato reggerà?»

Con la coda dell'occhio vedo Matthias Beck serrare la mascella.

«Sì?» Rogner digrigna i denti, poi, quasi automaticamente, la sua espressione si incupisce. Conosco quella faccia. È l'ultima espressione che si vede prima che il suo pugno colpisca o che il suo piede si sollevi per un calcio violento, l'ultima che si vede prima che il dolore esploda e tutto diventi nero. «Una ragazzetta bugiarda e viziata, imbottita dei soldi di papino come un'oca all'ingrasso. Irresponsabile, volubile, senza alcun rispetto. Era questa la figlia per la quale ha mandato un uomo all'ospedale e falsificato il libretto degli esami universitari.» Inclina la testa dall'altra parte per verificare l'effetto delle sue parole. «Si ricorda il nostro primo incontro, signor Beck? Come era orgoglioso quando mi ha mostrato il libretto di Lena. Sempre il massimo dei voti! Il mio fotografo ha addirittura fatto delle foto e non avrei mai dubitato dei risultati di Lena, finché non ho intervistato la sua tutor. Sua figlia aveva una media appena sufficiente. Ma lei lo sapeva, vero?» Rogner scuote la testa ridendo sotto i baffi. «Fin dall'inizio ha mentito per sua figlia. Allora ho intuito che io e lei insieme ci saremmo divertiti moltissimo. Ed è stato così, vero, signor Beck? Almeno, io mi sono divertito un sacco.»

«Avanti» sibila Beck. «Voglio sapere. Tutto.»

Rogner borbotta qualcosa. Osserva Beck. Sembra riflettere.

Per un attimo in me riaffiora la speranza. Confido nella sua prossima reazione. Chi vuole fuggire non ha tempo per una lunga storia. Chi ha qualcosa da perdere tiene per sé le cose non raccontabili.

«La sua responsabilità, signor Beck» sento la sua voce e chiudo gli occhi.

È la fine.

«Ci siamo conosciuti quando Lena era al primo anno. Forse è stato il desiderio momentaneo di reggersi sulle proprie gambe o almeno di sfuggire agli irritanti commenti della madre, a spingerla a candidarsi per uno stage nella nostra redazione. Fin dal colloquio iniziale intuii che in Lena non si celava una giornalista. Non c'era un mondo intorno a Lena, Lena Beck *era* il mondo. O almeno lei lo credeva. Le diedi comunque una possibilità. Avrebbe dovuto scrivere per la settimana successiva un articolo di prova su un argomento specifico.» Ride. «Naturalmente non lo fece. Quando la chiamai per informarmi disse che aveva cambiato idea e preferiva concentrarsi sullo studio. Che ragazza terribile, pensai. Eppure non mi usciva più dalla testa. Questa leggerezza, come un piccolo, tenero uccellino, questa sconsideratezza, che al tempo stesso mi affascinava e mi respingeva.» Rogner scuote di nuovo la testa, stavolta immerso nei pensieri. «Una cosa tirò l'altra. Solo che dovevamo essere prudenti, in fondo ero sposato. Con Simona, da dodici anni. Non le ero mai stato infedele: avevo promesso di amarla per tutta la vita e dicevo sul serio, finché non arrivò Lena. All'inizio ci incontravamo solo per un paio d'ore, ma presto non ci bastò più. Allora iniziammo a passare insieme i weekend. A Simona raccontavo di essere via per lavoro. I giornalisti viaggiano molto, non c'era motivo perché mia moglie dubitasse. Portai Lena in quella capanna, che esisteva già quando ero bambino. Vengo dai dintorni di Cham. La capanna... Lì giocavo da piccolo. Facevo finta di abitarci. È un posto davvero meraviglioso. Purtroppo tu non lo hai mai visto di giorno» si rivolge a me con un tono lievemente malinconico che non mi convince. «La capanna è completamente immersa nella boscaglia, un luogo quasi fuori dallo spazio e dal tempo. Irraggiungibile con l'auto. O almeno è rimasta così finché non sono arrivati i poliziotti e hanno aperto strade che la natura non aveva affatto previsto. Prima bisognava parcheggiare vicino a un sentiero a mezzo chilometro di distanza e proseguire a piedi facendosi strada nel bosco. Aveva qualcosa di ancestrale per me. Perfino qualcosa di romantico, quando io e Lena ci incamminavamo mano nella mano, addentrandoci su sentieri solo nostri, fino a quel luogo segreto e incantato che apparteneva soltanto a noi due. Eravamo lì l'uno per l'altra, al sicuro e lontani dal mondo. All'epoca la capanna era piuttosto diroccata. L'abbiamo restaurata e arredata insieme.» Mi guarda. Sogghigna. «È stata Lena a scegliere il tappeto del soggiorno.»

Tu stessa hai contribuito a costruire la tua prigione.

Lancio un'occhiata a Matthias Beck, sulla cui fronte adesso spicca una vena. Se ne sta in silenzio, ipnotizzato. Ma intuisco che è solo questione di tempo. Non lo sopporterà, non a lungo.

«Vivevo solo per i nostri fine settimana nella capanna. E lei – credevo – provava la stessa cosa.» Rogner si passa bruscamente le mani nei capelli scuri. Le ciocche che prima erano a posto sono scompigliate, quando rimette giù rapidamente le mani. «Ma mi sbagliavo. Con il tempo lei cominciò a inventare sempre più spesso delle scuse per non vederci. Non aveva tempo, doveva studiare per gli esami. Doveva andare a un compleanno. Padre, madre, nonna, all'improvviso tutti festeggiavano il compleanno. Non rispondeva neanche più al cellulare che le avevo procurato appositamente. Lo avevo comprato a entrambi, perché non volevo che Simona scoprisse qualcosa.» Sbuffa, suona sprezzante e incredulo al tempo stesso. Sento che si sta immedesimando sempre più nel racconto, la narrazione diventa un'esperienza che in questo istante sta rivivendo realmente. «Chi si credeva di essere?» tuona la sua voce nella stanza. «Per chi mi aveva preso? Sono il miglior giornalista del Paese, mi accorgo quando qualcuno sta mentendo. E lei mentiva. Allora iniziai a seguirla. E avevo ragione. Aveva ricominciato a vedere il suo ex. Proprio adesso che avevo raccontato tutto a mia moglie. Gliene avevo parlato finalmente, come voleva Lena. Voleva che mi decidessi. Così avevo detto a Simona che l'avrei lasciata. Che volevo vivere con Lena.» Si interrompe. Qualcosa sta succedendo in questo istante, lo sento. All'improvviso sembra infinitamente vecchio. Forse è l'immaginazione, oppure è l'angolazione sfavorevole con cui la scarsa luce sopra i fornelli cade sui tratti del suo viso deformandoli.

«Ecco perché» dice Matthias Beck, che evidentemente ha capito qualcosa.

Rogner annuisce.

«Non ho potuto impedire che certi giornali scrivessero sul caso. Per fortuna nel nostro settore ci limitiamo ad articoli brevi quando si tratta di suicidi, per non istigare altre povere anime disperate.» Si sfrega la fronte, stanco, forse nella speranza di cacciare via le immagini, inutilmente.

«Avvelenamento da monossido di carbonio. Ha trascinato il grill nel bagno, ha chiuso bene, e poi vi ha bruciato sopra del carbone. Sono stato io a trovarla, appena rientrato a casa dopo il lavoro. Sono sdraiati nella vasca, Pascal è tra le braccia di Simona, così, come se dormissero. Ma non dormono. Sono morti.» Abbassa la mano. Sul suo viso si accende un'espressione, come se gli fosse appena venuta un'idea. «Lena è tutto quello che mi rimane adesso. Non perderò mai più il controllo. Non succederà mai più una disgrazia del genere, te lo prometto, Pascal. Papà d'ora in poi si prenderà cura di tutto.»

Per un attimo c'è silenzio, un silenzio carico di una tensione difficile da sopportare. Come se anche in questa stanza aleggiasse un gas mortale, invisibile, come allora nel bagno di Rogner. Si schiarisce la voce e sembra essere riemerso dal passato, qui con noi, in cucina, dove si svolge l'inevitabile finale.

«Lena non si è nemmeno spaventata quando l'ho fermata sulla strada di casa dopo la festa studentesca. *Hey Lars*, disse ridendo. Odorava di alcol ed erba. *È una vita che non ci vediamo*. Per l'esattezza erano tredici giorni. Tredici giorni in cui avevo seppellito la mia famiglia e ristrutturato la capanna. Quando ce la portai, pensò fosse uno scherzo. Le sembrò un gioco, forse addirittura erotico. Un giochetto per dirci addio. Finché non le raccontai di Simona e Pascal. Allora ci arrivò. Non sarebbe mai più uscita dalla capanna. Per la prima volta nella sua vita si sarebbe presa le sue responsabilità, ci avrei pensato io.»

«Lei… ha scritto articoli su di lei» dice Matthias Beck incredulo.

Rogner lo fissa, e io noto che come in automatico tutto il dolore è scomparso dal suo viso. Sogghigna addirittura.

«Era il mio modo di farle sapere chi fosse veramente sua figlia. E inoltre in questa maniera ero sempre aggiornato sulle indagini. È importante, quando si è commesso un crimine e non si desidera particolarmente che tutto venga a galla.»

Vedo Matthias Beck lottare. La vena sulla sua fronte sta pulsando, muove le labbra senza emettere alcun suono. Ma c'è una domanda, una domanda precisa che non può trattenere, anche se tutti noi intuiamo che sarà l'ultima.

«Perché Lena è dovuta morire?»

Sospirando, Rogner si appoggia sullo schienale della sedia e lascia cadere la testa all'indietro.

«Lei pensa che io abbia ucciso Lena» inizia a dire cauto. «Ma non è vero. È stato un incidente, poco dopo la nascita di Sara. La nostra piccola. All'inizio non faceva che strillare…»

Bisogna sempre ascoltare con attenzione, soprattutto quando parla papà. Già da un po' ho messo da parte la matita rossa. Ma l'ho fatto anche perché il soggetto del disegno si è mosso. La signora non è più sdraiata sul pavimento, adesso è seduta contro la parete tra il nonno e la mamma. Per colorare le macchie sul suo viso, ora mi servirebbe la matita bordeaux, il rosso carminio non va più bene. Papà le aveva sbattuto la testa molto forte contro il muro del corridoio, dopo che lei ci aveva aperto la porta dell'appartamento. Così forte che aveva davvero fatto *pamm*! Ma non importa quanto sia grave la ferita, in generale il sangue secca molto velocemente. È merito dell'evoluzione. Una rapida coagulazione del sangue aumenta le possibilità di sopravvivenza quando si è feriti. Una volta avevamo una mamma a casa che aveva dei problemi di coagulazione del sangue. Ha sanguinato rosso carminio per quasi tre giorni di fila. Astutamente l'abbiamo fatta sdraiare su un telo di plastica, altrimenti avrebbe sporcato tutto.

Comunque papà ha appena raccontato la triste storia del bambino nella vasca. Era mio fratello, come Jonathan. Ho ascoltato attentamente, anche se conoscevo già la storia. Papà me l'aveva raccontata dopo che era successa quella cosa con la mamma e Sara. Piangeva e diceva che bisogna sempre apprezzare la propria famiglia, altrimenti si perde. Sicuramente lo aveva detto perché io non sopportavo Sara, e io mi sono vergognata molto.

Adesso sta raccontando al nonno, alla mamma e alla signora, di Sara e di come non facesse che piangere appena nata. E poi, poco dopo, era iniziata anche la tosse. Per fortuna non era durata a lungo. Ricordo ancora com'ero contenta quando per la prima volta era rimasta in silenzio, pensando che adesso potevamo finalmente dormire la notte. La mamma disse: «Così non va bene», ma non era vero. Il sonno fa molto bene ed è importante, perché il corpo si rigenera. «Deve andare in ospedale!» Era già un paio di giorni che lo diceva a papà, ma papà rispondeva: «Non è niente, è solo un po' raffreddata. Si riprenderà». A cose normali la mamma si sarebbe rassegnata, ma non quella sera. Continuava a insistere che Sara aveva una polmonite. La polmonite, detta anche pneumonia, è un'infiammazione acuta o cronica degli alveoli polmonari, provocata da un'infezione di batteri, virus o funghi. Papà rispose che lei non era un medico. E nemmeno una buona madre, se non riusciva a far star meglio Sara. La mamma cominciò a piangere, rumorosamente.

In realtà gli adulti devono sempre chiudere a chiave i bambini in una stanza prima di litigare. Ma probabilmente non volevano affatto litigare e inoltre papà aveva già detto da un pezzo: «Adesso basta!». Ciò nonostante la mamma piangeva ancora, sempre più forte.

«Cosa succede?» mormorò Jonathan, anche lui nascosto dietro la porta della camera. Avevamo appena finito di lavarci i denti, quando sentimmo quelle voci agitate.

«Sara sta creando problemi come al solito» mormorai.

«Ho detto basta!» La voce da leone di papà. Jonathan piegò il capo.

«Per favore, non è necessario che venga anch'io» piagnucolava la mamma. «Io rimango qui. Basta che la porti in ospedale.»

Papà prese la mamma per un braccio.

«Se non la smetti subito...» sibilò.

«Ha la febbre!»

«Si riprenderà.»

Lo sputo della mamma colpì papà in pieno viso. E anche lei aveva una voce da leone.

«Sei un mostro! Lasci morire la tua stessa figlia! Non supererà la notte!»

Papà voleva tranquillizzare la mamma. Non aveva mai avuto un attacco così grave. Le strinse forte il collo. Spesso in caso di attacchi quella tecnica funzionava.

Mi girai verso Jonathan sussurrando: «Andiamo a letto». In realtà volevamo rimanere svegli finché la mamma non fosse venuta a raccontarci una storia della buonanotte. Ma appena sdraiati ci addormentammo. Era dovuto al fatto che ci mancavano tante ore di sonno, perché Sara per molte notti non aveva fatto che strillare. Ma quella notte ci fu un gran silenzio.

È proprio questo che sta dicendo adesso papà: «Ma quella notte...».

JASMIN

«... c'è un terribile silenzio.» Rogner sospira triste, poi tace per un momento. «So che non sarebbe dovuto succedere» ricomincia. «Non di nuovo. Per l'ennesima volta non ho fatto abbastanza attenzione. Ho fallito. Come ha fallito lei, signor Beck. Come tutti i bravi padri di famiglia a volte falliscono.»

«Non si permetta» ringhia Matthias Beck, sopraffatto dal dolore, almeno mi pare. Rogner alza le spalle, non indifferente, piuttosto con l'aria di un uomo che è arrivato alla fine della sua storia e si chiede se ci sia ancora qualcosa da dire.

Il silenzio si fa largo nella stanza, silenzio che viene interrotto da un rumore lieve, irritante. Tutti gli occhi si girano verso Hannah, che è scossa da una serie di piccoli singhiozzi.

«Continua a pensare che sia colpa sua» spiega Rogner alzandosi dalla sedia. «Perché non poteva sopportare la bambina. In realtà non si era semplicemente abituata alla nuova situazione.»

Lo osservo girare intorno a Hannah e darle un bacio sui capelli.

«Non è colpa tua se Sara si è ammalata. Niente di tutto questo è colpa tua, tesoro.»

Matthias Beck respira a fatica. È difficile da accettare, ma forse è semplicemente così. Quello è amore. Non importa se malato, morboso e malinteso, rimane pur sempre amore. L'amore che ci muove. Che ci rendi mostri, ognuno a modo suo.

«Lars» dico reprimendo un conato. Si chiama così, Lars. Questo è il suo nome, ed è la prima volta che lo pronuncio.

Kirsten prova a trattenermi. Mi afferra un braccio. Sussurra: «Jassy, no». La ignoro e mi alzo in piedi. Lars Rogner si trova qui per amore. Amore per la sua famiglia. Mi tremano le ginocchia, ma rimango in piedi. Lui non mi ha impedito di alzarmi. Non ha accennato nessun movimento. Mi osserva. Faccio il primo passo titubante verso di lui. Me lo concede. Faccio il secondo passo.

«Vorrei andare a casa» dico.

«Non fare sforzi, Jasmin» ribatte con sprezzo. «Lo sai che è finita.»

Scuoto la testa.

«Se fosse davvero finita non saresti venuto fin qui. E non avresti mai portato Hannah. Hai detto che volevi che Lena si prendesse finalmente le sue responsabilità. Ma anche tu hai delle responsabilità, Lars. Sei responsabile per i bambini e per me. Hannah vuole che siamo di nuovo una famiglia. Non è vero, Hannah?»

Lancia uno sguardo a sua figlia, che annuisce esitante.

Il mio fianco sfiora il bancone della cucina. Ancora due o tre passi e sarò proprio davanti a lui.

«Anch'io vorrei che fossimo una famiglia.»

Stringe gli occhi a fessura. «Che tentativo penoso, Jasmin.» Ma continua a non accennare alcun gesto aggressivo. Così capisco che ho ragione. È amore.

Solo un altro passo.

E un movimento di mano.

«In ospedale hanno appurato che sono incinta.»

Lars Rogner inclina la testa. Mi squadra. È il miglior giornalista del Paese, se ne accorge quando qualcuno sta mentendo. E infatti se ne accorge. Ma mentre apre bocca per scagliarmi contro la verità, ne esce solo un verso soffocato.

Il mio fianco continua a sfiorare il bancone.

Il ceppo dei coltelli è quasi a portata di mano.

E la speranza che inchioda il suo sguardo sul mio. Che lo rende cieco, in questo momento o sempre.

Le sue labbra che diventano sottili. Le sue pupille che luccicano tremolanti. I suoi occhi che dicono che non può crederci. Il dolore acuto, bruciante nel ventre. Lars Rogner non è più un uomo geniale, un dio. Solo una persona come tutti noi, con un barlume di speranza che ci rende vulnerabili anche di fronte ai tentativi più penosi.

Sullo sfondo si scatena il caos. Kirsten che strilla. Matthias Beck che urla.

Togliamo l'audio.

Solo lui e io in questo istante, in cui conficco il coltello nel suo ventre. Un coltello che taglia tutto, anche la carne.

MATTHIAS

«No, no!»

Striscio fino a Rogner, che adesso giace sul pavimento. Respira ancora, anche se a fatica.

«Mi dica dov'è Lena!»

Premo le mani nel punto in cui si sta allargando una macchia rossa sulla stoffa bianca della sua camicia, sempre più grande.

«Per favore» lo prego.

Rogner rantola.

«Chiami un'ambulanza!» urlo a Jasmin Grass, che è rimasta come pietrificata accanto al corpo immobile con il coltello in mano, e sta guardando in basso. «Ho promesso a sua madre che la riporterò a casa» continuo a pregare.

Sul viso bianco di Rogner si apre l'ombra di un sorriso.

«Da padre a padre. Per favore.»

Rogner respira, sempre più piano. Le sue palpebre cominciano a tremare.

Tolgo le mani dal suo ventre.

Ha ragione, ho fallito.

Qualcuno mi tocca una spalla. L'amica di Jasmin Grass.

«Mi lasci in pace!» sbraito.

«Il boschetto» mormora Rogner con voce roca. «Dietro il vostro giardino. Lei amava quel giardino.»

«Giardino? Intende il nostro terreno fuori da Germering? Il giardino di nonna Hannah?»

Rogner muove stancamente la testa, lo interpreto come un sì.

Anch'io annuisco in fretta.

«Il nostro giardino confina sul retro con la Foresta di Germering. Lì, giusto?»

«Sul margine del bosco» conferma Rogner ansimando. «Così può vedere le ortensie.»

«Le ha sepolte lì, vero? Lena e Sara, le troverò lì?»

«Amava le ortensie» dice Rogner sbattendo le palpebre. «Io amavo lei.»

Per qualche strano motivo borbotto: «Lo so».

Di nuovo sulle labbra di Rogner compare un sorriso, molto evidente stavolta. Gli cade la testa da una parte, gli occhi fissano il vuoto. Sono seduto accanto a lui, il suo sangue sulle mie mani, il suo sangue sulla mia camicia.

Dopo 4.842 giorni.

Ciao papi! Ci vediamo!

È un'onda che mi assale, attraversa il mio corpo facendomi sussultare e singhiozzare e piangere per la mia bambina. Come attraverso un velo vedo Hannah, che si è alzata dal suo posto al tavolo della cucina per accovacciarsi all'altro fianco di Rogner. Stende il suo braccio sinistro ormai inerte e si sdraia sul pavimento, nel suo abbraccio. Gli appoggia la mano sul petto e la testa sulla spalla. Sussurra: «Buonanotte, papà». E chiude gli occhi.

ATROCE RITROVAMENTO DI CADAVERI PRESSO GERMERING

Germering – Nel pomeriggio di ieri sono stati rinvenuti in un terreno boschivo nei pressi di Germering i cadaveri di tre donne e una neonata, sepolte in una fossa comune. Due dei cadaveri, stando alle dichiarazioni del commissario capo Gerd Brühling, sarebbero la studentessa di Monaco Lena Beck, scomparsa dal gennaio del 2004, e sua figlia appena nata. Sulle identità delle altre due donne non si sa ancora niente. In base a una prima perizia del medico legale sul luogo del ritrovamento, le due donne sconosciute sarebbero morte presumibilmente per ferite da corpo contundente. La causa della morte di Lena Beck e sua figlia è invece ancora da stabilire. Tutti i cadaveri sono stati trasportati ieri all'Istituto di Medicina legale di Monaco, dove verranno svolti ulteriori accertamenti. «I nostri sforzi adesso si concentreranno sull'identificazione delle due donne sconosciute» ha dichiarato Brühling. «Partiamo dal presupposto che le loro famiglie hanno sofferto per la loro scomparsa. Chi rimane merita chiarezza.»

JASMIN

«Piuttosto sobrio, no?»

Kirsten mette da parte l'edizione di oggi del *Bayerisches Tagblatt* e afferra il cesto del pane. La parte sinistra del suo viso nel frattempo è sgonfiata, solo una macchia bluastra traspare ogni tanto sotto la pelle. La lacerazione provocata dall'aggressione di Rogner sta guarendo bene. Ignaz si struscia alle mie gambe, fa le fusa così forte che sembra andare a motore. La polizia non mi ha ancora dato accesso al mio appartamento, la «scena del crimine». Adesso abito da Kirsten, la chiamiamo «una soluzione provvisoria».

«Cosa dovrebbero scrivere? Che il loro giornalista di punta era un assassino?» Il pensiero che ci siano state altre due donne mi fa venire i brividi. Sicuramente la polizia scoprirà presto di chi si tratti, ma forse non sapremo mai perché siano dovute morire. Forse perché si sono difese più strenuamente, hanno lottato di più per la loro vita. Si sono opposte in modo così tenace a quel dio rabbioso, che lui non ha potuto fare altro che ricorrere a misure estreme, per dimostrare a se stesso e ai figli il suo potere assoluto. Oppure sono dovute morire perché ai suoi occhi non hanno recitato il ruolo di Lena in modo abbastanza convincente. Quando ci ripenso, ricordo come il primo giorno nella capanna giacevo sul divano, appena sveglia, dopo essere svenuta nella dispensa.

Sai che suono senti quando spacchi il cranio a qualcuno, Lena? Come quando fai cadere per terra un cocomero. Pamm!

Ricordo che queste parole mi terrorizzarono ed ero certa che non fossero minacce a vuoto. Capii che lui quell'orrendo rumore lo aveva già sentito. Più volte, come è emerso in seguito. I miei pensieri vanno alle famiglie delle due donne che dovranno imparare a convivere con quel posto vuoto. E con il fatto di non poter mai sapere i veri motivi. So quanto è difficile, quasi disumano. Per non parlare di Hannah e Jonathan, spero che un giorno riusciranno a parlare di quello che è successo. Ma prima dovranno essere in grado di vedere gli eventi da un punto di vista completamente diverso. La dottoressa Hamstedt non esclude questa possibilità. Paragona lo sguardo che i bambini avevano sul mondo dall'interno della capanna allo spiare dal buco della serratura. Adesso la porta è aperta, per ora solo di uno spiraglio, perché non siano sopraffatti. Ma col tempo, più la porta si aprirà e più il loro sguardo sulle cose andrà oltre. Un giorno riusciranno a inquadrare tutto dalla giusta prospettiva, anche se ci vorrà tempo e se questo implicherà ammettere che il loro padre era un assassino.

Non devo chiedermi se gli piacesse davvero quello che faceva. Gli piaceva, ovviamente. Amava essere il gran dio con poteri di vita o di morte sulle persone. Gli piaceva torturarle. Può darsi che non fosse sempre stato così. Può darsi che la perdita di sua moglie e suo figlio gli abbia trapassato il cranio rendendolo pazzo. A quel punto aveva solo te, Lena, che amava e al tempo stesso odiava per quello che era accaduto a causa tua. La situazione era ormai fuori controllo, non si dice così? La situazione era terribilmente fuori controllo.

«Sì» esclama Kirsten strappandomi ai miei pensieri. «Perché è esattamente così. Non devono la verità ai loro lettori? È stato proprio il loro giornalista di punta, che ha addirittura scritto articoli sul caso, una cosa perversa. Ma nessuno dei suoi pedanti colleghi ha notato niente.»

«Scriverlo non sarebbe vantaggioso per il giornale.»

«Ma gli altri giornali lo scrivono» dice Kirsten alzando le spalle e mordendo un croissant.

Ha ragione, Lena. I media non ne hanno mai abbastanza della nostra storia. E probabilmente sarà così ancora per un po'. Fino al prossimo «caso criminale più eclatante degli ultimi decenni». Così ci chiamano. Arrivano richieste di interviste e addirittura un'offerta per un film. I nostri ruoli verrebbero interpretati da attori di alto livello e naturalmente dovremmo presenziare alla prima. Forse ti tranquillizzerà sapere che a poco a poco stanno lasciando in pace i tuoi figli, mentre tu sei di nuovo al centro della scena. A te ormai non farà più male. A parte il *Bayerisches Tagblatt*, che si limita a definirti timidamente «studentessa», adesso sei diventata ovunque l'amante viziosa, in gran parte causa del suo stesso tragico destino. È una questione morale, naturalmente. Non bisogna avere rapporti con uomini sposati.

Tutti dicono che Lena Beck non era quello che appariva, e la maggior parte lo dice alzando le sopracciglia. Ma non ne hanno idea, Lena. Tu eri una madre che ha fatto di tutto per i suoi figli. Forte, questo eri. Forte e coraggiosa per amore dei tuoi bambini, fino alla morte. E per questo ti ammiro. Ti prometto che terrò d'occhio i tuoi figli. Non adesso, abbiamo tutti bisogno di un po' di tempo. Ma so che staranno bene. Hanno i migliori psicoterapeuti. Ci sono i tuoi genitori. E ci sarò anch'io, presto.

«Jassy, stai piangendo?»

Kirsten posa il croissant sul piatto.

«Va tutto bene» dico tirando su col naso.

«È finita» sorride Kirsten. «Stavolta per sempre.» Mi prende la mano, intrecciamo le dita.

«Sì» rispondo al sorriso. «È finita.»

Lars Rogner è morto.

Appena due minuti dopo che avevo conficcato il coltello nel suo ventre, la polizia ha fatto irruzione nell'appartamento. La signora Bar-Lev li aveva avvisati, a causa di quell'inquietante sconosciuto con l'aria da pazzo che aveva incontrato nell'ingresso, mentre rientrava a casa dal suo viaggio.

Tuo padre, Lena.

Qualunque cosa si possa dire o scrivere di Lars Rogner, almeno ha avuto la decenza di raccontargli la tua storia. Di non portarla con sé nella tomba, facendolo soffrire ancora.

Tuttavia ha portato con sé una seconda storia. Anche questo, per quanto possa suonare strano, è stato un atto di decenza.

È la storia di un'altra giovane donna volubile. Aveva litigato con la sua ex ragazza e stava pianificando la sua drammatica scomparsa. Alla stazione, prendere il prossimo treno, non importa per dove, nel bel mezzo della notte, senza avvisare nessuno. Semplicemente andarsene, spegnere il cellulare, spaventare la ex, giocarle un brutto tiro. Questo era stato il suo piano, quando in quella tarda serata di maggio si era fermata in un bar sulla strada per la stazione, per trovare nell'alcol la determinazione che ancora le mancava. E in quel bar c'era anche lui. Ed era stata lei a offrirgli da bere. Ed era stata lei che non solo aveva bevuto con lui, ma si era anche seduta sulle sue gambe. Ed era stata lei a sussurrargli nell'orecchio: «Perché non andiamo a casa tua?».

«C'è qualcos'altro?» chiede Kirsten stringendo gli occhi con aria indagatrice.

«No» rispondo io. «Nient'altro.»

Niente che abbia importanza.

Lars Rogner è morto, e io faccio colazione con la donna che amo.

«Pensi che più tardi possiamo passare dalla profumeria?»

«Certo» dice Kirsten. «Di cosa hai bisogno?»

Sorrido.

«Colore per capelli. È ora di liberarsi di questo biondo.»

Su una cosa i giornali concordano, Lena: Jasmin G. è sopravvissuta. E piano piano comincio a credere che sia la verità. Una giusta verità.

MATTHIAS

È una giornata di fine ottobre come uscita da un libro illustrato. L'aria tiepida. Gli alberi che prima dell'inverno fanno appello ancora una volta a tutta la loro forza vitale e indossano il loro vestito di foglie più bello e colorato. La luce ha qualcosa di dorato, dice Karin. Un pomeriggio perfetto per una passeggiata, aggiunge, non intenzionata a cedere.

Ma sappiamo entrambi che neanche oggi uscirò di casa. Sono seduto davanti a lei al tavolo, di fronte a me su un piatto un pezzo di dolce che non mi piace. Indosso il pigiama e, sopra, l'accappatoio di spessa spugna blu scuro, e le pantofole da casa. Non mi sono rasato né pettinato. Come ieri. Come l'altro ieri. Come tutti i giorni della scorsa settimana, in cui non ho fatto altro che trascinare i piedi per casa. A volte faccio una pausa, mi siedo a tavola per un paio di bocconi insipidi. Sul divano per un sonnellino. O a riflettere nella vecchia stanza di Lena, che nel frattempo è di nuovo rimasta vuota. Proprio come me. Hannah è andata via. È tornata al centro. La dottoressa Hamstedt dice che la terapia va meglio, ora che tutta la storia è stata rivelata e si può davvero ricominciare da capo. E anche Jonathan sta facendo progressi. Karin mi ha detto che durante la sua ultima visita lo ha visto davvero allegro. La chiama addirittura «nonnina».

«Vuoi un altro tè?» chiede Karin sorridendo incoraggiante dall'altra parte del tavolo. Io scuoto la testa. Allontano il piatto con il dolce. Le annuncio che vado di sopra, in camera di Lena. Karin mi lascia andare senza commentare.

Ieri ha telefonato Gerd. Hanno esaminato le impronte digitali su entrambe le lettere che Jasmin Grass ha consegnato alla polizia; e naturalmente sono le mie. Gerd ha detto che vedrà cosa può fare. In fondo sarebbe la mia seconda denuncia. Anche se Jasmin Grass rinunciasse a denunciarmi – e lo farebbe – avrei comunque ostacolato le indagini. Figurerei come un pregiudicato, ha aggiunto Gerd, e poi, sospirando: «Perché mai l'hai fatto, Matthias?».

Ho sospirato anch'io, solo sospirato, nient'altro. Mi mancano le parole. Pensavo che Jasmin Grass avesse qualcosa da nascondere. Ho pensato che le lettere potessero contribuire a farla parlare. A spaventarla un po'. A ricordarle Lena, che si meritava la verità. O forse non ho pensato a niente. Ero di nuovo accecato dalla rabbia e inetto, lo stupido mulo che sono sempre stato. Sulla strada per il centro per i disturbi post-traumatici mi fermavo a infilare le lettere nella cassetta della posta della signora Grass. Gerd ha voluto sapere come avevo fatto ad avere il suo indirizzo. Ho ridacchiato nella cornetta del telefono. Oh, Gerd, buon vecchio ingenuo Gerd. Chiunque può procurarsi un indirizzo, bastano un paio di *clic* su internet.

«Non hai reso le cose semplici a nessuno, Matthias.»

No, sono un caso disperato, lo so da solo.

«Be', adesso è tutto finito» ha detto Gerd al termine della telefonata, e: «Forse dovremmo ricominciare ad andare a pescare insieme. Ricordi? Come una volta».

Ho detto: «Sì, forse» e «Stammi bene, Gerd».

Finalmente è tutto finito.

Entro nella vecchia stanza di Lena. Il letto è rifatto, la sedia girevole al suo posto davanti alla scrivania. Sul davanzale della finestra si allungano due piante di orchidea che Karin cura amorevolmente.

Tutto finito, e dovremmo trovare pace.

Mi siedo sul letto di Lena, sopra di me il cielo stellato.

4.842 giorni.

Per così tanto tempo ho cercato mia figlia, ho cercato risposte, ed ero certo di trovare pace se ne avessi ottenuta qualcuna.

4.842 giorni, che alla fine si sono concentrati in un racconto di dieci minuti. A Rogner sono bastati.

Era tutto qui?

Sì, era tutto qui e fa un effetto sbagliato. Insoddisfacente. Chi sono adesso? Cosa rimane di me? Cosa ne rimane se Lena è morta e Hannah è lontana?

La dottoressa Hamstedt ha detto che possiamo fare visita ai bambini due volte alla settimana, martedì e venerdì, dalle quindici alle sedici. Con il tempo potremo naturalmente ampliare la durata delle visite, ma al momento, alla luce dei fatti più recenti, i bambini devono concentrarsi soprattutto sulla terapia. Karin la definisce una cosa «sensata».

Sono sdraiato sotto il cielo stellato.

Penso a Hannah.

La piccola Hannah…

Immagino come sarebbe se dentro di me all'improvviso pulsasse di nuovo la vita. Se ci fosse speranza, una prospettiva. Come mi alzerei dal letto se sapessi cosa devo fare, una specie di illuminazione. Come camminerei nella camera per andare a prendere dei vestiti puliti nell'armadio. Poi nel bagno, a fare la doccia dopo giorni. Radermi. Farmi una riga ordinata tra i capelli. Come scenderei di sotto, dove Karin sta lavando i piatti, felice di vedermi ben vestito, pettinato, come una persona vera. Come si farebbe subito delle speranze vedendomi. La speranza di una passeggiata in quel luminoso pomeriggio autunnale. La bacerei sulla guancia dicendo: «Passo un attimo dallo studio ad ascoltare la segreteria telefonica» e Karin sarebbe ancora più speranzosa. Ce la faremo. Trascorreremo altri begli anni insieme. Sarà tutto diverso, questo sì. Ma almeno ci saremo l'uno per l'altra, e finalmente avremo delle certezze. Le sorriderei ancora una volta prima di uscire dalla cucina dirigendomi verso il garage, per poi salire in auto. La porta del garage salirebbe, io farei marcia indietro con l'auto. Ma non andrei allo studio.

Andrei a Regensburg, al centro. Da Hannah.

Immagino di prenderla per mano e portarla fuori dall'edificio, nel parcheggio. Le allaccerei la cintura di sicurezza sul sedile posteriore. Mi siederei davanti e metterei in moto.

«Andiamo lontano, nonnino» direbbe con la sua vocina.

Io sorriderei nello specchietto retrovisore dicendo: «Sì, tesoro, certo».

Sono sdraiato sotto il cielo stellato.

Potrei…

Non siamo poi così diversi, signor Beck.

Epilogo

LENA, SETTEMBRE 2013

Il nostro mondo ha pareti immobili. Nessuna finestra, nessuna porta. Il nostro mondo è piccolo. Ventiquattro passi, mettendo il tallone di un piede davanti alla punta dell'altro e viceversa, dalla libreria alla cucina. Nel nostro mondo ci sono regole e punizioni e un tempo proprio.

È una questione di potere.

Tu pensi di averci rinchiusi. Che siamo i tuoi prigionieri. Isolati da tutto, dal mondo esterno e dalle persone. Apparteniamo solo a te.

Sì, è una questione di potere.

Il tuo comprende quattro pareti immobili e ventiquattro passi.

So quanto ti piacerebbe se pronunciassi il tuo nome. Mi implori letteralmente perché lo dica, come prima, quando affiorava sulle mie labbra con amore, agitazione, ammirazione o almeno gentilezza. Ma non ti farò questo favore. Non importa quante volte mi ricordi i nostri bei tempi. Non importa se mi picchi, mi prendi a calci, mi insulti o mi fai male in tutti i modi immaginabili. Per me sei diventato un estraneo e te lo farò capire fino alla fine. Questo è potere. Il mio potere, ed è inesauribile.

Pensi di averci rinchiusi?

Sei un poveraccio, un malato, uno sconosciuto che riesce a

vedere in tutto questo solo una prigione. Ogni volta che mi giri le spalle, io faccio crescere un fiore, un intero campo di girasoli giallo brillante. Posso dar vita a cespugli di ortensie grosse come cavoli, se lo voglio.

E io lo voglio. Ogni attimo in cui ci lasci soli, io porto il mondo dentro le nostre quattro pareti immobili. Creo segreti e intimità. Faccio gite con nostra figlia, mentre nostro figlio dopo una tazza di latte e miele dorme beato e sogna di volare. Porto Hannah nel nostro giardino, a vedere le ortensie. Le presento i suoi nonni e faccio camminare una coccinella sul dorso della sua mano. Tu pensi che siamo qui, rinchiusi, in arresto. Invece siamo a Parigi, o al mare, in tutti i luoghi che tu credi di tagliare fuori, solo chiudendo la porta e sbarrando le finestre.

Potere, caro estraneo.

Posso dare vita al gatto di peluche. Posso inondare la stanza di sole. Posso prendere le stelle dal cielo. E un giorno, lo so, i miei figli potranno vedere tutto questo non solo attraverso i miei occhi e i miei racconti. Un giorno attraverseranno questa porta, fuori, nel mondo.

Questa è speranza, e ho il potere di non farla mai svanire.

Non ci possiedi, non veramente.

È la tua prigione, non la nostra.

Ringraziamenti

Un immenso grazie alla mia agente, Caterina Kirsten, senza cui semplicemente non ci sarebbe stato questo libro. Cara Caterina, non dimenticherò mai il modo in cui hai lottato con me e per me. Possa questo nostro viaggio durare ancora molti, molti anni e altrettanti libri.

Inoltre vorrei ringraziare di cuore Georg Simader, Vanessa Gutenkunst, Lisa Volpp e Felix Rudloff, per il loro sostegno nell'indimenticabile esperienza di leggere in pubblico per la prima volta, e per quella grappa al momento giusto.

C'era una volta un'autrice che dopo la telefonata della sua agente pianse fiumi di lacrime, di gioia, felicità, stupore… di questo siete responsabili voi, Claudia Baumhöver e Bianca Dombrowa. A voi – e insieme a voi tutta la fantastica, entusiasta, motivata squadra dell'editore dtv – vorrei dire ancora una volta quanto apprezzo il vostro impegno e il vostro lavoro, e quanto vi sono grata per questo periodo così particolare della mia vita.

E infine la mia famiglia: spero di dirvi abbastanza spesso ciò che qui potrebbe riempire una quantità vergognosa di pagine – spero che lo sappiate ogni giorno. Siete l'essenza di ogni cosa.

MISTO
Carta | A sostegno della gestione forestale responsabile
FSC® C023419

Stampato presso Lego S.p.A.
Stabilimento di Lavis